LESE-
ZEICHEN

Lesebuch
8. Schuljahr

Neuausgabe
für Gymnasien und Realschulen

Erarbeitet von

Siegfried Hein
Gerhard Kluge
Dieter Schrey
Dietrich Steinbach
Siegfried Weinmann
Hans Wetzel
Hildegard Wittenberg

Ernst Klett Verlag
Stuttgart München Düsseldorf Leipzig

Wörter in den Texten, die mit einem * gekennzeichnet sind, werden im Wort- und Sacherklärungsverzeichnis auf Seite 246 erklärt.

Dieses Werk folgt der reformierten Rechtschreibung und Zeichensetzung. Ausnahmen bilden Texte, bei denen künstlerische, philologische oder lizenzrechtliche Gründe einer Änderung entgegenstehen.

Gedruckt auf Papier aus chlorfrei gebleichtem Zellstoff, säurefrei.

1. Auflage 1 5 4 3 2 1 | 2001 2000 99 98 97

Alle Drucke dieser Auflage können im Unterricht nebeneinander benutzt werden, sie sind untereinander unverändert. Die letzte Zahl bezeichnet das Jahr dieses Druckes.

Redaktion: Herbert Schnierle-Lutz
Assistenz: Gaby Leppin

Herstellung: Annette Zimmermann
Reproduktionen: Repro Maurer, Tübingen
Satz: Steffen Hahn GmbH, Kornwestheim
Druck: Klett Druck H. S. GmbH, Korb
ISBN 3-12-414800-2

Inhalt

Abschied von der Kindheit – Erinnerungsgeschichten

Wir sind ein Teil der Erde – Gedichte

Größe des Menschen

Des Krieges Buchstaben

Der fremde Nachbar – Berichte und Erzählungen

Augenblicke der Entscheidung – Kurzgeschichten

Handeln im Widerstreit – Formen des Tragischen

Reise zum Mond – Fantasie und Wirklichkeit

Unverhofft kommt oft – Pointierte Texte

Adam und Lisa – Ein Jugendbuch

Einblicke – Reporter berichten

Die unwürdige Greisin – Literaturverfilmung

Arbeitsvorschläge

Helen Lundeberg: Doppelporträt der Künstlerin in der Zeit

Abschied von der Kindheit – Erinnerungsgeschichten

Astrid Lindgren

Das entschwundene Land

Gunnar, Astrid, Stina und Ingegerd, so hießen die Erikssonskinder auf Näs. Es war schön, dort Kind zu sein, und schön, Kind von Samuel August und Hanna zu sein. Warum war es schön? Darüber habe ich oft nachgedacht und ich glaube, ich weiß es. Zweierlei hatten wir, das unsere Kindheit zu dem gemacht hat, was sie gewesen ist – Geborgenheit und Freiheit. Wir fühlten uns geborgen bei diesen Eltern, die einander so zugetan waren und stets Zeit für uns hatten, wenn wir sie brauchten, uns im Übrigen aber frei und unbeschwert herumtollen ließen. Gewiss wurden wir in Zucht und Gottesfurcht erzogen, so wie es dazumal Sitte war, aber in unseren Spielen waren wir herrlich frei und nie überwacht. Und wir spielten und spielten und spielten, so dass es das reine Wunder ist, dass wir uns nicht totgespielt haben. Wir kletterten wie die Affen auf Bäume und Dächer und wir schwammen im Fluss, lange bevor wir überhaupt schwimmen konnten. Keinen Augenblick dachten wir an das Gebot unserer Mutter: „Aber nicht weiter raus als bis zum Nabel!" Überlebt aber haben wir alle vier.

Unsere Kindheit war ungewöhnlich frei von Rügen und Schelte. Dass unsere Mutter nicht mit uns zankte, mag daran gelegen haben, dass man ihr meistens gleich gehorchte, wenn sie etwas anordnete. [...] Dass man zu gehorchen hatte, war selbstverständlich, aber sie stellte nie unnötige und unerfüllbare Forderungen. So verlangte sie beispielsweise nicht, dass man unbedingt pünktlich zu den Mahlzeiten erschien – kam man zu spät, musste man sich selber etwas aus der Speisekammer holen. Ohne Vorhaltungen. [...]

Diese Freiheit zu haben hieß aber keineswegs, ständig frei zu haben. Dass wir zur Arbeit angehalten wurden, war die natürlichste Sache der Welt. Schon mit sechs Jahren mussten wir beim Rübenverziehen und Rupfen der Brennnesseln für die Hühner helfen. Mit dem Heranwachsen wurden wir auch, sofern es nötig war, bei der Erntearbeit eingespannt. Sofern es nötig war! Am Tage meiner Einsegnung ging ich am Vormittag aufs Feld Roggen stoppeln und nahm am Nachmittag das Abendmahl. Vor der Arbeit konnte man sich nicht drücken, wenn es einem gerade passte. Kam beispielsweise eine Mitschülerin, ein untätiges Ferienstadtkind, um einem gerade während des Rübenverziehens eine mehrtägige Radtour vorzuschlagen, dann gab es nur ein Nein. Was einem aufgetragen war, das hatte man zu tun. Ich glaube, es war eine nützliche Lehre, die einem später im Leben half auch mit eintöniger Arbeit ohne allzu viel Gestöhne und Gejammer fertig zu werden. „Reiß dich zusammen und mach weiter", das waren die Mahnworte unserer Mutter, wenn wir über der Spülwanne in Träumereien versanken, denn selbstverständlich hatten wir auch im Hause zu helfen.

So etwas vergisst man sein Leben lang nicht. „Reiß dich zusammen und mach weiter", wie oft habe ich mir das nicht selber gesagt, wenn ich mich vor einer tristen Arbeit drücken wollte, die fertig werden musste. Und war ich versucht mich auf etwas allzu Waghalsiges einzulassen, habe ich mich stets selber gewarnt: „Aber nicht weiter raus als bis zum Nabel!"

Hedi Wyss

Das kleine Mädchen, das ich war

Ich als kleines Mädchen – das bedeutet Rückblick, Sammeln von Erinnerungen, Bildern – den eigenen und denen, die über andere Menschen wieder zu mir zurückgekommen sind. Aber sind es nur Erinnerungen? Das Wichtigste an mir, glaube ich, ist, dass ich auf irgendeine Weise noch immer das kleine Mädchen von damals bin. Nur als Erwachsene verkleidet. Mein Körper hat sich verändert, meine Art, die Welt zu sehen, zu fühlen, nicht. Bis auf eine gewisse Unempfindlichkeit, die ich mir mühsam erworben habe und die mich sehr oft auch wieder im Stich lässt. Ich spiele das Spiel der Erwachsenen mit, aber ich habe das Gefühl, ich könnte jederzeit wieder frei sein, alle Rollen ablegen, auch die, die ich jetzt spiele: die Schriftstellerin, die sich erinnert, weil ihre Jugendzeit vielleicht etwas Außergewöhnliches an sich haben könnte.

Ich brauche mich nur ein bisschen zu konzentrieren und schon bin ich wieder klein. Ein kleines Mädchen im wahrsten Sinne des Wortes war ich. Die Kleinste von drei Geschwistern, die Kleinste in der Klasse über Jahre hinweg. Ich war so klein, dass mir oft nur der Jähzorn blieb. Chronisch die Unterlegene war ich und verteidigte mich deshalb mit Fäusten, Zähnen und Fußtritten gegen Übergriffe, gegen die Erwachsenen, die mich hoch hoben ohne mich zu fragen, gegen die Geschwister, die alles früher und besser konnten als ich, gegen die Jungen, die mich neckten, weil ich das Gesicht voll Sommersprossen hatte und viel zu lange, rötliche Zöpfe. Ich war kein charmantes kleines Mädchen. Ich riss Haare büschelweise aus und brauchte mein Springseil als Waffe, und solches Benehmen hatte auch beinah lebensentscheidende Konsequenzen für mich. Als ich zehn war, empfahl nämlich eine Lehrerin meinen Eltern, mich statt ins Untergymnasium (mit gemischten Klassen aus Mädchen und Jungen) in die Sekundarschule zu stecken, damals noch eine Mädchenschule. Der Grund: Ich würde mich mit Jungen viel zu schlecht vertragen. Meine Eltern folgten der Empfehlung.

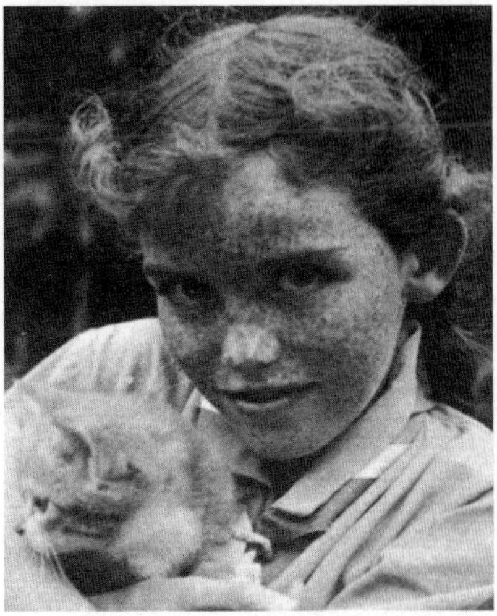

Ich war nicht nur ein manchmal schwieriges, nicht sehr charmantes, sondern vielleicht auch ein depressives Kind.

Ich erinnere mich eher an Alpträume, die mich nachts heimsuchten, als an Kinderfeste. Ich erinnere mich an die Angst vor einer Lehrerin, die mit Schlägen erzog, und daran, dass ich wünschte, wenn ich einschlief, ich würde tot sein am Morgen, damit ich nicht zur Schule müsste. Ich erinnere mich an die Angst vor dem Krieg – obschon wir ja in der Schweiz nicht viel davon merkten und ich erst fünf war, als er zu Ende ging – und dass ich mir schwor nach Deutschland zu fahren und Hitler zu erschießen, sobald ich groß genug sein würde.

Ich erinnere mich, wie ich im Kindergarten in der Ecke stand und mich zu schämen hatte, ohne dass ich so genau wusste, worüber. Wie ich vor Wut schäumte und mir schwor mich zu rächen. Aus vielen kleinen Begebenheiten dieser Art, aus vielen kleinen Niederlagen muss ich dieses fast bis zum Fanatismus reichende Gerechtigkeitsgefühl entwickelt haben, das mich beseelte. Ich spielte gern und oft mit Puppen, aber wenn ich an meine Zukunft dachte, sah ich mich nicht als Hausfrau, sondern dachte mir aus, wie ich Dinge zurechtrücken könnte, die mir nicht passten.

Macht erringen wollte ich, König werden oder Präsident und dann den Frieden auf Erden befehlen. Auf Expeditionen wollte ich gehen und denen das Handwerk legen, die die wilden Tiere ausrotteten. Forscherin werden wollte ich und Epoche machende Entdeckungen machen, alle Krankheiten und den Tod ausmerzen. [...]

Meine Mutter hatte schlaflose Nächte, weil sie um unsere Schulkarrieren fürchtete und dabei überzeugt war, dass auch für uns Mädchen nur das Beste gut genug war. Aber ich glaube, ich habe das Wichtigste nicht in der Schule gelernt, sondern zu Hause, in den Büchern, die ich verschlang. Ich war süchtig nach Büchern, ich las, wo ich konnte, auf dem Klo und wenn ich eigentlich hätte lernen müssen. Ich hatte viele, viele Welten zur Verfügung, lebte in den verschiedensten Zeitaltern. Ich erhob mich so über die Enge, in der wir lebten.

Dass ich Bücher nicht nur lesen, sondern auch selber schreiben wollte, das lag nahe. Ein Traum, den ich aber allzu lange nicht verwirklichte, vielleicht eben deshalb, weil Träume in unserer Familie doch irgendwie Schäume schienen und das Scheitern wahrscheinlicher als das Gelingen. Oder lag es daran, dass ich – nach außen klein und schwach – in Wirklichkeit so unbescheiden war, dass ich erst Werke schaffen wollte, wenn ich sicher war, dass sie unübertrefflich werden würden?

Ich bin nicht älter als fünf. Ich sitze auf der Schaukel. Es ist heiß, die Stille undurchdringlich. Mir ist schlecht. Die Büsche um mich bewegen sich im selben Rhythmus wie ich. Der Himmel schaukelt. Ich lege den Kopf zurück und bin wie betrunken. Die Schaukel pendelt aus. Ich bin zu träge um abzusteigen. Ich betrachte meine Hände, die Linien, die Haare auf der Haut. Meine Hand ist ein Planet. Die Knöchel sind Gebirge, zwischen den Haarwäldern winden sich Flüsse, Städte liegen in den Hautfalten. Ich halte die Hand still. Die Menschen lasse ich rennen und atmen und arbeiten. Ich bin der Schöpfer. Ich kann sie mit einer winzigen Bewegung vernichten. Ich bin allmächtig und lasse ihnen allen noch eine Gnadenfrist. Dann dreh ich meine Hand, klatsche mit der anderen darauf und führe den Weltuntergang herbei.

René Magritte: Die Erinnerung

Ingeborg Bachmann

Unter die Menschen gefallen

In einer Großaufnahme steht die kleine Glanbrücke* da, nur diese mittäglich übersonnte Brücke mit den zwei kleinen Buben, die auch ihre Schultaschen auf dem Rücken hatten, und der ältere, mindestens zwei Jahre älter als ich, rief: „Du, du da, komm her, ich geb' dir etwas!" Die Worte sind nicht vergessen, auch nicht das Bubengesicht, der wichtige erste Anruf, nicht meine erste wilde Freude, das Stehenbleiben, Zögern und auf dieser Brücke der erste Schritt auf einen anderen zu und gleich darauf das Klatschen einer harten Hand ins Gesicht: „Da, du, jetzt hast du es!" Es war der erste Schlag in mein Gesicht und das erste Bewusstsein von der tiefen Befriedigung eines anderen, zu schlagen. Die erste Erkenntnis des Schmerzes. Mit den Händen an den Riemen der Schultasche und ohne zu weinen und mit gleichmäßigen Schritten ist jemand, der einmal ich war, den Schulweg nach Hause getrottet, dieses eine Mal ohne die Staketen des Zauns am Wegrand abzuzählen, zum ersten Mal unter die Menschen gefallen, und manchmal weiß man also doch, wann es angefangen hat, wie und wo, und welche Tränen zu weinen gewesen wären.

Barbara Bartos-Höppner

Meine Schwester

Wir waren sechs Geschwister, vier Brüder und zwei Schwestern. So viele Kinder füllen ein Haus bis zum Platzen, sollte man meinen. Bei uns war es ganz anders. Als ich geboren wurde, war mein ältester Bruder zwanzig Jahre, mein jüngster Bruder zehn. Bevor ich bewusst am Leben teilnahm, waren sie schon aus dem Haus gegangen oder schickten sich an es zu tun.

So kam es, dass ich allein mit meiner Schwester aufwuchs. Auch sie war älter als ich, fünf Jahre. Sie hieß Ursula, wurde Ulla gerufen und war das fröhlichste, glücklichste und lebhafteste Kind, das sich denken lässt. Es war ihr unmöglich lange still zu sitzen oder sich mit einer Handarbeit zu beschäftigen, die für längere Zeit Ruhe und Ausdauer nötig machte. Spielzeug blieb nie lange ganz, ihre Kleider blieben es auch nicht. Was bedeutete schon ein Kleid, wenn sie beweisen wollte, dass sie genauso schnell auf die Mauer klettern konnte wie die Jungen. Sie ritt, schwamm, lief Ski, wagte alles und traute sich mehr zu als alle ihre Altersgenossinnen.

Wir beide waren sehr verschieden voneinander, lagen fast ständig in Fehde und konnten niemals ohne einander sein. So sehr sie es oft verwünschte, mich, die Kleine, immer und überall mit hinschleppen zu müssen, so sehnsüchtige Briefe schrieb sie an mich, wenn ich allein in die Ferien fuhr. Ich kannte alle ihre kleinen Geheimnisse. Als sie das erste Mal mit ihren Freundinnen rauchte, war ich dabei, als sie ihr erstes Rendezvous vereinbarte, musste ich Nachrichten übermitteln. War ihr irgendein Missgeschick passiert, vertraute sie es mir an und ich stand mit ihr die tausend Ängste aus, wenn es ans Tageslicht zu kommen drohte.

Als ich das erste Jahr zur Schule ging, mühte sie sich bereits mit französischen Vokabeln ab. Sie redete mir ein, es ginge viel schneller, wenn ich sie mit ihr lernen würde, und so saßen wir gemeinsam darüber. Sobald ich mich an sie erinnere, ist mir das Wirbeln gegenwärtig, das sie um sich verbreitete.

Als meine Schwester dreizehn Jahre geworden war, änderte sich das alles. Nicht von einem Tag auf den anderen, es ging fast unmerklich vor sich. Sie kam oft abgespannt von der Schule nach Hause, blieb am Nachmittag daheim. Und eines Tages, als wir auf einem Spaziergang waren, fiel meiner Mutter auf, wie sehr sie die Schultern hängen ließ. Da sie für ihr Alter sehr groß war, mahnte meine Mutter sie zu einer besseren Haltung, aber meine Schwester sagte: „Ich bin doch so müde." Und sie war auch sehr blass.

Am anderen Tage meldete sich meine Mutter mit ihr beim Arzt an. Sie gingen hin, sie kamen zurück. Am Nachmittag erschien der Doktor. Niemand wusste, dass ich nebenan im Zimmer war; ich hörte mit an, wie er meinen fassungslosen Eltern beizubringen versuchte, dass meine Schwester nie mehr gesund werden würde. Sie habe eine Herzkrankheit und ihr Leben könne in jeder Stunde zu Ende gehen. Ich weiß heute nicht mehr, ob ich gesessen oder herumgestanden und womit ich mich beschäftigt hatte. Ich erinnere mich nur einer Dunkelheit um mich her. Vielleicht habe ich mir die Hände vor das Gesicht gehalten oder die Augen zugemacht. Ich

Edvard Munch: Das kranke Kind

hatte die Gewalt des Todes ja noch nicht erlebt und nun war sie auf einmal über mich gekommen, furchtbar und unausweichlich: Meine Schwester musste sterben! So wusste ich es von diesem Tage an auch, aber niemand ahnte, dass ich es wusste. Meine Mutter sagte mir nur, meine Schwester sei sehr krank und ich müsse jetzt vernünftig sein und mich darauf einstellen sie zu pflegen, ich sei ja schon ein großes Mädchen.

Durch viele Monate hindurch wurde ich nun ihr Bewacher, denn meine Mutter mußte im Geschäft arbeiten. Sobald die Schule aus war, setzte ich mich neben ihr Bett. Der Arzt hatte ihr gesagt, dass sie jede Bewegung ganz langsam, ganz bedächtig machen müsse. Darauf hatte ich aufzupassen. Ich musste sie stützen und ihr helfen sich aufzurichten oder Hilfe herbeiholen. Ich musste darauf achten, dass sie ihre Medizin einnahm und alles aß und trank, was die Mutter ihr brachte. Die Eltern und der Arzt hatten den aussichtslosen Kampf mit der Gewalt des Todes aufgenommen.

Jeder Wunsch wurde meiner Schwester erfüllt. Es war ja wenig genug, was ihr zu wünschen übrig blieb. Ich war da um alles herbeizuschaffen. Oft schickte sie mich unter einem Vorwand hinaus um einmal aus dem Bett zu springen und mir aus dem Fenster zuzuwinken. Es hätte ihr Ende sein können, das wusste ich und ich rannte verzweifelt zur Mutter. Manchmal, wenn ich allein bei ihr war, sprach sie davon, was sie alles anstellen und unternehmen würde, sobald sie wieder gesund wäre. Ich schmiedete alle ihre Pläne mit, ich spann sie noch viel weiter aus und vergaß, was wirklich war. Ich wünschte ja so sehr, dass sie gesund würde, sie fehlte mir doch überall. Andere hatten zu ihrem Schutz einen Bruder, ich hatte meine große Schwester gehabt. Manchmal weinten wir zusammen, wenn wir die Kinder draußen herumtoben hörten. Es war Sommer und warm und sie musste liegen und sollte sich nicht rühren. Der Vater hob sie oft aus dem Bett und trug sie in einen bequemen Lehnstuhl ans Fenster, damit sie ein wenig am Leben teilhaben konnte, von dem sie plötzlich ausgeschlossen war.

Während des Sommers war eine spürbare Besserung in ihrem Zustand eingetreten. Der Arzt, der täglich zweimal kam, gestattete es, dass sie angezogen und in den Garten getragen wurde. Wir waren alle voller Zuversicht. Aber dann kam der Herbst und mit ihm ihr langsames Sterben. Ich weiß noch heute genau, wie sehr ich mich oft fürchtete die Zimmertür zu öffnen und zu ihrem Bett zu gehen, in dem sie blass und still und mit geschlossenen Augen lag. Wenn ich mich wieder umwenden wollte, schlug sie die Augen auf und sagte: „Bleib hier."

Stundenlang saß ich an ihrem Bett, ohne dass wir miteinander sprachen. Ich hielt ihr den Kopf, wenn sie trinken wollte, ich hielt ihre fiebrigen, unruhigen Hände, ich tauchte die Tücher in Eiswasser und legte sie auf ihre heiße Stirn. Einmal, als wir lange Zeit still gewesen waren, fragte sie mich plötzlich: „Ob ich wieder gesund werde?" Ich log wie alle, die zu ihr kamen. Zu ihrem Leiden musste ich das Leid der Mutter mit ansehen. Der Vater fraß es in sich hinein, der Mutter fehlte immer öfter die Kraft dazu und wenn ich die Arme um ihren Hals legte, wurde es nur noch schlimmer.

Meine Schwester starb vierzehn Tage nach meinem neunten Geburtstag. Sie wusste, dass sie sterben würde, und hat es meiner Mutter, die als Einzige bei ihr war, auch gesagt. Sie war zu Frühlingsanfang geboren worden und ihr rosa Taufkleid soll mit Veilchen besteckt gewesen sein. Sie wurde in einem duftigen, weißen Kleid in den Sarg gelegt, vor lauter Blumen war nur noch ihr Gesicht zu sehen. Was es für Blumen waren, daran erinnere ich mich nicht mehr, aber ihr Gesicht sehe ich heute noch vor mir. – Ob ich von dem Tag an kein Kind mehr war, als ich ungewollt mit anhörte, was der Arzt meinen Eltern sagte, oder ob es erst in den sechs Monaten dazu kam, in denen ich ihr Sterben miterlebte, oder an dem Tag, als ich sie tot vor mir sah, das weiß ich nicht. Aber gewiss ist, dass meine Kindheit durch ihren Tod gewaltsam zu Ende ging.

Günter de Bruyn

Meine erste Liebe

Mein Werben um Reni dauerte etwa acht Jahre, von meiner Einschulung bis zu ihrer Konfirmation; und ein zusätzliches Jahr brauchte ich noch um es mir abzugewöhnen – was mir aber durch den Beginn einer anderen unglücklichen Liebe glänzend gelang. Diese beschäftigte mich dann länger, als sie währte. Sehnsüchte, die unerfüllt bleiben, können langlebig sein.

Als Zehnjähriger von meinem Freund Hannes nach den Zielen meiner Werbung befragt, gab ich ehrlichen Herzens zu, dass die kurz gesteckt waren. Weiter als bis zum Ja auf die Frage, ob Reni meine Freundin sein wollte, reichten sie nicht – und blieben doch unerreichbar, da ich die tausendmal vorformulierte Frage zu stellen nicht in der Lage war. Meine Angst vor dem Ende der Illusion war zu groß. Ich ahnte, dass ich chancenlos war und scheute mich davor, es zu wissen. Der Rest von Hoffnung, den die Ungewissheit mir ließ, genügte um meine Träume zu nähren. Und die schienen mir das Sicherere und Beständigere zu sein.

Meine Chancen standen schon deshalb schlecht, weil mir das Selbstwertgefühl fehlte, das für zielstrebiges Handeln erforderlich ist. Reni war gleichaltrig mit mir, also älter, und ihre frühe Reife degradierte mich zum Kind. Eigene Vorzüge wusste ich mir, außer meiner Beständigkeit, keine zu nennen; und da Reni eine dunkelhaarige Schönheit war, die Aufsehen erregte, gab es genug wechselnde Mitbewerber, die alle den Vorzug hatten erwachsener als ich zu sein. Hinzu kam, dass Reni aus einer für meine Begriffe reichen Familie stammte, was sich schon daran zeigte, dass diese kinderarm war. Die armen Köslings, bei uns im Parterre, mussten außer Hannes noch sechs Geschwister ernähren; in der Familie der Angebeteten dagegen gab es nur zwei: neben Reni nur Rita, die immer ihrer Blondheit entsprechend gekleidet wurde und nie das Abgelegte der Älteren trug. Die Mutter war jung und schön, nach der Mode frisiert und gekleidet und ihren Töchtern nicht nur Erzieherin und Ernährerin, sondern auch Spielkameradin. Vom Gartenzaun aus konnten Hannes und ich ein perfektes Familienidyll bewundern, das dem einer heutigen Werbefernsehfamilie entsprach. Krocket wurde gespielt und Kindertennisschläger wurden geschwungen; bunte Bälle und Rollschuhe waren da; unterm Sonnenschirm wurde Kaffee getrunken; und bei sommerlichen Familienfesten strahlten am Abend die Lampions. Mein Bemühen um Reni konnte also als Drang nach Aufstieg in bessere Kreise missdeutet werden und deshalb nahm ich mir die Ablehnung jeder Einladung zum Krocket vor. Auf die Probe gestellt wurde die Festigkeit des Vorsatzes nicht. Einmal nur konnten Hannes und ich den Garten betreten um Renis Mutter Blumenkübel tragen zu helfen. Anschließend aß Hannes Berge von Kuchen und stotterte Mitleid erregend; ich saß verkrampft an der Kaffeetafel, bekam keinen Satz heraus und keinen Bissen hinunter und wagte Reni nicht anzusehen. Vielleicht fürchtete ich, dass der Glanz der Schönheit mich hätte blenden können, vielleicht aber scheute ich nur die Nähe der Realität. Tatsache ist, dass in all den Jahren die überaus seltenen Annäherungen eine Dämpfung des Feuers zur Folge hatten, während Entfernung (durch Urlaubsreisen, Verschickungen, Krankheiten) die Flamme hoch auflodern ließ.

Heute will es mir scheinen, als hätte ich damals ein Ziel nur erfunden um den Weg sinnvoll zu machen; denn auf diesen allein wohl kam es mir an. Es ging mir ums Lieben, nicht ums Geliebtwerden. Ich hätte Reni auch sagen können: Mach dir nichts draus, es geht dich nichts an. Eine Tarnkappe wünschte ich mir um Reni ohne ihr lästig zu werden sehen zu können. Als Unsichtbarer wäre der Platz am Gartenzaun der richtige für mich gewesen; als sichtbarer Knabe war er qualvoll, weil ich wusste, mein Hinstarren störte; es war eine Sucht, gegen die es kein Mittel gab. Zu Aktivitäten trieb es mich nicht; die diktierte mir nur meine männliche Rolle. Außerdem verlangte Hannes nach ihnen, den ich gezwungen hatte Rita zu lieben und der, um aushalten zu können, Erfolge brauchte. Er wurde ungeduldig, in höherem Alter sogar rebellisch, wenn er stundenlang mit mir darauf warten musste, dass sich im Haus der Schwestern was regte und uns Hoffnung machte, dass die Mädchen bald das Haus verlassen würden um im Garten zu spielen oder einkaufen zu gehen.

Unser Warteplatz, eine in der Straßenbiegung etwas zurückversetzte Litfaßsäule, war die einzige Stelle, von der aus sowohl die Gartenpforte als auch die straßenseitige Haustür beobachtet werden konnte. In Frost und Hitze harrten wir dort oft aus ohne Ergebnis und nur das Aufflammen des Lichts beim Dunkelwerden war uns Hoffnungsstrahl für den nächsten Tag. Hatte unser Warten aber Erfolg, stritten wir über die Strategie, die befolgt werden sollte. Aus Angst vorm Lächerlich- oder Lästigwerden plädierte ich für ein Sehen ohne gesehen zu werden, Hannes dagegen für offensive Konfrontation. Gingen die Schwestern zum Beispiel, vom Garten kommend, über den Hof zur Haltestelle, war ich dafür ihnen unauffällig zu folgen um nicht eine Sekunde den Blick auf sie zu versäumen; Hannes aber wollte in Eile den Hof umrunden, sie an der Straßenbahnhaltestelle erwarten oder ihnen wie zufällig entgegengehen. Die Schwestern, die ihre Rolle schon gut beherrschten, blieben scheinbar von jeder dieser Varianten gleich unberührt. Sie taten, als merkten sie nichts von der Verfolgung, und wenn sie an uns vorübergehen mussten, hüteten sie sich vor jeder positiven oder negativen Reaktion. Waren wir blind für sie, waren sie es für uns; grüßten wir höflich, grüßten sie, eine Spur kühler, zurück. Nie zeigten sie, ob wir lästig oder willkommen waren. Alles blieb in der Waage und konnte deshalb auch dauern. Reni war stolz darauf, wie sie mir vierzig Jahre später erzählte, einen so treuen Verehrer zu haben, sonst aber unberührt. Ich aber wurde von Sehnsucht verzehrt – die ich ihrer Unregierbarkeit wegen fürchtete und verfluchte, aber auch genoss. Waren die Bäume des Hofes kahl, konnte ich von der Kammer aus Renis erleuchtete Fenster sehen. Blinkten an Sommerabenden die Lampions durch die Blätter, war mein Erlebnis am Fenster sicher viel reiner und reicher als das aller Teilnehmer am Fest. Die Bestätigung, die mir mein Werben versagte, fand ich in der Heftigkeit meiner Gefühle. Im Leben und Lieben, sagte ich mir, war ich zwar ein Versager, aber wer konnte so leiden wie ich.

Später, mit zwölf Jahren etwa, sprachen wir auch miteinander, meist morgens, zehn Minuten nach sieben, wenn Reni um Schrippen zu holen zum Bäcker ging. Ich lief eher los, als es mein Schulweg erforderte, traf sie an der Buschkrugecke und begleitete sie über den Hof zurück. Die Banalität unserer Gespräche machte mein Verhältnis zu ihr alltäglicher und die Gefühlsspannungen lockerten sich. Die reale Reni, die von Kleidern schwärmte und um Schulzensuren bangte, zerstörte in aller Unschuld das Traumbild, das ich von ihr hatte, und förderte so den Ablösungsprozess. Hätte sie mir gefallen wollen, wäre sie wegen der unbesiegbaren Rivalität eines Fantasiegebildes zu bedauern gewesen; da ich ihr gleichgültig war, merkte sie von den Demolierungen, die sie anrichtete, nichts.

Die Ernüchterung, die ich nicht wahrhaben wollte, brauchte zu ihrer Reife noch Jahre. Eine gemeinsame Radtour nach Grünau enttäuschte, weil die Schwestern meinen einsamen Badeplatz im Wald verschmähten und zu Musik und Eis am Stiel ins Strandbad drängten, wo der neue Badeanzug vorzuführen war. Das

Schlittschuhlaufen auf dem Britzer Dorfteich zwischen Schloss und Kirche wurde für mich quälend, weil die hübschen Schwestern auf ihren Kunstlaufschlittschuhen Pirouetten drehten, während meine Eislaufkunst auf rostigen Kufen höchst bescheiden war. Im Ostseebad Misdroy, wo die Familie Sommerurlaub machte, erschienen eines Abends Hannes und ich als ungebetene Gäste. Da wir die Strecke in zweitägiger Fahrt mit dem Fahrrad zurückgelegt hatten, waren wir uns sicher Bewunderung zu erregen, erzeugten aber bei den Eltern nichts als Sorgen und bei den Mädchen, die mit jungen Männern flirteten, Verlegenheit. Scham und Enttäuschung schmerzten so sehr, dass ich in dieser Nacht, die wir in einem kalten, schmutzigen Schuppen verbrachten, den Schwur ablegte von Stund an stolz und abweisend zu sein. Wir brachen am frühen Morgen auch auf ohne Abschied zu nehmen, doch schrieb ich am Mittag schon in Stettin eine Karte, auf der ich für die unliebsame Überraschung um Verzeihung bat.

Horst Janssen: Erinnerung

Im Jahr meiner Kinderlandverschickung* nährten ein Brief von Reni und die weite Entfernung wieder die große Erwartung, doch verging die wieder, als ich bei der Rückkehr statt des Kindes eine junge Dame traf. Die Straßenbahnschaffner und die Verkäufer sagten nun Sie und Fräulein und ein Bruder von Hannes, der das silberne Verwundetenabzeichen und nur noch ein Bein hatte, erklärte bewundernd: die habe eine tolle Figur.

Die Kinderjahre über hatte ich sie nie weiter als vom Bäcker nach Hause begleitet, jetzt, da sie mir fremd geworden war, begleitete ich sie auf der langen Straßenbahnfahrt in die Stadt. Die 47 brauchte bis zum Hackeschen Markt eine Stunde, aber schon als wir nach 15 Minuten am Hermannplatz waren, war mein Gesprächsstoff erschöpft. Am Kottbusser Tor fiel mir ein sie nach ihrer Schwester zu fragen; am Moritzplatz fragte sie mich, ob meine Mutter mich nicht vermissen würde; am Spittelmarkt gab sie die Hoffnung von mir unterhalten zu werden ganz auf. Stumm gingen wir die Große Hamburger Straße hinunter, sie fein gemacht, mit Spitzenkragen und auffallendem Gürtel, ich im vielfach gestopften Pullover und kurzer Hose. In den Augen der Männer, die alle die Schöne begutachten mussten, war ich der kleine Bruder, der die Schwester bewacht. Der Abschied am Koppenplatz war erleichternd für beide, obwohl nicht gesagt wurde, dass er endgültig war. [...] Ich war froh, als ich den Hackeschen Markt wieder erreichte und mich in der Elektrischen meinem Schmerz widmen konnte, der im Tagebuch von 1941 Abschied von der Kindheit hieß.

Renate Welsh

Die Ohrfeigen

Der Laden war voll. Ich stand eingekeilt zwischen meiner Großmutter und dem Rücken eines fremden Mannes.
Ich hatte die rosa Schweinsköpfe gezählt, die von den obersten Fliesen grinsten, die Knöpfe am Mantel der Frau Krebs, die Fliegenleichen in der Deckenlampe. Ich hatte gerade zählen gelernt.
Die Leute hielten ihre Lebensmittelkarten fest in der Hand. Jedes Stück Fleisch, das Frau Krebs abschnitt, betrachteten sie genau. Die Köpfe neigten sich nach links, wenn sie zum Hackstock ging, und nach rechts, wenn sie das Fleisch auf die Waage legte. Das war für kurze Zeit komisch, aber bald wurde es langweilig. Ich begann leise vor mich hin zu singen:

„Es geht alles vorüber,
es geht alles vorbei.
*Zuerst geht der Führer**
und dann die Partei."

Eine Frau fragte: „Was singst du denn da?"
Ich wiederholte, diesmal lauter: „Es geht alles vorüber ..."
Meine Großmutter packte meine Hand, dass es wehtat. „Aber Renate! Was fällt dir ein?"
„Warum darf ich nicht singen?", fragte ich.
„Halt den Mund!" Sie drückte meine Hand noch fester.
So redete sie sonst nie. Wenn wir „Halt den Mund!" sagten, schimpfte sie: „So spricht man nicht."
Was hatte sie gegen das Lied? Es kam doch nicht ein einziges von den verbotenen Wörtern vor. Kein „Scheiße" und nichts. Warum funkelte sie mich so an?
„Der Papa singt das auch!", sagte ich laut.
Meine Großmutter holte aus und gab mir zwei Ohrfeigen, eine links und eine rechts. Dann zog sie mich aus dem Geschäft. Sie renkte mir fast den Arm aus, wie sie mich hinter sich herzog, mitten durch die dicht gedrängten Menschen. Meine Großmutter, die sonst „Pardon" sagte, wenn sie an einen Sessel anstieß!
Meine Wangen brannten.
„Aber ich ..."
„Mund halten!"
Sie schleifte mich hinter sich her.
Zuerst war ich völlig verdattert. Dann rammte ich die Füße in den Boden.
„Ich will nicht!", schrie ich. „Wenn der Papa ..."
Sie gab mir wieder zwei Ohrfeigen.
Nun war ich völlig überzeugt, dass sie mich nicht mehr lieb hatte. Ich hatte es schon lang vermutet. Jetzt wusste ich es. Meine kleine Schwester war eben herzig und ich nicht. Sie ließ sich immer an der Hand führen und ich nicht.
Ich weinte leise vor mich hin.

Meine Großmutter hatte diesen Zug um den Mund, vor dem ich mich fürchtete. Die Hautfalten an ihrem Hals zitterten.
Als wir heimkamen, ließ sie sich in einen Sessel fallen.
„Das Kind nehme ich nie wieder mit!", sagte sie zu meiner Tante. „Die bringt uns noch alle ins KZ*."
„Was ist das?", fragte ich.
„Großer Gott!" Sie drehte mich herum, stellte mich zwischen ihre Knie und nahm meine beiden Hände in ihre.
„Hör mir gut zu: Solche Dinge darfst du nie wieder sagen. Das ist gefährlich. Merk dir das. Du willst doch nicht, dass sie deinen Papa einsperren und uns alle mit?"
„Nein", sagte ich.
Meine Wangen brannten noch immer. Ihr Ehering hatte eine Schramme hinterlassen.
Sie holte ein Messer, hielt es unter fließendes Wasser, drückte die flache Seite auf meine Wange.
„Ist schon gut", sagte sie. „Ist schon wieder gut."
Ich verkroch mich unter dem Klavier. Seit meine Mutter vor einem Jahr gestorben war, spielte meine Großmutter nicht mehr Klavier. Es stand nur da, schwarz und glänzend, und trug die Silberrahmen mit den Fotos meiner Mutter.
Zuerst weinte ich eine Weile, dann spielte ich mit den weißen Puppen, die niemand sehen konnte. Ich konnte sie selbst nicht sehen. Ich tat nur so als ob. Meine richtigen Puppen waren bei unserer überstürzten Abfahrt in Wien geblieben.
Plötzlich fiel mir ein, dass ich dieses merkwürdige Wort „KZ" schon einmal gehört hatte. Meine Tante hatte es gesagt, die zum Begräbnis meiner Mutter aus Polen gekommen war. Alle hatten damals geweint, auch die schiefe Bedienerin aus der Bäckerei und der böse Nachbar mit dem Schnurrbart. Aber sie hatte anders geweint. Sie hatte gezittert, wenn jemand mit ihr redete. Und als sie das Wort gesagt hatte, hatten die Erwachsenen einander angesehen mit diesen Erwachsenenblicken. Mich hatten sie aus dem Zimmer geschickt. Genauso wie sie mich in den Monaten vorher aus dem Zimmer geschickt hatten, wenn von Mutters Operation die Rede war.
Ich weinte wieder.
Aber diesmal kam niemand und streichelte mich und sagte „Armes Kind".
An dem Abend wartete ich noch ungeduldiger als sonst, bis mein Großvater aus dem Büro nach Hause kam.
Als er dann endlich da war, setzte ich mich auf seinen Schoß und verkroch mich in seinem Hausrock. Mein Großvater hatte immer alle meine Fragen beantwortet. Aber jetzt konnte er mich nur hin und her wiegen, als wäre ich noch ein ganz kleines Kind.
Er konnte nicht sagen, dass mein Vater in Gefahr war, weil er meine herzkranke Tante Gretl versorgte, die Halbjüdin* war, und weil er die Familie seines ehemaligen Sanitätsgehilfen unterstützte, der Kommunist war.
„Renaterle", sagte er, „das kann ich dir nicht erklären, weil es nicht erklärbar ist. Und es hat gar nichts damit zu tun, dass du noch klein bist, glaub mir."

Peter Härtling

Nachgetragene Liebe

Mein Vater hinterließ mir eine Nickelbrille, eine goldene Taschenuhr und ein Notizbuch, das er aus grauem Papier gefaltet und in das er nichts eingetragen hatte als ein Gedicht Eichendorffs, ein paar bissige Bemerkungen Nestroys und die Adressen von zwei mir Unbekannten. Er hinterließ mich mit einer Geschichte, die ich seit dreißig Jahren nicht zu Ende schreiben kann. Ich habe über ihn geschrieben, doch nie von ihm sprechen können.

Ich bin fünf und aufgebrochen zu einer großen Reise. Ich habe ein Ziel, wie ich es von den Erwachsenen kenne, die verreisen und schon wissen, wo sie ankommen werden. Sonst, wenn ich mit dem Dreirad unterwegs bin, folge ich Geräuschen, entdecke Gärten, Wege und Höfe, lasse mich von einem streunenden Hund führen und vergesse manchmal mein Vehikel, zwänge mich durch eine Hecke oder klettere über einen Zaun um einen Truthahn zu reizen oder ein angepflocktes Lamm im Kreis zu treiben. Jetzt weiß ich, wohin ich will: mit dem Dreirad nach Burgstädt, auf der Straße, die an unserem Haus vorbeiführt und von Pappeln gesäumt ist, die, so weit ich sehen kann und sie schon ausprobiert habe, gerade wie ein Lineal auf Burgstädt zeigt, das bei klarem Wetter am Horizont sichtbar wird, vielleicht auch nur, weil ich weiß, dass es dort sein soll, wie ein Name, den Tante Ella, die sich überall auskennt, an den Himmelsrand gesteckt hat. Ich sorge vor, stopfe eine Semmel und einen Apfel in die Provianttasche, hänge sie mir um und fahre mit dem Dreirad los. Kein Ruf hält mich auf. Mutter ist nicht da.
Es ist heiß. Die Straße wird zur Straße, wirft Buckel gegen die Räder, droht mit Löchern und Rinnen, wehrt sich mit Staub, kein leuchtendes Band mehr, sondern eine kahle, schrundige Landschaft, viel zu breit und immer zu nah. Der Staub verklebt die Nase, kitzelt im Hals. Wenn ein Auto mich überholt, halte ich an, stehe auf, hebe das Dreirad zwischen den gespreizten Beinen, weiche mit ein paar Schritten bis an den Rand des Straßengrabens aus, kneife die Augen, presse die Lippen zu und wenn ich wieder atme, bäckt sich der Staub am Gaumen fest. Er schmeckt nicht nach Erde und nicht nach Luft. Ich schaue zu den Wipfeln der Pappeln hoch, wo der Wind die Blätter rauft, und wundere mich, dass hier unten sich nichts bewegt, der Wind nicht überall ist.
Bis zu der Abzweigung zum Gutshof und dem Ententeich in der Mulde sind wir an einem Sonntag zu Fuß gegangen und es war mir schon zu viel gewesen. Hier könnte ich noch umkehren und auf der andern Straßenseite heimfahren.
Ich muss mich beeilen. Sonst komme ich zu spät und kann Vater nicht überraschen. Wenn er zum Gericht fährt, holt er den Mantel aus dem Schrank, die Robe, die er nur einmal, zum Spaß, für mich angezogen und sich in einen schwarzen, faltigen Turm verwandelt hat, und sagt: „Ich muss heute aufs Gericht.“ Ich stelle mir das Gericht vor als ein vieleckiges Haus, an dem zahllose Türme und Türmchen kleben, die Mauern voller Zierrat, mit steinernen Bändern und Schleifen. Es steht auf einem großen Platz und flößt Furcht und Schrecken ein.

Ich bin fünf. Ich bin mit meinem Dreirad unterwegs zwischen Hartmannsdorf und Burgstädt, doch meine Fantasie traut sich die Ferne nicht mehr zu. Ich will gestreichelt und umarmt werden. Ich höre das Auto, die Hupe stößt mich in den Rücken, scheucht mich an den Rand.
Meistens trug er graue Anzüge, wattierte Zweireiher, die seine Schultern auseinanderzogen, ihn noch schwerer erscheinen ließen, als er war. In einem grauen Anzug steigt er aus dem Auto, richtet sich auf, geht auf das Kind zu, das sich über den Lenker beugt, kein Wort über die Lippen bringt, packt es wie ein Karnickel, reißt es hoch, schleppt es, zusammen mit dem Dreirad, zum Wagen. Beides verstaut er im Fond, setzt sich neben den Fahrer, sagt kein Wort, schüttelt nicht den Kopf, murmelt nichts, schimpft nicht.
Als der Wagen vor dem Haus anhält, wendet er sich endlich um. Sein Gesicht ist noch größer und runder als sonst. Er sagt: „Steig aus und entschuldige dich bei deiner Mutter.“ Er kehrt dem Kind schon wieder den Rücken zu, eine graue, vorwurfsvolle Falte unter dem braunen Nacken und dem schwarzen, glatt gekämmten Haar.

Ich kann mir deine stumme Strenge nicht erklären, Vater. Warum hast du mich nicht ausgeschimpft? Warum hast du deinen Zorn nicht gezeigt oder die Freude mich gefunden zu haben? Warum hast du nicht gesagt: Mutter und ich, wir haben uns sehr um dich gesorgt, und nicht gefragt: Wo wolltest du denn mit deinem Dreirad hin? Warum hast du damals dein Schweigen begonnen und es so gut wie nie gebrochen?

Peter Weiss

Der Ernst des Lebens

In der lethargischen* Stunde zwischen zwei und drei lag ich auf dem Sofa im Wohnzimmer, die Hände unterm Kopf verschränkt, hinüberstarrend auf den Farbdruck an der Wand, der Hannibals* Grab darstellte. Unter einem graubraunen, wuchtigen, weit verzweigten Baum erhob sich ein Steinhaufen und daneben stand ein alter Schäfer, sinnend auf seinen Stab gestützt, und vor ihm, im wilden, trockenen Gras, weidete die Herde der Schafe. Das Fenster zur Straße stand offen, draußen staubte weißes Sonnenlicht, vom Tennisplatz an der gegenüberliegenden Straßenseite tönten träge, dumpfe Ballschläge. Zuweilen summte dicht unterm Fenster ein Auto vorbei oder eine Radglocke klingelte. Der Gedanke an die Stadt draußen belebte mich, ich sah die langen breiten Straßenzüge vor mir, die riesigen, von gebeugten, steinernen Sklaven getragenen Häuser, die Schlösser, Museen, Monumente und Türme, die Hochbahnen auf ihren Brücken und die unterirdischen Bahnen, mit ihrem Gedränge und ihren klappernden Reklameschildern. Schon wollte ich aufstehen, da stand meine Mutter vor mir, nie merkte ich, wie sie ins Zimmer kam, immer erschien sie plötzlich mitten im Zimmer, wie aus dem Boden emporgewachsen, den Raum mit ihrer Allmacht beherrschend. Hast du deine Aufgaben gemacht, fragte sie und ich sank zurück in meine Müdigkeit. Noch einmal fragte sie, bist du schon fertig mit deinen Aufgaben. Aus meiner dumpfen Lage heraus antwortete ich, ich mache sie später. Sie aber rief, du machst sie jetzt. Ich mache sie nachher, sagte ich in einem schwachen Versuch des Widerspruchs. Da hob sie, wie in einem Wappenschild, die Faust und rief ihren Wappenspruch: Ich dulde keinen Widerspruch. Dicht trat sie an mich heran und ihre Worte fielen wie Steine auf mich herab, du mußt büffeln und wieder büffeln, du hast noch ein paar Jahre, dann wirst du ins Leben hinaustreten, und dazu musst du etwas können, sonst gehst du zugrunde. Sie zog mich an meinen Schreibtisch zu den Schulbüchern. Du darfst mir keine Schande machen, sagte sie. Ich leide schlaflose Nächte deinetwegen, ich bin verantwortlich für dich, wenn du nichts kannst, dann fällt das auf mich zurück, leben heißt arbeiten, arbeiten und arbeiten und immer wieder arbeiten. Dann ließ sie mich allein. Neben mir auf einem Brett stand das Modell einer Stadt, das ich mir aus Papier und Zellofan, aus Drähten und Stäben erbaut hatte. Nach meinen zerstörerischen Spielen war dies der erste konstruktive Versuch. Es war eine Zukunftsstadt, eine utopische Metropole*, doch sie war unvollendet, skeletthaft, ich wusste plötzlich, dass ich nicht daran weiterbauen würde, ich sah nur noch zerknittertes, leimdurchbröckeltes Papier und alles war verbogen und zerbrechlich, man konnte es mit einem Atemzug umblasen. Ich musste nach anderen Mitteln des Ausdrucks suchen. Während ich über meinem Tagebuch brütete, öffnete sich die Tür und mein Vater trat ein. Er sah mich am Schreibtisch hocken, bei irgendwelchen Beschäftigungen, an denen er nie teilnehmen durfte, er sah, wie hastig etwas in der Schublade verschwand. Was treibst du denn da, fragte er. Ich mache meine Schulaufgaben, sagte ich. Ja, darüber wollte ich gern mit dir sprechen, sagte er. Eine peinliche Spannung trat ein, wie immer bei solchen Gesprächen. Du bist jetzt alt genug, sagte er, dass ich einmal mit dir über Berufsfragen sprechen muss. Wie denkst du dir eigentlich deine Zukunft. Ich konnte auf diese quälende Frage nichts antworten. Mit einer Stimme, die verständnisvoll sein wollte und die etwas von einem Gespräch von Mann zu Mann hatte, sagte er, ich schlage vor, dass du in die Handelsschule eintrittst und dann in mein Kontor* kommst. Ich murmelte etwas davon, dass ich erst noch die Schule absolvieren wollte, damit konnte ich immerhin Zeit gewinnen. Mein Vater sagte, jetzt mit wachsender Ungeduld, dazu scheinst du doch kaum zu taugen, ich glaube nicht, dass du begabt genug dazu bist, und zum Studieren fehlt dir jede Ausdauer, du gehörst ins praktische Berufsleben. Sein Gesicht war grau und vergrämt. Wenn man vom Leben sprach, musste man grau und vergrämt sein. Leben war Ernst, Mühe, Verantwortung. Mein Gesicht, das Gesicht eines Nichtskönners und Tagediebs, verzog sich zu einem verlegenen, stereotypen* Grinsen. Gekränkt sagte mein Vater, du brauchst gar nicht zu lachen, das Leben ist kein Spaß, es wird Zeit, dass du einmal wirklich arbeiten lernst. Vielleicht spürte er eine Regung von Zärtlichkeit für mich, doch als er meinen schiefen, feindlichen Blick sah, musste er sich hart machen und seinen festen Willen zeigen. Mit der flachen Hand schlug er auf den Tisch und rief, wenn dieses Schuljahr zu Ende ist, dann ist es Schluss mit den Träumereien, dann wirst du dich endlich der Realität des Daseins widmen.

Monika Sieveking: Mädchentraum (Selbstporträt)

Luise Rinser

Anlass zur Klage

Unter den Papieren, die ich nach dem Tod meines Vaters bekam, ist ein Brief vom 9. März 1926, in dem meinem Vater mitgeteilt wird, dass ich aus dem kleinen Internat, dem „Heim Maria Treu“, in dem meine Eltern mich, die Dreizehnjährige, untergebracht hatten, zu meinem und ihrem Unheil, hinausgeworfen wurde. Warum? „... dass das Betragen Ihrer Tochter auch in diesem Trimester* sehr häufig Anlass zur Klage bietet. Sie äußerte sich wiederholt unzufrieden über die Verköstigung, wozu wirklich kein Grund vorliegt, ist streitsüchtig mit ihren Mitschülerinnen und kommt mir bei jeder geringsten Rüge dermaßen keck und ungezogen entgegen, dass ich mich veranlasst sehe ihr am 15. März zu kündigen. Auch sehe ich mich den andern Heimkindern gegenüber vepflichtet" (mein Vater, der Schulmeister, kreidete mit einem Bleistiftstrich das fehlende r an) „derartige renitente Elemente* zu entfernen, da solche Beispiele doch auf die Umgebung abfärben. Hedwig Kölker, Vorsteherin."

Was war wirklich geschehen? Es stimmt, ich war aufsässig. Es stimmt, ich hatte mich über das schlechte Essen beschwert, das taten alle immerzu, ich tat es eines Tages offen. Wir zwanzig Mädchen zwischen dreizehn und siebzehn waren auf dem Vorplatz versammelt vor dem täglichen Spaziergang nach Tisch (paarweise die Isar hinunter und wieder heimwärts). Das Essen war besonders schlecht gewesen, ich erinnere mich genau an diese Pfannkuchen aus Mehl, Salz und Wasser, mit Spinat gefüllt, die wie aus Sägemehl gemacht schmeckten. „Mehlpatzen" nannten wir sie. Wir bekamen sie nicht hinunter, wir durften sie nicht stehen lassen, wir versteckten sie in unsern Tischschubladen um sie später heimlich herauszuholen und in den Hinterhof zu werfen, nicht in den Abfalleimer, denn dort konnten sie gefunden werden. Wir alle murrten. Aus meinen Kinderbriefen an meine Eltern lese ich, dass vorher schon einmal der Vater einer älteren Schülerin, ein Rosenheimer Oberstudiendirektor Abel, sich erlaubt hatte eine Protestaktion gegen das Fräulein Kölker zu starten des schlechten Essens wegen. Sonderbarerweise hatte ich meinen Vater gebeten sich nicht daran zu beteiligen, denn so schlecht sei das Essen nun auch wieder nicht. Warum aber nun die Szene auf dem Vorplatz? Ich rief plötzlich: „Ja, wir müssen den Fraß essen, unsere Eltern zahlen für gutes Essen und das Fräulein Kölker hat sich jetzt schon die zweite Zimmereinrichtung gekauft von diesem Geld."

„So?", sagte eine eisig wütende Stimme und jemand schlug mir mit dem Metallbügel der Handtasche auf den Kopf. Die Vorsteherin. Keins der anderen Mädchen stellte sich auf meine Seite. Sie verließen sich auf den Herrn Abel. Nur ich nicht. Mir ging es ja auch gar nicht ums Essen. Ich kleine Asketin* konnte, bis auf die feuchten „Mehlpatzen", alles essen, auch wenn's mich würgte. Mir ging es um die Ungerechtigkeit, das war's. Sollten wir hungern, nun gut, wenn's nötig war. Aber dass *die* sich dafür ... nein, *das* ertrug ich nicht. Und dass ich das sah und sagte, das ertrug *die* nicht. So schrieb sie denn an meinen Vater jenen Brief und ich flog aus dem „Heim Maria Treu". Ich, das renitente Element. Ich hatte auch vorher schon einmal zu rebellieren versucht, mit Recht: Jedes Jahr ein- oder zweimal erschien die Prinzessin Pilar, unter deren Patronat* das Heim stand. Worin bestand dieses Patronat? Anscheinend nur darin, dass die Prinzessin im Reitanzug erschien, uns, die zur Begrüßung Aufgestellten, schneidig fragte, ob's uns gut gehe oder ob wir Beschwerden hätten, eine Frage, welche die Vorsteherin beantwortete, ehe wir ein Wort hätten sagen können: „Sehr gut geht's uns, Durchlaucht", worauf die Durchlaucht mit der Reitpeitsche an ihre Flanke klopfte und kehrtmachte. Einmal sagte ich halblaut: „Wenn die wüsste ..." Ein eisiger Blick der Vorsteherin machte mich schweigen. Da war ich noch zu kurz erst im Heim.

Sonderbar zu denken, wie verängstigt wir waren: Eine dumme, eingebildete Person, diese Vorsteherin, nicht einmal psychologisch oder pädagogisch gebildet,

keine Lehrerin, ohne jede Qualifikation für ihre Aufgabe, durfte junge Menschen terrorisieren und wir wehrten uns nicht, wir fürchteten uns. Warum? Weil dieses Heim unserer Schule angegliedert war. Wer im Heim sich schlecht aufführte, kam in der Schule in Verruf. Dass mein Hinauswurf keine schulischen Folgen hatte, verdankte ich nur meiner Klassenlehrerin.
Ich lese jenen Brief der Vorsteherin an meinen Vater nach über einem halben Jahrhundert wieder. War ich denn streitsüchtig, war ich keck, war ich wirklich so schwierig? – Ich glaube, es stimmt. Ich ging immer auf die Barrikaden, wenn mir oder anderen Unrecht geschah. Das war für viele unbequem, für mich selber auch. Ich war sicher auch herrschsüchtig, das bin ich immer noch, wenn auch mit Maßen, und wenn's auch dafür eine Erklärung gibt, so doch keine rechte Entschuldigung: Ich bin sehr ungeduldig und wenn andere nicht gleich begreifen oder handeln, reiße ich das Wort und die Sache an mich. Aber für die anderen war ich gut dafür die Kastanien aus dem Feuer zu holen und die heißen Schul-Eisen anzufassen: Vier Jahre lang war ich Klassensprecherin und schlug mich, soweit das damals möglich war, mit den Lehrern herum.

Ingeborg Drewitz

Du und ich

Auf der Sonnenallee wird sie angesprochen. Sie beachtet es nicht, aber der Mann oder Junge bleibt neben ihr. Sie erkennt ihn wieder.
„Sie fahren auch mit der S-Bahn?", fragt er.
„Ja, bis Schöneweide."
„Ich muss nach Grünau", sagt er.
Sie versucht einen kleinen Vorsprung zu gewinnen um ihm zu zeigen, dass sie allein sein, nicht Rede und Antwort stehen will. Und er lässt ihr den Vorsprung. Das hat sie nicht erwartet. Die Läden haben noch offen. Sie könnte in einen Laden gehen, irgendetwas kaufen. Vielleicht gelingt es ihr ihn abzuhängen. Aber da ist der Schritt, wenige Meter hinter ihr, gar nicht hastig, gar nicht angepasst an ihren Schritt. Das gefällt ihr, sie weiß nicht, warum. Das beruhigt sie. Sie geht durch Straßen, die ihr fremd sind, an Männern und Frauen vorbei, deren Gesichter in dem schwachen Laternenlicht kaum zu erkennen sind, die das leise Singen des Windes in den Baumkronen und den unterschiedlichen Schritt der zwei jungen Menschen nicht hören, die nicht einmal den Abstand bemerken, der zur Zusammengehörigkeit wird, je länger die beiden ihn einhalten.
Als Gabriele am Bahnhof eine Fahrkarte kauft, bleibt der junge Mann vor der Fahrplanwand neben dem Schalter stehen, wartet, bis sie den ersten Absatz der Treppe erreicht hat. Auch auf dem Bahnsteig bleibt er beim Zigarettenautomaten stehen, während sie im Windschatten des Stationsgebäudes wartet, dem Lachen hinter dem Fenster zuhört, dem alten Mann nachhorcht, der längs der Bahnsteigkante auf und ab geht. Sie merkt sich das, das auch. Das Lachen. Die Schritte, den Wunsch nach der Wärme eines Kachelofens, den Wunsch nach Geborgenheit. Sie

zählt die Fenster in den Häusern auf der anderen Seite der Gleise und kommt nicht zu Ende damit, will nicht zu Ende kommen, will sich etwas offen halten.
Ein Schwall warmer Luft kommt aus dem Stationsgebäude, als der Stationsvorsteher die Tür öffnet, weil der Zug einfährt. Die Aus- und Einsteigenden müssen den Widerschein der Fenstervierecke auf dem Bahnsteig durchkreuzen, elf Aussteiger, drei Einsteiger. Der alte Mann hat zweiter Klasse Raucher gewählt. Der junge Mann steigt ins Dritterklasseabteil Nichtraucher, wie Gabriele, bleibt aber hinter der Trennwand stehen, bis der Zug anfährt. Gabriele hat sich neben eine Frau gesetzt, die ein Netz voller Pakete auf dem Schoß hat. Mehrere Sitzplätze sind frei. Warum setzt er sich nicht? Sie starrt auf die säuberlich gepackten Pakete im Einkaufsnetz ihrer Nachbarin, auf die Hände, die das Papier gefalzt und eingeschlagen haben. Und denkt, dass es schwer ist Ich zu sagen und Du zu sagen, wenn man doch von einem zum anderen nichts abfragen kann, von einem zum anderen nichts weiß, als was die Hände tun, oder nur den Zustand der Schuhe kennt oder den Rhythmus der Schritte.
Sie ist nicht erstaunt, als der junge Mann am Bahnhof Niederschöneweide aussteigt und neben ihr bleibt, auf der Bahnhofstreppe, in der Bahnhofsvorhalle, beim Überqueren des Bahnhofsvorplatzes, beim Kreuzen der Straßenbahnschienen und in der Brückenstraße auf dem Weg zur Spree. Reden ist nicht nötig. Das ist eine ganz neue Erfahrung: dass es genügt nebeneinander zu gehen, den Wind auf der Haut zu spüren. Sie haben sich nicht an den Händen gefasst. Sie haken sich nicht einmal ein. Aber ihre Schritte stimmen jetzt zusammen.
Die Auslagen in den Geschäften auf der Brückenstraße sind matt erleuchtet. Sie bleiben nicht stehen vor den Schaufenstern. Sie sehen sich nicht an und wissen doch jeder von dem andern das Lächeln. Auf der Treskowbrücke ist der Wind schärfer. Die Möwen sitzen auf den Pfählen und schlafen. Die Fabriken sind dunkel, bis auf die Wächterhäuschen und die Laternen auf den Höfen.
In der Wilhelminenhofstraße liegen beim Schlachter Blutwürste aus. Morgen sind die nicht mehr frisch, aber billiger. Mit einem Mal weiß sie, dass Zeit vergangen ist, gestern, heute. Dass heute ein wichtiger Tag ist.
Vor der Haustür bleiben sie stehen. „Danke“, sagt sie, „danke, dass Sie mich gebracht haben. Aber von hier kommen Sie schlecht nach Grünau.“
Er lacht kurz auf. Plötzlich die Angst, dass er sie küssen könnte. Sie hat nicht erwartet, dass er ihre beiden Hände nimmt.
Sie hat die Mutter stehen lassen, die sie schon im Flur erwartet hat. Sie hat das Abendessen stehen lassen, das die Mutter für sie warm gehalten hat. Sie hat Ulrikchen nicht Gute Nacht gesagt. Sie hat den Vater nicht begrüßt. Sie hat die Tür zu ihrer Kammer verriegelt, hat gehört, wie die Mutter an der Tür stehen blieb, lauschte, atmete, bettelte: „Gabriele, Gabi, Kind, du musst doch was essen!“
Sie hat nicht geantwortet, hat auf ihrem Bett gesessen, schräg vorgebeugt, hat die Hände angesehen, ob da Spuren auf den Händen sind. Sie hat sich ihn auf dem Weg zum Bahnhof zurück, treppauf zu dem Bahnsteig vorgestellt und die Fahrt nach Grünau. Sie hat sich vorgestellt, dass sie mit seinen Augen sieht, mit seiner Haut fühlt, seine Gedanken denkt. Sie ertappt sich, dass sie halblaut gesprochen hat. Ich. Du. Sie zieht die Decke über den Kopf. Du. Ich.

Rudolf Hausner: Adam-Massiv

Wir sind ein Teil der Erde – Gedichte

Altes Testament

Machet euch die Erde untertan

Und Gott sprach:

Lasset uns Menschen machen,
die da herrschen über die Fische im Meer
und über die Vögel unter dem Himmel
und über das Vieh
und über alle Tiere des Feldes
und über alles Gewürm, das auf Erden kriecht.

Und Gott schuf

den Menschen zu seinem Bilde,
zum Bilde Gottes schuf er ihn,
und schuf sie als Mann und Weib.

Und Gott segnete sie und sprach zu ihnen:

Seid fruchtbar und mehret euch
und füllet die Erde
und machet sie euch untertan
und herrschet über die Fische im Meer
und über die Vögel unter dem Himmel
und über das Vieh
und über alles Getier, das auf Erden kriecht.

Und Gott sprach:

Sehet da, ich habe euch gegeben alle Pflanzen,
die Samen bringen, auf der ganzen Erde,
und alle Bäume mit Früchten,
die Samen bringen, zu eurer Speise.
Aber allen Tieren auf Erden
und allen Vögeln unter dem Himmel
und allem Gewürm, das auf Erden lebt,
habe ich alles grüne Kraut zur Nahrung gegeben.
Und es geschah so.

Und Gott sah an alles, was er gemacht hatte,
und siehe, es war sehr gut.

Walther von der Vogelweide

Mailied

Muget ir schouwen waz dem meien
wunders ist beschert?
Seht an pfaffen, seht an leien*,
wie daz allez vert.
Grôz ist sîn gewalt:
ine weiz obe er zouber künne:
swar er vert in sîner wünne,
dân ist niemen alt.

Uns wil schiere wol gelingen,
wir suln sîn gemeit,
Tanzen lachen unde singen,
âne dörperheit.
Wê wer wære unfrô?
Sît die vogele alsô schône
singent in ir besten dône –
tuon wir ouch alsô!

Wol dir, meie, wie dû scheidest
allez âne haz!
Wie dû walt und ouwe kleidest
und die heide baz!
Diu hâ varwe mê.
‚du bist kurzer, ich bin langer‘,
alsô strîtents ûf dem anger,
bluomen unde klê.

Übertragung von Peter Wapnewski

Sehr nur, was dem Mai
an Herrlichkeiten beschert worden ist!
Seht alle Welt an,
wie es ihr ergeht!
Groß ist seine Gewalt:
Mir scheint, er versteht zu zaubern;
denn wohin er fährt in seiner Pracht,
wird alles wieder jung.

Auch mit uns wird alles gut werden,
wir werden fröhlich sein,
werden tanzen, lachen, singen –
freilich fern aller bäurischen Grobheit.
Wer wollte jetzt nicht fröhlich sein?
Da doch alle Vögel so schön
ihre lieblichsten Melodien singen –
lasst es uns ihnen gleichtun!

Gelobt seist du, Mai, wie du richterlich
alles in Frieden schlichtest.
Wie du Wald und Aue kleidest
und schöner noch die Heide:
Denn sie ist die Bunteste.
„Du bist kleiner, ich bin größer!“,
so streiten sie auf der Wiese,
der Klee und die Blumen.

Unbekannter Verfasser (13. Jahrhundert)

Der Lenz

Nun will der Lenz uns grüßen,
von Mittag weht es lau;
aus allen Ecken sprießen
die Blumen rot und blau.
Draus wob die braune Heide
sich ein Gewand gar fein
und lädt im Festtagskleide
zum Maientanze ein.

Waldvöglein Lieder singen,
wie ihr sie nur begehrt,
drum auf zum frohen Springen,
die Reis' ist Goldes wert.
Hei, unter grünen Linden,
da leuchten weiße Kleid'!
Heija, nun hat uns Kindern
ein End' all Wintersleid!

Claude Monet: Felder im Frühling

Ludwig Uhland

Frühlingsglaube

Die linden Lüfte sind erwacht,
Sie säuseln und weben Tag und Nacht,
Sie schaffen an allen Enden.
O frischer Duft, o neuer Klang!
Nun, armes Herze, sei nicht bang!
Nun muss sich alles, alles wenden.

Die Welt wird schöner mit jedem Tag,
Man weiß nicht, was noch werden mag,
Das Blühen will nicht enden.
Es blüht das fernste, tiefste Tal:
Nun, armes Herz, vergiss der Qual!
Nun muss sich alles, alles wenden.

Marie Luise Kaschnitz

Juni

Schön wie niemals sah ich jüngst die Erde.
Einer Insel gleich trieb sie im Winde.
Prangend trug sie durch den reinen Himmel
ihrer Jugend wunderbaren Glanz.

Funkelnd lagen ihre blauen Seen,
ihre Ströme zwischen Wiesenufern.
Rauschen ging durch ihre lichten Wälder,
große Vögel folgten ihrem Flug.

Voll von jungen Tieren war die Erde.
Fohlen jagten auf den grellen Weiden,
Vögel reckten schreiend sich im Neste,
gurrend rührte sich im Schilf die Brut.

Bei den roten Häusern im Holunder
trieben Kinder lärmend ihre Kreisel;
singend flochten sie auf gelben Wiesen
Ketten sich aus Halm und Löwenzahn.

Unaufhörlich neigten sich die grünen
jungen Felder in des Windes Atem,
drehten sich der Mühlen schwere Flügel,
neigten sich die Segel auf dem Haff.

Unaufhörlich trieb die junge Erde
durch das siebenfache Licht des Himmels;
flüchtig nur wie einer Wolke Schatten
lag auf ihrem Angesicht die Nacht.

Johann Wolfgang Goethe

Dämmrung

Dämmrung senkte sich von oben,
Schon ist alle Nähe fern;
Doch zuerst emporgehoben
Holden Lichts der Abendstern!
Alles schwankt ins Ungewisse,
Nebel schleichen in die Höh';
Schwarz vertiefte Finsternisse
Widerspiegelnd ruht der See.

Nun am östlichen Bereiche
Ahn' ich Morgenglanz und -glut,
Schlanker Weiden Haargezweige
Scherzen auf der nächsten Flut.
Durch bewegter Schatten Spiele
Zittert Lunas* Zauberschein
Und durchs Auge schleicht die Kühle
Sänftigend ins Herz hinein.

Heinrich Heine

Abenddämmerung

Am blassen Meeresstrande
Saß ich gedankenbekümmert und einsam.
Die Sonne neigte sich tiefer und warf
Glührote Streifen auf das Wasser
Und die weißen, weiten Wellen,
Von der Flut gedrängt,
Schäumten und rauschten näher und näher –
Ein seltsam Geräusch, ein Flüstern und Pfeifen,
Ein Lachen und Murmeln, Seufzen und Sausen,
Dazwischen ein wiegenliedheimliches Singen –
Mir war, als hört' ich verschollne Sagen,
Uralte, liebliche Märchen,
Die ich einst als Knabe
Von Nachbarskindern vernahm,
Wenn wir am Sommerabend
Auf den Treppensteinen der Haustür
Zum stillen Erzählen niederkauerten,
Mit kleinen, horchenden Herzen
Und neugierklugen Augen,
Während die großen Mädchen
Neben duftenden Blumentöpfen
Gegenüber am Fenster saßen,
Rosengesichter,
Lächelnd und mondbeglänzt.

Caspar David Friedrich: Mann und Frau in Betrachtung des Mondes

Andreas Gryphius

An die Sterne

Ihr Lichter, die ich nicht auf Erden satt kann schauen,
Ihr Fackeln, die ihr Nacht und schwarze Wolken trennt,
Als Diamante spielt und ohn' Aufhören brennt;
Ihr Blumen, die ihr schmückt des großen Himmels Auen,

Ihr Wächter, die, als Gott die Welt auf wollte bauen,
Sein Wort, die Weisheit selbst, mit rechten Namen nennt,
Die Gott allein recht misst, die Gott allein recht kennt,
Wir blinden Sterblichen! Was wollen wir uns trauen!

Ihr Bürgen meiner Lust, wie manche schöne Nacht
Hab' ich, indem ich euch betrachtete, gewacht!
Herolde dieser Zeit! Wann wird es doch geschehen,

Dass ich, der eurer nicht allhier vergessen kann,
Euch, deren Liebe mir steckt Herz und Geister an,
Von andern Sorgen frei werd' unter mir bestehen?

Eduard Mörike

Um Mitternacht

Gelassen stieg die Nacht an Land,
lehnt träumend an der Berge Wand;
ihr Auge sieht die goldne Waage nun
der Zeit in gleichen Schalen stille ruhn.
  Und kecker rauschen die Quellen hervor,
  sie singen der Mutter, der Nacht, ins Ohr
    vom Tage,
    vom heute gewesenen Tage.

Das uralt alte Schlummerlied –
sie achtet's nicht, sie ist es müd;
ihr klingt des Himmels Bläue süßer noch,
der flücht'gen Stunden gleichgeschwungnes Joch.
  Doch immer behalten die Quellen das Wort,
  es singen die Wasser im Schlafe noch fort
    vom Tage,
    vom heute gewesenen Tage.

Joseph von Eichendorff

In Danzig 1842

Dunkle Giebel, hohe Fenster,
Türme tief aus Nebeln sehn,
Bleiche Statuen wie Gespenster
Lautlos an den Türen stehn.

Träumerisch der Mond drauf scheinet,
Dem die Stadt gar wohl gefällt,
Als läg' zauberhaft versteinet
Drunten eine Märchenwelt.

Ringsher durch das tiefe Lauschen,
Über alle Häuser weit,
Nur des Meeres fernes Rauschen –
Wunderbare Einsamkeit!

Und der Türmer wie vor Jahren
Singet ein uraltes Lied:
Wolle Gott den Schiffer wahren,
Der bei Nacht vorüberzieht!

Jan van Goyen: Der Valkhof in Nimwegen

Theodor Storm

Die Stadt

Am grauen Strand, am grauen Meer
Und seitab liegt die Stadt;
Der Nebel drückt die Dächer schwer
Und durch die Stille braust das Meer
Eintönig um die Stadt.

Es rauscht kein Wald, es schlägt im Mai
Kein Vogel ohn' Unterlass;
Die Wandergans mit hartem Schrei
Nur fliegt in Herbstesnacht vorbei,
Am Strande weht das Gras.

Doch hängt mein ganzes Herz an dir,
Du graue Stadt am Meer;
Der Jugend Zauber für und für
Ruht lächelnd doch auf dir, auf dir,
Du graue Stadt am Meer.

Alfred Tillich

Erde

Betrachtet es, wie's euch beliebt,
redet, rechnet und spielt euch
mit überklugen Gedanken.
Einmalig ist sie, köstlich und schön –
ein Garten.
Alle Bilder des Paradieses,
ihr allein sind sie entliehn,
so weit wir auch suchen und forschen,
ihr findet nichts Gleiches.

O wäre dies allen bewusst,
sie würde behütet, bewacht
und in Liebe gepflegt.
So aber trampeln wir blind
durch ihre blühenden Beete,
zerstampfen Wälder und Fluren,
zertrümmern die bis ins Kleinste
reichende Ordnung,
vernichten Klänge und Bilder,
die sie uns üppig beschert.

Noch heilten fast immer die Wunden.
Ein unerschöpflicher Reichtum
überblühte Gier und Zerstörung.
Doch immer stärker die Habsucht,
Frevler und Blinde
verwalten ein köstliches Erbe.

Wen wundert es noch,
dass die Gärten veröden,
die Wälder und Triften* verkarsten,
Gewässer sich trüben,
stinkend und todlich verfaulen.

Sehnen werden wir uns
nach Unberührtem und Reinem,
nach Wäldern, die tausendfältigem
Leben
Schutz und Heimat gewähren,
nach klaren und reinen Gewässern,
blühenden Wiesen und Weiden,
in denen der Sommer die Tage
matt und müde verschläft,
nach windüberwanderten Hängen,
über welchen im leuchtenden Äther
wilde Vögel lauernde Kreise ziehn.

Erde,
unendlich Geliebte,
deinen Wundern gibt es nichts
Gleiches.
Was uns an seltenen Bildern
ein tieferes Schauen vermittelt,
stammt nur von dir,
ist deiner Schönheit entnommen.

Häuptling Seattle

Wir sind ein Teil der Erde

Amerika im Jahr 1855: Der amerikanische Präsident Pierce teilt den Indianern des Duwamish-Stammes mit, dass er ihr Land kaufen will. Ein Weißer hat die Antwort ihres Häuptlings Seattle sinngemäß aufgeschrieben:

„Wir sind ein Teil der Erde und sie ist ein Teil von uns. Die duftenden Blumen sind unsere Schwestern, die Rehe, das Pferd, der große Adler – sind unsere Brüder. Die felsigen Höhen – die saftigen Wiesen, die Körperwärme des Ponys – und des Menschen – sie alle gehören zur gleichen Familie. [...]

Albert Bierstadt: Der Büffelpfad

Wir wissen, dass der weiße Mann unsere Art nicht versteht. Ein Teil des Landes ist ihm gleich jedem anderen, denn er ist ein Fremder, der Bruder nicht, sondern Feind, und wenn er ihn erobert hat, schreitet er weiter. Er lässt die Gräber seiner Väter zurück – und kümmert sich nicht. Er stiehlt die Erde von seinen Kindern – und kümmert sich nicht. Er behandelt seine Mutter, die Erde, und seinen Bruder, den Himmel, wie die Dinge zum Kaufen und Plündern, zum Verkaufen wie Schafe oder glänzende Perlen. Sein Hunger wird die Erde verschlingen und nichts zurücklassen als eine Wüste. Ich weiß nicht – unsere Art ist anders als die Eure. Der Anblick Eurer Städte schmerzt die Augen des roten Mannes. Vielleicht weil der rote Mann ein Wilder ist und nicht versteht?
Es gibt keine Stille in den Städten der Weißen. [...] Das Geklappere scheint unsere Ohren nur zu beleidigen. Was gibt es schon im Leben, wenn man nicht den einsamen Schrei des Ziegenmelkervogels hören kann oder das Gestreite der Frösche im Teich bei Nacht? Ich bin ein roter Mann und verstehe das nicht. Der Indianer mag das sanfte Geräusch des Windes, der über eine Teichfläche streicht, und den Geruch des Windes, gereinigt vom Mittagsregen oder schwer vom Duft der Kiefern. Die Luft ist kostbar für den roten Mann – denn alle Dinge teilen denselben Atem – das Tier, der Baum, der Mensch – sie alle teilen denselben Atem.
Der weiße Mann scheint die Luft, die er atmet, nicht zu bemerken, wie ein Mann, der seit vielen Tagen stirbt, ist er abgestumpft gegen den Gestank.
Aber wenn wir Euch unser Land verkaufen, dürft Ihr nicht vergessen, dass die Luft uns kostbar ist. [...] Der Wind gab unseren Vätern den ersten Atem und empfängt den letzten. Und wenn wir Euch unser Land verkaufen, so müsst Ihr es als ein besonderes und geweihtes schätzen, als einen Ort, wo auch der weiße Mann spürt, dass der Wind süß duftet von den Wiesenblumen. [...]
Ich bin ein Wilder und verstehe es nicht anders. Ich habe tausend verrottete Büffel gesehen, vom weißen Mann zurückgelassen – erschossen aus einem vorüberfahrenden Zug. Ich kann nicht verstehen, wie das qualmende Eisenpferd wichtiger sein soll als der Büffel, den wir nur töten um am Leben zu bleiben."

Thomas A. Merk

Abschied vom Lande

Höfe zerfallen unter dem Himmel
wie Wolken im trägen Wind der Zeit.
Tief schlägt Beton die Wurzeln ins Land
durch Flüsse, Wald und alte Steine

In Schuppen vergessene Maschinen,
die immer noch alte Felder bestellen.
Felder, von Siedlungen längst überzogen
wie Pflüge vom Rost der Erinnerung

In fetten Feldern Traktorspuren
über dem Mais vom vorigen Jahr.
Schon droht in glatten Uniformen
die freche Vorhut der Siedlungshäuser

Die weißen Wolken der Industrie
wie Räderrollen am Horizont.
Hagelwände treibt der Wind
über die schwarz gebrochenen Felder

Walter Helmut Fritz

Bäume

Wieder hat man in der Stadt,
um Parkplätze zu schaffen,
Platanen gefällt.
Sie wussten viel.
Wenn wir in ihrer Nähe waren,
begrüßten wir sie als Freunde.
Inzwischen ist es fast
zu einem Verbrechen geworden
nicht über Bäume zu sprechen,
ihre Wurzeln,
den Wind, die Vögel,
die sich in ihnen niederlassen,
den Frieden,
an den sie uns erinnern.

Hughie Lee-Smith: Junge mit Reifen

Bertolt Brecht

Der Pflaumenbaum

Im Hofe steht ein Pflaumenbaum
Der ist klein, man glaubt es kaum.
Er hat ein Gitter drum
So tritt ihn keiner um.

Der Kleine kann nicht größer wer'n.
Ja größer wer'n, das möcht' er gern.
's ist keine Red' davon
Er hat zu wenig Sonn'.

Den Pflaumenbaum glaubt man ihm kaum
Weil er nie eine Pflaume hat
Doch er ist ein Pflaumenbaum
Man kennt es an dem Blatt.

Max Peintner: Die ungebrochene Anziehungskraft der Natur

Günter Kunert

Unterwegs nach Utopia*

Auf der Flucht
vor dem Beton
geht es zu
wie im Märchen: Wo du
auch ankommst
er erwartet dich
grau und gründlich.

Auf der Flucht findest du
vielleicht
einen grünen Fleck
am Ende
und stürzest selig
in die Halme
aus gefärbtem Glas.

Ulla Hahn

Schöne Landschaft

Mitunter tut sich
der Himmel auf
zeigt sein Geheimnis
im Spiegel der Erde

Zeigt uns was
wir noch übrig ließen
von der Erde die einmal
sein Ebenbild war.

Margarete Hannsmann

Landschaft

Aber es werden Menschen kommen
denen das zeitauf zeitab
der Fabriken gleichgültig ist
sie wollen nicht nur auf den Supermärkten
einkaufen aber sie fragen nach dem
Millionen Jahre alten Wind
ob ihr noch Vögel
Fische
Füchse
Sumpfdotterblumen
aufgehoben habt
wenn anderswo
alle Wälder zerstückelt sind
alle Städte über die Ränder getreten
alle Täler überquellen vom Müll
Könnt ihr noch Wetterbuchen liefern?
einen unbegradigten Fluss?
Mulden ohne schwelenden Abfall?
Hänge ohne Betongeschwüre?
Seitentäler ohne Gewinn?
habt ihr noch immer nicht genug
Einkaufszentren in Wiesen gestreut
Möbelmärkte zwischen Skabiosen*
nicht genug Skilifte ohne Schnee
Nachschubstraßen für Brot und Spiele
Panzerschneisen hügelentlang
wenn ihr die Schafe aussterben lasst
stirbt der Wacholder
Silberdisteln
bald wird man diesen Namen aussprechen
wie Joringel Jorinde als Kind.

Pieter Breughel der Ältere: Der Turmbau zu Babel

Wolf Biermann

Größe des Menschen

Nimm nur die Berge, die abträgt der Regen
und schwemmt sie flusswärts ins Meer wie nichts

Oder das Meer selber, das Schiffe mordende
in der Sturmflut, wie es die Inseln wegleckt

Oder wenn aufbrechen die Wunden der Erde
in Vulkanen, Städte begrabenden Massen

Oder auch, von denen wir wieder hörten:
den Länder zertrümmernden Erdbeben

– sie alle übertrifft der Mensch
in seiner Zerstörungskraft

Eva Strittmatter

Werte

Die guten Dinge des Lebens
Sind alle kostenlos:
Die Luft, das Wasser, die Liebe.
Wie machen wir das bloß,
Das Leben für teuer zu halten,
Wenn die Hauptsachen kostenlos sind?
Das kommt vom zu frühen Erkalten.
Wir genossen nur damals als Kind
Die Luft nach ihrem Werte
Und Wasser als Lebensgewinn
Und Liebe, die unbegehrte,
Nahmen wir herzleicht hin.
Nur selten noch atmen wir richtig
Und atmen Zeit mit ein,
Wir leben eilig und wichtig
Und trinken statt Wasser Wein.
Und aus der Liebe machen
Wir eine Pflicht und Last.

Und das Leben kommt dem zu teuer,
Der es zu billig auffasst.

Marie Luise Kaschnitz

Und immer war einer

Und immer war einer, der sagte,
   die Sonne geht unter,
Und immer war einer, der sagte,
   fürchtet euch nicht.
Vom Kommenden hör ich sie flüstern,
   die ewige Stimme.
Nicht von Maschinen spricht sie,
Nicht von Vermehrung der Ernten,
Nicht von gewonnenem Schiffsraum.
Zusammenklang, sagt sie,
   und Würde des Menschen und Freiheit.
Hoffnung sagt sie,
   und Liebe, das süßeste Wort.

Marc Chagall: Der Krieg

Andreas Gryphius

Tränen des Vaterlandes, anno 1636

Wir sind doch nunmehr ganz, ja mehr denn ganz verheeret!
Der frechen Völker Schar, die rasende Posaun,
Das vom Blut fette Schwert, die donnernde Kartaun*
Hat aller Schweiß und Fleiß und Vorrat aufgezehret.

Die Türme stehn in Glut, die Kirch ist umgekehret,
Das Rathaus liegt im Graus, die Starken sind zerhaun,
Die Jungfraun sind geschänd't, und wo wir hin nur schaun,
Ist Feuer, Pest und Tod, der Herz und Geist durchfähret.

Hier durch die Schanz und Stadt rinnt allzeit frisches Blut.
Dreimal sind schon sechs Jahr, als unser Ströme Flut
Von Leichen fast verstopft, sich langsam fort gedrungen.

Doch schweig ich noch von dem, was ärger als der Tod,
Was grimmer denn die Pest und Glut und Hungersnot,
Dass auch der Seelenschatz so vielen abgezwungen.

Friedrich von Logau

Des Krieges Buchstaben

K ummer, der das Mark verzehret,
R aub, der Hab und Gut verheeret,
J ammer, der den Sinn verkehret,
E lend, das den Leib beschweret,
G rausamkeit, die Unrecht lehret –
sind die Frucht, die Krieg gewähret.

Matthias Claudius

Kriegslied

'ṡ ist Krieg! 's ist Krieg! O Gottes Engel wehre,
Und rede Du darein!
's ist leider Krieg – und ich begehre
Nicht schuld daran zu sein!

Was sollt' ich machen, wenn im Schlaf mit Grämen
Und blutig, bleich und blass,
Die Geister der Erschlagnen zu mir kämen,
Und vor mir weinten, was?

Wenn wackre Männer, die sich Ehre suchten,
Verstümmelt und halb tot
Im Staub sich vor mir wälzten und mir fluchten
In ihrer Todesnot?

Wenn tausend tausend Väter, Mütter, Bräute,
So glücklich vor dem Krieg,
Nun alle elend, alle arme Leute,
Wehklagten über mich?

Wenn Hunger, böse Seuch' und ihre Nöten
Freund, Freund und Feind ins Grab
Versammleten und mir zu Ehren krähten
Von einer Leich' herab?

Was hülf' mir Kron' und Land und Gold und Ehre?
Die könnten mich nicht freun!
's ist leider Krieg – und ich begehre
Nicht schuld daran zu sein!

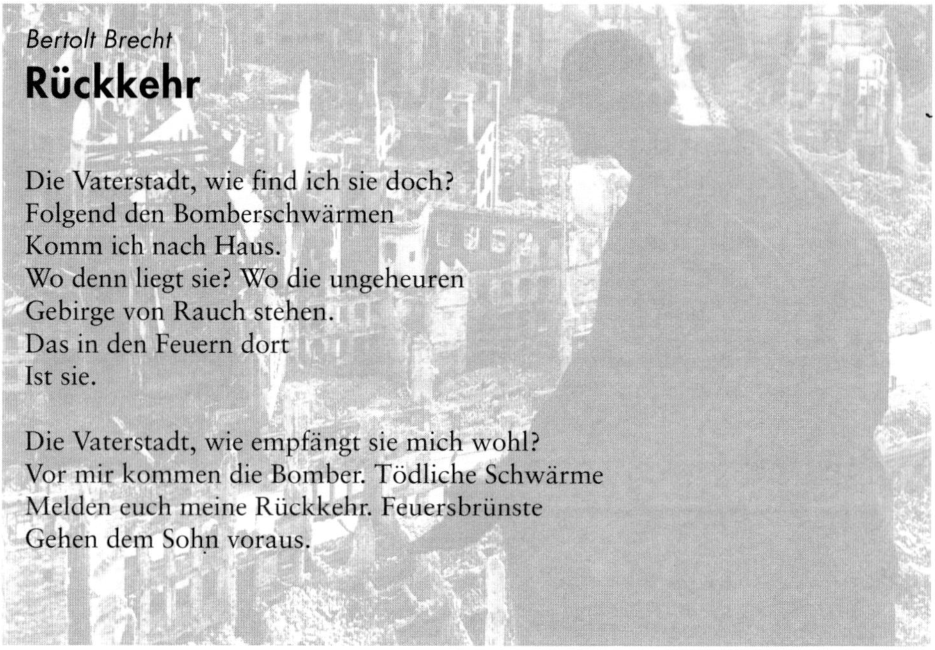

Bertolt Brecht

Rückkehr

Die Vaterstadt, wie find ich sie doch?
Folgend den Bomberschwärmen
Komm ich nach Haus.
Wo denn liegt sie? Wo die ungeheuren
Gebirge von Rauch stehen.
Das in den Feuern dort
Ist sie.

Die Vaterstadt, wie empfängt sie mich wohl?
Vor mir kommen die Bomber. Tödliche Schwärme
Melden euch meine Rückkehr. Feuersbrünste
Gehen dem Sohn voraus.

Günter Eich

Inventur

Dies ist meine Mütze,
dies ist mein Mantel,
hier mein Rasierzeug
im Beutel aus Leinen.

Konservenbüchse:
Mein Teller, mein Becher,
ich hab in das Weißblech
den Namen geritzt.

Geritzt hier mit diesem
kostbaren Nagel,
den vor begehrlichen
Augen ich berge.

Im Brotbeutel sind
ein Paar wollene Socken
und einiges, was ich
niemand verrate,

so dient es als Kissen
nachts meinem Kopf.
Die Pappe hier liegt
zwischen mir und der Erde.

Die Bleistiftmine
lieb ich am meisten:
Tags schreibt sie mir Verse,
die nachts ich erdacht.

Dies ist mein Notizbuch,
dies meine Zeltbahn,
dies ist mein Handtuch,
dies ist mein Zwirn.

Charles Simic

Krieg

Der zittrige Finger einer Frau
fährt die Verlustliste entlang
am Abend des ersten Schnees.

Das Haus ist kalt und die Liste ist lang.

Es stehen all unsre Namen darauf.

Eva Grgic, 12 Jahre

Ich suche nach dir

gewidmet
einer Freundin,
die im Krieg
getötet wurde

Ich suche nach dir,
Maja, im
Sonnenglanz,

Ich suche nach dir,
Maja, im Silber des
Mondlichts,

Ich suche nach dir in
den Schneeflocken,
im Zwitschern der
Vögel unter den
Dächern,
in klaren Wasserfällen.

Ich suche nach dir, wo
es keine Brandstätten
gibt.

Eine alte ungarische Bäuerin schrieb an ihren Sohn in London:

Mein lieber Sohn,

mein einziger geliebter Junge in der Fremde. Ich schreibe es dir, wie du es gewünscht hast. In der Familienbibel habe ich das gefunden: Mein Vater István Kantor starb im Oktober 1916, er ertrank an der italienischen Front bei Doberdo. Mein Sohn János wurde im November 1919 zu Tode gefoltert. Niemand weiß, wo er ruht. Mein kleiner Anselm starb mit elf Monaten am 20. Juli. Pista starb als Neunzehnjähriger am 17. März 1933. István, mein Mann, fiel im Jahre 1944. Mein Sohn János wurde im Krieg bei der Flucht erschossen, kurz bevor er das Dorf erreichen konnte. Pista, den wir Ivan genannt haben, ertrank in der Donau 1957 und dann hast auch du mich verlassen.
Ich habe zwei Entschlüsse gefasst ... und niemand kann mich daran hindern, weder mit Liebe noch mit Gewalt. Zwei Dinge will ich bis zu meinem Tod zu Ende bringen. Der eine Entschluss ist, dass ich aus eigener Kraft, durch meiner Hände Arbeit dorthin will, wo du bist, in der weiten Ferne. Ich habe noch einen andern Entschluss: Den alten verwahrlosten steinigen Weinberg, in dem ich nichts mehr getan habe seit ich ohne Mann geblieben war, werde ich reinigen und neu anbauen, bevor ich sterbe ...
Ich höre im Radio, dass sich die Leute immer irgendwo bekämpfen. Ich habe mir zwei große Wiesen vorgestellt, die eine davon in zwei Hälften geteilt. Darauf stünden sich die feindlichen Soldaten gegenüber. Auf der andern ungeteilten Wiese wären die Mütter der Soldaten aus beiden Lagern. Würden dann die Frauen auf ein Zeichen auf die andere Wiese laufen und jede einzelne ihren Jungen bei der Hand nehmen, gäbe es keinen Krieg ...

Unbekannter Verfasser

Wann geht die Nacht zu Ende?

Ein Rabbi* fragte seine Schüler: „Wie erkennt man, dass die Nacht zu Ende geht und der Tag beginnt?"
Die Schüler fragten: „Ist es vielleicht dann, wenn man einen Hund von einem Kalb unterscheiden kann?"
„Nein", sagte der Rabbi.
„Ist es dann, wenn man einen Feigenbaum von einem Mandelbaum unterscheiden kann?"
„Nein", sagte der Rabbi.
„Wann ist es dann?", fragten die Schüler.
„Es ist dann", sagte der Rabbi, „wenn du in das Gesicht irgendeines Menschen blicken kannst und deine Schwester und deinen Bruder siehst. Bis dahin ist die Nacht noch bei uns."

Eine Frau tröstet einen türkischen Mitbürger, auf dessen Haus in Bielefeld am 20.4.1994 ein ausländerfeindlicher Brandanschlag verübt wurde (Foto: Eva Leitolf)

Der fremde Nachbar – Berichte und Erzählungen

Bosc

Ein Vorurteil und sein Zusammenbruch

„Beschreibung der in Europa befindlichen Völker und ihrer Eigenschaften" (18. Jahrhundert)

Federica de Cesco

Spaghetti für zwei

Heinz war bald vierzehn und fühlte sich sehr cool. In der Klasse und auf dem Fußballplatz hatte er das Sagen. Aber richtig schön würde das Leben erst werden, wenn er im nächsten Jahr seinen Töff bekam und den Mädchen zeigen konnte, was für ein Kerl er war. Er mochte Monika, die Blonde mit den langen Haaren aus der Parallelklasse, und ärgerte sich über seine entzündeten Pickel. Im Unterricht machte er gerne auf Verweigerung. Die Lehrer sollten bloß nicht auf den Gedanken kommen, dass er sich anstrengte.

Mittags konnte er nicht nach Hause, weil der eine Bus zu früh, der andere zu spät abfuhr. So aß er im Selbstbedienungsrestaurant, gleich gegenüber der Schule. Aber an manchen Tagen sparte er lieber das Geld und verschlang einen Hamburger an der Stehbar. Samstags leistete er sich dann eine neue Kassette, was die Mutter natürlich nicht wissen durfte. Doch manchmal – so wie heute – hing ihm der Big Mac zum Hals heraus. Er hatte Lust auf ein richtiges Essen. Einen Kaugummi im Mund, stapfte er mit seinen Cowboy-Stiefeln die Treppe zum Restaurant hinauf. Die Reißverschlüsse seiner Lederjacke klimperten bei jedem Schritt. Im Restaurant trafen sich Arbeiter aus der nahen Möbelfabrik, Schüler und Hausfrauen mit kleinen Kindern, die Unmengen Cola tranken, Pommes frites verzehrten und fettige Fingerabdrücke auf den Tischen hinterließen.

Viel Geld wollte Heinz nicht ausgeben; er sparte es lieber für die nächste Kassette. „Italienische Gemüsesuppe" stand im Menü. Warum nicht? Immer noch seinen Kaugummi mahlend, nahm Heinz ein Tablett und stellte sich an. Ein schwitzendes Fräulein schöpfte die Suppe aus einem dampfenden Topf. Heinz nickte zufrieden. Der Teller war ganz ordentlich voll. Eine Schnitte Brot dazu und er würde bestimmt satt.

Er setzte sich an einen freien Tisch, nahm den Kaugummi aus dem Mund und klebte ihn unter den Stuhl. Da merkte er, dass er den Löffel vergessen hatte. Heinz stand auf und holte sich einen. Als er zu seinem Tisch zurückstapfte, traute er seinen Augen nicht: Ein Schwarzer saß an seinem Platz und aß seelenruhig seine Gemüsesuppe!

Heinz stand mit seinem Löffel fassungslos da, bis ihn die Wut packte. Zum Teufel mit diesen Asylbewerbern! Der kam irgendwo aus Uagadugu, wollte sich in der Schweiz breit machen, und jetzt fiel ihm nichts Besseres ein als ausgerechnet seine Gemüsesuppe zu verzehren! Schon möglich, dass so was den afrikanischen Sitten entsprach, aber hierzulande war das eine bodenlose Unverschämtheit!

Heinz öffnete den Mund um dem Menschen lautstark seine Meinung zu sagen, als ihm auffiel, dass die Leute ihn komisch ansahen. Heinz wurde rot. Er wollte nicht als Rassist gelten. Aber was nun?

Plötzlich fasste er einen Entschluß. Er räusperte sich vernehmlich, zog einen Stuhl zurück und setzte sich dem Schwarzen gegenüber. Dieser hob den Kopf, blickte ihn kurz an und schlürfte ungestört die Suppe weiter. Heinz presste die Zähne zusammen, dass seine Kinnbacken schmerzten. Dann packte er energisch den Löffel, beugte sich über den Tisch und tauchte ihn in die Suppe. Der Schwarze hob abermals den Kopf. Sekundenlang starrten sie sich an. Heinz bemühte sich die Augen nicht zu senken. Er führte mit leicht zitternder Hand den Löffel zum Mund und tauchte ihn zum zweiten Mal in die Suppe. Seinen vollen Löffel in der Hand, fuhr der Schwarze fort ihn stumm zu betrachten. Dann senkte er die Augen auf seinen Teller und aß weiter. Eine Weile verging. Beide teilten sich die Suppe, ohne daß ein Wort fiel. Heinz versuchte nachzudenken: „Vielleicht hat der Mensch kein Geld, muß schon tagelang hungern. Dann sah er die Suppe da stehen und bediente sich einfach. Schon möglich, wer weiß? Vielleicht würde ich mit leerem Magen ähnlich reagieren? Und Deutsch kann er anscheinend auch nicht, sonst würde er da nicht sitzen wie ein Klotz. Ist doch peinlich. Ich an seiner Stelle würde mich schämen. Ob Schwarze wohl rot werden können?“

Das leichte Klirren des Löffels, den der Afrikaner in den leeren Teller legte, ließ Heinz die Augen heben. Der Schwarze hatte sich zurückgelehnt und sah ihn an. Heinz konnte seinen Blick nicht deuten. In seiner Verwirrung lehnte er sich ebenfalls zurück. Schweißtropfen perlten auf seiner Oberlippe, sein Pulli juckte und die Lederjacke war verdammt heiß! Er versuchte, den Schwarzen abzuschätzen: „Junger Kerl. Etwas älter als ich. Vielleicht sechzehn oder sogar schon achtzehn. Normal angezogen: Jeans, Pulli, Windjacke. Sieht eigentlich nicht wie ein Obdachloser aus. Immerhin, der hat meine Suppe aufgegessen und sagt nicht einmal danke! Verdammt, ich habe noch Hunger!“

Der Schwarze stand auf. Heinz blieb der Mund offen: „Haut der tatsächlich ab? Jetzt ist aber das Maß voll! So eine Frechheit! Der soll mir wenigstens die halbe Gemüsesuppe bezahlen!“ Er wollte aufspringen und Krach schlagen. Da sah er, wie sich der Schwarze mit einem Tablett in der Hand wieder anstellte. Heinz fiel unsanft auf seinen Stuhl zurück und saß da wie ein Ölgötze: „Also doch: Der

Mensch hat Geld! Aber bildet der sich vielleicht ein, dass ich ihm den zweiten Gang bezahle?"
Heinz griff hastig nach seiner Schulmappe: „Bloß weg von hier, bevor er mich zur Kasse bittet! Aber nein, sicherlich nicht. Oder doch?"
Heinz ließ die Mappe los und kratzte nervös an einem Pickel. Irgendwie wollte er wissen, wie es weiterging.
Der Schwarze hatte einen Tagesteller bestellt. Jetzt stand er vor der Kasse und – wahrhaftig – er bezahlte! Heinz schniefte. „Verrückt!" dachte er. „Total gesponnen!"
Da kam der Schwarze zurück. Er trug das Tablett, auf dem ein großer Teller Spaghetti stand, mit Tomatensoße, vier Fleischbällchen und zwei Gabeln. Immer noch stumm setzte er sich Heinz gegenüber, schob den Teller in die Mitte des Tisches, nahm eine Gabel und begann zu essen, wobei er Heinz ausdruckslos in die Augen schaute. Heinz' Wimpern flatterten. Heiliger Strohsack! Dieser Typ forderte ihn tatsächlich auf die Spaghetti mit ihm zu teilen! Heinz brach der Schweiß aus. Was nun? Sollte er essen? Nicht essen? Seine Gedanken überstürzten sich: „Wenn der Mensch doch wenigstens reden würde! Na gut. Er aß die Hälfte meiner Suppe, jetzt esse ich die Hälfte seiner Spaghetti, dann sind wir quitt!" Wütend und beschämt griff Heinz nach der Gabel, rollte die Spaghetti auf und steckte sie in den Mund. Schweigen. Beide verschlangen die Spaghetti.
„Eigentlich nett von ihm, dass er mir eine Gabel brachte", dachte Heinz. „Da komme ich noch zu einem guten Spaghettiessen, das ich mir heute nicht geleistet hätte. Aber was soll ich jetzt sagen? Danke? Saublöde! Einen Vorwurf machen kann ich ihm auch nicht mehr. Vielleicht hat er gar nicht gemerkt, dass er meine Suppe aß. Oder vielleicht ist es üblich in Afrika, sich das Essen zu teilen? Schmecken gut, die Spaghetti. Das Fleisch auch. Wenn ich nur nicht so schwitzen würde!"
Die Portion war sehr reichlich. Bald hatte Heinz keinen Hunger mehr. Dem Schwarzen ging es ebenso. Er legte die Gabel aufs Tablett und putzte sich mit der Papierserviette den Mund ab. Heinz räusperte sich und scharrte mit den Füßen. Der Schwarze lehnte sich zurück, schob die Daumen in die Jeanstaschen und sah ihn an. Undurchdringlich. Heinz kratzte sich unter dem Rollkragen, bis ihm die Haut schmerzte: „Heiliger Bimbam! Wenn ich nur wüsste, was er denkt!" Verwirrt, schwitzend und erbost ließ er seine Blicke umherwandern. Plötzlich spürte er ein Kribbeln im Nacken. Ein Schauer jagte ihm über die Wirbelsäule von den Ohren bis ans Gesäß. Auf dem Nebentisch, an den sich bisher niemand gesetzt hatte, stand – einsam auf dem Tablett – ein Teller kalter Gemüsesuppe.
Heinz erlebte den peinlichsten Augenblick seines Lebens. Am liebsten hätte er sich in ein Mauseloch verkrochen. Es vergingen zehn volle Sekunden, bis er es endlich wagte dem Schwarzen ins Gesicht zu sehen. Der saß da, völlig entspannt und cooler, als Heinz es je sein würde, und wippte leicht mit dem Stuhl hin und her.
„Äh ...", stammelte Heinz, feuerrot im Gesicht. „Entschuldigen Sie bitte. Ich ..." Er sah die Pupillen des Schwarzen aufblitzen, sah den Schalk in seinen Augen schimmern. Auf einmal warf er den Kopf zurück, brach in dröhnendes Gelächter aus. Zuerst brachte Heinz nur ein verschämtes Glucksen zustande, bis

endlich der Bann gebrochen war und er aus vollem Halse in das Gelächter des Afrikaners einstimmte. Eine Weile saßen sie da, von Lachen geschüttelt. Dann stand der Schwarze auf, schlug Heinz auf die Schulter.
„Ich heiße Marcel", sagte er in bestem Deutsch. „Ich esse jeden Tag hier. Sehe ich dich morgen wieder? Um die gleiche Zeit?"
Heinz' Augen tränten, sein Zwerchfell glühte und er schnappte nach Luft.
„In Ordnung!", keuchte er. „Aber dann spendiere ich die Spaghetti!"

Heinrich Böll

Anekdote zur Senkung der Arbeitsmoral

In einem Hafen an der westlichen Küste Europas liegt ein ärmlich gekleideter Mann in seinem Fischerboot und döst. Ein schick angezogener Tourist legt eben einen neuen Farbfilm in seinen Fotoapparat um das idyllische Bild zu fotografieren: blauer Himmel, grüne See mit friedlichen schneeweißen Wellenkämmen, schwarzes Boot, rote Fischermütze. Klick. Noch einmal: klick. Und da aller guten Dinge drei sind und sicher sicher ist, ein drittes Mal: klick. Das spröde, fast feindselige Geräusch weckt den dösenden Fischer, der sich schläfrig aufrichtet, schläfrig nach seiner Zigarettenschachtel angelt; aber bevor er das Gesuchte gefunden hat, hat ihm der eifrige Tourist schon eine Schachtel vor die Nase gehalten, ihm die Zigarette nicht gerade in den Mund gesteckt, aber in die Hand gelegt und ein viertes Klick, das des Feuerzeuges, schließt die eilfertige Höflichkeit ab. Durch jenes kaum messbare, nie nachweisbare Zuviel an flinker Höflichkeit ist eine gereizte Verlegenheit entstanden, die der Tourist – der Landessprache mächtig – durch ein Gespräch zu überbrücken versucht.
„Sie werden heute einen guten Fang machen."
Kopfschütteln des Fischers.
„Aber man hat mir gesagt, dass das Wetter günstig ist."
Kopfnicken des Fischers.
„Sie werden also nicht ausfahren?"
Kopfschütteln des Fischers, steigende Nervosität des Touristen. Gewiss liegt ihm das Wohl des ärmlich gekleideten Menschen am Herzen, nagt an ihm die Trauer über die verpasste Gelegenheit.
„Oh, Sie fühlen sich nicht wohl?"
Endlich geht der Fischer von der Zeichensprache zum wahrhaft gesprochenen Wort über. „Ich fühle mich großartig", sagt er. „Ich habe mich nie besser gefühlt." Er steht auf, reckt sich, als wolle er demonstrieren, wie athletisch er gebaut ist. „Ich fühle mich phantastisch."
Der Gesichtsausdruck des Touristen wird immer unglücklicher, er kann die Frage nicht mehr unterdrücken, die ihm sozusagen das Herz zu sprengen droht: „Aber warum fahren Sie dann nicht aus?"
Die Antwort kommt prompt und knapp: „Weil ich heute Morgen schon ausgefahren bin."

„War der Fang gut?“

„Er war so gut, dass ich nicht noch einmal auszufahren brauche, ich habe vier Hummer in meinen Körben gehabt, fast zwei Dutzend Makrelen gefangen ...“

Der Fischer, endlich erwacht, taut jetzt auf und klopft dem Touristen beruhigend auf die Schulter. Dessen besorgter Gesichtsausdruck erscheint ihm als ein Ausdruck zwar unangebrachter, doch rührender Kümmernis.

„Ich habe sogar für morgen und übermorgen genug“, sagt er um des Fremden Seele zu erleichtern. „Rauchen Sie eine von meinen?“

„Ja, danke.“

Zigaretten werden in Münder gesteckt, ein fünftes Klick, der Fremde setzt sich kopfschüttelnd auf den Bootsrand, legt die Kamera aus der Hand, denn er braucht jetzt beide Hände um seiner Rede Nachdruck zu verleihen.

„Ich will mich ja nicht in Ihre persönlichen Angelegenheiten mischen“, sagt er, „aber stellen Sie sich mal vor, Sie führen heute ein zweites, ein drittes, vielleicht sogar ein viertes Mal aus und Sie würden drei, vier, fünf, vielleicht gar zehn Dutzend Makrelen fangen – stellen Sie sich das mal vor.“

Der Fischer nickt.

„Sie würden“, fährt der Tourist fort, „nicht nur heute, sondern morgen, übermorgen, ja, an jedem günstigen Tag zwei-, dreimal, vielleicht viermal ausfahren – wissen Sie, was geschehen würde?“

Der Fischer schüttelt den Kopf.

„Sie würden sich in spätestens einem Jahr einen Motor kaufen können, in zwei Jahren ein zweites Boot, in drei oder vier Jahren könnten Sie vielleicht einen kleinen Kutter haben, mit zwei Booten oder dem Kutter würden Sie natürlich viel mehr fangen – eines Tages würden Sie zwei Kutter haben, Sie würden ...“, die Begeisterung verschlägt ihm für ein paar Augenblicke die Stimme, „Sie würden ein kleines Kühlhaus bauen, vielleicht eine Räucherei, später eine Marinadenfabrik, mit einem eigenen Hubschrauber rundfliegen, die Fischschwärme ausmachen und Ihren Kuttern per Funk Anweisung geben. Sie könnten die Lachsrechte erwerben, ein Fischrestaurant eröffnen, den Hummer ohne Zwischenhändler direkt nach Paris exportieren – und dann ...“, wieder verschlägt die Begeisterung dem Fremden die Sprache. Kopfschüttelnd, im tiefsten Herzen betrübt, seiner Urlaubsfreude schon fast verlustig, blickt er auf die friedlich hereinrollende Flut, in der die ungefangenen Fische munter springen. „Und dann“, sagt er, aber wieder verschlägt ihm die Erregung die Sprache.

Der Fischer klopft ihm auf den Rücken, wie einem Kind, das sich verschluckt hat. „Was dann?“, fragt er leise.

„Dann“, sagt der Fremde mit stiller Begeisterung, „dann könnten Sie beruhigt hier im Hafen sitzen, in der Sonne dösen – und auf das herrliche Meer blicken.“

„Aber das tu’ ich ja schon jetzt“, sagt der Fischer, „ich sitze beruhigt am Hafen und döse, nur Ihr Klicken hat mich dabei gestört.“

Tatsächlich zog der solcherlei belehrte Tourist nachdenklich von dannen, denn früher hatte er auch einmal geglaubt, er arbeite um eines Tages einmal nicht mehr arbeiten zu müssen, und es blieb keine Spur von Mitleid mit dem ärmlich gekleideten Fischer in ihm zurück, nur ein wenig Neid.

Felicia Langer

Erlebnis in Deutschland

Felicia Langer ist israelische Staatsbürgerin. In ihrem Buch „Brücke der Träume. Eine Israelin geht nach Deutschland“ berichtet sie über Erlebnisse in Deutschland; unter anderem auch über das folgende:

Eines Tages, als wir ins Einkaufszentrum unseres Wohnviertels gingen, entdeckten wir ein großes Hakenkreuz, das mit roter Farbe auf die Mauer gegenüber der Treppe am Eingang gemalt war.
„Tag für Tag gehen hier massenweise Leute vorbei und es stört sie nicht“, sagte Mieciu.
Genau das hatte ich auch gedacht. All die Schönheit der zauberhaften sommerlichen Landschaft ringsum konnte diese Verschandelung nicht überdecken.
Nach zwei, drei Wochen beschlossen wir zu handeln. „Wir sind zwar Gäste in diesem Land und Symbole eigenhändig zu entfernen ist vielleicht nicht unbedingt legal, aber warum sollen wir diesen Mist ertragen“, sagte Mieciu.
Ich fragte mich, was er wohl beim Anblick dieses Emblems empfand, das ihn durch seine Leidensjahre in den Konzentrationslagern der Nazis stets begleitet hatte.
Mieciu kaufte eine Dose weißes Farbspray und wir beschlossen, in einer der kommenden Nächte das abscheuliche Symbol zu übersprühen.
Bereit zum Handeln und aufgeregt gingen wir in der festgesetzten Nacht aus dem Haus. Die Farbdose war in meiner Handtasche und wir marschierten eingehakt in Richtung Einkaufszentrum, das sich unweit unserer Wohnung befindet. Es war zwei Uhr morgens, die Straße lag still und verlassen da. Nur ein Auto fuhr an uns vorbei. Als wir die Mauer erreichten, staunten wir:
Das Hakenkreuz war spurlos verschwunden. An seiner Stelle war mit roter Farbe eine Kugel gemalt, ein großes O, flankiert von den Buchstaben S und NNE, was das Wort SONNE ergab, verziert mit einem Ausrufezeichen. Wir standen da, staunten und lachten und waren froh, dass es offensichtlich Menschen gab, denen das Nazisymbol genauso zuwider war wie uns, und dass sie uns mit seiner Tilgung vielleicht nur um wenige Minuten zuvorgekommen waren. Von dem Unternehmen, das nicht stattgefunden hatte, kehrten wir frohen Herzens nach Hause zurück. Diese Sonne, die etwa zwei Jahre lang stolz die Mauer zierte, bis sie im Rahmen von Renovierungsarbeiten weiß übertüncht wurde, liebte ich sehr. Wir haben sie in einer Farbfotografie verewigt.

Hadar, 14 Jahre

„Es ist das gleiche Prinzip"

Ich heiße Hadar und wurde vor 14 Jahren in Israel geboren. Seit sieben Jahren leben ich und meine Familie in Frankfurt. Bis vor zwei Jahren war mir eigentlich nicht richtig bewusst, dass ich in einem Land lebe, wo vor 50 Jahren Tausende von Juden getötet wurden. Ich ging in eine jüdische Schule. Mit zwölf Jahren kam ich auf eine deutsche Schule. Dort kam ich in eine fremde Klasse mit fremden Mitschülern und Lehrern. Ich hatte vor dem ersten Tag sehr viel Angst, doch als ich bemerkte, dass mehr als die Hälfte der Klasse aus Ausländern bestand, half es mir mich besser in der Klasse einzuleben. Nach dem ersten Jahr auf dem Gymnasium war ich schließlich so zufrieden, dass ich es bereute, dass meine Eltern mich nicht nach der vierten, sondern erst ab der siebten Klasse auf eine deutsche Schule schickten. So lernt man andere Religionen und Länder kennen. Man bessert auch manchmal seine Meinung über Deutsche.

Dann kam ich in die achte Klasse. Mitte 1992 begannen die immer öfter auftretenden Brandanschläge auf Asylbewerberheime. Viele haben demonstriert. Man hat immer öfter über Rechtsextremismus in der Schule geredet. Ausländer wurden befragt, wie sie sich in Deutschland fühlen. Und plötzlich wurden im Fernsehen Interviews mit oder Filme über Juden ausgestrahlt. Ich bemerkte, dass viele meiner Freunde mich fragten, ob ich wegen dieser Nazis nach Israel umziehen werde. Viele Familien überlegten, ob sie nach Israel ziehen sollen.

Ich verstand das alles irgendwie nicht. Ausländer sind doch nicht immer Juden und Juden sind nicht immer Ausländer. Jeder kann doch daran glauben, woran er glauben will. Da können doch nicht ein paar Typen, in diesem Fall Nazis, auftauchen und einem verbieten einen Glauben zu besitzen, den sie selbst missachten. Manchmal glaube ich, dass es Leute gibt, die den Unterschied zwischen ein Ausländer zu sein und einen Glauben zu besitzen gar nicht kennen.

Zu meiner Verwunderung habe ich bemerkt, dass auch manche Ausländer eine Art von Nazis sind. Zum Beispiel kenne ich ein Mädchen, das aus dem Iran kommt. Sie hasst Deutsche und die deutsche Sprache. Ich habe ihr schonend versucht beizubringen, dass es nicht stimmt, dass alle Deutschen Nazis sind oder dass Deutschland ein Naziland ist.

Ich habe ihr auch klargemacht, dass es ihr, wenn sie jetzt im Iran leben würde, nicht so gut gehen würde wie hier.

Ich war erfreut, als ich merkte, dass ich sie zum Nachdenken brachte. Ich glaube, es ist das Gleiche, wenn manche Deutsche gegen Iraner oder wenn Iraner gegen Deutsche sind. Es ist das gleiche Prinzip!

Ich denke aber noch lange nicht daran dieses Land jetzt einfach so zu verlassen. Ich sehe es zwar nicht als mein Heimatland, aber ich habe hier mein halbes Leben verbracht und ich gebe jetzt nicht so schnell alles wieder auf.

Das hört sich vielleicht an, als ob ich erwachsen wäre. Das bin ich ja nicht ganz. Aber, das kann meine Familie und mein Freundeskreis bestätigen: Ich gebe nie schnell auf!

Von Corinna Emundts, Andreas Fink und Stefan Willeke

Heimat erreicht, Heimat verloren

Sie kommen durchs offene Tor und finden sich wieder am Rand der Gesellschaft

Deutschstämmige Aussiedler aus Russland, von den einen hofiert, von den anderen gebrandmarkt. Wie erleben sie ihr Deutschland? DIE ZEIT besuchte die Familie Graf in ihrem neuen Zuhause im niedersächsischen Gifhorn:

Zwischen der sibirischen Steppe und dem Gifhorner Mühlenpark liegen nur wenige Zentimeter. In Öl hängen beide Welten im Wohnzimmer dicht nebeneinander.

Seit seiner Kindheit malt der Siebzigjährige Landschaften, die ihm ans Herz gewachsen sind. Die beiden Wände über der beigefarbenen Polstergarnitur sind zur Galerie seiner Erinnerungen geworden. Signiert sind die farbgewaltigen Gemälde in einer ungelenken Schülerschrift, Buchstaben für Buchstaben hat er brav aneinander gepinselt: Johannes Graf.

Ganz wenige Bilder nur, blasser und mit feinem Pinselstrich komponiert, tragen einen fremdartig wirkenden Namenszug. Schwungvoll in die rechte untere Ecke geschüttelt steht dort in kyrillischen Zeichen: Graf. Werke aus seinem früheren Leben. Birkenwälder, Kirchen, Flussläufe, Blockhäuser, verschneite Wiesen. Zahllose Motive aus Russland, wo der Mann mit dem rotblonden Fassonschnitt und den kräftigen Händen 67 Jahre seines Lebens verbrachte. Erst im Sommer vor drei Jahren kam er mit seiner Frau Maria nach Gifhorn am Südrand der Lüneburger Heide. [...]

Das geklinkerte Eckhaus sieht aus wie alle geklinkerten Häuser in der Gifhorner Vorortsiedlung am Wilscher Weg. Spitzgiebelig, von Hecken eingerahmt, steht es in Reih und Glied mit den Nachbargebäuden im verkehrsberuhigten Viertel jenseits der Bundesstraße 188, die das Stadtgebiet durchschneidet.

„Graf“ steht auf beiden Klingeln. Maria Graf öffnet, eine zierliche, weißhaarige Person, in karierter Küchenschürze und dunkelblauen Pantoffeln. Ihre Füße stecken in selbst gestrickten Strümpfen, wie sie sie schon in Russland trug, akkurat bis zur Wade gezogen. In ihrem Gesicht ist die schöne junge Frau wiederzuerkennen, die Johannes Graf vor 54 Jahren geheiratet hat. Das Porträt hängt in der Wohnzimmergalerie. Mit hochgesteckten schwarzen Haaren blickt sie würdevoll in den Raum. Das Bildnis lenkt ab von der schlichten Schrankwand, die die Grafs von der Kirche geschenkt bekamen, wie die meisten anderen Möbel auch. Alles was sie aus Russland mitbringen konnten, musste Platz finden in einem 300-Liter-Container. Zu wenig Platz für sperriges Gut, für Schränke, Truhen oder Küchenmöbel.

Das alles war in Deutschland schnell wieder zu beschaffen. Doch die alten Nachbarn fehlten. In Russland sagten sie: „Ich komm' zu dir.“ In Deutschland heißt es: „Ich komme mal vorbei.“ Aber bisher ist auch kaum jemand vorbeigekommen. Mehrmals, sagt Maria Graf, hätten sie die Nachbarn eingeladen. Vergeblich. Sie weiß nicht, wie die anderen in der Straße über sie denken. Aber sie weiß, dass über Aussiedler geredet wird. Aber was wissen die Deutschen schon über die Deutschen aus Russland?

Die Großfamilie Graf

Von oben kommen der älteste Sohn Viktor, 48 Jahre alt, und seine Frau Valentina, die sich mit ihren beiden Töchtern die 54 Quadratmeter der oberen Etage teilen.

Nach und nach folgten die anderen Grafs, die sich in benachbarten Stadtteilen niederließen: die Brüder Eugen, Waldemar und Alexander, alle mit ihren Familien. Die Stadt hatte achtzehn neue Bürger. Gerne hätten die Brüder ein Eigenheim für die gesamte Familie hochgezogen. An handwerklichem Geschick hätte es nicht gemangelt. „Aber dafür muss man Kohle haben", seufzt Valentina Graf. „Kohle?", stutzt Schwiegermutter Maria Graf. Dieses Wort hat die alte Deutschlehrerin aus Sibirien nicht verstanden. „Geld, verstehst du." Sie nickt.

Johannes Grafs Sohn Alexander kam als Letzter seiner Familie im vergangenen Herbst nach Gifhorn. In seinem Gesicht liegt immer etwas Trauriges. Er rührt in seiner Kaffeetasse, bedient sich aus der Keksdose und wendet sich an seine Frau, eine Russin. Auf Russisch. „Sprich deutsch", sagt seine Mutter barsch. Wofür sie einen unsicheren Blick erntet, in dem sich Anstrengung spiegelt. Zeit seines Lebens ist Deutsch dem Sohn fremd geblieben. Als er mit seiner Frau und seinen zwei Kindern in Gifhorn ankam, kannte er kaum ein Wort dieser Sprache, die seine Mutter einst in Russland unterrichtet hatte. Aber er wusste, dass er nun Deutsch lernen musste. Das tat er, so gut er konnte. Acht Stunden täglich besuchte der 46-Jährige die Oskar-Kämmer-Schule, ein halbes Jahr lang. „Zu wenig", sagt seine Mutter. Es tröstet ihn, dass er das Zertifikat über den erfolgreichen Abschluss des Kurses bei jeder Bewerbung vorzeigen kann. In der Prüfung hat er Glück gehabt: Alexander Graf musste eine Karte ziehen und das Los traf auf das Thema „Auto". Da kannte sich der gelernte Automechaniker aus Barnaul natürlich bestens aus.

Aber was hat er wirklich im Kurs gelernt? Alexander Graf kommt ins Stammeln, fällt ins Russische zurück, ermahnt sich selbst und bringt ein paar deutsche Sprachfetzen heraus. Es hilft nichts: Maria Graf muss streng eingreifen, dann übersetzt sie nachsichtig.

„Schnell, schnell", sagt Alexander Graf, musste alles gehen im Unterricht. Zwanzig Russlanddeutsche mit ganz unterschiedlichen Vorkenntnissen saßen ein zweites Mal in ihrem Leben auf der Schulbank. Weil die Lehrerin kein Russisch sprach, war Alexander Graf besonders auf andere Schüler angewiesen, die ihm die unbekannten Wörter und Sätze erklärten. Zum Beispiel die in den Briefen vom Sozialamt, die er in den Unterricht mitbrachte. Auf die Verständigung mit dieser Behörde ist er jetzt besonders angewiesen: Sie sichert seinen Unterhalt. Sozialhilfe. Alexander Graf schreibt Bewerbungen – das hat er im Sprachkurs gelernt. Doch einem Vorstellungsgespräch müsste er ausweichen, denn dafür reicht sein Deutsch nicht, noch nicht. Am liebsten hätte er zuallererst die Wörter kennen gelernt, die ihm geholfen hätten von sich selbst zu erzählen. Aber das Lehrbuch setzte andere Prioritäten.

Bald kann die ganze Familie bei Olga Unterricht nehmen, der Achtjährigen, die die dritte Klasse der Grundschule besucht. Mühelos fand sie sich in der deutschen Sprache zurecht. Sie wird daran später nicht scheitern. Mit ihrer Großmutter Maria kann sich Olga, die die kyrillischen Schriftzeichen nicht mehr lesen kann, noch am besten unterhalten, auf Deutsch, versteht sich. So hat die Sprache eine Generation übersprungen und Maria Graf ist froh darüber, dass das Deutsche wieder in die heimischen vier Wände eingezogen ist. Es dort zu bewahren wurde ihr im eigenen Elternhaus schon in früher Kindheit eingebläut: „Wenn du unsere Schwelle überschreitest, sprich deutsch. Jede Sau muss bei ihrem Trog bleiben."

„Bevor ich nach Sibirien kam, sprach ich kein Wort Russisch", erzählt Johannes Graf. An der Wolga, im kleinen Dörfchen Urbach, wo er geboren wurde am zweiten Weihnachtstag des Jahres 1925, sprachen alle das Deutsch, das ihre Vorfahren 1766 aus Rheinhessen mitbrachten, die Großeltern, die Eltern, die Spielkameraden und der Lehrer, dem der kleine Rotschopf auffiel, weil er so schön malen konnte.

Später sollte er einmal auf die Akademie gehen, empfahl der Schulmeister. Der deutsche Überfall auf die Sowjetunion bereitete diesen Träumen ein jähes Ende. Vom Stalin-Staat* als „potenzielle Spione" bezeichnet, wie Hunderttausende andere Russlanddeutsche auch, wurde die Familie Graf in einen Viehwagen verfrachtet. Sechzehn Tage und Nächte rollte der Zug nach Osten. Als er endlich in der endlosen Steppe der sibirischen Altai-Region stehen blieb, wurden die verängstigten Urbacher von grimmigen Gestalten empfangen und in zahllose Dörfer aufgeteilt. Als die Deutschen ins Dorf geführt wurden, standen die russischen Bauern schweigend vor ihren Häusern. Mitleidige Bäuerinnen holten Milch und Brot und gaben es den auf der langen Fahrt halb verhungerten Kindern.

Für die Grafs begann eine schlimme Zeit. Zusammen mit dem Vater und einem jüngeren Bruder musste Johannes Graf im Kohlenbergwerk schuften, Staudämme bauen und Wälder roden. Die Familie blieb ohne ihren Ernährer im Dorf Kytmanowo zurück. Um ihre Kinder durchzubringen verdingte sich seine Mutter als Lastenträgerin. Drei Jahre lang schleppte sie, selbst kaum mehr als Haut und Knochen, Mehlsäcke, siebzig Kilo schwer, bis „mir das

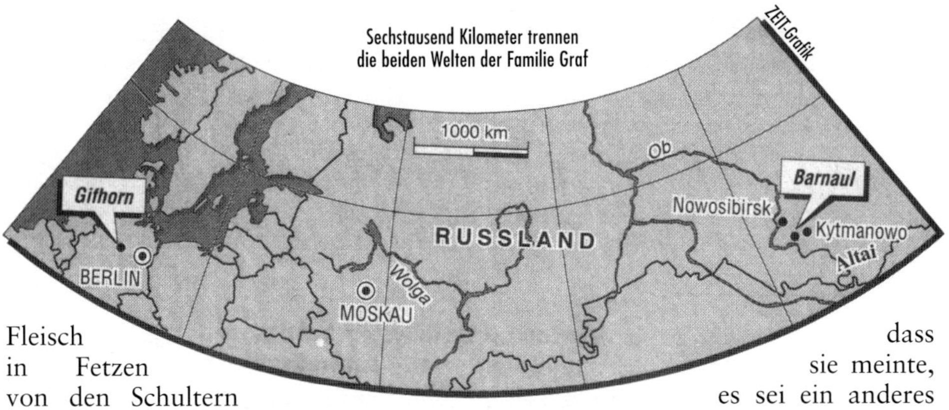

Fleisch in Fetzen von den Schultern hing", erzählt Klara Graf. Weil sie nicht das Geld hatten ein Haus zu bauen, hoben die Grafs ein Erdloch aus. Gedeckt wurde die Grube mit Reisig und Stroh, ein kleiner Ofen musste gegen den sibirischen Winter ankämpfen. Die Kinder, inzwischen elf an der Zahl, schliefen auf dem Fußboden eng nebeneinander. Erst in den fünfziger Jahren bauten die Grafs ein kleines Holzhäuschen, ein wenig oberhalb der Grube.

Wenn Johannes Graf erzählt, hält er manchmal inne und ringt nach Worten, manche Ausdrücke wollen ihm auf Deutsch nicht einfallen. Denn seine Muttersprache ist noch die rheinhessische Mundart, die seine Vorfahren mitbrachten, als sie sich 1766 auf den Weg an die Wolga machten. Viele moderne Vokabeln fehlen in dieser Sprache, auch die inzwischen so gebräuchlichen englischen Ausdrücke. Er behilft sich mit dem Russischen, vermischt die Sprachen und ist in keiner mehr richtig zu Hause.

„Damals, nachdem wir in das sibirische Dorf verschleppt wurden, durften wir uns auf der Straße nur noch in Russisch unterhalten", erzählt er. Wenn seine jüngeren Geschwister beim Spielen auf der Straße deutsche Sätze sprachen, hagelte es Steine. „Faschisten!", hieß es dann gleich, ein Wort, das seine Schwester Ida so oft zu hören bekam, dass sie meinte, es sei ein anderes Wort für „Deutsche". [...]

Maria Grafs Küchentisch hat eine starke Anziehungskraft, besonders auf die Söhne. Vor allem dann, wenn sie Spätschicht haben und sich vorher von der Mutter noch mit einer warmen Mahlzeit verwöhnen lassen. Nach dem Essen brechen sie gemeinsam auf. Um Punkt 14 Uhr müssen sie in Groß Oesingen sein, einem entlegenen Winkel des Gifhorner Landkreises, wo mit dem Bodenfrost sibirische Einsamkeit eingezogen ist. Nur die Güterwaggons, die ab und zu durch die Heidelandschaft donnern und an der Verladestation von Groß Oesingen zum Stehen kommen, bringen plötzlich Bewegung in das kalte Straßendorf. Die Holzlieferungen der Eisenbahn sind für das expandierende Sägewerk bestimmt, das eine zwanzig Hektar große Lichtung in den Nadelwald gefressen hat. Ein Segen für Eugen Graf: Der lärmende Betrieb sorgt für das Auskommen des 38-Jährigen.

Kaum aus dem Auto gestiegen, marschiert er schnurstracks zu seiner Hobelmaschine, die mit einem grob zusammengezimmerten Holzdach gegen Schnee und Regen geschützt wurde. Eugen Graf schützt sich mit klobigen Handschuhen und einem dicken Wollpullover, bevor er markierte Nägel pausenlos in die Schwellen hämmert. „M" ist in die Nägel gestanzt. „M" steht für

Marmetschke, Willibald Marmetschke, den Seniorchef des Werks. Auf den Mann mit der karierten Schirmmütze, der über das matschige Gelände stapft und die Maschinen inspiziert, ist Eugen Graf gut zu sprechen. Er lacht freundlich, wenn er seinen Arbeitgeber sieht – und hämmert weiter, für siebzehn Mark Stundenlohn.

Auf seine Aussiedler lässt auch Marmetschke nichts kommen. Er lobt die „enorme Leistung“ der Russlanddeutschen, die zu ihm gekommen sind, nachdem türkische Bauern und polnische Professoren nach und nach gegangen waren. „Aussiedler, vor allem solche aus Sibirien, sind an Außenarbeit gewöhnt und sehr motiviert.“ Kein Wunder also, dass unter den achtzig Beschäftigten seiner sägenden Kolonne inzwischen sechzig Aussiedler sind. Deren Vorzüge haben sich herumgesprochen: Von streitbaren Gewerkschaften halten sie ebenso wenig wie von tariflich festgeschriebenen Wochenarbeitszeiten. Wenn es sein muss, arbeiten die Grafs sieben Tage hintereinander im Dreischichtenrhythmus. Und schlagen mit jedem Hammerschwung den Gedanken aus dem Kopf, dass sie in Barnaul für weitaus anspruchsvollere Berufe ausgebildet wurden.

Nur Waldemar Graf, der erst seit ein paar Wochen in der zugigen Holzhütte fuhrwerkt, hat sich noch nicht damit abgefunden, dass er nun als „Minderqualifizierter“ gilt. Der 45-Jährige hatte in Barnaul Architektur studiert, später ein Bautechnikbüro mit mehreren Angestellten geleitet und Häuser renoviert. Arbeitslos wurde er erst in Gifhorn. „Sie sind zu alt“, hörte er bei etlichen Vorstellungsgesprächen. Auch die Fortbildungen in deutschem Bauwesen, die er in der örtlichen Berufsschule besuchte, nützten nichts. Als ihm seine Brüder schließlich den Job im Sägewerk vermittelten, griff Waldemar Graf resigniert zu. Jetzt befestigt er Metallplatten auf imprägnierten Eisenbahnschwellen, mit vier Schrauben pro Platte, acht pro Schwelle. Er macht Überstunden, die deutlich besser bezahlt sind, um die tausend Mark Miete zusammenzubekommen und genug Geld für seine Frau und seine beiden Kinder heranzuschaffen.

Ist Waldemar Graf glücklich oder zumindest zufrieden? Er vergräbt seine Mundwinkel in seinem dunklen Vollbart, während er nach einer ausweichenden Antwort sucht. Dann sagt er: „Ich will vielleicht wieder weg.“ Gifhorn ist nicht Deutschland, es gibt auch Frankfurt oder Kassel.

Triumphierend wedelt Valentina Graf mit ihrem Diplomzeugnis, bevor sie von ihrer Schwiegermutter freudig umarmt wird. Die „schlaflosen Nächte“ vor der Prüfung sind vorbei. Die 45-Jährige hält die offizielle Anerkennung des Landes Niedersachsen in den Händen und darf jetzt auch in Deutschland das machen, was sie in Barnaul schon 23 Jahre lang getan hatte: Krankenschwester sein. „Alles gut“, sagt sie stolz und zeigt die vielen Zweier auf dem Zeugnis. Mit diesem Zertifikat hat sie wahrscheinlich gute Chancen, denn schon bei der Zeugnisverleihung tauchte ein möglicher Arbeitgeber auf: Ein Klinikdirektor aus Süddeutschland war eigens in die Heide gereist um Personal für sein Sanatorium im Voralpenland zu ködern. Und er beeilte sich zu betonen, dass er auch den Ehemännern bei der Jobsuche helfen wolle.

Das klingt verlockend für Valentina Graf. Denn um ihren Mann Viktor möchte sie sich nicht noch einmal solche Sorgen machen. Bevor er im Sägewerk unterkam, war er über ein Jahr arbeitslos gewesen. „Damals hatte ich richtig Angst, dass er nervenkrank wird.“

Rudolf Graf, der Enkel von Johannes Graf, hat in Gifhorn äußerlich den Sprung in die andere Kultur gemeistert. Der 23-Jährige trägt Jeans und einen sportlichen Blouson, genau wie viele andere in seinem Alter. Doch innen sieht es ganz anders aus: „Ich lebe in Deutschland, aber ich denke auf Russisch.“ Das macht ihn unsicher. Im Laden an der Ecke wird ihm etwas ausgehändigt, das er gar nicht verlangt hat: Er wurde einfach falsch verstanden. Schlimmer jedoch ist der Blick, den er dort zu bemerken glaubt. Ein Blick, der „Aufpassen“ bedeutet: Die „Russen“, wie die Zuzügler aus dem Osten in Gifhorn gerne genannt werden, stehen in dem Ruf zu stehlen. „Vielleicht ist es auch nur die eigene Angst, die Angst, anders zu sein als die Deutschen, die uns so verunsichert.“ Viele jugendliche Aussiedler, die er kennt, lebten so wie in Russland: „Sie leben ohne zu denken.“ Weil sie sich in Gifhorn „nicht wohl fühlen, lösen sie ihre Probleme mit Schnaps“.

Vor seinem Umzug nach Gifhorn hatte Rudolf an der Universität von Sankt Petersburg studiert und kaum einer seiner Kommilitonen wusste, dass in seinem Ausweis „deutsch“ stand. In Hannover, wo Rudolf einen Sprachkurs besuchte, merkte er, dass er nun zu „den Ausländern“ gezählt wird. „Es gibt Deutsche, die uns Angst machen wollen“, und deshalb sei er vorsichtig geworden.

Mit seinen dunklen Haaren und dunklen Augen sieht er eher „türkisch“ aus, wie er selber sagt. Das hatte Vorteile, vor allem in der belebten Fußgängerzone: So werde er zumindest nicht von türkischen Jugendlichen angepöbelt, wie viele seiner russlanddeutschen Freunde.

Rudolfs Cousin, der 18-jährige Wladimir, übt sich in Gelassenheit. Er streicht sich die langen Strähnen aus der Stirn und macht es sich auf dem Sofa in der Dreizimmerwohnung bequem, die seine Familie erst kürzlich im Gifhorner Vorort Wilsche gefunden hat. Unbekümmert erzählt er, dass er noch keine einheimischen Freunde gefunden habe. „Das stört mich aber nicht.“ Dafür trifft er sich ab und zu mit ein paar Russlanddeutschen. Seine wirklichen Freunde allerdings leben in Sibirien. Mit ihnen telefoniert er sogar gelegentlich. Von ihnen hat er kürzlich auch die Videokassette zugeschickt bekommen: Aufnahmen von seiner alten Tanzgruppe, die gerade den Tango einstudiert. Wladimir Graf wüsste nicht, wo er in Gifhorn Tango tanzen könnte. Zurück? Der 23-jährige Rudolf Graf schaut vom Sofa seiner Großeltern in Gifhorn auf ein künstliches Stück Sibirien, vom Opa mit dem Pinsel idealisiert.

„Die Nachrichten von dort sind so schrecklich“, sagt er schließlich. Und vor einem hat er besonders Angst: dem Militärdienst. „Ich möchte noch leben“, sagt er und schaut vor sich hin. Er will nicht in Tschetschenien enden wie sein Cousin in Tadschikistan*. Er war gerade 22 Jahre alt, als er erschossen wurde.

„Haben wir richtig gehandelt, nach Deutschland zu kommen?“, zweifelt Rudolfs Tante Swetlana Graf. Die 35-jährige Russin hat Angst um die Zukunft ihrer Kinder. „Ich würde mich schuldig fühlen, wenn sie später einmal sagen sollten, dass sie lieber in Russland geblieben wären.“

Manchmal kommt auch Maria Graf ins Grübeln. Lange hatte die 75-Jährige davon geträumt als Deutsche unter Deutschen zu leben. Nach drei Jahren Gifhorn zieht sie Bilanz und seufzt leise: „Wir haben keine Heimat. Wir gehören nicht hier hin und nicht dort hin. Wir sind übrig gebliebene Menschen.“

Lukas Hartmann

Kein Kuchen für Bahar

Ich ertrage es schlecht, wenn jemand in meiner Gegenwart weint. Bahar weint lautlos, halb von mir abgewendet. Sie geniert sich vor dem Fremden, der sie ausfragt. Aber die Tränen rinnen unter ihrer Brille hervor; sie nimmt sie ab, putzt sich die Nase. Ich möchte tröstend den Arm um sie legen. Das darfst du nicht, sage ich mir; Bahar ist Türkin; sie würde eine solche Geste vielleicht missverstehen. Darf ich's wirklich nicht? Die Hemmung ist stärker als der spontane Impuls. Meine linke Hand hält sich am Block fest; die rechte kritzelt Notizen. Und Bahar weint. Sie weint seit meiner Frage, ob sie Heimweh habe. Vorher hat sie mir stockend, in langen Anläufen zu erklären versucht, was es für sie bedeutet, sich hier, wo sie Asyl gefunden hat, fremd zu fühlen; sie hat, da ich nicht lockerließ, beschrieben, worin sich dieses Fremdsein äußere.

Warten bei Rotlicht zum Beispiel, auf irgendeiner Kreuzung. Andere überqueren, wenn kein Auto in Sicht ist, ohne weiteres die Straße. Sie nicht, sie bleibt stehen, bis die Ampel umschaltet; sie würde es nie wagen, in diesem Land, dem sie dankbar zu sein hat, auch nur die geringste Ungesetzlichkeit zu begehen. Diese schreckliche Vorstellung, ertappt, bestraft, schlimmstenfalls ausgewiesen zu werden. Der ständige Zwang, nirgendwo aufzufallen, sich unerkannt und grau durch den Alltag zu schlängeln. Vor der Bäckerei bleibt Bahar gerne stehen, beschaut sich die Auslage, verliebt sich in die eine oder andere Kuchensorte. Aber sie bringt's nicht über sich hineinzugehen. Warum? Sie kennt den genauen Namen des Kuchens nicht, von dem sie ein Stück essen möchte; sie müsste irgendetwas stammeln, auf den Kuchen deuten, und sie ist, das sieht man ihr an, keine Touristin, der man eine solche Unwissenheit verzeiht. Sie weiß (oder vermutet sie's nur?): Beim ersten Wort, das sie sagen würde, höben sich die Brauen der Verkäuferin, würde sich deren Tonfall verändern; ringsum begänne man zu tuscheln. Winzige Signale des Erkennens, verletzend wie Nadelstiche: Aha, du gehörst nicht hierher. Sie bekäme ihren Kuchen; aber sie hätte ihn zu bezahlen mit der kaum merklichen sozialen Erniedrigung, eigentlich kein Recht auf ihn zu haben.

Ist das bloß die Überempfindlichkeit einer Frau, die ihre Wurzeln verloren hat? Ich versuche Bahar auf ihrem Weg ins fremde Land zu folgen und ich begreife, dass es eine Kette scheinbar geringfügiger Ereignisse ist, die das Gefühl ausmachen in der Kälte zu leben; ich begreife, dass es anmaßend wäre, von Bahar zu verlangen, sie solle doch mit gutem Willen ihre Hemmungen überwinden. Sie kann es nicht; gerade das, was sie – wohl auch fälschlicherweise – in ihrer Angst vorausnimmt, lähmt sie am meisten.

Das erste Verhör auf der Fremdenpolizei, 1985, nach ihrer Flucht. Da sie leidlich deutsch sprach und eher skandinavisch aussah, wurde sie zuvorkommend behandelt. Sobald ihr Pass sie als Türkin ausgewiesen hatte, kühlte sich – obgleich darin auch stand, sie sei Chemikerin – der Ton merklich ab. Sie wurde zu einem andern Schalter geschickt, vor dem eine lange Schlange von Asylbewerbern aus der Dritten Welt wartete. Bis sie wieder an die Reihe kam, wartete sie, mit Unterbre-

chungen, zwei Tage. „Wie?“, sagte ein Beamter. „Sie sind Türkin? Aber Sie sehen doch intelligent aus.“ An einem andern Schalter wurde sie routinemäßig gefragt, ob sie eine Krankenversicherung abzuschließen wünsche. Sie bejahte. Der Beamte erwiderte: „Wissen Sie, Türken wollen das sonst nicht; das Geld reut sie.“
Oder die Geschichte mit ihrer neunjährigen Tochter. Bahar hatte schon in Ankara begonnen dem Mädchen Deutsch beizubringen – sobald sie wusste, dass sie in ein deutschsprachiges Land flüchten wollte. Das Mädchen wäre, aufgrund seiner Kenntnisse, in der Lage gewesen in die zweite Klasse einzutreten. Bahar sprach mit der Lehrerin; diese bestand darauf, dass das Kind ganz von vorn beginne: „Wissen Sie, wir haben unsere Erfahrungen mit Türken.“ Bahars Tochter, die schon lesen und schreiben konnte, langweilte sich in den ersten Schulwochen derart, dass sie zwei-, dreimal die Schule schwänzte. Die Lehrerin lud Bahar zu einem Gespräch ein und erklärte ihr, in der Schweiz müsse ein Kind regelmäßig zur Schule gehen. „Schwänzen ist bei Ihnen vielleicht an der Tagesordnung; bei uns geht das nicht.“

Im Asylbewerberheim (Foto: Eva Leitolf)

Cem Özdemir

Du andere Baustelle?

„Warum sprechen deine Eltern nach so vielen Jahren bei uns immer noch kein richtiges Deutsch?“ Jahrelang konnte ich (gebürtiger Uracher türkischer Abstammung) auf diese gebetsmühlenhaft wiederholte Frage keine befriedigende Antwort geben. Ich habe die Frage etwa genauso gehasst wie die Frage nach dem Grund für die Kleidungsgewohnheiten „deiner(!)Landsleute“. Natürlich: mangelnde rechtliche Integration und so, ist klar; Übermüdung durch die Arbeit – logisch. Aber das alles war es nicht. Zumindest nicht in Gänze.
Neulich auf einer deutsch-türkischen Hochzeit sind mir die sprichwörtlichen Schuppen von den Augen gefallen: Die Deutschen haben Schwierigkeiten mit ihrer eigenen Sprache! Ja, ich habe mich nicht verhört, Herr Maier (Name wurde natürlich leicht geändert), zukünftiger Schwiegervater des binationalen Pärchens, empfahl den türkischen Eltern seines Schwiegersohnes Folgendes: „Nix Bier trinken, besser Wein trinken.“ Unnötig hinzuzufügen, dass sich das übrige Niveau der Konversation an diesem so harmonischen Abend in etwa auf gleicher sprachlicher Höhe befand.

Eigentlich harmlos, könnte der unbeteiligte Leser geneigt sein einzuwerfen. Genauso harmlos wie ein Erlebnis, das mir vor einigen Jahren passiert ist. Nach persönlicher Vorstellung im Büro einer Bad Uracher Baufirma begann ich mit meiner Tätigkeit auf dem Gelände des Baugeschäfts. Mitten bei der Arbeit beim Zuschneiden von Rohren wurde ich jäh von einem mir bis dahin wenig bekannten Kauderwelsch unterbrochen. „Wie lange du arbeit bei Firma ...?“, fragte die Chefin mit höflicher, aber bestimmter Stimme. Da ich davon ausging, mich könne sie mit diesen Satzfragmenten nicht gemeint haben, ließ ich mich nicht beirren und ging fleißig ans Werk.

Dies veranlasste die besagte schwäbische Firmenleiterin zu noch mehr Nachdruck. Mich auf den Rücken stupfend, meinte sie mit kräftiger Stimme: „Du, wie lang du hier arbeit auf Baustelle?“ Ein Phänomen, welches ich oft bei Schwaben beobachte. Anstelle möglicherweise auf die Verständlichkeit des Gesagten zu achten, versucht man es mit einer höheren Lautstärke, nach dem Motto: Vielleicht hat der Ausländer was am Ohr? Nun, mir dämmerte langsam, die meint tatsächlich dich. Meine Gegenfrage, ob sie Probleme mit der deutschen Sprache habe, veranlasste sie immerhin dazu den Rest des Gesprächs in normalem Schwäbisch zu führen.

Zu meinem größten Bedauern wurde meine Hoffnung, dass wenigstens die Arbeitskollegen normales Deutsch mit mir reden, während dieser ernüchternden Tage auf der Baustelle bitter enttäuscht. Während gleichaltrige deutsche Kollegen „ein Bier holen“ gingen, wurde ich zum „du holen Bier“ geschickt.

Noch ein weiteres Mal hatte ich Gelegenheit unbeabsichtigt Wallraff* in Taschenbuchausgabe zu spielen. Bei einem Ferienjob in derselben Fabrik, in der mein Vater arbeitet, wurde mir klar, warum mein Herr Papa solch große Schwierigkeiten mit der korrekten deutschen Anrede hat. Während alle Kollegen im Betrieb natürlich Herr Müller, Maier oder Lehmann hießen, wird er, immerhin bereits über 50 Jahre auf dem Buckel, schlicht mit dem Vornamen angesprochen.

Dies, so wurde ich von den ausländischen Arbeitern aufgeklärt, ist ein ungeschriebenes Gesetz in deutschen Betrieben, ausländische Arbeitnehmer werden, unabhängig vom Alter, wie selbstverständlich ungefragt geduzt. Auch eine Art sich näher zu kommen.

Während ich diesen Film mit diversen Eindrücken und Erlebnissen so Revue passieren lasse, erinnere ich mich an ein Erlebnis in der Bad Uracher Grundschule: Einige Jungs wollten mir in wenig freundlicher Absicht ans Leder und erinnerten mich äußerst unsanft an meine türkische Herkunft. Einer meiner engsten Freunde stellte sich schützend vor mich und verteidigte mich in bester Absicht mit den Worten: „Der Cem kann ja nichts dafür, dass er Türke ist.“ Ein Kommentar erübrigt sich.

Nein, ich kann wirklich nichts dafür, dass ich anderer Abstammung bin, aber seit 24 Jahren im Schwabenländle lebe, länger als manch anderer, der mich am liebsten zurückschicken würde (ich hab’ mich schon immer gefragt: Wo ist eigentlich „zurück“, wenn man in Bad Urach geboren ist?).

Allerdings schäme ich mich auch nicht meiner Herkunft – im Gegenteil: Ich kann damit gut leben.

Zafer Senocak

Zwei Welten in mir

Ich habe meine Füße auf zwei Planeten
wenn sie sich in Bewegung setzen
zerren sie mich mit
ich falle

ich trage zwei Welten in mir
aber keine ist ganz
sie bluten ständig

die Grenze verläuft
mitten durch meine Zunge

ich rüttele daran wie ein Häftling
das Spiel an einer Wunde

Hanefi Yeter:
Wohin gehöre ich?

Adel Karasholi

Wenn Damaskus nicht wäre

Vor meinem Fenster
Steht ein Baum den
Vögel bewohnen
Vertraut begrüßen sie mich am
  Morgen
Betrachtend den weißen weichen
  Schnee
Sitze ich hinter meinem Schreibtisch
Geborgen von Wärme

Nicht mit Feuer heilt man mir die
Wunde
Nicht mit Staub
An der ersten Ecke erwarten mich
  nicht
Damaszener* Klingen
Und der Scharfrichter nicht
Der mir entgegenkommt
Mit seiner netten zufriedenen Miene
Abzuschneiden vorerst nur
Meine freche Zunge

Freundlich sind mir viele Gesichter
Vertraut wie der Vögel Gruß
Und wenn du Damaskus du
Meine wilde meine zärtliche Stadt
Du Salz und Wasser auf den Stirnen
Rose im Herzen
Ach
Wenn du nicht wärst
Irgendwo auf der Schale der Erde
So weit und so nah
Wenn du nicht wärst

Adel Karasholi

Noch Syrer oder schon Sachse?

Bin ich nun wirklich noch ein Syrer?
Bin ich schon ein Sachse?
Ich weiß es nicht:
Nur im Weder-noch, nur im Sowohl-als-auch kann ich sein. Um hier leben zu können, musste ich Leipzig zu meinem Damaskus machen. Um in Damaskus leben zu können, müsste ich es zu einem Leipzig machen.
Selbstbetrug in beiden Fällen vielleicht und Verklärung, aber anders ist keine Existenz mehr möglich.
Dieses Hin und Her, dieses Her und Hin, dieser Riss, der das ganze Dasein durchschneidet, ist der Widerspruch, zu dem sich jeder Fremde, jeder Migrant* bekennen muss, aber auch vielleicht die Chance, die der Fremde hat:
In ihm können sich Meridiane* umarmen und Schnee vermag sich womöglich mit Sonne zu vermählen um damit eine einzigartig Welt zu schaffen, eine menschliche, eine multikulturelle* Welt.

Edvard Munch: Der Mörder in der Allee (Ausschnitt)

Augenblicke der Entscheidung – Kurzgeschichten

Günther Weisenborn

Zwei Männer

Als der Wolkenbruch, den sich der argentinische Himmel damals im Februar leistete, ein Ende gefunden hatte, stand das ganze Land unter Wasser. Und unter Wasser standen die Hoffnungen des Pflanzers von Santa Sabina. Wo ein saftgrünes Vermögen in Gestalt von endlosen Teefeldern mit mannshohen Yerbabüschen* gestanden hatte, dehnte sich morgens ein endloses Meer. Der Farmer war vernichtet, das wusste er. Er saß auf einer Maiskiste neben seinem Haus und zählte die fetten Blasen, die an seine Schuhe trieben und dort zerplatzten. Das Maisfeld glich einem See. Der Rancho* des Peons* war darin verschwunden. Sein Schilfdach trieb im Strom davon, eine nickende Straußenleiche vor sich her schiebend. Der Peon hatte sich zu seinem Herrn geflüchtet und saß neben ihm. Es war ein Indio, der mit breitem, eisernem Gesicht ins Leere starrte. Seine Frau war ertrunken, als sie sich losließ um ihre Hände zur Madonna zu erheben. Der Peon hatte drei Blasen gezählt. Ihre Hand hatte die letzte Blase zerschlagen. Der Farmer hatte seine Frau in der Stadt. Sie würde vergeblich auf seinen Schritt vor der Tür warten. Denn der Farmer gab sich noch eine Nacht.

Es ist unter Männern Brauch, dass man sich in gewissen Lagen die letzte Zigarette teilt. Der Farmer, im Begriff nach Mannes Art zu handeln, wurde von seinem Peon unterbrochen. „Herr!“, rief der Indio. „Der Paraná! Der Strom kommt ...!“ Er hatte Recht. Man hörte in der Ferne ein furchtbares Donnern. Der Paraná, angeschwollen von Wasser und Wind, brach in die Teeprovinzen ein. Paraná, so heißt der größte Strom Argentiniens. Dieses Donnern war das Todesurteil für die Männer von Santa Sabina. Sie verstanden sich auf diese Sprache, die Männer. Sie hatten tausendmal dem Tod ins Auge gesehen.

Sie hatten das Weiße im Auge des Pumas gesehen und der Korallenschlange ins kalt strahlende Gesicht. Sie hatten dem Jaguar gegenübergestanden und der großen Kobra, die sich blähte. Sie hatten alle diese Begegnungen für sich entschieden, denn ihr Auge war kalt und gelassen ihre Hand.

Jetzt aber halfen keine Patronen und kein scharfes Auge. Dieser Feind hier, das Wasser, war bösartig wie hundert Schlangen, die heranzischen, und todesdurstig wie der größte Puma auf dem Ast. Man konnte das Wasser schlagen, es wuchs. Man konnte hineinschießen, es griff an. Es biss nicht, es stach nicht, das Wasser. Es suchte sich nur mit kalten Fingern eine Stelle am Mann, seinen Mund, um ihn anzufüllen, bis Blasen aus der Lunge quollen. Das Wasser war gelb und lautlos. Und man sah vor Regen den Himmel nicht. Auf einer kleinen Insel, halb unsichtbar in der triefenden Finsternis, saß der Farmer mit seinem Peon vor seinem Haus. Dann kam der große Paraná. Er kam nicht mit Pauken und Posaunen. Nein, man merkte ihn gar nicht. Aber plötzlich stand der Schuh des Farmers im Wasser. Er zog ihn zurück. Aber nach einer Weile stand der Schuh wieder im Wasser, weiß der Teufel ... Und wenn man die Maiskiste zurücksetzte, so musste man sie bald noch ein wenig zurücksetzen, denn kein Mann sitzt gern im Wasser.

Gegen Abend fiel das Hühnerhaus um. Man hörte das halberstickte Kreischen der

Vögel, dann war es wieder still. Später zischte es plötzlich im Wohnhaus auf, denn das Wasser war in den Herd gedrungen. Als es dunkel wurde, standen der Farmer und sein Peon bereits bis zum Bauch im Wasser. Sie kletterten auf das Schilfdach. Dort auf dem Gipfel saßen sie schweigend, dunkle Schatten in der dunkelsten aller Nächte, indes Töpfe und Kästen aus den Häusern hinausschwammen. Ein Stuhl stieß unten das Glasfenster in Scherben. Das Wasser rauschte. Die Blasen platzten. Ein totes Huhn schwamm im Kreise vor der Haustür.

Als das Wasser das Dach erreicht hatte, stieß es die Hausmauern nachlässig um. Das Dach stürzte von den gebrochenen Pfosten, schaukelte und krachte; dann drehte es sich um sich selbst und trieb in die rauschende Finsternis hinaus.

Das Dach ging einen langen Weg. Es fuhr kreisend zu Tal. Es trieb am Rande der großen Urwälder vorbei. Es segelte durch eine Herde von Rindern, die mit himmelwärts gestreckten Beinen totenstill auf dem wirbelnden Wasser trieben. Glotzäugige Fische schossen vor dem Schatten des Daches davon. Schwarze Aasgeier trieben, traubenweise an ein Pferd gekrallt, den Strom hinab. Sie blickten mordlustigen Auges herüber ... Blüten, Möbel und Leichen vereinigten sich zu einem Zug des Todes, der talwärts fuhr, einem undurchsichtigen Ende entgegen.

Gegen Morgen richtete sich der Farmer auf und befahl seinem Peon, nicht einzuschlafen. Der Indio verwunderte sich über die harte Stimme seines Herrn.

Er wäre bedenkenlos dem Farmer um die Erde gefolgt. Er war Indio und wusste, was ein Mann ist. Aber er wusste auch, dass ein Mann ein schweres Gewicht hat. Wenn nur ein Mann auf dem Dach sitzt, so hält es natürlich länger, nicht wahr, als wenn es unter dem schweren Gewicht zweier Männer auseinander bricht und versinkt. Und dann Gute Nacht ...

Er glaubte nicht, dass der Farmer gutwillig das Dach verlassen würde; aber man konnte ihn hinunterkippen, denn es ging hier um Leben und Tod. Das dachte der Indio und er rückte näher. Sein Gesicht war steinern, es troff vor Regen.

Das Dach würde auf keinen Fall mehr bis zum Morgen schwimmen. Jetzt schon brachen einzelne Bündel ab und schwammen nebenher. Die Männer mitten auf dem furchtbaren Strom wussten nicht, wo sie waren. Dichter Nebel fuhr mit ihnen. Ringsum das Wasser schien still zu stehen. Fuhren sie im Kreis? Sie wussten es nicht. Sie sahen sich an. Da folgte der Farmer dem Brauch aller Männer, zog seine letzte Zigarette, brach sie in zwei Teile und bot dem Indio einen an. Sie rissen das Papier ab und kauten den Tabak, da sie kein Feuer hatten.

Er ist ein guter Kamerad, dachte der Peon. Es hat keinen Zweck. Es soll alles seinen Weg gehen. Als er den würzigen Geschmack des Tabaks fühlte, wurde aus der Feindschaft langsam ein Gefühl der Treue. Was willst du? Der Peon hatte seine Frau verloren und sein Kind. Sie hatte die letzte Blase ihres Atems mit ihrer Hand zerschlagen. Er hatte nichts mehr, was ihn zu leben verlockte. Das Schilfdach sank immer tiefer. Wenn er selbst ins Wasser sprang, hielt das Dach vielleicht noch und trug seinen Herrn bis zum Morgen.

Der Dienst ist aus, adios, Señor! Der Peon kletterte über den Giebel bis an den Rand des Daches, als er plötzlich im dunklen Wasser Kaimane rauschen sah, Jaquares*, die ihn aufmerksam anstarrten. Zum ersten Mal verzog der Indio sein Gesicht, dann hielt er den Atem an und sprang.

Aber er wurde im selben Moment von seinem Chef gehalten, der ihn wieder aus dem Wasser zog und seinen Peon zornglühend anschrie. Kreideweiß, mit rot geränderten Augen und triefenden Haaren beugte sich der Farmer über ihn, nannte ihn den Vater allen Unsinns und rüttelte ihn. Dann befahl er ihm seinen Platz einzunehmen und den Mut nicht zu verlieren, verdammt noch mal …!
Gegen Morgen trieben sie an Land, sprangen über Baumäste und wateten stundenlang, bis sie ins Trockene kamen. Sie klopften den Boden mit Stöcken nach Schlangen ab und ehe sie sich zum Schlafen in das Maisfeld legten, sagte der Farmer: „Morgen gehen wir zurück und fangen wieder an."
„Bueno*", sagte der Indio. Der Regen hörte auf.

Günter Kunert

Die Taucher

Im Jahre 1906 war der Dampfer *Golden Arrow* gesunken. Ein Taifun* hatte ihn im Gelben Meer* erwischt, kräftig gegen ein Riff gedrückt, so dass die eine Bordwand aufgerissen wurde, und hatte danach das sinkende Wrack verlassen. Mit dem Leben kam keiner der Passagiere davon. Auch keiner von der Mannschaft.
Das Wrack lag ungestört fünfzig Jahre lang auf dem Meeresboden, bevor jemand daran dachte, sich um den abgesoffenen Eisenkasten zu kümmern. Merkwürdigerweise zeigten gleich zwei Bergungsgesellschaften Interesse und fast zur gleichen Zeit ließen sie ihre Bergungsschiffe ins Gelbe Meer auslaufen. Durch gegeneinander angesetzte Spitzel erfuhren die Konkurrenten, dass es für jeden nicht um die Bergung der *Golden Arrow* ging, sondern die Rettung eines kleinen Tresors, der in einer Kajüte rostete und der unvorstellbare Reichtümer enthalten sollte.
Die Bergungsschiffe, fast könnte man sagen: die feindlichen, lagen in den Buchten einer kleinen Insel verankert, räumlich getrennt genug, um den Zufall des Sichtreffens auszuschließen. Auch hatten die Mannschaften Seekarten, auf denen die Stelle, wo die *Golden Arrow* ruhen sollte, unterschiedlich angegeben war, und jeder glaubte sich im Besitz des genauen Platzes.
Jedoch stellte sich bereits nach wenigen Tagen heraus, dass die Karten gleich wenig taugten, denn die Taucher der Bergungsschiffe hatten an den ihnen genannten Punkten nichts gefunden außer Sand und Korallen. Enttäuscht und zornig kamen sie wieder herauf. Mit jedem Tag, den sie suchend auf dem Grunde verbrachten, ohne dass ihre Bemühungen erfolgreich gewesen wären, wurden sie galliger. Bisher waren sie da unten einander noch nicht begegnet, weil jeder von ihnen eine eigene Theorie über die Lage des untergegangenen Dampfers ausgebildet hatte: John D. folgte einer schwachen unterseeischen Strömung, weil er meinte, im Moment des Sinkens hätte diese den Dampfer mit sich getragen, während Karl F. die großen Korallenriffe sorgfältig untersuchte, in deren Schatten verborgen er die *Golden Arrow* vermutete.
So wuchs sich mit der Zeit die Suche nach dem Schiff zu einem Kampf zwischen den beiden Männern aus, die sich nicht kannten und nie erblickt hatten und nur

wussten, dass der andere das Ziel noch nicht erreicht haben konnte. Die Mannschaften der Schiffe hatten nämlich Späher postiert, die die Abfahrt des siegreichen Bergungsschiffes sofort gemeldet haben würden. Aber beide schaukelten nach wie vor in der sanften Dünung, warteten, eine dünne Rauchfahne zeigend, die aus der Küche aufstieg.

Eines Nachmittags, das Licht unter Wasser ließ schon nach, entdeckte John D. ein Schiff. Es lag auf der Seite, die aufgerissene Bordwand nach oben streckend wie ein toter aufgeschlitzter Fisch, Mitleid erregend und schauerlich. Auch waren die Eisenplatten schon mit allen möglichen Tieren bewachsen; in zehn Jahren wäre der metallene Leib unauffindbar.

John D. schwankte, den unterirdischen Driften* und Wallungen sich anpassend, auf das Wrack zu. Winzige Fische stoben unter den Bleisohlen auf. Langsam kam er dem eisernen Unheil näher. Fast hatte er den muschelbedeckten Kiel erreicht, da wandte er zeitlupensacht den Kopf zur Seite, mit dem Blick einem Fischschatten folgend – und sah im grünen Gedämmer eine verzerrte Gestalt auf sich zukommen. John D. erkannte einen Taucher. Das musste der Mann vom anderen Schiff sein und war es auch. Karl F. kam immer weiter heran, mit den Füßen im zähen Sand einsinkend, zappelnd und schleichend zugleich. John D. lehnte sich mit dem Rücken an den Rumpf, aus dem Fische schossen wie Flammen. Als Karl F. vor ihm stand, strengte er sich an, etwas von dem Gesicht des anderen zu erkennen, doch das war durch die Fenster beider Helme und in dem rascher schwindenden Licht fast unmöglich.

John D. fühlte keinen Hass gegen Karl F. Auch Karl F. spürte nichts Derartiges John D. gegenüber. Doch zog er sein Haimesser, indes John D. das Harpunengewehr entsicherte. Nachdem sie das Wrack gefunden hatten, war alles Misslaunige, Bösartige, Geifernde und Eifernde von ihnen abgefallen. Beide hatten die Kühle des Wassers angenommen, die Ruhe der lauernden Rochen, die gelöste Bewegung der sacht schwingenden Seerose. So standen sie einander gegenüber, als John D. das Harpunengewehr abschoss. Er hatte nicht mehr das Geringste gegen Karl F., nur durfte ihm keiner das Wrack streitig machen.

Karl F. krümmte sich über die Harpune, die in seinem Bauch stak; sein Blut floss durch das Wasser wie ein zarter rötlicher Nebel. Es gelang ihm noch John D. mit dem Haimesser eine schwere Wunde an der linken Brustseite beizubringen – da zerschlug ihm John D. mit dem Kolben des Harpunengewehrs das Glas im Helm, aus dem ein paar schweigsame Luftblasen aufstiegen, bevor Karl F. wie ein treibendes Blatt zu Boden schwebte und von der Strömung fortgenommen wurde.

John D. kletterte über den Kiel auf die Bordwand und ließ sich in das Wrack sinken. Erst als er im Gang des Schiffes stand, nahm er den reißenden Schmerz in der Brustmitte wahr. Er schleppte sich in die Kajüte Nummer elf, wo sich der Tresor befinden sollte. Doch da war nichts, was einem Tresor glich.

John D. leuchtete die leeren Wände ab, den leeren Boden: Alles war von feinen Muscheln und Algen überzogen wie von einem besonderen und sehr schönen Teppich. Mühsam wand er sich aus der Kajüte heraus und suchte unter steigender Schwäche einige Kabinen ab, bis er in der einen endlich den Tresor fand.

War dem verwundeten Taucher bereits im Gang gewesen, als hätte sich das Licht seines Handscheinwerfers verändert, so schien es ihm jetzt dunkler zu werden, als er vor dem Tresor niedersank und die schwere Tür befühlte. Seine Finger merkten noch die harte Kante der Tresortür, die einen Spalt weit offen stand. Mit schwindender Kraft zog er die Tür auf und tastete die klaffenden Fächer ab: Sie waren leer. Der Tresor enthielt nichts.

Dann rüttelte John D. hilflos an der Lampe, deren Lichtschein er kaum mehr sah, weil er selber erlosch. Das grelle Licht drang in den Helm des Sterbenden, der sich in völliger Finsternis wähnte, ruhend, einschlafend, wegdämmernd. Bevor er endgültig verging, erblickte er im Aufflammen eines Blitzes sein Bergungsschiff, ankernd hinter den Augäpfeln, mit einer schlanken Rauchfahne geschmückt, mit hingerekelten Matrosen auf dem Deck, die sich ausmalten, was sie mit den geborgenen Reichtümern beginnen würden, Land kaufen zum Beispiel, Häuser bauen, Familien begründen, Tabak pflanzen, rauchen, Rum saufen, Whisky, Bier, Weiber, dicke, dünne, eher dicke, dazu Wälder roden oder die Welt verbessern, indem man sie verbilligt, Stiftungen, Geschenke, alle sollen leben, prost: Für alle stand die Zukunft fest. Der sie aus den unbekannten Tiefen ans Licht bringen würde, nur auf den wurde gewartet und gewartet. Zeit hat man: wenig, aber immerhin – ein wenig.

Und der Rauch stieg. Und das Meer bewegte sich oberflächlich geräuschvoll. Und die Worte bewegten sich geräuschvoll. Aber die Herzen bewegten sich leiser und leiser, weil in ihren lichtlosen Kammern bereits die wahre Wahrheit dämmerte, von der noch keine Rede war.

David Hockney: Schwimmbecken mit zwei Gestalten

Stefan Andres

Das Trockendock

Das erste Trockendock* in Toulon*, das gegen Ende des 18. Jahrhunderts von einem Ingenieur namens Grognard erbaut wurde, verdankt einer merkwürdigen Begebenheit seinen Ursprung. Ihr Schauplatz war das in diesem Hafen befindliche Seearsenal*, im eigentlichen Sinne aber das Gesicht eines Galeerensträflings*, das Antlitz eines einen Augenblick für seine Freiheit verzweifelt hoffenden Menschen. Denn es war Brauch, bevor es den von Grognard erbauten Wasserbehälter gab, der mit seinem steigenden Spiegel das Schiff auf den freien Hafen hinausschob, dass ein Galeerensträfling die letzten Hemmstützen des vom Stapel laufenden Schiffes, freilich unter großer Lebensgefahr, wegschlug, worauf dann im gleichen Augenblick der Koloss donnernd und mit Funken stiebendem Kiel ins Wasser schoss. Gelang es nun dem die Stützen fortschlagenden gefangenen Manne, nicht nur dem Schiff die erste Bewegung zu geben, sondern auch sich selber mit einem gedankenschnellen riesigen Satz aus der Nachbarschaft des herabrutschenden hölzernen Berges zu bringen, dann war er im gleichen Augenblick in seine Freiheit und in ein neues Leben gesprungen; gelang es ihm jedoch nicht, blieb von seinem Körper nichts übrig als eine schleimige Blutspur.

Der Ingenieur Grognard nun, der sich erstmals zu einem solchen Stapellauf eingefunden hatte, ergötzte seine Augen an den übrigen festlichen Gästen auf den Tribünen und ließ, ganz den düsteren und ehernen Wundern des Arsenals hingegeben, den Silberknauf seines Stockes zu den immer neuen Märschen mehrerer Militärkapellen auf die hölzerne Balustrade fallen, wo er sich mit anderen Ehrengästen befand. Die Kommandos gingen in der Musik unter, gleichwohl bewegten sich die Arbeiter, die freien sowohl wie die Sträflinge, des gewohnten Vorgangs wie stumme Ameisen kundig, mit Tauen und Ketten und Stangen hantierend, als hänge ein jeder an einem unsichtbaren Faden.

Grognard hatte als Ehrengast einen der besten Plätze, er stand nämlich steuerbords dem Bug gerade gegenüber auf etwa fünfzig Schritt entfernt, und wiewohl er vom Hörensagen wusste, auf welch gefährliche Weise man das Schiff flottmachte und ins Wasser ließ, so hatte er sich, wie es dem Menschen eigen ist, den Vorgang nicht aus den Worten in eine deutliche Vorstellung gehoben. Ja, er war sogar der allgemeinen Ansicht, dass es menschlich und gut ist, wenn ein Leben, ohnehin verwirkt, durch einen kühnen Einsatz sich entweder für die Allgemeinheit nützlich verbrauche oder für sich selber neu beginnen könne. Nun aber, als plötzlich die Musik mit ihren in die Weite schreitenden Takten abbrach und nur ein dumpfer Wirbel kurz und knöchern hinterherrollte und dann auch noch verstummte, als alles getan und die Stützen bis auf die am Bug entfernt und die übrigen Arbeiter zurückkommandiert, die Matrosen aber an Bord waren, da kam ein einzelner Mann in seiner roten Jacke mit den schweren hufnagelbeschlagenen Schuhen über das Pflaster gegen das Schiff geschlürft. Er trug einen riesigen Zuschlaghammer in der Hand, der zuerst herabhing, dann, je näher der Mann dem schwarzen Schiffsbau kam, sich zögernd hob und nun, als seine winzige Gestalt

der Fregatte so nahe war, dass ihr gewölbter Rumpf ihn wie ein schwarzer Fittich überschattete, einmal pickend und pochend eine Stütze berührte, dann wieder in der Hand des Mannes auf dieselbe Weise herabhing.
Es lag eine gefährliche Stille über der Fregatte und den Zuschauern, und Grognard bemerkte, dass er zitterte und mit dem Silberknauf seines Stockes die vorsichtig antastende Bewegung des Zuschlaghammers mitgetan hatte. Ob es dieses winzige Geräusch seines Stockes oder einfach der Zufall bewirkt hatte, der Sträfling wandte sich kurz um, Grognard konnte die Nummer an der grünfarbigen Mütze des lebenslänglich Verurteilten lesen – es war die Nummer 3222 – und zugleich mit der Zahl und wie durch sie hindurch sah er das kurze Lächeln, in welchem der Sträfling seine Zähne entblößte und einmal kurz die Augen verdrehte, als verschlinge er damit Schiff, Zuschauer, Mauern und Himmel zugleich in einer gierigen Bewegung. Dann kehrte er sich ab mit einem Ruck, so, als könne die Fregatte etwa hinter ihm arglistig ohne sein Zutun entronnen sein, und jetzt dem Schiff zugewandt blieb er einen Atemzug lang stehen, noch den Hammer gesenkt; dann hob er ihn langsam, es ging ein Stöhnen über den Platz, man wusste nicht, kam es aus dem ächzenden Gebälk des Schiffes oder den Rippen des Mannes, der zugleich zuschlug: einmal, zweimal, hin und her springend, gelenkig wie ein Wiesel und wild wie ein Stier – und dreimal zuschlug und viermal – (man zählte nicht mehr), das Schiff knackte, mischte seine erwachende Stimme, vom Hammer geweckt, darein, lauerte; und da, als noch ein Schlag kam, sprang es mit einem Satz vor, und auch der Mann sprang, den Hammer wie ein Gerät des Entsetzens und zugleich wie eine Waffe der Abwehr gegen den Schiffsrumpf werfend, sprang; aber dann, da alles jäh aufschrie, blieb er stehen, wie ein Mensch im Traum, der nicht weiterkam – und der Schiffsrumpf ging wie ein Hobel über ihn fort.
Dieser Vorgang, der nur wenige Atemzüge lang gedauert hatte, löste einen allgemeinen, inbrünstigen Schrei aus, der hinter der Fregatte in einem wilden, ausgelassenen und teuflischen Jubel herschob, über die blutige Spur fort, die alsbald einige Sträflinge mit Sand und Hobelspänen tilgen kamen.
Auch Grognard hatte im allgemeinen Jubel einen Schrei getan und mit dem Schrei zugleich einen Schwur. Und dieser Schwur enthielt im ersten Augenblick seines Entstehens ein Bild in sich als Kern: nämlich das Bild des Trockendocks! Und als habe er gewusst, dass seine Lächerlichkeit damit besiegelt sei, wenn er die eigentliche Triebkraft zu diesem großen Plan enthüllte: Er führte nur Beweggründe ins Feld, die das öffentliche Wohl und den Fortschritt betrafen. Es begann nun ein Kampf mit den starrsinnigen Behörden, mit den missgünstigen Nebenbuhlern, und als trotz aller Widerstände das Werk gediehen war, von seinem Urheber mit einer Besessenheit, Umsicht und Ausdauer geleitet, die ihn für die Jahre des Baues allem menschlichen Umgang entzogen, geschah es, kurz nachdem das Werk dem Gebrauch übergeben worden war, dass der Urheber, der sich nun von jenem zwischen Hoffnung und Todesangst verzerrten Lächeln des Sträflings erlöst glaubte, von einem Galeerensträfling mit einem Hammer niedergeschlagen wurde, da er eben den Platz am Trockendock überschritt.
Der Gefangene trug die grüne Wollmütze und schleppte seine Kette gemächlich hinter sich her. Als er dann dicht vor Grognard sich befand, der beim Anblick der

Nummer wie über einer geheimnisvollen Zahl jäh erstarrte und das gefährliche Gesicht darunter übersah, schrie der Mensch, seinen Hammer schwingend: „Das ist der Mann des Fortschritts, der uns den Weg zur Freiheit nahm! Zur Hölle mit dir!“ Die herbeieilenden Wachen, die sich des Sterbenden annahmen, sahen, wie der noch einmal die Augen aufschlug und mit einer Stimme, die voller Verwunderung schien, lispelte: „Ah, 3222, Pardon, ich habe mich geirrt!“

Herbert Malecha

Die Probe

Redluff sah, das schrille Quietschen der Bremsen noch in den Ohren, wie sich das Gesicht des Fahrers ärgerlich verzog. Mit zwei taumeligen Schritten war er wieder auf dem Gehweg. „Hat es Ihnen was gemacht?“ Er fühlte sich am Ellbogen angefasst. Mit einer fast brüsken Bewegung machte er sich frei. „Nein, nein, schon gut. Danke“, sagte er noch, beinah schon über die Schulter, als er merkte, dass ihm der Alte nachstarrte.

Eine Welle von Schwäche stieg von seinen Knien auf, wurde fast zur Übelkeit. Das hätte ihm gerade gefehlt, angefahren auf der Straße liegen, eine gaffende Menge und dann die Polizei. Er durfte jetzt nicht schwach werden, nur weiterlaufen, unauffällig weiterlaufen zwischen den vielen auf der hellen Straße. Langsam ließ das Klopfen im Halse nach. Seit drei Monaten war er zum ersten Mal wieder in der Stadt, zum ersten Mal wieder unter so vielen Menschen. Ewig konnte er in dem Loch sich ja nicht verkriechen, er musste einmal wieder raus, wieder Kontakt aufnehmen mit dem Leben, überhaupt raus aus allem. Ein Schiff musste sich finden lassen, möglichst noch bevor es Winter wurde. Seine Hand fuhr leicht über die linke Brustseite seines Jacketts, er spürte den Pass, der in der Innentasche steckte; gute Arbeit war dieser Pass, er hatte auch nicht schlecht dafür bezahlt.

Die Autos auf der Straße waren zu einer langen Kette aufgefahren. Nur stockend schoben sie sich vorwärts. Menschen gingen an ihm vorbei, kamen ihm entgegen; er achtete darauf, dass sie ihn nicht streiften. Einem Platzregen von Gesichtern war er ausgesetzt, fahle Ovale, die sich mit dem wechselnden Reklamelicht verfärbten. Redluff strengte sich an, den Schritt der vielen anzunehmen, mitzuschwimmen in dem Strom. Stimmen, abgerissene Gesprächsfetzen schlugen an sein Ohr, jemand lachte. Für eine Sekunde haftete sein Blick an dem Gesicht einer Frau, ihr offener, bemalter Mund sah schwarz gerändert aus. Die Autos fuhren jetzt an, ihre Motoren summten auf. Eine Straßenbahn schrammte vorbei. Und wieder Menschen, Menschen, ein Strom flutender Gesichter, Sprechen und hundertfache Schritte. Redluff fuhr unwillkürlich mit der Hand an seinen Kragen. An seinem Hals merkte er, dass seine Finger kalt und schweißig waren.

Wovor hab ich denn eigentlich Angst, verdammte Einbildung, wer soll mich denn schon erkennen in dieser Menge, sagte er sich. Aber er spürte nur zu genau, dass er in ihr nicht eintauchen konnte, dass er wie ein Kork auf dem Wasser tanzte, abgestoßen und weitergetrieben. Ihn fror plötzlich. Nichts als verdammte Einbildung, sagte er sich wieder. Vor drei Monaten war das ja noch anders, da stand sein Name schwarz auf rotem Papier auf jeder Anschlagsäule zu lesen, Jens Redluff; nur gut, dass das Foto so schlecht war. Der Name stand damals fett in den Schlagzeilen der Blätter, wurde dann klein und kleiner, auch das Fragezeichen dahinter, rutschte in die letzten Spalten und verschwand bald ganz.

Redluff war jetzt in eine Seitenstraße abgebogen, der Menschenstrom wurde dünner, noch ein paar Abbiegungen und die Rinnsale lösten sich auf, zerfielen in einzelne Gestalten, einzelne Schritte. Hier war es dunkler. Er konnte den Kragen öffnen und die Krawatte nachlassen. Der Wind brachte einen brackigen Lufthauch vom Hafen her. Ihn fröstelte. Ein breites Lichtband fiel quer vor ihm über die Straße, jemand kam aus dem kleinen Lokal, mit ihm ein Dunst nach Bier, Qualm und Essen. Redluff ging hinein. Die kleine, als Café aufgetakelte Kneipe war fast leer, ein paar Soldaten saßen herum, grelle Damen in ihrer Gesellschaft. Auf den kleinen Tischen standen Lämpchen mit pathetisch roten Schirmen. Ein Musikautomat begann aus der Ecke zu hämmern. Hinter der Theke lehnte ein dicker Bursche mit bloßen Armen. Er schaute nur flüchtig auf. „Kognak, doppelt“, sagte Redluff zu dem Kellner. Er merkte, dass er seinen Hut noch in der Hand hielt, und legte ihn auf den leeren Stuhl neben sich. Er steckte sich eine Zigarette an, die ersten tiefen Züge machten ihn leicht benommen. Schön warm war es hier, er streckte seine Füße lang aus. Die Musik hatte gewechselt. Über gezogen jaulenden Gitarretönen hörte er halblautes Sprechen, ein spitzes Lachen vom Nachbartisch. Gut saß es sich hier.

Der Dicke hinter der Theke drehte jetzt seinen Kopf nach der Tür. Draußen fiel eine Wagentür schlagend zu. Gleich darauf kamen zwei Männer herein, klein und stockig der eine davon. Er blieb in der Mitte stehen, der andere, im langen Ledermantel, steuerte auf den Nachbartisch zu. Keiner von beiden nahm seinen Hut ab. Redluff versuchte hinüberzuschielen, es durchfuhr ihn. Er sah, wie der Große sich über den Tisch beugte, kurz etwas Blinkendes in der Hand hielt. Die Musik hatte ausgesetzt. „What's he want?“, hörte er den Neger vom Nebentisch sagen. „What's he want?“ Er sah seine wulstigen Lippen sich bewegen. Das Mädchen kramte eine bunte Karte aus ihrer Handtasche. „What's he want?“, sagte der Neger eigensinnig. Der Mann war schon zum nächsten Tisch gegangen. Redluff klammerte sich mit der einen Hand an die Tischkante. Er sah, wie die Fingernägel sich entfärbten. Der rauchige Raum schien ganz leicht zu schwanken, ganz leicht. Ihm war, als müsste er auf dem sich neigenden Boden jetzt langsam samt Tisch und Stuhl auf die andere Seite rutschen. Der Große hatte seine Runde beendet und ging auf den anderen zu, der immer noch mitten im Raum stand, die Hände in den Manteltaschen. Redluff sah, wie er zu dem Großen etwas sagte. Er konnte es nicht verstehen. Dann kam er geradewegs auf ihn zu.

„Sie entschuldigen“, sagte er, „Ihren Ausweis, bitte!“ Redluff schaute erst gar nicht auf das runde Metall in seiner Hand. Er drückte seine Zigarette aus und war plötzlich völlig ruhig. Er wusste es selbst nicht, was ihn auf einmal so ruhig machte, aber seine Hand, die in die Innentasche seines Jacketts fuhr, fühlte den Stoff nicht, den sie berührte, sie war wie von Holz. Der Mann blätterte langsam in dem Pass, hob ihn besser in das Licht. Redluff sah die Falten auf der gerunzelten Stirn,

eine, zwei, drei. Der Mann gab ihm den Pass zurück. „Danke, Herr Wolters“, sagte er. Aus seiner unnatürlichen Ruhe heraus hörte Redluff sich selber sprechen. „Das hat man gern, so kontrolliert werden wie –“, er zögerte etwas, „ein Verbrecher!“ Seine Stimme stand spröde im Raum. Er hatte doch gar nicht so laut gesprochen. „Man sieht manchmal jemand ähnlich“, sagte der Mann, grinste, als hätte er einen feinen Witz gemacht. „Feuer?“ Er fingerte eine Zigarre aus der Manteltasche. Redluff schob seine Hand mit dem brennenden Streichholz längs der Tischkante ihm entgegen. Die beiden gingen. Redluff lehnte sich in seinen Stuhl zurück. Die Spannung in ihm zerbröckelte, die eisige Ruhe schmolz. Er hätte jubeln können. Das war es, das war die Probe und er hatte sie bestanden. „He, Sie vergessen Ihren Hut“, sagte der Dicke hinter der Theke. Draußen atmete er tief, seine Schritte schwangen weit aus, am liebsten hätte er gesungen.
Langsam kam er wieder in belebtere Straßen, die Lichter nahmen zu, die Läden, die Leuchtzeichen an den Wänden. Aus einem Kino kam ein Knäuel Menschen, sie lachten und schwatzten, er mitten unter ihnen. Es tat ihm wohl, wenn sie ihn streiften. „Hans“, hörte er eine Frauenstimme hinter sich, jemand fasste seinen Arm. „Tut mir Leid“, sagte er und lächelte in das enttäuschte Gesicht. Verdammt hübsch, sagte er zu sich. Im Weitergehen nestelte er an seiner Krawatte. Dunkel glänzende Wagen sangen über den blanken Asphalt, Kaskaden* wechselnden Lichts ergossen sich von den Fassaden, Zeitungsverkäufer riefen die Abendausgaben aus. Hinter einer großen, leicht beschlagenen Spiegelglasscheibe sah er undeutlich tanzende Paare; pulsierend drang die Musik abgedämpft bis auf die Straße. Ihm war wie nach Sekt. Ewig hätte er so gehen können, so wie jetzt. Er gehörte wieder dazu, er hatte den Schritt der vielen, es machte ihm keine Mühe mehr. Im Sog der Menge ging er über den großen Platz auf die große Halle zu mit ihren Ketten von Glühlampen und riesigen Transparenten. Um die Kassen vor dem Einlass drängten sich Menschen. Von irgendwoher flutete Lautsprechermusik. Stand dort nicht das Mädchen von vorhin? Redluff stellte sich hinter sie in die Reihe. Sie wandte den Kopf, er spürte einen Hauch von Parfüm. Dicht hinter ihr zwängte er sich durch den Einlass. Immer noch flutete die Musik, er hörte ein Gewirr von Hunderten von Stimmen. Ein paar Polizisten suchten etwas Ordnung in das Gedränge zu bringen. Ein Mann in einer Art Portiersuniform nahm ihm seine Einlasskarte ab. „Der, der!“, rief er auf einmal und deutete aufgeregt hinter ihm her. Gesichter wandten sich, jemand im schwarzen Anzug kam auf ihn zu, ein blitzendes Ding in der Hand. Gleißendes Scheinwerferlicht übergoss ihn. Jemand drückte ihm einen Riesenblumenstrauß in die Hände. Zwei strahlend lächelnde Mädchen hakten ihn rechts und links unter, Fotoblitze zuckten. Und zu allem dröhnte eine geölte Stimme, die vor innerer Freudigkeit fast zu bersten schien: „Ich darf Ihnen im Namen der Direktion von ganzem Herzen gratulieren, Sie sind der hunderttausendste Besucher der Ausstellung!“ Redluff stand wie betäubt. „Und jetzt sagen Sie uns Ihren werten Namen“, schmalzte die Stimme unwiderstehlich weiter. „Redluff, Jens Redluff“, sagte er, noch ehe er wusste, was er sagte, und schon hatten es die Lautsprecher dröhnend bis in den letzten Winkel der riesigen Halle getragen. Der Kordon* der Polizisten, der eben noch die applaudierende Menge zurückgehalten hatte, löste sich langsam auf. Sie kamen auf ihn zu.

Wolfdietrich Schnurre

Jenö war mein Freund

Als ich Jenö kennen lernte, war ich neun; ich las Edgar Wallace* und Conan Doyle*, war eben sitzen geblieben und züchtete Meerschweinchen. Jenö traf ich zum ersten Mal auf dem Sportplatz am Faulen See beim Grasrupfen; er lag unter einem Holunder und sah in den Himmel. Weiter hinten spielten sie Fußball und schrien manchmal „Tooooooor!" oder so was. Jenö kaute an einem Grashalm; er hatte ein zerrissenes Leinenhemd an und trug eine Manchesterhose, die nach Kokelfeuer und Pferdestall roch.

Ich tat erst, als sähe ich ihn nicht, und rupfte um ihn herum; aber dann drehte er doch ein bisschen den Kopf zu mir hin und blinzelte schläfrig und fragte: Ich hätte wohl Pferde. „Nee", sagte ich, „Meerschweinchen."

Er schob sich den Grashalm in den anderen Mundwinkel und spuckte aus. „Schmecken nicht schlecht."

„Ich ess sie nicht", sagte ich, „dazu sind sie zu nett."

„Igel", sagte Jenö und gähnte, „die schmecken auch nicht schlecht." Ich setzte mich zu ihm. „Igel?"

„Tooooooor!", schrien sie hinten. Jenö sah wieder blinzelnd in den Himmel. Ob ich Tabak hätte. „Hör mal", sagte ich, „ich bin doch erst neun."

„Na und", sagte Jenö, „ich bin acht." Wir schwiegen und fingen an uns leiden zu mögen. Dann musste ich gehen. Doch bevor wir uns trennten, machten wir aus, uns möglichst bald wieder zu treffen.

Vater hatte Bedenken, als ich ihm von Jenö erzählte. „Versteh mich recht", sagte er, „ich hab nichts gegen Zigeuner; bloß –"

„Bloß –?", fragte ich. „Die Leute", sagte Vater und seufzte. Er nagte eine Weile auf seinen Schnurrbartenden herum. „Unsinn", sagte er plötzlich; „schließlich bist du jetzt alt genug um dir deine Bekannten selbst auszusuchen. Kannst ihn ja erst mal zum Kaffee mitbringen."

Das tat ich dann auch. Wir tranken Kaffee zusammen und Vater hielt sich auch wirklich hervorragend. Obwohl Jenö wie ein Wiedehopf* roch und sich auch sonst ziemlich komisch benahm – Vater ging drüber weg. Ja, er machte ihm sogar ein Katapult* aus richtigem Vierkantgummi und sah sich obendrein noch alle unsere neu erworbenen Konversationslexikonbände mit uns an. Als Jenö weg war, fehlte das Barometer über Vaters Schreibtisch.

Ich war sehr bestürzt; Vater gar nicht so sehr. „Sie haben andere Sitten als wir; es hat ihm eben gefallen. Außerdem hat es sowieso nicht mehr viel getaugt."

„Und was ist", fragte ich, „wenn er es jetzt nicht mehr rausrückt?"

„Gott –", sagte Vater, „früher ist man auch ohne Barometer ausgekommen." Trotzdem, das mit dem Barometer, fand ich, ging ein bisschen zu weit. Ich nahm mir jedenfalls fest vor, es ihm wieder abzunehmen.

Aber als wir uns das nächste Mal trafen, hatte Jenö mir ein so herrliches Gegengeschenk mitgebracht, dass es unmöglich war auf das Barometer zu sprechen zu kommen. Es handelte sich um eine Tabakspfeife, in deren Kopf ein Gesicht ge-

Max Schwimmer: Fahrendes Volk am Rastplatz

schnitzt worden war, das einen Backenbart aus Pferdehaar trug. Ich war sehr beschämt und ich überlegte lange, wie ich mich revanchieren könnte. Endlich hatte ich es; ich würde Jenö zwei Meerschweinchen geben. Es bestand dann zwar die Gefahr, dass er sie aufessen würde, aber das durfte einen jetzt nicht kümmern; Geschenk war Geschenk. Und er dachte auch gar nicht daran sie zu essen; er lehrte sie Kunststücke. Innerhalb weniger Wochen liefen sie aufrecht auf zwei Beinen, und wenn Jenö ihnen Rauch in die Ohren blies, legten sie sich hin und überkugelten sich. Auch Schubkarrenschieben und Seiltanzen lehrte er sie. Es war wirklich erstaunlich, was er aus ihnen herausholte, Vater war auch ganz beeindruckt. Ich hatte damals außer Wallace und Conan Doyle auch gerade die zehn Bände vom Doktor Dolittle* durch, und das brachte mich auf den Gedanken, mit Jenö zusammen so etwas wie einen Meerschweinchenzirkus aufzumachen. Aber diesmal hielt Jenö nicht durch. Schon bei der Vorprüfung der geeigneten Tiere verlor er die Lust. Er wollte lieber auf Igeljagd gehen, das wäre interessanter. Tatsächlich, das war es. Obwohl, mir war immer ziemlich mulmig dabei. Ich hatte nichts gegen Igel, im Gegenteil, ich fand sie sympathisch. Aber es wäre sinnlos gewesen, Jenö da beeinflussen zu wollen; und das lag mir auch gar nicht.

Er hatte sich für die Igeljagd einen handfesten Knüppel besorgt, der unten mit einem rau gefeilten Eisenende versehen war; mit dem stach er in Laubhaufen rein und stocherte auf Schutthalden unter alten Eimern herum. Er hat so oft bis zu vier Stück an einem Vormittag harpuniert; keine Ahnung, wie er sie aufspürte; er muss sie gerochen haben, die Biester.

Jenös Leute wohnten in ihren Wohnwagen. Die standen zwischen den Kiefern am

Faulen See, gleich hinter dem Stadion. Ich war oft da, viel häufiger als in der Schule, wo man jetzt doch nichts Vernünftiges mehr lernte. Besonders Jenös Großmutter mochte ich gut leiden. Sie war unglaublich verwahrlost, das stimmt. Aber sie strahlte so viel Würde aus, dass man ganz andächtig wurde in ihrer Nähe. Sie sprach kaum; meist rauchte sie nur schmatzend ihre Stummelpfeife und bewegte zum Takt eines der Lieder, die von den Lagerfeuern erklangen, die Zehen.

Wenn wir abends mit Jenös Beute dann kamen, hockte sie schon immer am Feuer und rührte den Lehmbrei an. In den wurden die Igel jetzt etwa zwei Finger dick eingewickelt. Darauf legte Jenö sie behutsam in die heiße Asche, häufelte einen Glutberg auf über ihnen und wir kauerten uns hin, schwiegen, spuckten ins Feuer und lauschten darauf, wie das Wasser in den Lehmkugeln langsam zu singen begann. Ringsum hörte man die Maulesel und Pferde an ihren Krippen nagen und manchmal klirrte leise ein Tamburin auf oder mit einer hohen, trockenen Männerstimme zusammen begann plötzlich ein Banjo zu schluchzen.

Nach einer halben Stunde waren die Igel gar. Jenö fischte sie mit einer Astgabel aus der Glut. Sie sahen jetzt wie kleine, etwas zu scharf gebackene Landbrote aus; der Lehm war steinhart geworden und hatte Risse bekommen und wenn man ihn abschlug, blieb der Stachelpelz an ihm haften und das rostrote Fleisch wurde sichtbar. Man aß grüne Paprikaschoten dazu oder streute rohe Zwiebelkringel darauf; ich kannte nichts, das aufregender schmeckte.

Aber auch bei uns zu Hause war Jenö jetzt oft. Wir sahen uns die sechs Bände unseres neuen Konversationslexikons an; ich riss die Daten der nationalen Erhebung* aus meinem Taschenkalender und schrieb rechts immer ein deutsches Wort hin und links malte Jenö dasselbe Wort auf Rotwelsch* daneben. Ich habe damals eine Menge gelernt; von Jenö meine ich, von der Schule rede ich jetzt nicht. Später stellte sich auch heraus, es verging kein Tag, dass sich die Hausbewohner nicht beim Blockwart* über Jenös Besuche beschwerten; sogar zur Kreisleitung ist mal einer gelaufen. Weiß der Himmel, wie Vater das jedes Mal abbog; mir hat er nie etwas davon gesagt.

Am meisten hat sich Jenö aber doch für meine elektrische Eisenbahn interessiert; jedes Mal, wenn wir mit ihr gespielt hatten, fehlte ein Waggon mehr. Als er dann aber auch an die Schienenteile, die Schranken und die Signallampen ging, fragte ich doch mal Vater um Rat. „Lass nur“, sagte er, „kriegst eine neue, wenn Geld da ist.“ Am nächsten Tag schenkte ich Jenö die alte. Aber merkwürdig, jetzt wollte er sie plötzlich nicht mehr; er war da komisch in dieser Beziehung.

Und dann haben sie sie eines Tages *doch* abgeholt; die ganze Bande; auch Jenö war dabei. Als ich früh hinkam, hatten SA* und SS* das Lager umstellt und alles war abgesperrt und sie scheuchten mich weg. Jenös Leute standen dicht zusammengedrängt auf einem Lastwagen. Es war nicht herauszubekommen, was man ihnen erzählt hatte, denn sie lachten und schwatzten und als Jenö mich sah, steckte er zwei Finger in den Mund und pfiff und winkte rüber zu mir.

Nur seine Großmutter und die übrigen Alten schwiegen; sie hatten die Lippen zusammengepresst und sahen starr vor sich hin. Die anderen wussten es nicht. Ich habe es damals auch nicht gewusst; ich war nur traurig, dass Jenö jetzt weg war. Denn Jenö war mein Freund.

Wolfgang Borchert

Nachts schlafen die Ratten doch

Das hohle Fenster in der vereinsamten Mauer gähnte blaurot voll früher Abendsonne. Staubgewölke flimmerte zwischen den steil gereckten Schornsteinresten. Die Schuttwüste döste.

Er hatte die Augen zu. Mit einmal wurde es noch dunkler. Er merkte, dass jemand gekommen war und nun vor ihm stand, dunkel, leise.

Jetzt haben sie mich! dachte er. Aber als er ein bisschen blinzelte, sah er nur zwei etwas ärmlich behoste Beine. Die standen ziemlich krumm vor ihm, dass er zwischen ihnen hindurchsehen konnte. Er riskierte ein kleines Geblinzel an den Hosenbeinen hoch und erkannte einen älteren Mann. Der hatte ein Messer und einen Korb in der Hand. Und etwas Erde an den Fingerspitzen.

Du schläfst hier wohl, was? fragte der Mann und sah von oben auf das Haargestrüpp herunter. Jürgen blinzelte zwischen den Beinen des Mannes hindurch in die Sonne und sagte: Nein, ich schlafe nicht. Ich muss hier aufpassen.

Der Mann nickte: So, dafür hast du wohl den großen Stock da?

Ja, antwortete Jürgen mutig und hielt den Stock fest.

Worauf passt du denn auf?

Das kann ich nicht sagen. Er hielt die Hände fest um den Stock.

Wohl auf Geld, was? Der Mann setzte den Korb ab und wischte das Messer an seinem Hosenboden hin und her.

Nein, auf Geld überhaupt nicht, sagte Jürgen verächtlich. Auf etwas anderes.

Na, was denn?

Ich kann es nicht sagen. Was anderes eben.

Na, denn nicht. Dann sage ich dir natürlich auch nicht, was ich hier im Korb habe. Der Mann stieß mit dem Fuß an den Korb und klappte das Messer zu.

Pah, kann mir denken, was in dem Korb ist, meinte Jürgen geringschätzig, Kaninchenfutter.

Donnerwetter, ja!, sagte der Mann, bist ja ein fixer Kerl. Wie alt bist du denn?

Neun.

Oha, denk mal an, neun also. Dann weißt du ja auch, wie viel drei mal neun sind?

Klar, sagte Jürgen und um Zeit zu gewinnen sagte er noch: Das ist ja ganz leicht. Und er sah durch die Beine des Mannes hindurch. Drei mal neun, nicht?, fragte er nochmal. Siebenundzwanzig. Das wusste ich gleich.

Stimmt, sagte der Mann, genau so viel Kaninchen habe ich.

Jürgen machte einen runden Mund: Siebenundzwanzig?

Du kannst sie sehen. Viele sind noch ganz jung. Willst du?

Ich kann doch nicht. Ich muss doch aufpassen, sagte Jürgen unsicher.

Immerzu?, fragte der Mann, nachts auch?

Nachts auch. Immerzu. Immer. Jürgen sah an den krummen Beinen hoch. Seit Sonnabend schon, flüsterte er.

Aber gehst du denn gar nicht nach Hause? Du musst doch essen.

Jürgen hob einen Stein hoch. Da lag ein halbes Brot. Und eine Blechschachtel.

Du rauchst?, fragte der Mann, hast du denn eine Pfeife?
Jürgen fasste seinen Stock fest und sagte zaghaft: Ich drehe. Pfeife mag ich nicht.
Schade, der Mann bückte sich zu seinem Korb, die Kaninchen hättest du ruhig mal ansehen können. Vor allem die Jungen. Vielleicht hättest du dir eines ausgesucht. Aber du kannst hier ja nicht weg.
Nein, sagte Jürgen traurig, nein, nein.
Der Mann nahm den Korb und richtete sich auf. Na ja, wenn du hier bleiben musst – schade. Und er drehte sich um.
Wenn du mich nicht verrätst, sagte Jürgen da schnell, es ist wegen den Ratten.
Die krummen Beine kamen einen Schritt zurück: Wegen den Ratten?
Ja, die essen doch von Toten. Von Menschen. Da leben sie doch von.
Wer sagt das?
Unser Lehrer.
Und du passt nun auf die Ratten auf?, fragte der Mann.
Auf die doch nicht! Und dann sagte er ganz leise: Mein Bruder, der liegt nämlich da unten. Da. Jürgen zeigte mit dem Stock auf die zusammengesackten Mauern. Unser Haus kriegte eine Bombe. Mit einmal war das Licht weg im Keller. Und er auch. Wir haben noch gerufen. Er war viel kleiner als ich. Erst vier. Er muss hier ja noch sein. Er ist doch viel kleiner als ich.
Der Mann sah von oben auf das Haargestrüpp. Aber dann sagte er plötzlich: Ja, hat euer Lehrer euch denn nicht gesagt, dass die Ratten nachts schlafen?
Nein, flüsterte Jürgen und sah mit einmal ganz müde aus, das hat er nicht gesagt.
Na, sagte der Mann, das ist aber ein Lehrer, wenn er das nicht mal weiß. Nachts schlafen die Ratten doch. Nachts kannst du ruhig nach Hause gehen. Nachts schlafen sie immer. Wenn es dunkel wird, schon.
Jürgen machte mit seinem Stock kleine Kuhlen in den Schutt. Lauter kleine Betten sind das, dachte er, alles kleine Betten.
Da sagte der Mann (und seine krummen Beine waren ganz unruhig dabei): Weißt du was? Jetzt füttere ich schnell meine Kaninchen und wenn es dunkel wird, hole ich dich ab. Vielleicht kann ich eins mitbringen. Ein kleines, was meinst du?
Jürgen machte kleine Kuhlen in den Schutt. Lauter kleine Kaninchen. Weiße, graue, weißgraue. Ich weiß nicht, sagte er leise und sah auf die krummen Beine, wenn sie wirklich nachts schlafen.
Der Mann stieg über die Mauerreste weg auf die Straße. Natürlich, sagte er von da, euer Lehrer soll einpacken, wenn er das nicht mal weiß.
Da stand Jürgen auf: Wenn ich eins kriegen kann? Ein weißes vielleicht?
Ich will mal versuchen, rief der Mann schon im Weggehen, aber du musst hier so lange warten. Ich gehe dann mit dir nach Hause, weißt du. Ich muss deinem Vater doch sagen, wie so ein Kaninchenstall gebaut wird. Denn das müsst ihr ja wissen.
Ja, rief Jürgen, ich warte. Ich muss ja noch aufpassen, bis es dunkel wird. Ich warte bestimmt. Und er rief: Wir haben auch Bretter zu Hause. Kistenbretter, rief er.
Aber das hörte der Mann schon nicht mehr. Er lief auf die Sonne zu. Die war schon rot vom Abend und Jürgen konnte sehen, wie sie durch die Beine hindurchschien, so krumm waren sie. Und der Korb schwenkte hin und her. Kaninchenfutter war da drin. Grünes Kaninchenfutter, das war etwas grau vom Schutt.

Ilse Aichinger

Die Silbermünze

Durch das Fenster der Speisekammer sahen sie ihn die Straße heraufkommen. Es war dasselbe Fenster, durch das sie vorgestern Abend die Reiter gesehen hatten, den Apfelschimmel und die Dame im Frack unter den wispernden Bäumen. Der Mann ging die Straße langsam herauf und bog dann zum Haus ein. Ehe er die Stufen zum Eingang heraufkam, zögerte er und wischte sich einige Schweißtropfen von der Stirn. Er legte die Hand aufs Herz. Gegen die Sonne hatte er ein weißes Taschentuch auf den Kopf gebreitet. Hoch über ihm schwebten am Mittagshimmel einige bunte Ballons, die von den neuen Pächtern der Drogerie an die Kinder der Umgegend ausgegeben worden waren. Der Mann betrachtete die geknickte Sonnenblume zur linken Seite der Stufen und stieg langsam hinauf. Dann läutete er. Man sah jetzt sein Gesicht näher, es war rot und verärgert.

Als sie ihm öffneten, drang der Geruch verfaulter Zitronen zu ihnen herein, die Blätter auf dem großen Baum gegenüber regten sich nicht und die Hühner schliefen. In der Ebene, die zwischen der Mauer gegenüber und den Baumzweigen heraufschimmerte, fuhr ein kleiner Lastzug in der Richtung nach Holland.

Der Mann verbeugte sich leicht und zog ein grünes Geschäftskuvert aus der Rocktasche. „Nehmen Sie einem Schwerkriegsverletzten einige Ansichtskarten ab!“, sagte er und als er nicht gleich eine Antwort bekam, setzte er hinzu: „Ich bitte Sie darum.“

Sie nahmen zögernd die Karten, die er wie ein Spiel entfaltet hatte und ihnen entgegenhielt, und betrachteten sie. Es waren alles in Kohle gezeichnete Landschaften, der Mond über einem Teich, eine weiße Frau neben einem schwarzen Strauch, die Frau war nackt, und dann wieder der Mond über einem Teich, das war dieselbe, darunter tauchte auch wieder die Frau auf. Alles Schwarze auf diesen Karten war nicht ganz schwarz, sondern dunkelgrau, so wie das Weiße nicht ganz weiß war; es waren traurige Karten.

Auf der Straße fuhr ein Lautsprecherwagen vorbei und eine fröhliche Männerstimme sagte etwas von Orangen und neuer Ernte. Der Wagen war gelb gestrichen und sie sahen ihm Hilfe suchend nach.

„Sie kosten fünf Mark“, sagte der Mann mit den Karten, „im Ganzen sind es zwölf.“

„Und wenn man nur sechs haben möchte?“

„Es sind zwölf!“, sagte der Mann.

Eines von ihnen rannte hinein um das Geld zu holen. In der Küche war das Fenster offen geblieben und es waren Fliegen hereingekommen. Beim Haushaltsgeld war kein Fünfmarkstück, auch nicht in der Speisekammer, aber im Schlafzimmer lag eins schon seit Tagen auf dem Regal vor den Büchern. Die Vorhänge waren zugezogen, aber da glänzte es! Alle Kühle in dem Raum ging davon aus, aller Schlaf in dem Zimmer und die Ruhe.

Die beiden andern unten betrachteten noch immer schweigend die Karten, angestrengt und hilflos, ihre Blicke schienen von dem grauen Schwarz und dem grau-

en Weiß für immer angesogen. Eine leichte Lähmung ging von den Karten aus; vielleicht war das der Beginn der Kinderlähmung, von der man auch so wenig Sicheres wusste. Erst als der Mann die Münze schon in der Hand hielt, sahen sie von den Karten weg und steckten sie zögernd in den Umschlag zurück.
„Danke“, sagte der Mann mürrisch und ging langsam die Stiegen wieder hinunter.
Sie legten die Hände über die Augen und sahen ihm nach, er ging die Straße weiter, in der Richtung gegen die Felder zu, ihren liebsten Weg. Sie schlossen die Haustür und sahen noch eine Weile durch das gestreifte Glas, bis er verschwunden war.
Als sie wieder in der Küche waren, begannen sie von den Tomaten zu essen, die auf dem Fensterbrett in der Sonne lagen, und aßen so lange, bis nichts mehr da war. Dann sagte die Älteste von ihnen, die dem Mann das Geld gegeben hatte: „Er war gar nicht verletzt!“
„Er war nicht einmal im Krieg!“, rief die Jüngere zornig.
„Doch, er war im Krieg, aber er war nicht verletzt!“
„Er war überhaupt nicht – –.“
Sie stritten laut, während die Fliegen surrten und auf dem Brett herumkrochen, wo die Tomaten gelegen hatten. Eins von ihnen griff hinaus und holte von dem Strauch vor dem Küchenfenster Johannisbeeren herein. „Wasch sie!“, riefen die andern. „Du musst sie waschen!“
„Vielleicht ist es besser, wenn wir die Karten wegwerfen“, sagte die Älteste, drehte nachdenklich den Umschlag zwischen den Fingern und betrachtete sein ödes, wie von Straßenstaub übersprühtes Grün.
Die anderen redeten dagegen. „Wir könnten sie gut verschreiben, wenigstens die, wo die Frau nicht drauf ist!“ – „Dann hätten wir doch einen Teil von dem Geld –“ Aber die Kleinste begann zu weinen und sagte: „Ich möchte sie wiederhaben, die ganzen fünf Mark möchte ich wiederhaben, das ganze silberne Stück! Und dieses, gerade dieses, nur dieses!“
„Ich laufe ihm nach und verlange es zurück!“, sagte die Mittlere, die praktischer dachte. „Fünf Mark ist zu viel dafür!“ Sie packte den Umschlag mit den Karten und lief damit auf die Straße hinaus, die andern hinter ihr her. Als sie an die Biegung kamen, von der aus man alles weithin übersehen konnte, sahen sie die leere Straße vor sich liegen. „Jetzt ist er schon auf den Feldern!“ – „Dort nimmt er die Ähren aus.“ – „Und knöpft den Wolken das Weiß ab.“ Auf einer Linde vor ihnen begannen die Spatzen zu schilpen. Verstört gingen sie nach Hause zurück.
„Und wenn er doch eine heimliche Verletzung im Kopf gehabt hätte?“ Sie standen im Keller um den kalten Ofen, in dem die Karten glosten. „Das ist jetzt gleich“, erklärte die Älteste ruhig, „ob er eine hat oder ob er keine hat.“ Aus den Ofenritzen drang Rauch. Von oben her klang eine Stimme herunter, die fragte, warum die Kellertür offen stände und wieso um alles in der Welt Rauch heraufkäme. Sie rührten sich nicht. An dem Regal mit den alten Lesebüchern vorbei kamen ein paar Lichtstrahlen bis fast zu ihnen und hinter dem höheren der beiden Kellerfenster sahen sie die Sonne. Durch den Rauch betrachtet sah sie silbrig und still aus wie ein großes Fünfmarkstück.

Luise Rinser

Die rote Katze

Ich muss immer an diesen roten Teufel von einer Katze denken und ich weiß nicht, ob das richtig war, was ich getan hab. Es hat damit angefangen, dass ich auf dem Steinhaufen neben dem Bombentrichter in unserm Garten saß. Der Steinhaufen ist die größere Hälfte von unserm Haus. Die kleinere steht noch und da wohnen wir, ich und die Mutter und Peter und Leni, das sind meine kleinen Geschwister. Also, ich sitz da auf den Steinen, da wächst überall schon Gras und Brennnesseln und anderes Grünes. Ich halt ein Stück Brot in der Hand, das ist schon hart, aber meine Mutter sagt, altes Brot ist gesünder als frisches. In Wirklichkeit ist es deswegen, weil sie meint, am alten Brot muss man länger kauen, und dann wird man von weniger satt. Bei mir stimmt das nicht. Plötzlich fällt mir ein Brocken herunter. Ich bück mich, aber im nämlichen Augenblick fährt eine rote Pfote aus den Brennnesseln und angelt sich das Brot. Ich hab nur dumm schauen können, so schnell ist es gegangen. Und da seh ich, dass in den Brennnesseln eine Katze hockt, rot wie ein Fuchs und ganz mager. „Verdammtes Biest", sag ich und werf einen Stein nach ihr. Ich hab sie gar nicht treffen wollen, nur verscheuchen. Aber ich muss sie doch getroffen haben, denn sie hat geschrien, nur ein einziges Mal, aber so wie ein Kind. Fortgelaufen ist sie nicht. Da hat es mir Leid getan, dass ich nach ihr geworfen hab, und ich hab sie gelockt. Aber sie ist nicht aus den Nesseln rausgegangen. Sie hat ganz schnell geatmet. Ich hab gesehen, wie ihr rotes Fell über dem Bauch auf und ab gegangen ist. Sie hat mich immerfort angeschaut mit ihren grünen Augen. Da hab ich sie gefragt: „Was willst du eigentlich?" Das war verrückt, denn sie ist doch kein Mensch, mit dem man reden kann. Dann bin ich ärgerlich geworden über sie und auch über mich und ich hab einfach nicht mehr hingeschaut und hab ganz schnell mein Brot hinuntergewürgt. Den letzten Bissen, das war noch ein großes Stück, den hab ich ihr hingeworfen und bin ganz zornig fortgegangen.

Im Vorgarten waren Peter und Leni und haben Bohnen geschnitten. Sie haben sich die grünen Bohnen in den Mund gestopft, daß es nur so geknirscht hat, und Leni hat ganz leise gefragt, ob ich nicht noch ein Stückchen Brot hab. „Na", hab ich gesagt, „du hast doch genauso ein großes Stück bekommen wie ich und du bist erst neun und ich bin dreizehn. Größere brauchen mehr." – „Ja", hat sie gesagt, sonst nichts. Da hat Peter gesagt: „Weil sie ihr Brot doch der Katze gegeben hat." – „Was für einer Katze?", hab ich gefragt. „Ach", sagte Leni, „da ist so eine Katze gekommen, eine rote, wie so ein kleiner Fuchs und so schrecklich mager. Die hat mich immer angeschaut, wie ich mein Brot hab essen wollen." – „Dummkopf", hab ich ärgerlich gesagt, „wo wir doch selber nichts zu essen haben." Aber sie hat nur mit den Achseln gezuckt und ganz schnell zu Peter hingeschaut, der hat einen roten Kopf gehabt, und ich bin sicher, er hat sein Brot auch der Katze gegeben. Da bin ich wirklich ärgerlich gewesen und hab ganz schnell weggehen müssen.

Wie ich auf die Hauptstraße komm, steht da ein amerikanisches Auto, so ein großer langer Wagen, ein Buick, glaub ich, und da fragt mich der Fahrer nach dem

Rathaus. Auf Englisch hat er gefragt, und ich kann doch ein bisschen Englisch. „The next street", hab ich gesagt, „and then left and then" – geradeaus hab ich nicht gewusst auf Englisch, das hab ich mit dem Arm gezeigt und er hat mich schon verstanden. – „And behind the church is the marketplace with the Rathaus." Ich glaub, das war ein ganz gutes Amerikanisch, und die Frau im Auto hat mir ein paar Schnitten Weißbrot gegeben, ganz weißes, und wie ich's aufklapp, ist Wurst dazwischen, ganz dick. Da bin ich gleich heimgerannt mit dem Brot. Wie ich in die Küche komm, da verstecken die zwei Kleinen schnell was unterm Sofa, aber ich hab es doch gesehen. Es ist die rote Katze gewesen. Und auf dem Boden war ein bisschen Milch verschüttet, und da hab ich alles gewusst. „Ihr seid wohl verrückt", hab ich geschrien, „wo wir doch nur einen halben Liter Magermilch haben im Tag, für vier Personen." Und ich hab die Katze unterm Sofa herausgezogen und hab sie zum Fenster hinausgeworfen. Die beiden Kleinen haben kein Wort gesagt. Dann hab ich das amerikanische Weißbrot in vier Teile geschnitten und den Teil für die Mutter im Küchenschrank versteckt.

„Woher hast du das?", haben sie gefragt und ganz ängstlich geschaut. „Gestohlen", hab ich gesagt und bin hinausgegangen. Ich hab nur schnell nachsehn wollen, ob auf der Straße keine Kohlen liegen, weil nämlich ein Kohlenauto vorbeigefahren war, und die verlieren manchmal was. Da sitzt im Vorgarten die rote Katze und schaut so an mir rauf. „Geh weg", hab ich gesagt und mit dem Fuß nach ihr gestoßen. Aber sie ist nicht weggegangen. Sie hat bloß ihr kleines Maul aufgemacht und gesagt: „Miau." Sie hat nicht geschrien wie andere Katzen, sie hat es einfach so gesagt, ich kann das nicht erklären. Dabei hat sie mich ganz starr angeschaut mit den grünen Augen. Da hab ich ihr voll Zorn einen Brocken von dem amerikanischen Weißbrot hingeworfen. Nachher hat's mich gereut.

Wie ich auf die Straße komm, da sind schon zwei andere da, Größere, die haben die Kohlen aufgehoben. Da bin ich einfach vorbeigegangen. Sie haben einen ganzen Eimer voll gehabt. Ich hab schnell hineingespuckt. Wär das mit der Katze nicht gewesen, hätte ich sie alle allein gekriegt. Und wir hätten ein ganzes Abendessen damit kochen können. Es waren so schöne glänzende Dinger. Nachher hab ich dafür einen Wagen mit Frühkartoffeln getroffen, da bin ich ein bisschen drangestoßen und da sind ein paar runtergekollert und noch ein paar. Ich hab sie in die Taschen gesteckt und in die Mütze. Wie der Fuhrmann umgeschaut hat, hab ich gesagt: „Sie verlieren Ihre Kartoffeln." Dann bin ich schnell heimgegangen. Die Mutter war allein daheim, und auf dem Schoß, das war die rote Katze. „Himmeldonnerwetter", hab ich gesagt, „ist das Biest schon wieder da?" – „Red doch nicht so grob", hat die Mutter gesagt, „das ist eine herrenlose Katze und wer weiß, wie lange sie nichts mehr gefressen hat. Schau nur, wie mager sie ist." – „Wir sind auch mager", hab ich gesagt. „Ich hab ihr ein bisschen was von meinem Brot gegeben", hat sie gesagt und mich schief angeschaut. Ich hab an unsere Brote gedacht und an die Milch und an das Weißbrot, aber gesagt hab ich nichts. Dann haben wir die Kartoffeln gekocht und die Mutter war froh. Aber woher ich sie hab, hat sie nicht gefragt. Meinetwegen hätte sie schon fragen können. Nachher hat die Mutter ihren Kaffee schwarz getrunken und sie haben alle zugeschaut, wie das rote Biest die Milch ausgesoffen hat. Dann ist sie endlich durchs Fenster hinausgesprungen. Ich hab schnell zugemacht und richtig aufgeatmet. Am Morgen, um sechs, hab ich mich für Gemüse angestellt. Wie ich um acht Uhr heimkomm, sitzen die Kleinen beim Frühstück und auf dem Stuhl dazwischen hockt das Vieh und frisst eingeweichtes Brot aus Lenis Untertasse. Nach ein paar Minuten kommt die Mutter zurück, die ist seit halb sechs beim Metzger angestanden. Die Katze springt gleich zu ihr hin, und wie die Mutter denkt, ich geb nicht Acht, lässt sie ein Stück Wurst fallen. Es war zwar markenfreie Wurst, so graues Zeug, aber wir hätten sie uns auch gern aufs Brot gestrichen, das hätte Mutter doch wissen müssen. Ich verschluck meinen Zorn, nehm die Mütze und geh. Ich hab das alte Rad aus dem Keller geholt und bin vor die Stadt gefahren. Da ist ein Teich, in dem gibt's Fische. Ich hab keine Angel, nur so einen Stecken mit zwei spitzen Nägeln drin, mit dem stech ich nach den Fischen. Ich hab schon oft Glück gehabt und diesmal auch. Es ist noch nicht zehn Uhr, da hab ich zwei ganz nette Dinger, genug für ein Mittagessen. Ich fahr heim, so schnell ich kann, und daheim leg ich die Fische auf den Küchentisch. Ich geh nur rasch in den Keller und sag's der Mutter, die hat Waschtag. Sie kommt auch gleich mit herauf. Aber da ist nur mehr ein Fisch da und ausgerechnet der kleinere. Und auf dem Fensterbrett, da sitzt der rote Teufel und frisst den letzten Bissen. Da krieg ich aber die Wut und werf ein Stück Holz nach ihr und ich treff sie auch. Sie kollert vom Fensterbrett und ich hör sie wie einen Sack im Garten aufplumpsen. „So", sag ich, „die hat genug." Aber da krieg ich von der Mutter eine Ohrfeige, dass es nur so klatscht. Ich bin dreizehn und hab sicher seit fünf Jahren keine mehr gekriegt. „Tierquälerin", schreit die Mutter und ist ganz blass vor Zorn über mich. Ich hab nichts anderes tun können als fortgehen. Mittags hat es dann doch Fischsalat gegeben mit mehr Kartoffeln als Fisch. Jedenfalls sind wir das rote Biest los gewesen. Aber glaub ja keiner, dass das besser gewesen ist. Die Kleinen sind durch die Gärten gelaufen und haben immer nach der Katze gerufen, und die Mutter hat jeden Abend ein Schälchen mit Milch vor die Tür gestellt und sie hat mich vorwurfsvoll angeschaut. Und da hab ich selber angefangen in allen Winkeln nach dem Vieh zu suchen, es hätte ja irgendwo krank oder tot liegen können. Aber nach drei Tagen war die Katze wieder da. Sie hat gehinkt und hat eine Wunde am Bein gehabt, am rechten Vorderbein, das war von meinem Scheit. Die Mutter hat sie verbunden und sie hat ihr auch was zu fressen gegeben. Von da an ist sie jeden Tag gekommen. Es hat keine Mahlzeit gegeben ohne das rote Vieh und keiner von uns hat irgendwas vor ihm verheimlichen können. Kaum hat man was gegessen, so ist sie schon dagesessen und hat einen angestarrt. Und alle haben wir ihr gegeben, was sie hat haben wollen, ich auch. Obwohl ich wütend war. Sie ist immer fetter geworden und eigentlich war es eine schöne Katze, glaub ich. Und dann ist der Winter sechsundvierzig auf siebenundvierzig gekommen. Da haben wir wirklich kaum mehr was zu essen gehabt. Es hat ein paar Wochen lang kein Gramm Fleisch gegeben und nur gefrorene Kartoffeln und die Kleider haben nur so geschlottert an uns. Und einmal hat Leni ein Stück Brot gestohlen beim Bäcker vor Hunger. Aber das weiß nur ich. Und Anfang Februar, da hab ich zur Mutter gesagt: „Jetzt schlachten wir das Vieh." – „Was für ein Vieh?", hat sie gefragt und hat mich scharf angeschaut. „Die Katze halt", hab ich gesagt und hab gleichgültig getan, aber ich hab schon gewusst, was kommt. Sie sind alle über mich hergefallen. „Was? Unsere Katze? Schämst du dich nicht?“ – „Nein“, hab ich gesagt, „ich schäm mich nicht. Wir haben sie von unserm Essen gemästet und sie ist fett wie ein Spanferkel, jung ist sie auch noch, also?“ Aber Leni hat angefangen zu heulen und Peter hat mir unterm Tisch einen Fußtritt gegeben und Mutter hat traurig gesagt: „Dass du so ein böses Herz hast, hab ich nicht geglaubt.“ Die Katze ist auf dem Herd gesessen und hat geschlafen. Sie war wirklich ganz rund und sie war so faul, dass sie kaum mehr aus dem Haus zu jagen war. Wie es dann im April keine Kartoffeln mehr gegeben hat, da haben wir nicht mehr gewusst, was wir essen sollen. Eines Tages, ich war schon ganz verrückt, da hab ich sie mir vorgenommen und hab gesagt: „Also hör mal, wir haben nichts mehr, siehst du das nicht ein?“ Und ich hab ihr die leere Kartoffelkiste gezeigt und den leeren Brotkasten. „Geh fort“, hab ich ihr gesagt, „du siehst ja, wie's bei uns ist.“ Aber sie hat nur geblinzelt und sich auf dem Herd herumgedreht. Da hab ich vor Zorn geheult und auf den Küchentisch geschlagen.“ Aber sie hat sich nicht darum gekümmert. Da hab ich sie gepackt und untern Arm genommen. Es war schon ein bisschen dunkel draußen und die Kleinen waren mit der Mutter fort, Kohlen am Bahndamm zusammensuchen. Das rote Vieh war so faul, dass es sich einfach forttragen hat lassen. Ich bin an den Fluss gegangen. Auf einmal ist mir ein Mann begegnet, der hat gefragt, ob ich die Katze verkauf. „Ja“, hab ich gesagt und hab mich schon gefreut. Aber er hat nur gelacht und ist weitergegangen. Und dann war ich auf einmal am Fluss. Da war Treibeis und Nebel und kalt war es. Da hat sich die Katze ganz nah an mich gekuschelt und dann hab ich sie gestreichelt und mit ihr geredet. „Ich kann das nicht mehr sehen“, hab ich ihr gesagt, „es geht nicht, dass meine Geschwister hungern und du bist fett, ich kann das einfach nicht mehr mit ansehen.“ Und auf einmal hab ich ganz laut geschrien, und dann hab ich das rote Vieh an den Hinterläufen genommen und hab's an einen Baumstamm geschlagen. Aber sie hat bloß geschrien. Tot war sie noch lange nicht. Ich hätt gern aufgehört, aber jetzt hab ich's schon fertig tun müssen. Eine Katze hat sieben Leben, sagen die Leute, aber die hat mehr gehabt. Bei jedem Schlag hat sie laut geschrien und auf einmal hab ich auch geschrien und ich war ganz nass vor Schweiß bei aller Kälte. Aber einmal war sie dann doch tot. Da hab ich sie in den Fluss geworfen und hab mir meine Hände im Schnee gewaschen, und wie ich noch einmal nach dem Vieh schau, da schwimmt es schon weit draußen mitten unter den Eisschollen, dann war es im Nebel verschwunden. Dann hat mich gefroren, aber ich hab noch nicht heimgehen mögen. Ich bin noch in der Stadt herumgelaufen, aber dann bin ich doch heimgegangen. „Was hast du denn?“, hat die Mutter gefragt, „du bist käsweiß. Und was ist das für Blut an deiner Jacke?“ – „Ich hab Nasenbluten gehabt“, hab ich gesagt. Sie hat mich nicht angeschaut und ist an den Herd gegangen und hat mir Pfefferminztee gemacht. Auf einmal ist mir schlecht geworden, da hab ich schnell hinausgehen müssen, dann bin ich gleich ins Bett gegangen. Später ist die Mutter gekommen und hat ganz ruhig gesagt: „Ich versteh dich schon. Denk nimmer dran.“ Aber nachher hab ich Peter und Leni die halbe Nacht unterm Kissen heulen hören. Und jetzt weiß ich nicht, ob es richtig war, dass ich das rote Biest umgebracht hab. Eigentlich frisst so ein Tier doch gar nicht viel.

Pablo Picasso: Weinende Frau

Handeln im Widerstreit – Formen des Tragischen

Jurek Becker

Der Kaktus

Die Geschichte spielt in der polnischen Stadt Lodz, in der Hitlers Besatzungstruppe während des Zweiten Weltkriegs alle jüdischen Bürger in ein besonderes Stadtviertel, ein sogenanntes Getto, einsperrte. Darunter war auch der fünfjährige Jurek Becker mit seinen Eltern. Den Gettobewohnern war unter anderem strengstens verboten irgendwelche Pflanzen oder Tiere zu besitzen.

Ich darf sie nicht verlassen, die Straße, streng hat es mir der Vater verboten. Oft glaube ich nicht, womit er das Verbot begründet, manchmal aber doch: dass es eine Grenze gibt, eine unsichtbare, hinter der die Kinder weggefangen werden. Niemand weiß, wo sie verläuft, das ist das Hinterhältige an ihr, sie ändert sich wohl ständig und ehe du dich versiehst, hast du sie überschritten. Nur in der eigenen Straße, das weiß der Vater, sind Kinder einigermaßen sicher, am sichersten vorm eigenen Haus. Meine Freunde, mit denen ich die Ungeheuerlichkeit bespreche, sind geteilter Meinung. Die immer alles besser wissen, die lachen, manche aber haben auch schon von der Sache gehört.

Ich frage: „Was geschieht mit mir, wenn sie mich fangen?" Der Vater antwortet: „Es ist besser, du erfährst das nicht." Ich sage: „Sag doch, was geschieht mir dann?" Er macht nur eine unbestimmte Handbewegung und will sich nicht mehr mit mir unterhalten. Einmal sage ich: „Wer ist es überhaupt, der die Kinder wegfängt?" Er fragt: „Wozu musst du das auch noch wissen?" Ich sage: „Es sind die deutschen Soldaten." Er fragt: „Die Deutschen, die eigene Polizei, was ist das für ein Unterschied, wenn sie dich fangen?" Ich sage: „Mit uns spielt aber jeden Tag ein Junge, der wohnt viele Straßen weit." Er fragt mich: „Lügt dein Vater?"

Ich bin fünf Jahre alt und kann nicht still sein. Die Worte springen mir aus dem Mund heraus, ich kann ihn nicht geschlossen halten, ich habe es versucht. Sie stoßen von innen gegen die Backen, sie vermehren sich rasend schnell und tun weh im Mund, bis ich den Käfig öffne. „Dieses Kind", sagt meine Mutter, „hör sich einer nur dieses Kind an, dieses verrückte."

Was geschehn ist, muss seltsam und unerhört gewesen sein, sonst lohnt es nicht darüber zu berichten. Am Ende habe ich den Kaufmann Tenzer umgebracht, nie werde ich es wissen. Er wohnt in unserer Straße und hat ein schwarzes Mützchen auf dem Kopf und trägt ein weißes Bärtchen im Gesicht, er ist der kleinste Mann. Wenn es kalt ist oder regnet, kannst du zu ihm gehen, er weiß Geschichten. Die abgebrühtesten Kerle sitzen stumm vor ihm und schweigen und halten den Mund und sind ganz still, auch wenn sie später ihre Witze machen. Doch mehr als vier auf einmal lässt er nie herein. Von allen hat er mich am liebsten: Es tut gut, das zu glauben. Als er mich einmal gegriffen und auf den Schrank gesetzt hat, war er sehr stark, wir alle haben uns gewundert.

Der Vater sagt: „Wer setzt denn ein Kind auf den Schrank? Und überhaupt: Was hockst du immer bei dem alten Tenzer, der ist wahrscheinlich nicht ganz richtig im Kopf." Ich sage: „Du bist nicht ganz richtig im Kopf." Da holt er aus, ich aber laufe weg; und als ich später wiederkomme, hat er es vergessen. Der Vater holt oft aus, schlägt aber nie.

Einmal bin ich mit allen zerstritten und gehe zu Tenzer, noch nie war ich allein bei ihm. Als er mir öffnet und keinen außer mir vor seiner Tür findet, wundert er sich und sagt: „So ein bisschen Besuch nur heute?“ Er hat zu tun, er ist beim Waschen, doch schickt er mich nicht fort: Ich darf ihm zusehen, er wäscht anders als meine Mutter, bei der es immer bis in jeden Winkel spritzt. Er fasst die Unterhosen und die Hemden sanft an, damit sie nicht noch mehr Löcher kriegen, und manchmal seufzt er über ein besonders großes Loch. Er hält ein Hemd hoch über die Schüssel, und während es abtropft, redet er: „Es ist schon dreißig Jahre alt. Weißt du, was dreißig Jahre für ein Hemd bedeuten?“ Ich sehe mich im Zimmer um, es gibt nicht viel zu sehen, nur eine Sache gibt es, die ist mir neu: Hinter der hohen Rückwand des Betts, auf dem Boden neben dem Fenster, steht ein Topf. Eine Decke hängt davor, dass man nichts sieht. Die Entdeckung wäre mir nicht geglückt, wenn ich nicht auf dem Boden gelegen und nicht vor Langeweile genau in jene Richtung geschaut hätte. Ich mache einen kleinen Umweg zu dem Ding hin, ich schiebe die Decke, die einem doppelt so Großen wie mir die Sicht versperren würde, zur Seite. In dem Topf wächst eine grüne Pflanze, eine merkwürdige, die einen heftig sticht, kaum dass man sie berührt. „Was tust du da?“, schreit der Kaufmann Tenzer, nachdem er meinen Schrei gehört hat. Ein Blutstropfen liegt auf meinem Zeigefinger, ich zeige ihm mein dickes Blut. Den Finger steck ich in den Mund und sauge, da sehe ich Tränen in seinen Augen und bin noch mehr erschrocken. Ich frage: „Was hab ich denn gemacht?“ – „Nichts“, sagt er, „gar nichts, es ist meine Schuld.“ Er erklärt mir, wie die Pflanze funktioniert und von wie vielen Tieren sie aufgefressen worden wäre, wenn es nicht die Stacheln gäbe. Er sagt: „Du sprichst mit niemandem darüber.“ Ich sage: „Natürlich spreche ich mit keinem.“ Er sagt: „Du weißt, dass niemand eine Pflanze haben darf?“ Ich sage: „Natürlich weiß ich das.“ Er sagt: „Du weißt, was jedem blüht, der ein Verbot missachtet?“ Ich sage: „Natürlich.“ Er fragt mich: „Na, was machen sie mit dem?“ Ich antworte nicht und schaue ihn nur an, weil er es mir gleich sagen wird. Wir sehen uns ein bisschen in die Augen, dann greift sich Tenzer ein Stück Wäsche aus der Schüssel und wringt es gewaltig aus. Er sagt: „Das machen sie mit ihm.“ Natürlich erzähle ich die Sache Millionen Leuten, den Eltern nicht, doch allen meinen Freunden.

Ich gehe wieder hin zum Kaufmann Tenzer, weil er mich seit jenem Tag mit seiner Pflanze spielen lässt, als wären wir Geschwister. Mir öffnet eine alte und fürchterlich hässliche Frau, dass jeder andere an meiner Stelle auch entsetzt gewesen wäre. Sie fragt mit ihrer gemeinen Stimme: „Was willst du hier?“ Ich weiß, dass Tenzer immer allein gewesen ist, und eine solche hätte er schon gar nicht eingelassen; dass sie in seiner Wohnung ist, ist also noch erschreckender als ihr Aussehen. Ich laufe vor der Hexe weg und kümmere mich nicht um den Zauberspruch, den sie mir hinterherruft. Die Straße sieht mich kaum, so fliege ich, ich frage meine Mutter, wo Kaufmann Tenzer ist. Da weint sie, eben hat sie noch an ihrer Decke herumgestickt. Ich frage: „Wo ist er, sag es mir.“ Doch erst der Vater sagt es, als er am Abend kommt: „Sie haben ihn geholt.“ Ich bin inzwischen nicht mehr überrascht, Stunden sind vergangen seit meiner Frage, und oft schon haben sie einen geholt, der plötzlich nicht mehr da war. Ich frage: „Was hat er bloß getan?“ Der Vater sagt: „Er war meschugge.“ Ich frage: „Was hat er wirklich getan?“ Der Vater verdreht die Augen und sagt zur Mutter: „Sag du es ihm, wenn er es unbedingt wissen muss.“ Und endlich sagt sie, wenn auch sehr leise: „Er hatte einen Blumentopf. Stell dir nur vor, sie haben einen Blumentopf bei ihm gefunden.“

Es ist ein bisschen still, ich leide, weil ich nicht sagen darf, dass dieser Blumentopf und ich Bekannte sind. Meiner Mutter tropfen Tränen auf ihr Tuch, nie vorher hat Tenzer ein gutes Wort von ihr gekriegt. Sein Stück vom Brot nimmt sich der Vater wie jeden Abend nach der Arbeit, ich bin der eigentlich Betroffene hier und keiner kümmert sich um mich. Der Vater sagt: „Was ich schon immer gesagt habe, er ist im Kopf nicht richtig. Für einen Blumentopf geholt zu werden, das ist der lächerlichste Grund.“ Meine Mutter weint nicht mehr, sagt aber: „Vielleicht hat er diese Blume sehr geliebt. Vielleicht hat sie ihn an eine Person erinnert, was weiß man denn.“ Der Vater mit dem Brot sagt laut: „Da stellt man sich doch keinen Blumentopf ins Zimmer. Wenn man schon unbedingt gefährlich leben will, dann pflanzt man sich Tomaten in den Topf. Erinnern an jemand kannst du dich tausendmal besser mit Tomaten.“

Ich kann mich nicht länger beherrschen, ich habe meinen Vater nicht sehr gern in diesem Augenblick. Ich rufe: „Es war gar keine Blume, es war ein Kaktus!“ Dann laufe ich hinaus und weiß nichts mehr.

Griechische Sage

Kassandra

Schon mehr als zehn lange Jahre tobte der Krieg um Troja. Vergeblich hatten die Griechen mit dem grimmen Achill an ihrer Spitze die Mauern der stark befestigten Stadt zu erstürmen versucht. Wieder und wieder war es den Trojanern unter Führung des mächtigen Hektor gelungen die Angreifer zurückzuschlagen.

Nun waren die beiden gewaltigen Recken tot. Im Kampf Mann gegen Mann hatte Achill mit göttlicher Hilfe den tapferen Hektor erschlagen. Doch dann hatten die Götter auch in die Waagschale seines Lebens das Todeslos geworfen. Zu sehr hatte er durch frevlerisches Tun den Zorn der Götter herausgefordert. An den Füßen hatte er Hektors Leichnam hinter seinem Wagen durch den Staub der Ebene von Troja geschleift und den Hunden und Vögeln zum Fraß vorgeworfen. Erst auf flehentliches Bitten des greisen Königs Priamos, Hektors Vater, ließ er von seinem Totenfrevel ab.

Die Kunde von diesem ungeheuerlichen Geschehen hatte sich wie ein Lauffeuer verbreitet. Von weit her waren daraufhin Kämpfer gekommen um Troja beizustehen, darunter auch die Amazonenkönigin Penthesilea mit dem Heer ihrer tapferen Mädchen. Hart hatten sie die Griechen bedrängt, bis auch Penthesilea nach gewaltigem Kampfe von Achill getötet wurde. Da griff Phöbus Apollon, der Sonnengott, in den Kampf ein und schoss Achill einen goldenen Pfeil in die Ferse, wo dieser allein verwundbar war. Schwarzes Blut war der Wunde entströmt und mit ihm sein Lebensodem.

Mehrere Tage dauerten die Feierlichkeiten, mit denen die Griechen Abschied von Achill nahmen. Dann verbrannten sie ihre Zelte und bestiegen ihre Schiffe. Zurück blieb in ihrem Lager nur ein großes hölzernes Pferd, das die Trojaner an dem Morgen, als sie sahen, dass die Griechen verschwunden waren, mit Verwunderung betrachteten.

Während sie noch rätselten, fanden einige Hirten einen gefesselten Griechen nahe bei dem Pferd. Der Mann mit Namen Sinon wimmerte um Gnade und erzählte den Trojanern eine Lügengeschichte: Seit langem seien die Griechen des Krieges müde gewesen. Widriger Winde wegen hätten sie aber die Heimfahrt nicht antreten können. Da habe der Oberpriester Kalchas ein Menschenopfer für den Gott der Winde gefordert. Auf ihn sei das Los gefallen, und so hätten ihn die Gefährten wehrlos zurückgelassen, als sie gen Griechenland zurücksegelten.

König Priamos hatte Mitleid mit dem Mann und ließ ihm die Fesseln abnehmen. „Und was hat es mit diesem hölzernen Pferd auf sich?“, fragte er sodann.

„Es ist ein Geschenk für Athene. Die Griechen erkannten, dass die Göttin ihnen im Kampfe nicht immer wohl gesonnen war. Das Pferd soll die Schutzgöttin versöhnlich stimmen. Damit ihr es aber nicht in eure Stadt bringen könnt, haben sie es so groß gemacht, dass es durch kein Stadttor passt. Insgeheim hoffen sie aber, dass ihr das Pferd verbrennt und damit den Zorn der Göttin auf euch ladet“, erzählte der arglistige Sinon.

Und die Trojaner glaubten ihm.

„Lasst uns das Pferd ihnen gerade zum Trotz in die Stadt bringen und dort als Denkmal für unseren Sieg aufstellen“, rief ein Trojaner und stieß mit dem Vorschlag auf begeisterte Zustimmung: „Ja, lasst es uns auf dem Platz an der höchsten Stelle der Stadt aufstellen, damit künftig alle Angreifer es schon von weitem erblicken und an unsere Unbesiegbarkeit erinnert werden!“

Da trat Kassandra, die Tochter des Königs Priamos, vor die erregte Menge und bat um Gehör: „Trojaner“, rief sie, „verwirrt der plötzliche Friede euren Verstand? Warum sollten die Griechen, die uns so viele Jahre blutig nach dem Leben getrachtet haben, auf einmal friedlich ihres Weges ziehen? Der Grund ihres Zornes gegen Troja ist nicht vergangen; die schöne Helena, die mein Bruder Paris aus Griechenland entführt hat, ist immer noch in unseren Mauern! Traut den Griechen deshalb nicht! Verbrennt das Pferd!“

„Hört nicht auf sie! Kassandra sieht immer alles schwarz“, riefen diejenigen, die vorgeschlagen hatten das hölzerne Pferd in die Stadt zu bringen.

Da trat der greise Seher Laokoon Kassandra zur Seite und sagte: „Auch ich sehe Unheil auf uns zukommen. Hört deshalb auf Kassandra!“

Doch in diesem Moment entstieg eine riesige Schlange dem nahen Meer und erdrosselte Laokoon mitsamt seinen beiden Söhnen.

„Da seht“, riefen die Gegner Kassandras, „die Götter sind anderer Meinung; sie wollen, dass wir die Statue in die Stadt bringen.“

„Ihr Toren! Um das Pferd in die Stadt zu bringen, müsst ihr die Mauer einreißen. Die Stadt wird dann ihres Schutzes beraubt sein!“, versuchte Kassandra sich noch einmal Gehör zu verschaffen.

„Hört nicht länger auf die Närrin! Sie sieht Gespenster. Es sind weit und breit keine Feinde mehr, die uns schaden könnten. Lasst uns das Pferd nun in die Stadt bringen. Packt mit an!“

Und so geschah es. Die Trojaner begannen eine Bresche in die Stadtmauer zu schlagen, durch die sie das hölzerne Ungetüm in die Stadt zogen. Dabei stimmten sie Lob- und Siegesgesänge an.

In dem Freudentaumel, der die Trojaner nach den langen Jahren der Belagerung erfasste, blieb einzig Kassandras Blick ungetrübt.

„Ich sehe Feuer und Blut auf die Stadt zukommen, und dieses wallt aus dem Leibe des Pferdes hervor! Seht ihr es denn nicht? Wir taumeln in unser Verderben!“, beschwor sie ihre Landsleute und raufte sich das Haar. Die Götter hatten ihr die Gabe der Weissagung verliehen, aber zugleich lag der Fluch auf ihr, dass nie jemand auf sie hörte.

„Verschone uns mit deinen Kassandra-Rufen“, bekam sie höhnisch zur Antwort. Und am Abend stand das hölzerne Pferd in der Stadt hoch oben auf dem Platz bei der Burg. Ausgelassen tanzten die Trojaner um es herum und feierten, bis sie tief in der Nacht trunken vom Wein in tiefen Schlaf fielen.

Niemand bemerkte deshalb, wie sich vor Morgengrauen auf ein Klopfzeichen des Sinon eine versteckte Luke im Bauch des hölzernen Pferdes öffnete und der listige Odysseus, der das Pferd ersonnen hatte, mit zwölf der tapfersten Griechen herauskletterte. Diese überwältigten die schlaftrunkenen Wächter der Stadt, während Sinon zur Stadtmauer eilte und eine Fackel entzündete, die den Griechen, die in der Dunkelheit der Nacht wieder am Strand vor Troja gelandet waren, das Zeichen zum Angriff gab. Die griechische Heerschar drang durch die Mauerlücke in die Stadt ein, und ohne Gegenwehr fiel das stolze Troja, das sich so lange so heldenhaft verteidigt hatte. Grausam übten die Griechen Rache für die vielen Jahre, die sie in ohnmächtigem Zorn vor den Mauern der Stadt hatten verbringen müssen.

Kassandra hatte sich in das Heiligtum der Göttin Athene zurückgezogen um für ihre verblendeten Landsleute zu beten. Dort fand sie der Grieche Ajax. Hilfeflehend klammerte Kassandra sich an die Statue der Göttin. Doch Ajax riss sie weg und schleppte sie an den Haaren hinaus. Und die Göttin wandte entsetzt ihren Blick ab.

So ging die ruhmreiche Stadt Troja unter.

Kassandra aber wurde als Sklavin des griechischen Heerführers Agamemnon nach Griechenland verschleppt.

Germanische Sage

Hildebrand und Hadubrand

Aus dem Urtext:

Ik gihôrta dat seggen,
dat sih urhèttun ænon moutîn
Hiltibrant enti Hadubrant untar heriun tuêm,
sunufatarungo: iro saro rithun,
garutun se iro gûdhamun, gurtun sih iro suert ana,
helidos, ubar hringâ dô sie tô dero hiltiu ritun.

Übertragung:

Ich hörte das sagen,
dass sich herausforderten als sie sich allein begegneten,
Hildebrand und Hadubrand zwischen den Heeren beiden,
Vater und Sohn: Sie sahen nach ihrer Rüstung,
schlossen ihre Kettenhemden, banden sich ihre Schwerter um,
die Helden, über die Hüftringe, da sie ritten zu jenem Kampf.

Hildebrand sprach zuerst, er war der ältere Mann,
der Lebenserfahrenere. Zu fragen begann er
mit wenigen Worten, wer da wäre sein Vater
im Heervolk der Helden …
… „Oder welches Geschlechtes du seist?
Wenn du mir einen sagst, ich mir die andern weiß,
Kind, im Königreiche kenn' ich doch allen Adel!"

Hadubrand antwortete, Hildebrands Sohn:
„Das haben gesagt mir Leute von uns hier,
alte und kluge, die einstmals lebten,
dass Hildebrand hieße mein Vater: Ich heiße Hadubrand.
Vordem er ostwärts ritt, floh vor Otachers* Wut
hin zu Dietrich* und seinen Kampfgefährten.
Da ließ er im Lande verlassen zurück
sein junges Weib im Haus, unerwachsen das Kind,
des Erbes beraubt; er ritt ostwärts fort,
weil nun Dietrich sich zu sehnen begann
nach meinem Vater; er war doch ein so vereinsamter Mann!
Auf Otacher war er unmäßig ergrimmt,

aber bei Dietrich   der Degen liebster.
Er war immer dem Volke voran,   ihm war Fechten zur Lust.
Kund war er   kühnen Männern.
Ich glaube nicht, dass er noch lebt ..."

„Gott allein weiß es   im Himmel da droben", (sprach Hildebrand)
„dass du noch nie mit so nahe Verwandtem
Verhandlung je führtest ..."
Da wand er vom Arme   gewundene Ringe
aus Kaisergold,   so wie sie jener König ihm gab,
der Hunnen* Herr: „Dass ich dir es in Huld nun gebe!"
Hadubrand sprach,   Hildebrands Sohn:
„Mit dem Speer soll man   Gaben empfangen,
Spitze wider Spitze ...
Du scheinst mir, alter Hunne,   ein übermäßig Schlauer,
lockst mich mit deinen Worten,   willst mich mit deiner Lanze werfen.
So alt, wie du bist,   so viel Erzbetrug führst du.
Das haben gesagt mir   die, welche die See befahren
westwärts übers Mittelmeer,   dass ihn wegnahm ein Kampf:
Tot ist Hildebrand   Herebrands Sohn."

Hildebrand sprach,   Herebrands Sohn:
„Wohl erseh' ich an deiner Rüstung,
dass du hast daheim   einen Herrn, einen edlen,
dass dich dieses Reiches König   nie aus dem Lande vertrieb.
Wohlan nun, waltender Gott,   Wehgeschick vollzieht sich.
Ich wallte der Sommer und Winter   sechzig außer Landes,
wo man immer mich fand   im Volke der Krieger
und bei keiner Stadt doch   starb ich des Todes.
Nun soll mich der eigene Sohn   mit dem Eisen zerhauen,
treffen mit seinem Schwerte,   oder aber ich erschlage ihn selbst.
Doch leichthin kannst du,   wenn dir deine Kraft dazu taugt,
mir altem Mann   abjagen die Waffen,
die Rüstung rauben,   wenn du ein Recht dazu hast.
Der soll doch der Ärgste   der Hunnen sein,
der dir nun weigert den Kampf,   wenn's dich so danach gelüstet,
den gemeinsamen Zweikampf: Wenn du musst, so versuch's,
wer von uns beiden seine Rüstung räumen muss."

Da ritten sie erst   mit den Lanzen zusammen,
in scharfen Schauern,   dass in den Schilden sie stecken blieben.
Dann stampften zusammen   die Starken im Fußkampf,
schlugen grimmig   auf die hellen Schilde,
bis das Lindenholz zersplitterte,
zerhauen von den Waffen ...

Annette von Droste-Hülshoff

Die Vergeltung

1

Der Kapitän steht an der Spiere*,
das Fernrohr in gebräunter Hand,
dem schwarz gelockten Passagiere
hat er den Rücken zugewandt.
Nach einem Wolkenstreif in Sinnen
die beiden wie zwei Pfeiler sehn,
der Fremde spricht: „Was braut da
drinnen?" –
„Der Teufel", brummt der Kapitän.

Da heb von morschen Balkens Trümmer
ein Kranker seine feuchte Stirn,
des Äthers Blau, der See Geflimmer,
ach, alles quält sein fiebernd Hirn!
Er lässt die Blicke, schwer und düster,
entlängs dem harten Pfühle gehn,
die eingegrabnen Worte liest er:
„Batavia. Fünfhundertzehn."*

Die Wolke steigt, zur Mittagsstunde
das Schiff ächzt auf der Wellen Höhn.
Gezisch, Geheul aus wüstem Grunde,
die Bohlen weichen mit Gestöhn.
„Jesus, Marie! Wir sind verloren!"
Vom Mast geschleudert der Matros',
ein dumpfer Krach in allen Ohren
und langsam löst der Bau sich los.

Noch liegt der Kranke am Verdecke,
um seinen Balken fest geklemmt,
da kommt die Flut, und eine Strecke
wird er ins wüste Meer geschwemmt.
Was nicht gelang der Kräfte Sporne,
das leistet ihm der starre Krampf,
und wie ein Narwal mit dem Horne
schießt fort er durch der Wellen Dampf.

Wie lange so? – Er weiß es nimmer,
dann trifft ein Strahl des Auges Ball
und langsam schwimmt er mit der Trümmer
auf ödem glitzerndem Kristall.
Das Schiff! – die Mannschaft! –
sie versanken.
Doch nein, dort auf der Wasserbahn,
dort sieht den Passagier er schwanken
in einer Kiste morschem Kahn.

Armsel'ge Lade! Sie wird sinken,
er strengt die heisre Stimme an:
„Nur grade! Freund, du drückst zur
Linken!"
Und immer näher schwankt's heran
und immer näher treibt die Trümmer,
wie ein verwehtes Möwennest;
„Courage!", ruft der kranke Schwimmer.
„Mich dünkt, ich sehe Land im West!"

Nun rühren sich der Fähren Ende,
er sieht des fremden Auges Blitz,
da plötzlich fühlt er starke Hände,
fühlt wütend sich gezerrt vom Sitz.
„Barmherzigkeit! Ich kann nicht kämpfen."
Er klammert dort, er klemmt sich hier;
ein heisrer Schrei, den Wellen dämpfen,
am Balken schwimmt der Passagier.

Dann hat er kräftig sich geschwungen
und schaukelt durch das öde Blau,
er sieht das Land wie Dämmerungen
enttauchen und zergehn in Grau.
Noch lange ist er so geschwommen,
umflattert von der Möwe Schrei,
dann hat ein Schiff ihn aufgenommen,
Viktoria! Nun ist er frei!

2

Drei kurze Monde sind verronnen
und die Fregatte liegt am Strand,
wo mittags sich die Robben sonnen
und Burschen klettern übern Rand,
den Mädchen ist's ein Abenteuer,
es zu erschaun vom fernen Riff,
denn noch zerstört, ist nicht geheuer
das greuliche Korsarenschiff.

Und vor der Stadt, da ist ein Waten,
ein Wühlen durch das Kiesgeschrill,
da die verrufenen Piraten
ein jeder sterben sehen will.
Aus Strandgebälken, morsch, zertrümmert,
hat man den Galgen, dicht am Meer,
in wüster Eile aufgezimmert.
Dort dräut er von der Düne her!

Welch ein Getümmel an den Schranken! –
„Da kommt der Frei – der Hessel jetzt –,
da bringen sie den schwarzen Franken,
der hat geleugnet bis zuletzt.“ –
„Schiffbrüchig sei er hergeschwommen“,
höhnt eine Alte, „ei, wie kühn!
Doch keiner sprach zu seinem Frommen,
die ganze Bande gegen ihn“.

Der Passagier, am Galgen stehend,
hohläugig, mit zerbrochnem Mut,
zu jedem Räuber flüstert flehend:
„Was tat dir mein unschuldig Blut?
Barmherzigkeit! – So muss ich sterben
durch des Gesindels Lügenwort,
oh, mög' die Seele euch verderben!“
Da zieht ihn schon der Scherge fort.

Er sieht die Menge wogend spalten –
er hört das Summen im Gewühl –
nun weiß er, dass des Himmels Walten
nur seiner Pfaffen Gaukelspiel!
Und als er in des Hohnes Stolze
will starren nach den Ätherhöhn,
da liest er an des Galgens Holze:
„Batavia. Fünfhundertzehn.“

Conrad Ferdinand Meyer

Die Füße im Feuer

Wild zuckt der Blitz. In fahlem Lichte steht ein Turm.
Der Donner rollt. Ein Reiter kämpft mit seinem Ross,
Springt ab und pocht ans Tor und lärmt. Sein Mantel saust
Im Wind. Er hält den scheuen Fuchs am Zügel fest.
Ein schmales Gitterfenster schimmert golden hell,
Und knarrend öffnet jetzt das Tor der Edelmann ...

– „Ich bin ein Knecht des Königs, als Kurier geschickt
Nach Nîmes*. Herbergt mich! Ihr kennt des Königs Rock!“
– „Es stürmt. Mein Gast bist du. Dein Kleid, was kümmert's mich?
Tritt ein und wärme dich! Ich sorge für dein Tier!“
Der Reiter tritt in einen dunklen Ahnensaal,
Von eines weiten Herdes Feuer schwach erhellt,
Und je nach seines Flackerns launenhaftem Licht
Droht hier ein Hugenott'* im Harnisch*, dort ein Weib,
Ein stolzes Edelweib aus braunem Ahnenbild ...
Der Reiter wirft sich in den Sessel vor dem Herd
Und starrt in den lebend'gen Brand. Er brütet, gafft ...
Leis sträubt sich ihm das Haar. Er kennt den Herd, den Saal ...
Die Flamme zischt. Zwei Füße zucken in der Glut.

Den Abendtisch bestellt die greise Schaffnerin
Mit Linnen blendend weiß. Das Edelmägdlein hilft.
Ein Knabe trug den Krug mit Wein. Der Kinder Blick
Hangt schreckensstarr am Gast und hangt am Herd entsetzt ...
Die Flamme zischt. Zwei Füße zucken in der Glut.
– „Verdammt! Dasselbe Wappen! Dieser selbe Saal!

Drei Jahre sind's ... Auf einer Hugenottenjagd ...
Ein fein, halsstarrig Weib ... Wo steckt der Junker? Sprich!"
Sie schweigt. ‚Bekenn!' Sie schweigt. ‚Gib ihn heraus!' Sie schweigt.
Ich werde wild. *Der* Stolz! Ich zerre das Geschöpf ...
Die nackten Füße pack ich ihr und strecke sie
Tief mitten in die Glut ... ‚Gib ihn heraus!' ... Sie schweigt.
Sie windet sich ... Sahst du das Wappen nicht am Tor?
Wer hieß dich hier zu Gaste gehen, dummer Narr?
Hat er nur einen Tropfen Bluts, erwürgt er dich."
Ein tritt der Edelmann. „Du träumst! Zu Tische, Gast ..."

Da sitzen sie. Die drei in ihrer schwarzen Tracht
Und er. Doch keins der Kinder spricht das Tischgebet.
Ihn starren sie mit aufgerissnen Augen an –
Den Becher füllt und übergießt er, stürzt den Trunk,
Springt auf: „Herr, gebet jetzt mir meine Lagerstatt!
Müd bin ich wie ein Hund!" Ein Diener leuchtet ihm,
Doch auf der Schwelle wirft er einen Blick zurück
Und sieht den Knaben flüstern in des Vaters Ohr ...
Dem Diener folgt er taumelnd in das Turmgemach.

Fest riegelt er die Tür. Er prüft Pistol und Schwert,
Gell pfeift der Sturm. Die Diele bebt. Die Decke stöhnt.
Die Treppe kracht ... Dröhnt hier ein Tritt? ... Schleicht dort ein Schritt? ...
Ihn täuscht das Ohr. Vorüber wandelt Mitternacht.
Auf seinen Lidern lastet Blei und schlummernd sinkt
Er auf das Lager. Draußen plätschert Regenflut.

Er träumt. „Gesteh!" Sie schweigt. „Gib ihn heraus!" Sie schweigt.
Er zerrt das Weib. Zwei Füße zucken in der Glut.
Auf sprüht und zischt ein Feuermeer, das ihn verschlingt ...
– „Erwach! Du solltest längst von hinnen sein! Es tagt!"
Durch die Tapetentür in das Gemach gelangt,
Vor seinem Lager steht des Schlosses Herr – ergraut,
Dem gestern dunkelbraun sich noch gekraust das Haar.

Sie reiten durch den Wald. Kein Lüftchen regt sich heut.
Zersplittert liegen Ästetrümmer quer im Pfad.
Die frühsten Vöglein zwitschern, halb im Traume noch.
Friedsel'ge Wolken schwimmen durch die klare Luft,
Als kehrten Engel heim von einer nächt'gen Wacht.
Die dunkeln Schollen atmen kräft'gen Erdgeruch.
Die Ebne öffnet sich. Im Felde geht ein Pflug.
Der Reiter lauert aus den Augenwinkeln: „Herr,
Ihr seid ein kluger Mann und voll Besonnenheit
Und wisst, dass ich dem größten König eigen bin.
Lebt wohl! Auf Nimmerwiedersehn!" Der andre spricht:
„Du sagst's! Dem größten König eigen! Heute ward
Sein Dienst mir schwer ... Gemordet hast du teuflisch mir
Mein Weib! Und lebst ... Mein ist die Rache, redet Gott."

Brüder Grimm

Die Sage von Wilhelm Tell

Es fügte sich, dass des Kaisers Landvogt, genannt der Grißler, gen Uri* fuhr; als er da eine Zeit wohnte, ließ er einen Stecken unter der Linde, da jedermann vorbeigehen musste, aufrichten, stülpte einen Hut drauf und hatte einen Knecht zur Wacht dabeisitzen. Darauf gebot er durch öffentlichen Ausruf: Wer der wäre, der da vorüberginge, sollte sich vor dem Hut verneigen, als ob der Herr selber zugegen sei; und übersähe es einer und täte es nicht, den wollte er mit schweren Bußen strafen. Nun war ein frommer Mann im Lande, hieß Wilhelm Tell, der ging am Hut vorüber und verneigte sich nicht; da verklagte ihn der Knecht, der den Hut bewachte, bei dem Landvogt. Der Landvogt ließ den Tell vor sich bringen und fragte: warum er sich vor dem Hut nicht verneige, wie doch geboten sei? Wilhelm Tell antwortete: „Lieber Herr, es ist aus Versehen geschehen; dachte nicht, dass es Euer Gnad so hoch achten und fassen würde.“ Nun war der Tell gar ein guter Schütze, wie man sonst keinen im Lande fand, hatte auch hübsche Kinder, die ihm lieb waren. Da sandte der Landvogt, ließ die Kinder holen, und als sie gekommen waren, fragte er Tell, welches Kind ihm das allerliebste wäre. „Sie sind mir alle gleich lieb.“ Da sprach der Herr: „Wilhelm, du bist ein guter Schütz, und man findet nicht deinesgleichen; das wirst du mir jetzt beweisen; denn du sollst einem deiner Kinder den Apfel vom Haupte schießen. Tust du das, so will ich dich für einen guten Schützen achten.“ Der gute Tell erschrak, flehte um Gnade und dass man ihm solches erließe, denn es wäre unnatürlich; was er ihm sonst befehle, wolle er gerne tun. Der Vogt aber zwang ihn mit seinen Knechten und legte dem Kinde den Apfel selbst aufs Haupt. Nun sah Tell, dass er nicht ausweichen konnte, nahm den Pfeil und steckte ihn hinten in seinen Göller*, den andern Pfeil nahm er in die Hand, spannte die Armbrust und bat Gott, dass er sein Kind behüten wolle, zielte und schoss glücklich ohne Schaden den Apfel von des Kindes Haupt. Da sprach der Herr, das wäre ein Meisterschuss. „Aber eines wirst du mir sagen: Was bedeutet, dass du den ersten Pfeil hinten in deinen Göller stecktest?“ Tell sprach: „Das ist so Schützengewohnheit.“ Der Landvogt ließ aber nicht ab und wollte es wissen; zuletzt sagte Tell, der sich fürchtete, wenn er die Wahrheit offenbarte: Wenn er ihm das Leben verspreche, wolle er's sagen. Als das der Landvogt getan, sprach Tell: „Ich habe es darum getan: Hätte ich den Apfel verfehlt und mein Kindlein erschossen, so hätte ich Euch mit dem andern Pfeil gewiss nicht verfehlt.“ Da das der Landvogt vernahm, sprach er: „Dein Leben ist dir zwar zugesagt; aber an einen Ort will ich dich legen, da dich Sonne und Mond nimmer bescheinen“, ließ ihn fangen und binden und in denselben Nachen legen, auf dem er wieder nach Schwyz schiffen wollte. Wie sie nun auf dem See fuhren und bis gen Axen hinaus kamen, stieß sie ein grausamer starker Wind an, dass das Schiff schwankte und sie elend zu verderben meinten; denn keiner wusste mehr das Fahrzeug durch die Wellen zu steuern. Da sprach einer der Knechte zum Landvogt: „Herr, hießet Ihr den Tell aufbinden, der ist ein starker, mächtiger Mann und versteht sich wohl auf das Wetter: So möchten wir wohl aus der Not entrinnen." Da ward Tell losgebunden und stand an dem Steuer und fuhr redlich dahin; doch dabei schaute er allenthalben auf seine Armbrust, die nah bei ihm auf dem Boden lag. Da er nun gegen eine große Platte* kam – die man seither stets genannt hat des Tellen Platte und noch heute so nennet –, glaubte er die Zeit zur Flucht gekommen; er rief allen munter zu, fest anzuziehen, bis sie auf die Platte kämen, denn wenn sie davorkämen, hätten sie das Böseste überwunden. Also fuhren sie zur Platte hin, da schwang er mit Gewalt den Nachen, griff seine Armbrust und tat einen Sprung auf die Platte. Lief durch Schwyz, bis dass er gen Küssnacht in die hohle Gasse kam; da war er vor dem Herrn hingekommen und wartete auf ihn. Und als der Landvogt mit seinen Dienern geritten kam, stand Tell hinter einem Staudenbusch, spannte die Armbrust auf und schoss einen Pfeil in den Herrn, dass er tot umfiel. Da lief Tell über die Gebirge gen Uri, fand seine Gesellen und sagte ihnen, wie es ihm ergangen war.

Friedrich Schiller

Tells Schuss auf den Apfel

Aus dem Theaterstück „Wilhelm Tell", bearbeitet von Hansgünther Heyme

Wiese bei Altdorf. Im Vordergrund Bäume. Hinten der Hut auf einer Stange.

Friesshart: Wir passen auf umsonst,
seitdem der Popanz* auf der Stange hängt.
Leuthold: Nur schlecht Gesindel lässt sich sehn und schwingt
uns zum Verdrusse die zerlumpten Mützen.
Was rechte Leute sind, die machen lieber
den langen Umweg um den halben Flecken,
eh' sie den Rücken beugen vor dem Hut.
Es fängt mir an zu deuchten,
wir stehen hier am Pranger vor dem Hut.
's ist doch ein Schimpf für einen Reitersmann,
Schildwach zu stehn vor einem leeren Hut.
Es ist doch ein närrischer Befehl!
– Die Reverenz* zu machen einem Hut!
Friesshart: Warum nicht einem leeren, hohlen Hut?
Bückst du dich doch vor manchem hohlen Schädel.
Armgard *(tritt auf mit Kindern)*:
Da hängt der Landvogt. – Habt Respekt, ihr Buben!
Friesshart *(verscheucht sie)*:
Wollt ihr vom Platz! Verwünschtes Volk!
Schickt eure Männer her,
wenn sie der Mut sticht dem Befehl zu trotzen.
(Sie gehen. Tell mit der Armbrust tritt auf, den Knaben an der Hand führend. […] Sie wollen vorübergehen.)
Walter: Ei, Vater, sieh den Hut dort auf der Stange.
Tell: Was kümmert uns der Hut? Komm, lass uns gehen.
Friesshart *(mit vorgehaltener Pike)*:
In des Kaisers Namen! Haltet an und steht!
Ihr habt 's Mandat* verletzt, Ihr müsst uns folgen.
Leuthold: Ihr habt dem Hut nicht Reverenz bewiesen.
Tell: Freund, lass mich gehen.
Friesshart: Fort ins Gefängnis!
Walter: Hilfe! Hilfe! Gewalt, sie führen ihn gefangen.
(Rösselmann, der Pfarrer, und der Sigrist kommen herbei mit andern Männern.)
Sigrist: Was gibt's ?
Rösselmann: Was legst du Hand an diesen Mann?
Friesshart: Er ist ein Feind des Kaisers, ein Verräter!
Tell *(fasst ihn heftig)*: Ein Verräter, ich!

Walter und Vater Tell

Rösselmann: Du irrst dich, Freund, das ist
der Tell, ein Ehrenmann und guter Bürger.
Walter *(erblickt Walter Fürst)*:
Großvater, hilf! Gewalt geschieht dem Vater.
Friesshart: Ins Gefängnis, fort!
Walter Fürst *(herbeieilend)*: Um Gottes willen, Tell, was ist geschehen?
(Melchtal und Stauffacher kommen.)
Friesshart: Des Landvogts oberherrliche Gewalt
verachtet er und will sie nicht erkennen.
Stauffacher: Das hätt' der Tell getan?
Leuthold: Er hat dem Hut nicht Reverenz bewiesen.
Walter Fürst: Und dafür soll er ins Gefängnis? Freund,
nimm meine Bürgschaft an und lass ihn frei.
Friesshart: Wir tun, was unsres Amtes. – Fort mit ihm!
Melchtal *(zu den Landleuten)*: Ertragen wir's,
dass man ihn fortführt, frech, vor unsern Augen?
Sigrist: Wir sind die Stärkern. Freunde, duldet's nicht.
Friesshart: Wer widersetzt sich dem Befehl des Vogts?
Steinmetz: Schlagt sie zu Boden!
Walter Fürst und **Stauffacher:** Gelassen! Ruhig!
Friesshart *(schreit)*: Aufruhr und Empörung!
Armgard: Da kommt der Landvogt.
Friesshart *(erhebt die Stimme)*: Meuterei! Empörung!
Leuthold: Zu Hilf' den Dienern des Gesetzes!
(Geßler, Harras, Berta und Rudenz, ein Gefolge von bewaffneten Knechten.)

Walter Fürst

Harras: Platz dem Landvogt!
Gessler: Was läuft das Volk zusammen?
(zu Friesshart): Was hältst du diesen Mann?
Friesshart: Gestrenger Herr, ich bin dein Waffenknecht
und wohlbestellter Wächter bei dem Hut.
Diesen Mann ergriff ich auf frischer Tat,
wie er dem Hut den Ehrengruß versagte.
Verhaften wollt' ich ihn, wie du befahlst,
und mit Gewalt will ihn das Volk entreißen.
Gessler *(nach einer Pause)*:
Verachtest du so deinen Kaiser, Tell,
und mich, der hier an seiner statt gebietet,
dass du die Ehr versagst dem Hut, den ich
zur Prüfung des Gehorsams aufgehangen?
Tell: Aus Unbedacht, nicht aus Verachtung ist's geschehn.
Ich bitt' um Gnad', es soll nicht mehr vorkommen.
Gessler *(nach einigem Stillschweigen)*:
Du bist ein Meister auf der Armbrust, Tell,
man sagt, du nimmst es auf mit jedem Schützen?

Walter Tell: Und das muss wahr sein, Herr – 'nen Apfel schießt
der Vater dir vom Baum auf hundert Schritte.
Gessler: Ist das dein Knabe, Tell?
Tell: Ja, Herr.
Gessler: Nun, Tell! Weil du den Apfel triffst vom Baume
auf hundert Schritte, so wirst du deine Kunst
vor mir bewähren müssen. – Nimm die Armbrust. –
Und mach dich fertig
einen Apfel von des Knaben Kopf zu schießen. –
Doch will ich raten, ziele gut, dass du
den Apfel treffest auf den ersten Schuss,
denn fehlst du ihn, so ist dein Kopf verloren.
(Alle geben Zeichen des Schreckens von sich.)
Tell: Herr – ich soll vom Haupte meines Kindes –
Gessler: Du wirst den Apfel schießen von dem Kopf
des Knaben. – Ich begehr's und will's.
Tell: Ich soll mit meiner Armbrust auf das liebe Haupt
des eigenen Kindes zielen?
Gessler: Du schießest oder stirbst mit deinem Knaben.
Tell: Ich soll der Mörder werden meines Kindes!
Gessler: Ei, Tell, du bist ja plötzlich so besonnen!
Man sagte mir, dass du ein Träumer seist
Und dich entfernst von andrer Menschen Weise.
Du liebst das Seltsame. – Drum hab ich jetzt
ein eigen Wagstück für dich ausgesucht.
Berta: Scherzt nicht, o Herr, mit diesen armen Leuten!
Gessler: Wer sagt euch, dass ich scherze? – Hier ist der Apfel.
Man mache Raum. – Er nehme seine Weite.
Achtzig Schritte geb ich ihm –
nicht weniger, noch mehr. – Er rühmte sich
auf hundert seinen Mann zu treffen. –
Jetzt, Schütze, triff und fehle nicht das Ziel.
Walter Fürst *(zu Melchtal, der unruhig wird)*:
Ich fleh euch drum, bleibt ruhig.
Berta *(zum Landvogt)*: Unmenschlich ist's,
mit eines Vaters Angst also zu spielen.
Entlasst ihn ungekränkt in seine Hütte.
Er hat euch kennen gelernt: Dieser Stunde
wird er und seine Kindeskinder denken.
Gessler: Frisch! Was zauderst du?
Dein Leben ist verwirkt, ich kann dich töten.
Und sieh, ich lege gnädig dein Geschick
in deine eigne kunstgeübte Hand.
Der kann nicht klagen über harten Spruch,
den man zum Meister seines Schicksals macht.

Gessler

Walter Fürst: Herr Landvogt, wir erkennen Eure Hoheit,
doch lasset Gnad' vor Recht ergehn.
Dies Grässliche erlasset einem Vater!
Walter Tell: Der Vater trifft den Vogel ja im Flug,
er wird nicht fehlen auf das Herz des Kindes.
Stauffacher: Herr Landvogt, rührt Euch nicht des Kindes Unschuld?
Rösselmann: O denk er, dass ein Gott im Himmel ist,
dem Ihr müsst Rede stehn für Eure Taten.
Gessler *(zeigt auf den Knaben)*: Man bind' ihn an die Stange dort.
Walter Tell: Ich will nicht gebunden sein. Ich will
stillhalten wie ein Lamm und auch nicht atmen.
Harras: Die Augen nur lass dir verbinden, Knabe.
Walter Tell: Denket Ihr, ich fürchte
den Pfeil von Vaters Hand? Ich will ihn fest
erwarten und nicht zucken mit den Wimpern.
(Er geht an die Stange, man legt ihm den Apfel auf.)
Gessler *(zum Tell)*:
Ans Werk! Man führt die Waffen nicht vergebens.
Gefährlich ist's, ein Mordgewehr zu tragen,
und auf den Schützen springt der Pfeil zurück.
Gewaffnet sei niemand, als wer gebietet.
Tell *(spannt die Armbrust und legt den Pfeil auf)*:
Mir schwimmt es vor den Augen!

Armgard

Armgard: Gott im Himmel.
Tell *(zum Landvogt)*: Erlasset mir den Schuss. Hier ist mein Herz!
(Er reißt die Brust auf.) Ruft Eure Knechte und stoßt mich nieder.
Gessler: Ich will dein Leben nicht, ich will den Schuss.
– Du kannst ja alles, Tell, an nichts verzagst du.
Jetzt, Retter, hilf dir selbst – du rettest alle!
(Tell steht in fürchterlichem Kampf, die Augen bald auf den Landvogt, bald zum Himmel gerichtet. – Plötzlich greift er in seinen Köcher, nimmt einen zweiten Pfeil und steckt ihn in seinen Göller. Der Landvogt bemerkt diese Bewegungen.)*
Walter Tell: Vater, schieß zu, ich fürcht mich nicht.
Tell: Es muss! *(Er rafft sich zusammen und legt an.)*
Rudenz: *(der die ganze Zeit über in der heftigsten Spannung gestanden und mit Gewalt an sich gehalten, tritt hervor)*:
Herr Landvogt, weiter werdet Ihr's nicht treiben.
Ihr werdet nicht – Es war nur eine Prüfung –
Den Zweck habt Ihr erreicht – Zu weit getrieben
verfehlt die Strenge ihres weisen Zwecks,
und allzu straff gespannt zerspringt der Bogen.
Gessler: Ihr schweigt, bis man Euch aufruft.
Rudenz: Ich will reden, ich darf's. – Solche Grausamkeiten verdient
mein Volk nicht, dazu habt Ihr keine Vollmacht.
Länger schweigen wär' Verrat an meinem Vaterland.

Gessler: Verwegner, diese Sprache deinem Herrn?
Rudenz: Frei bin ich wie Ihr geboren.
Und stündet Ihr hier nicht in Kaisers Namen,
den ich verehre, selbst wo man ihn schändet,
Ihr solltet nach ritterlichem Brauch mir Antwort geben.
– Ja, winkt nur Euren Reisigen – Ich stehe
nicht wehrlos da wie die –
(auf das Volk zeigend)
Und wer mir naht –
Stauffacher *(ruft)*: Der Apfel ist gefallen!
(Indem sich alle nach dieser Seite gewendet und Berta zwischen Rudenz und den Landvogt sich geworfen, hat Tell den Pfeil abgedrückt.)
Rösselmann: Der Knabe lebt.
Armgard: Der Apfel ist getroffen.
Gessler *(erstaunt):* Er hat geschossen!
Walter Tell *(kommt mit dem Apfel gesprungen):*
Wusst' ich's ja, du würdest deinen Knaben nicht verletzen.
(Tell eilt ihm mit ausgebreiteten Armen entgegen und hebt ihn mit heftiger Inbrunst zu seinem Herzen hinauf.)
Berta: O gütiger Himmel!
Stauffacher: Gott sei gelobt!
Leuthold: Das war ein Schuss! Davon
wird man noch reden in den spätsten Zeiten.
Harras: Erzählen wird man von dem Schützen Tell,
solang die Berge stehn auf ihrem Grunde.
Gessler: Es war ein Meisterschuss, ich muss ihn loben.
Rösselmann: Der Schuss war gut, doch wehe dem, der ihn
dazu getrieben, dass er Gott versuchte.
Walter Fürst: Kommt und bringt der Mutter ihren Sohn.
(Sie wollen ihn wegführen.)
Gessler: Tell, du stecktest noch einen zweiten Pfeil zu dir,
ich sah es wohl.
Was es auch sei, dein Leben sicher ich dir.
Tell: Mit diesem Pfeil durchschoss ich – Euch,
wenn ich mein Kind getroffen hätte.
Und Euer – wahrlich hätt' ich nicht gefehlt.
Gessler: Wohl, Tell! Des Lebens hab ich dich gesichert.
Ich gab mein Wort, das will ich halten. –
Doch, damit ich sicher sei vor deinen Pfeilen,
ergreift ihn, Knechte! Bindet ihn!
(Tell wird gebunden.)
Stauffacher: Herr? So könntet Ihr an einem Manne handeln,
an dem sich Gottes Hand sichtbar verkündigt?
Gessler: Man bring' ihn auf mein Schiff.
Ich selbst will ihn nach Küssnacht führen.

Stauffacher

Max Frisch

Ein leidiger Zwischenfall

Aus: Wilhelm Tell für die Schule

Ein leidiger Zwischenfall ereignete sich noch in letzter Stunde – Ritter Konrad von Tillendorf, heute noch berüchtigt unter dem Namen Geßler, ließ sich gerade den zweiten Stiefel geben, als die Meldung kam: Einer habe den Hut auf der Stange nicht gegrüßt! Er seufzte. [...] Es passte dem dicklichen Ritter gar nicht. Er wollte heute noch bis Immensee. Er sagte kein Wort, so ärgerte ihn dieser Zwischenfall; eine Stunde später wäre der Hut nicht mehr auf der Stange gewesen. [...] Er überlegte, wie die leidige Sache sich kürzestens erledigen ließe. Ohne Publikum wäre es einfach gewesen: Gnade vor Recht. Einen ganzen Tag lang, gestern, war nichts vorgefallen, und einen Einzelfall hochzuspielen hatte er kein Interesse. [...] Als er auf den Platz kam, wo der Hut noch auf der Stange hing, wimmelte es schon von Neugierigen. [...] Warum er den Hut nicht grüßte, lautete die ritterliche Frage. Der Heuer* aber, umringt von seinen Landsleuten mitten auf dem Platz von Altdorf, wo heute sein Denkmal steht, brachte kein Wort heraus, auch nicht auf die entgegenkommende Frage, ob er vielleicht den Hut auf der Stange einfach nicht gesehen habe. Er war's nicht gewohnt Rede und Antwort zu stehen vor einem Publikum, blickte weniger auf den Herrn Vogt, der vermutlich schon etwas ungeduldig wurde, als auf seine Landsleute, denn mit diesen musste er weiterleben. Er wolle heute noch bis Immensee!, sagte der dickliche Ritter um die Antwort des Heuers zu beschleunigen. [...] Erschrocken sagte jetzt der Mann mit der Armbrust: „Lieber Herr, es ist ungevärd und nit us Verachtung geschehen, verzichend mir's, es soll nit mehr geschechen.“ Ein Versehen also; der dickliche Ritter glaubte es gerne, da sich das Verfahren dadurch verkürzte, und streichelte sein Pferd. Die Leute von Uri hingegen waren enttäuscht von dieser untertänigen Rede, das spürte der Heuer und verbesserte sich: Er sei ein freier Mann und grüße keinen Habsburger-Hut*! Der dickliche Ritter streichelte noch immer sein Pferd, lächelte sogar. [...] Der Mann hatte plötzlich einen roten Kopf, sagte es sogar noch einmal und lauter als zuvor. Einige sagten: Gott stehe ihm bei! Andere warteten wortlos auf seine Verhaftung. Auch der Bub spürte, dass sein verwirrter Vater irgendeinen Schnitzer begangen hatte, und wollte ihm beistehen, indem er den Vater rühmte: Er treffe den Vogel im Flug. Das war im Augenblick nicht gefragt. Als der Herr Vogt auf seinem Pferd gar nichts sagte, im Augenblick ratlos, wie er mit dem Sonderling zu Rande kommen sollte, sagte der Bub, sein Vater treffe den Apfel auf dreißig Schritt. Auch das war eigentlich nicht gefragt – irgendwie hielt es Konrad von Tillendorf für einen rettenden Witz: Dann solle der Armbrust-Vater doch seinem vorlauten Bub, der ihm, nämlich dem dicklichen Ritter, auf die Nerven ging, einmal einen Apfel vom Kopf schießen! Das sagte er, indem er schon die Zügel straffte um vom Platz zu reiten – er begriff gar nicht, warum das Fräulein von Bruneck, das immer noch zugegen war, zu flehen anfing: „Herr Konrad!“ Sie nahm es ernst. Sie redete von Gott. Hinzu trat jetzt Pfarrer Rösselmann um es ebenfalls ernst zu nehmen. Schon lange hatte man auf irgendeine Ungeheuerlichkeit gewartet, nun hatte man sie: Vater muss Kind einen Apfel vom Kopf schießen! Alle drängten sich, das wollten sie gesehen haben: Vater muss Kind einen Apfel vom Kopf schießen. Der Heuer selbst, als er sich im Mittelpunkt öffentlichen Mitleids sah, konnte kaum anders: Er nahm einen Pfeil aus dem Köcher, legte ihn auf seine Armbrust um seinen Landsleuten zu zeigen, dass er kein Schwätzer war. [...] Schon wurde die Gasse gebildet; der Armbrust-Vater kniete, bevor die Gasse gebildet war. Das war der Augenblick für Pfarrer Rösselmann, der jetzt ebenfalls kniete und um Erbarmen flehte mit gefalteten Händen, nachdem der Herr Vogt, erschrocken über den Lauf der Dinge, bereits zweimal gesagt hatte: Spaß beiseite! Gerade der Spaß aber empörte die Waldleute; sie beteten zu Gott, dass der Apfelschuss gelinge. Beinahe war es zu spät, als Ritter Konrad oder Grisler von seinem Pferd sprang; der kniende Schütze zielte bereits mit gekniffenem Auge, als Ritter Konrad oder Grisler zu ihm trat und den Pfeil von seiner zitternden Armbrust nahm, wortlos – dieser Urner wäre imstande gewesen und hätte auf den grünen und ziemlich kleinen Apfel geschossen, bloß um seiner Schützenehre willen. [...] Einige verließen bereits den Platz, als der Herr Vogt, jetzt wieder zu Pferd, etwas unwillig fragte: „Was willst du denn mit diesem zweiten Pfeil?“ Manche waren später der Meinung, es sei anders zugegangen: Der Schütze habe von Anfang an einen zweiten Pfeil in den Göller* gesteckt um sich am Vogt zu rächen; falls der Meisterschuss nicht gelungen wäre. Der dickliche Ritter meinte aber nicht den Pfeil, der im Göller steckte, das war ja der Pfeil, den er eigenhändig von der Armbrust genommen und dem Schützen zurückgegeben hatte; er sah, dass der Schütze jetzt einen zweiten Pfeil aus dem Köcher nahm und auf die Armbrust legte; daher seine Frage: „Was willst du denn mit diesem zweiten Pfeil?“ Der Mann errötete, als er den ersten Pfeil in seinem Göller erblickte, und wusste nicht, warum er, um seinen Meisterschuss zum Trotz zu zeigen, nicht diesen Pfeil genommen hatte, sondern einen zweiten. Konrad von Tillendorf verstand wohl seine Verwirrung, verlangte aber, dass er jetzt beide Pfeile in den Köcher steckte und sich erhob – er war frei ... Leider hatten die beiden Waffenknechte gehört, was der Mann, um seinen Landsleuten doch Eindruck zu machen, eben gesagt hatte: Er nämlich habe schon gewusst, was er wollte mit dem andern Pfeil im Göller, nämlich er hätte den Vogt erschossen, jawohl, vor aller Augen. Einen Augenblick lang zögerte der dickliche Ritter, ob er den Choleriker fragen sollte: Hast du das gesagt? Dieser aber hätte kaum widerrufen können, ohne vor seinen Landsleuten lebenslänglich als Angeber zu gelten, und wenn er nicht verleugnete und nicht bestritt, was die Waffenknechte gehört haben wollten, so wäre es in der Tat, wie jedermann fürchtete, ohne Gericht und Kerker kaum noch zu erledigen gewesen. So war es Zeit und ratsam, diesen Mann jetzt abzuführen. Die Waffenknechte packten zu, und da sie's in mittelalterlicher Manier taten, nämlich ohne Fußtritte und ohne Knüppelei, aber mit der Kraft ihrer Arme, fanden es die Waldleute sehr ungerecht. Was hatte dieser Vater mit der Armbrust und dem Kind denn getan? Viele hatten die nachträgliche Drohung mit dem zweiten Pfeil gar nicht gehört, andere nahmen sie nicht allzu ernst. Es war aber neun Uhr vormittags und Ritter Konrad von Tillendorf, wie schon gesagt, wollte heute noch bis Immensee –

A. F. Pannemaker: Illustration zu Jules Vernes Roman „Reise zum Mond"

Reise zum Mond – Fantasie und Wirklichkeit

Jules Verne

Start zum Mond

Um das Jahr 1860 bildet sich in Baltimore (USA) eine Vereinigung aus einflussreichen Männern, die sich mit modernen Möglichkeiten der Kriegstechnik beschäftigen. Eines Tages kommen sie auf die Idee sich im Innern eines bewohnbaren Geschosses, das aus einer Riesenkanone abgefeuert wird, auf den Mond katapultieren zu lassen. Als Abschussplatz wird Florida festgelegt. Die Amerikaner Barbicane und Nicholl sowie der Franzose Ardan bilden die Besatzung.

Der 1. Dezember nahte heran, ein bedeutungsvoller Tag, denn wenn der Abschuss des Projektils* nicht an diesem Abend um 10 Uhr 46 Minuten und 40 Sekunden durchgeführt würde, so würden über 18 Jahre verfließen, bevor der Mond unter denselben Bedingungen wieder in Erdnähe kommen und im Zenit* stehen würde. Es war prächtiges Wetter; trotz der Nähe des Winters glänzte die Sonne und badete in ihren Strahlen diese Erde, welche um einer neuen Welt willen zu verlassen drei ihrer Bewohner sich anschickten. Wie viele verbrachten die Nacht vor dem so ungeduldig ersehnten Tag schlaflos! So manche Brust war von der schweren Last des Wartens beklommen! Aller Herzen schlugen voll Unruhe, außer Michel Ardans. Dieser Mann, den nichts aus seiner Gemütsruhe brachte, kam und ging mit seiner gewöhnlichen Geschäftsmäßigkeit und nichts an ihm ließ darauf schließen, dass sein Geist ungewöhnlich in Anspruch genommen sei.

Seit dem frühen Morgen bedeckte eine unzählbare Menge die Gefilde, welche sich unabsehbar um Stone's Hill herum bis in die Unendlichkeit hinein ausdehnen. Jede Viertelstunde brachte die Eisenbahn noch mehr Neugierige von Tampa Town* her; diese Zuwanderung stieg bald ins Fabelhafte und nach Schätzung des *Tampa Town Observer* wandelten im Laufe dieses denkwürdigen Tages fünf Millionen Zuschauer auf dem Boden Floridas.

Seit einem Monat biwakierte der größte Teil dieser Menge in der Umgebung des Werkhofs und legte den Grund zu einer Stadt, die nachher Ardan's Town genannt wurde. Die Ebene war mit Baracken, Blockhäusern, Hütten, Zelten bedeckt; und diese vergänglichen Behausungen beherbergten eine so zahlreiche Bevölkerung, dass sie den Neid der größten Städte Europas weckte.

Da waren alle Völker der Erde vertreten; es wurden alle Sprachen der Welt gleichzeitig gesprochen, in wirrem Durcheinander wie einst zu biblischen Zeiten um

den Turm zu Babel. Hier vermengten sich die verschiedenen Klassen der amerikanischen Gesellschaft in absoluter Gleichheit. Bankiers, Landwirte, Seeleute, Kommissionäre, Makler, Baumwollpflanzer, Großhändler, Schiffsleute, Beamte drängten und stießen sich mit primitiver Ungeniertheit. Die Kreolen Louisianas fraternisierten mit den Farmern Indianas; die Gentlemen aus Kentucky und Tennessee, die eleganten und hochmütigen Virginier verkehrten mit den halbwilden Pelzjägern von den Seen und den Händlern aus Cincinnati.
Mit weißen breitrandigen Bibermützen oder dem klassischen Panamahut auf dem Kopf, mit Hosen aus dem blauen Baumwollstoff der Fabriken von Opelousas, mit eleganten Blusen aus ungebleichtem Tuch, Stiefeln in glänzenden Farben stellten sie auffällige Halsbinden aus Batist zur Schau und ließen an ihrem Hemd, ihren Manschetten, ihren Krawatten, ihren zehn Fingern, ja gar an ihren Ohren eine ganze Auswahl von Ringen, Nadeln, Brillanten, Gehängen und Uhrenketten glitzern, deren hoher Preis ihrem schlechten Geschmack entsprach.
Zur Essenszeit hätte man sehen sollen, wie diese Riesenmenge über die Spezialitäten des Südens herfiel und mit einem Appetit, der Floridas Vorräte gefährdete, die für einen europäischen Magen ekelhaften Gerichte wie Froschfrikassee, gedämpfte Affen, „Fish-Chowder*", gebratenes Opossum* und Waschbärrostbraten verschlang. Und wie viele Getränke und Schnäpse brauchte man erst um diese fette Nahrung zu verdauen! Und welch aufmunterndes Geschrei, einladendes Zurufen hallte in den Schenkbuden und Gaststuben wider, die mit Gläsern, Humpen, Flaschen, Karaffen, unwahrscheinlich geformten Flakons, Zuckermörsern und Bündeln von Strohhalmen geschmückt waren.
„Hier Mint-Julep!"
„Sangaree mit Bordeaux!"
„Und Gin-Sling!"
„Und Cocktail! Brandy!"
„Wer will echten Mint-Julep kosten, nach neuestem Rezept?", riefen die gewandten Verkäufer, indem sie so flink wie Taschenspieler Zucker, Zitrone, grüne Minze, zerstoßenes Eis, Wasser, Kognak, frische Ananas vermengten, aus denen dieser erquickende Trank besteht.
So schollen Tag und Nacht lockende Zurufe, an lechzende, durch Gewürze gereizte Kehlen gerichtet, kreuzten sich in der Luft und erzeugten einen betäubenden Lärm. Aber am 1. Dezember hörte man wenig von solchem Geschrei; die Schenkwirte hätten sich vergeblich heiser geschrien um Kundschaft zu werben. Kein Mensch dachte an Essen und Trinken, und um 4 Uhr nachmittags hatten manche der in der Menge herumwandernden Zuschauer ihren gewohnten Lunch noch nicht zu sich genommen. Noch bezeichnender, der leidenschaftliche Spielteufel der Amerikaner unterlag der allgemeinen Erregung.
Wenn man die Kegel am Boden liegen sah, die Würfel in ihren Bechern schlafen, das Roulett unbewegt, das Cribbage* verlassen, die Karten für Whist, Vingt-et-un, Rouge et noir, Monte und Faro in ihren Hüllen ruhig eingeschlossen, dann begriff man, wie sehr das Tagesereignis jedes andere Geschäft absorbiert hatte und keiner Zerstreuung Platz ließ.
Gegen Abend legte sich eine dumpfe, geräuschlose Bewegung, wie die Schwüle

vor schweren Naturereignissen, auf diese harrende Menge. Unbeschreibliches Missbehagen beherrschte die Geister, peinliche Niedergeschlagenheit, unerklärliche Beklemmung beengte die Gemüter. Jeder wünschte, „es möge vorüber sein“. Gegen 7 Uhr wurde dies bedrückende Schweigen plötzlich unterbrochen. Der Mond stieg am Horizont empor, begrüßt von etlichen Millionen Hurras. Er war pünktlich zum Treffen da. Das Geschrei drang bis zum Himmel empor – ein Orkan von Applaus –, während die blonde Phöbe* friedlich an einem wunderbaren Himmel glänzte und die berauschte Menge mit liebevollsten Strahlen streichelte.

In diesem Moment erschienen die drei unerschrockenen Reisenden. Bei ihrem Anblick verdoppelte sich der Lärm. Urplötzlich und wie aus einer riesigen Fontäne schoss der Nationalgesang hoch: „Yankee doodle“ drang im Chor aus fünf Millionen Kehlen gleich rauschendem Sturmwind in die äußersten Bereiche der Luft hinauf.

Nach diesem unwiderstehlichen Aufschwung verstummte der Gesang, die letzten Akkorde verklangen nach und nach, die Geräusche legten sich und eine schweigende Bewegung durchlief die tief ergriffene Menge.

Inzwischen waren der Franzose und die beiden Amerikaner in den umzäunten Raum getreten, an welchem die Wogen der Menschenmassen emporschlugen. Sie erschienen in Begleitung der Mitglieder des Gun Club und der von den europäischen Weltraumbeobachtungsstationen entsandten Abordnungen.

Barbicane erteilte mit kühler Ruhe seine letzten Befehle. Nicholl schritt mit geschlossenen Lippen, die Arme auf dem Rücken gekreuzt, mit festem, gemessenem Tritt umher. Michel Ardan, stets leichten Herzens, in perfekter Reisekleidung, mit Ledergamaschen und Reisetasche, von weiter braunsamtner Kleidung umwallt, mit der Zigarre im Mund, teilte im Vorbeigehen warme Händedrücke mit fürstlicher Freigebigkeit aus. In unversiegbarer Laune munterster Heiterkeit, lachend und scherzend, schnitt er Grimassen; mit einem Wort: „Franzose“ und, was noch schlimmer ist, „Pariser“ bis zur letzten Sekunde.

Es schlug 10 und nun wurde es Zeit in dem Projektil Platz zu nehmen. Die zum Hinabsteigen notwendigen Verrichtungen, das Zuschrauben des Verschlusses, das Hinwegschaffen der Kräne und Gerüste über der Mündung der Columbiade* kosteten eine gewisse Zeit.

Barbicane hatte sein Chronometer fast bis auf eine Zehntelsekunde nach dem des Ingenieurs Murchison gerichtet, der beauftragt war, das Pulver vermittels des elektrischen Funkens zu entzünden. So konnten die in dem Projektil eingeschlossenen Reisenden mit dem Auge den Zeiger verfolgen, der ihnen genau den Augenblick der Abfahrt anzeigte.

Der Moment des Abschieds war gekommen – eine rührende Szene. Trotz seiner fieberhaften Munterkeit empfand Michel Ardan eine tiefe Gemütsbewegung. [...]
Nach einigen Augenblicken befanden sich die drei Reisegefährten im Projektil und hatten den Deckel der Öffnung innen fest zugeschraubt; die Mündung der Columbiade klaffte nach Entfernung des Gerüstes frei himmelwärts.
Nicholl, Barbicane und Michel Ardan waren in ihrem metallenen Waggon eingeschlossen.
Die allgemeine Bewegung der Gemüter zu schildern, die nun ihren Höhepunkt erreichte, ist unmöglich.
Der Mond verfolgte seine Bahn am Firmament in reinster Klarheit, die funkelnden Lichter der Sterne überstrahlend; er befand sich jetzt auf halbem Weg zwischen Horizont und Zenit. Jeder begriff also leicht, dass man vorhalten musste, wie der Jäger vor den Hasen, den er treffen will.
Eine Stille zum Erschrecken lastete auf der ganzen Szene. Kein Windhauch über der Erde! Kein Atemzug aus den Lungen! Die Herzen wagten keinen Pulsschlag. Alle Blicke waren angstvoll auf die klaffende Mündung der Columbiade gerichtet. Murchisons Augen begleiteten den Zeiger seines Chronometers. Kaum noch 40 Sekunden – und jede dauerte eine Ewigkeit.

Bei der zwanzigsten lief ein Raunen durch die Menge; es fiel den Zuschauern ein, dass die eingeschlossenen Reisenden ebenso die schrecklichen Sekunden zählten! Man hörte einzelne Rufe:
„35! – 36! – 37! – 38! – 39! – 40! Feuer!!!“
Da drückte Murchison mit dem Finger auf die Taste des Zündapparats, stellte die Stromverbindung her und schickte einen elektrischen Funken auf den Grund der Columbiade.
Es ertönte ein fürchterlicher, unerhörter, übermenschlicher Knall, der nicht zu beschreiben ist, weder Blitzschlägen noch Vulkanausbrüchen vergleichbar.
Eine himmelhohe Feuersäule schoss aus dem Boden wie aus einem Krater empor. Die Erde erbebte – und kaum ein Zuschauer konnte den Bruchteil eines Augenblicks lang das Projektil sehen, wie es inmitten flammender Dünste siegreich in die Lüfte emporsauste.

Der Feuerstrahl, der sich weiß glühend und ungeheuer hoch zum Himmel erhob, verbreitete sein Licht über ganz Florida, und für einen unmessbar kurzen Augenblick trat über einem beträchtlichen Teil des Landes der Tag an die Stelle der Nacht. Die unermessliche Feuergarbe wurde 100 Meilen weit auf dem Meere vom Golf wie vom Atlantik gesehen und mancher Schiffskapitän trug in sein Logbuch die Erscheinung eines riesenhaften Meteors ein.

Ein wahres Erdbeben begleitete die Explosion; Florida wurde bis in die innersten Tiefen erschüttert. Die Pulvergase, durch die Hitze gedehnt, drängten mit unvergleichlicher Gewalt die Luftschichten zurück, und dieser künstliche Sturm, hundertmal stärker als Orkane, raste wie ein Wirbel mitten durch die Atmosphäre. Nicht ein einziger Zuschauer blieb aufrecht stehen; Männer, Frauen, Kinder wurden umgelegt wie die Ähren beim Hagel. Es entstand ein entsetzlicher Tumult, eine große Anzahl Personen wurde schwer verletzt; J. T. Maston, der – aller Vorsicht zuwider – sich allzu weit vorgewagt hatte, wurde 120 Fuß weit weggeschleudert und flog wie eine Kugel über die Köpfe seiner Mitbürger. 300 000 Menschen waren einen Moment betäubt und erstarrt.
Der Luftdruck warf die Baracken um, riss die Hütten nieder, entwurzelte die Bäume in einem Umkreis von 20 Meilen, verfolgte die Züge der Eisenbahn bis nach Tampa, stürzte wie eine Lawine über die Stadt und zerstörte eine Menge Häuser, unter anderm die Marienkirche und das neue Börsengebäude, welches seiner ganzen Länge nach gespalten wurde. Einige Fahrzeuge im Hafen wurden gegeneinander geworfen und versanken; ein Dutzend Schiffe, die vor der Reede ankerten, wurden an die Küste getrieben, nachdem ihre Ankerketten wie Baumwollfäden zerrissen waren.
Der Kreis dieser Zerstörungen war noch weiter ausgedehnt und reichte über die Grenzen der Vereinigten Staaten hinaus. Die Wirkungen des Stoßes wurden, von den Westwinden begünstigt, über 300 Meilen vom amerikanischen Ufer entfernt auf dem Atlantik verspürt. Ein unerwarteter, unnatürlicher Sturm, den der Admiral Fitz-Roy nicht hatte voraussehen können, traf die Schiffe mit unerhörter Gewalt. Mehrere davon, die nicht Zeit hatten sich dem fürchterlichen Wirbel zu entziehen, liefen mit vollen Segeln auf Grund – unter anderem die *Childe Harold* aus Liverpool –, eine bedauerliche Katastrophe, die von Seiten Englands lebhafte Anklage hervorrief.
Doch um auf Florida zurückzukommen: Als der erste Moment des Tumults vorüber war, erwachten die Verwundeten, die Betäubten, die ganze Menge, und wahnsinniges Geschrei: „Hurra für Ardan! Hurra für Barbicane! Hurra für Nicholl!“, drang zum Himmel empor. Einige Millionen Menschen, mit der Nase in der Luft, mit Fernrohren, Brillen und Operngläsern bewaffnet, forschten in den Lüften, ihre Verletzungen und Erregungen vergessend, nur mit dem Projektil beschäftigt.
Aber sie suchten vergebens. Es war nicht mehr zu sehen.

Der Start ist gelungen. Das Geschoss steuert auf den Mond zu. Eine unvorhergesehene Begegnung mit einem Asteroiden lenkt es zwar nur geringfügig, aber immerhin so weit ab, dass es den Mond um 50 km verfehlt. Die Gefahr droht, dass es irgendwo im Weltraum verschwindet oder in eine Umlaufbahn um den Mond einschwenkt und auf Zeit und Ewigkeit dessen Trabant wird. Tatsächlich ist aber seine Geschwindigkeit, noch vergrößert durch falsch eingesetzte Bremsraketen, so hoch, dass es wieder in die Anziehungskraft der Erde gerät und auf sie zustürzt. Beim Aufprall auf den Pazifik wird es zufällig beobachtet und nach einigen Tagen, auf der Wasseroberfläche treibend, mit den lebenden Insassen geborgen.

Oriana Fallaci

Interview mit dem Astronauten Roger Chaffee

Apollo-Rakete auf dem Weg zum Mond

„Ich nehme an, Herr Leutnant, dass der Gedanke, auf den Mond zu gehen, für Sie sehr aufregend ist."

„Kein bisschen. Ich werde hingehen, ohne Zweifel. Aber Gefühle wie Ungeduld oder Neugier quälen mich nicht. Der Mond ist für mich nichts anderes als eine Art meinem Land zu dienen, und die erste Reise zum Mond bedeutet nichts anderes, als die technische Leistungsfähigkeit zu demonstrieren, über die die NASA* und mein Land verfügen um zum Mond zu gelangen. Alles Übrige sind Fantastereien. Und Erwachsene leben nicht von Fantastereien."

„Wie?! Sie machen sich nichts daraus auf dem Mond zu landen?"

„Den Fuß darauf zu setzen, meinen Sie?"

„Ja, den Fuß darauf zu setzen!"

„Vom technischen Standpunkt aus ist die Leistung sehr interessant, indem sie eine Menge Probleme aufwirft, die nicht leicht zu lösen sind; aber es würde mir auch nichts ausmachen, derjenige zu sein, der mit der Apollo-Kapsel in der Umlaufbahn bleibt, anstatt mit der Landefähre hinunterzugehen. Unsere Aufgabe ist eine kollektive Aufgabe und ich nehme an ihr teil."

„Herr Leutnant, warum sind Sie eigentlich Astronaut geworden?"

„Aus demselben Grund, aus dem ein Automobilist den Wunsch hat, mit einem Ferrari ein Rennen zu fahren: Es ist für einen Piloten selbstverständlich Astronaut werden zu wollen, vorausgesetzt, er hat die nötigen Eigenschaften. Ich habe sie."

„Sie werden begeistert gewesen sein, als Sie erfuhren, dass dieses Weltraumprogramm existiert."

„Kein bisschen. Wer auch immer bei der Luftfahrttechnik war, wusste, dass es nur eine Frage der Zeit sein konnte, und ich studierte Luftfahrttechnik, seit ich sechzehn war. Warum ich das studierte? Gewiss nicht um der Romantik willen. Der Traum den Mond zu sehen und solches Zeug hat mich nie gereizt, ich sage es noch einmal."

Die italienische Journalistin Oriana Fallaci führte dieses Gespräch mit dem amerikanischen Astronauten Roger Chaffee kurz vor dessen Tod. Roger Chaffee verbrannte am 27. 1. 1967 zusammen mit seinen Kollegen Virgil Grissom und Edward White bei einer Routineübung in der Apollo-Raumkapsel, mit der sie am 21. 2. 1967 zu einem zweiwöchigen Flug starten sollten.

Die erste Mondlandung im Jahr 1969

Heute um 14:32 Uhr startet Apollo 11 zum Mond

KAP KENNEDY, 15. Juli 1969. Im amerikanischen Raumflughafen Kap Kennedy geht der Countdown für den Apollo-11-Start planmäßig und äußerst genau weiter. Wie ein Sprecher der NASA versicherte, ist man mit den Vorbereitungen in einigen Fällen dem Zeitplan sogar voraus. Die Verantwortlichen für das Unternehmen glauben nicht, dass sich am vorgesehenen Starttermin, Mittwoch, 16. Juli, 14:32 Uhr MEZ, etwas ändern werde. Die drei Astronauten Armstrong, Collins und Aldrin, von denen Armstrong und Aldrin am kommenden Montag als erste Menschen ihren Fuß auf den Mond setzen sollen, fühlen sich nach ihren eigenen Angaben „fertig und bereit" für die Aufgabe den Flug zum Mond zu beginnen.

Frankfurter Allgemeine Zeitung vom 16. Juli 1969, S. 1

Zum Mond unterwegs

KAP KENNEDY, 16. Juli. Die ersten Menschen befinden sich auf dem Weg zum Mond. Nach der ersten Kurskorrektur für Apollo 11 um 2:16 Uhr (MEZ) am Donnerstagmorgen begaben sich die Astronauten Armstrong, Collins und Aldrin kurz nach 4 Uhr zur achtstündigen Ruhe. Zur Zeit ist das Raumschiff schon auf seiner translunaren Bahn zum knapp über 400 000 Kilometer entfernten Mond, den es am kommenden Samstag um 18:26 Uhr (MEZ) auf einer zunächst eliptischen Umlaufbahn von 305 bis 111 Kilometer Höhe erreichen wird. Etwas über vier Stunden später wird Apollo 11 eine kreisförmige Mondumlaufbahn in 110 Kilometer mittlerer Höhe einnehmen, von der aus die Mondfähre mit den Astronauten Armstrong und Aldrin schließlich die eigentliche Mondlandung beginnen wird. Armstrong und Collins sollen am Sonntag, dem 20. Juli, wenn der bisher recht präzis verlaufene Flugplan weiterhin so minutiös eingehalten werden kann, um 21:19 Uhr (MEZ) auf dem Erdtrabanten landen. Nach einer knapp zehnstündigen Ruhepause werden sie dann am Morgen des 21. Juli (MEZ) als erste Menschen den Mond betreten und ihr etwa zweistündiges Forschungsprogramm beginnen. Der Rückstart der Fähre zum Rendezvous-Manöver mit der Kommandokapsel ist noch für den gleichen Abend vorgesehen.

Frankfurter Allgemeine Zeitung vom 17. Juli 1969, S. 1

Mit angehaltenem Atem vor den Bildschirmen

WASHINGTON, 16. Juli. Die meisten Amerikaner saßen mit angehaltenem Atem vor den Fernsehgeräten, als die Saturn-5-Rakete am Mittwoch von Kap Kennedy in Richtung Mond mit donnerndem Getöse in den Weltraum schoss. Am weiten Sandstrand, der das Abschussgelände umgibt, lagerten seit Tagen viele Tausende von Touristen, und in den Stunden vor dem Start wurde die Zahl der Augenzeugen des historischen Ereignisses auf mehrere hunderttausend geschätzt. Prominente aus aller Welt und das ganze diplomatische Korps waren zu dem nicht nur für die Vereinigten Staaten, sondern für die ganze Welt historischen Ereignis nach Kap Kennedy geladen worden. [...]

Am Tag vor dem Apollo-Start waren die Amerikaner allerdings sehr drastisch von den Blicken zum Mond zu einer realistischen Betrachtung ihrer eigenen sehr irdischen Probleme zurückgebracht worden. Mit hundertfünfzig armen Leuten und einigen Maultieren war Pastor Abernathy, der schwarze Anführer im Kampf gegen die Armut, der vor einem Jahr den Marsch der armen Leute nach Washington organisiert hatte, nach Kap Kennedy gekommen. Er wollte darauf hinweisen, daß die Vereinigten Staaten, die Milliarden von Dollar aufgewandt haben um Menschen zum Mond zu schicken, nicht genügend Geld haben, um die Armut im eigenen Land auszurotten. NASA-Administrator Thomas Paine, der die Delegation der armen Leute empfing, sagte ihnen, dass es nun einmal schwerer ist die Probleme Armut und Hunger zu lösen, als einen bemannten Flug zum Mond zu organisieren. Als er den Delegierten zu bedenken gab, dass gerade das Mondprogramm ein Zeugnis dafür sei, was die Vereinigten Staaten zu leisten imstande sind, wies ihn Abernathy darauf hin, dass die armen Leute keineswegs gegen die Weltraumforschung seien, aber die Unverhältnismäßigkeit der Mittel beklagten, die in den Kampf gegen die Armut investiert würden.

Frankfurter Allgemeine Zeitung vom 17. Juli 1969, S. 1

Unsere Korrespondentin Marlene Manthey kabelt von Kap Kennedy:

Im Fernsehsessel sah man den Start bequemer

>*KAP KENNEDY, 16. Juli 1969*
Die Sonne ist strahlend über dem Kap aufgegangen. Das Wetter ist sogar besser, als gestern vorausgesagt worden war. Das Leck in der Brennstoffleitung von Apollo 11, das über Nacht entdeckt worden war, ist repariert. „All systems go."
Wer nicht in den frühen Morgenstunden dieses Kap der großen Hoffnung erreicht hatte, blieb ab 7 Uhr auf der Straße viele Meilen entfernt stecken. Denn der Sheriff von Brevard County hat für Ordnung gesorgt. Was sich in den letzten zwei Stunden vor dem Abschuss auf dem Highway 1 a bewegte, waren nur noch offizielle Wagen. Alle anderen Autos säumten wie glitzernde Ketten den Straßenrand. Die Sonne scheint den Tausenden von Ehrengästen direkt ins Gesicht. Mrs. Johnson schirmt unentwegt ihr Gesicht mit der Hand ab, während die anderen Ehrengäste herandrängen, um ihr und dem Expräsidenten die Hand zu schütteln. Lyndon Johnson, der mit seiner grünen Brille aussieht wie sein eigener Secret-Service-Agent, hebt sich über die Menschenmenge heraus. Er hat als Vizepräsident und dann als Präsident mehr als irgendein anderer dazu beigetragen, dass Amerika heute versuchen kann auf dem Mond zu landen.
Bis zur Jahrhundertwende hoffe man auf dem Mars gelandet zu sein, hat der jetzige Vizepräsident Spiro Agnew heute früh gesagt. Denn die Menschheit werde unentwegt zu immer neuen Grenzen vorstoßen wollen. Im Senat freilich sind vor allem jene gegen diese Zukunftsmusik, die bei der nächsten Wahl die Stimmen jener brauchen, deren höhere Wohlfahrtssätze aus einem gekürzten Raumfahrtprogramm bezahlt werden sollen.
Die Frauen von zwei Astronauten verfolgen am Fernsehschirm in Houston den Start, nur Mrs. Armstrong ist am Kap, wo es allerdings weit unbequemer ist, als es ein Logenplatz vor dem eigenen Fernsehschirm wäre. Alle drei Männer haben am Dienstagabend das amerikanische Wunschgericht gegessen: Steak, Kartoffelpüree und Spargel. Um 9 Uhr gingen sie zu Bett, um 4:15 Uhr standen sie auf, um 4:30 Uhr wurde ihnen das übliche Frühstück mit Orangensaft, Steak und Eiern serviert, um 5:45 Uhr fuhren sie in einem kleinen verschlossenen weißen Lieferwagen die zehn Kilometer zur Rampe 39. Um 7 Uhr waren sie die 100 Meter zur Raumkapsel an der Raketenspitze mit dem Fahrstuhl hinaufgefahren. In den letzten zwei Stunden hielten sie mit dem Kommandozentrum über Telefon und geschlossenen Fernsehkreis Verbindung. 450 Ingenieure waren derweil an ihren Kontrollkonsolen im Bunker fünf Kilometer entfernt versammelt, wo die roten und weißen Lichter unentwegt aufblinken und verlöschen. Und dann um 9:32 Uhr: Fast unerwartet für die Hunderttausende, die so lange auf diesen Augenblick gehofft hatten, begannen die fünf Triebwerke der Saturn zu röhren, die weiße Wolke aus Schaum und Glut donnerte den silbernen Pfeil hinauf, die Erde schien zu beben, und langsam, unendlich langsam stieg die Saturn ins Blaue. Nach zwei Minuten und 40 Sekunden und bereits 60 Kilometer hoch trennte sich die erste Stufe ab und fiel in den Atlantik. Die fünf kleineren Triebwerke der zweiten Stufe zogen mit einem feurigen Schweif davon. Die 25 Meter hohe zweite Stufe trieb die Last auf fast 200 Kilometer hoch, wo die Astronauten mit dem einen Triebwerk der dritten Stufe den Erdumlauf vollziehen. Damit hat der erste Teil des großen Dramas begonnen. Zwei Menschen wollen ihre Füße auf den Mond setzen. Es ist der uralte Traum der Menschheit, aus der Gefangenschaft des Erdplaneten auszubrechen. [...]

Stuttgarter Nachrichten vom 17. Juli 1969, S. 3

Die Menschen sind auf dem Mond

Blitzmeldung

Houston (dpa/upi), 21. Juli 1969.
Um 21 Uhr, 17 Minuten und 46 Sekunden mitteleuropäischer Zeit setzten die amerikanischen Astronauten Neil Armstrong und Edwin Aldrin mit der Mondlandefähre „Adler“ zwischen Mondtag und Mondnacht im „Tal der Ruhe“ auf.

Beginn eines neuen Zeitabschnitts

Das historische Datum, an dem des Menschen Fuß zum ersten Mal den Mond betrat, ist der 21. Juli 1969, als sekundengenaue Zeit wurde von der NASA 3 Uhr 58 Minuten und 20 Sekunden MEZ registriert. Um 21:03 Uhr MEZ am Sonntagabend begannen die wichtigsten elf Minuten des Landemanövers, zu einem Zeitpunkt, als die Fähre noch knapp 500 Kilometer von der späteren Landestelle entfernt war. Mit einer Bremsung durch vollen Schub wurde Geschwindigkeit und Höhe verringert, so lange, bis das sogenannte „untere Landetor“ erreicht war: in einer Entfernung von 610 Metern vor der Landestelle. Die Fähre hatte nun noch eine Geschwindigkeit von 20 Metern pro Sekunde, ihr Bremsschub wurde weiterhin vermindert. Auf dem Bremsstrahl balancierten Armstrong und Aldrin das Landefahrzeug nun so lange aus, bis ein geeigneter Aufsetzpunkt erreicht war. Dieses Manöver kostete die Astronauten 75 Sekunden, doch hätten sie an dem vorgesehenen Landeplatz wegen erheblicher Bodenunebenheiten nicht ohne Gefährdung von Fähre und ihrer eigenen Rückkehr landen können. Wider Erwarten änderte nach Rücksprache mit der Mannschaft die Kontrollstation in Houston um Mitternacht den bis dahin festgefügten Zeitplan und erlaubte den Astronauten die Vorverlegung des Aussteigetermins, der für 7 Uhr MEZ geplant war.

Nachdem um 3 Uhr 49 die Ausstiegsluke geöffnet worden war und Armstrong um 3:51 Uhr seinen Fuß auf die oberste Leitersprosse gesetzt hatte, öffnete er alsbald mit einem Seilzug den Gerätebehälter an der Mondfähre, womit die Fernsehübertragung begann. Um 3:56 Uhr setzte er den linken Fuß auf den Mond. 18 Minuten später stand auch Aldrin auf dem Boden. Nachdem Armstrong die Notfall-Bodenprobe aufgelesen und in einem Behälter in seinem Raumanzug verstaut hatte, wurde wenig später die Gedenkplakette über dieses Ereignis enthüllt. Die Fernsehkamera, die inzwischen in etwa zehn Meter Entfernung aufgestellt worden war, übertrug für die ganze Dauer die Mondarbeiten in vorzüglicher Qualität. Diese Arbeiten bestanden in der Aufstellung eines Experiments zur Sonnenwindmessung, eines Laserrückstrahlers für die exakte Vermessung der Entfernung Erde – Mond und eines passiven Bebenmessers und in dem systematischen Aufsammeln von Bodenproben. Um 4:41 Uhr pflanzten die beiden Astronauten das Sternenbanner auf, wenige Minuten später unterhielt sich Präsident Nixon mit ihnen. Bei der geringen Schwerkraft des Mondes bewegten sich beide leicht in ihren schwerfälligen Schutzanzügen. Der Ausflug auf dem Mond endete, nachdem die Mondproben und der zusammengerollte Sonnenwindmesser in der Fähre verstaut worden waren. Um 6:09 Uhr stieg Armstrong als Letzter wieder in die Fähre ein, um 6:11 Uhr schloss sich die Luke hinter ihm.

Frankfurter Allgemeine Zeitung vom 22. Juli 1969, S. 1

Miterlebt

Dps. Das ist also der Tag, der in die Schulbücher, ins historische Gedächtnis der Welt eingehen wird. Dieses Datum wird neben anderen stehen. Eines unterscheidet den 20. und 21. Juli 1969 von früheren Tagen solcher Art: die weltweite Teilnahme, das unverzögerte Miterleben. Man braucht nicht bis zu Kolumbus zurückzudenken, daran, wie lange es dauerte, bis allein die Nachricht von der Entdeckung der Neuen Welt nach Europa kam, wie viel länger noch, bis sie ins Bewusstsein der vielen drang. Noch nie hat ein so großer Teil der Erdbevölkerung zur gleichen Zeit in solcher Spannung den gleichen Bildern zugesehen. Noch nie, so scheint es, gab es ein so „gemeinsames Erlebnis der Menschheit".

Frankfurter Allgemeine Zeitung vom 22. Juli 1969

Ein Riesensprung für die Menschheit

Funksprechverkehr zwischen der Bodenstation in Houston und der Besatzung der Mondfähre „Adler" beim Ausstieg und während der Außenarbeit auf dem Mond am 21. Juli 1969:

Houston: Basis Tranquility, ihr könnt jetzt die Dekompression* vornehmen.

Aldrin: Sehr gut.

Houston: Neil, hier ist Houston. Wie steht es mit dem Öffnen der Luke?

Armstrong: Alles ist „go" hier. Wir warten nur noch darauf, dass der Druck in der Kabine tief genug ist um zu öffnen. Wir haben jetzt 0,1.

Houston: Neil, hier ist Houston. Unsere Instrumente zeigen einen relativ gleichbleibenden Druck in eurer Kabine. Meinen Sie, dass Sie die Luke öffnen können?

Armstrong: Die Luke geht jetzt auf.

Aldrin (der Armstrong beim Aussteigen dirigiert)**:** Roll dich nach links. Okay, jetzt kommst du klar ... Okay, du bist noch nicht gerade ausgerichtet ... etwas nach rechts. Jetzt ist's gut ... links ist noch viel Platz ... rechts immer noch zu nah.

Armstrong: Komme ich so zurecht?

Aldrin: Großartig.

Armstrong: Okay, Houston, ich bin auf der Plattform.

Houston: Und wir kriegen ein Bild auf den Fernsehschirm ... viel Kontraste drin.

Houston: Okay, Neil, wir können Sie jetzt die Leiter runterkommen sehen.

Armstrong: Okay, ich hab gerade probiert auf die erste Stufe zurückzusteigen ... sie steht genau richtig um wieder raufzukommen.

Armstrong: Ich bin am Fuß der Leiter. Die Tellerfüße [der Mondfähre LEM] sind nur etwa drei oder fünf Zentimeter tief eingesunken, obgleich die oberste Bodenschicht sehr feinkörnig zu sein scheint ... fast wie Puder ... Ich gehe jetzt von der Fähre weg. Für einen Menschen ist es nur ein kleiner Schritt, für die Menschheit aber ein Riesensprung.

Houston: Sieht wunderschön von hier aus, Neil!

Armstrong: Ist von ganz eigener Schönheit, fast wie die Wüstenlandschaft in den Vereinigten Staaten. Es ist anders, aber sehr schön.

Armstrong: Der Boden ist fein und pulverig. Ich kann ihn mit der Fußspitze locker aufnehmen. Er klebt wie Holzkohlenpulver als dünner Überzug an meinen Stiefeln und Schäften. Ich sinke nur ganz wenig ein ... vielleicht ein paar Millimeter, aber ich kann meine Fußstapfen in dem feinsandigen Boden erkennen.

Armstrong: Es scheint keine Schwierigkeiten zu machen hier herumzulaufen ... geht vielleicht sogar leichter als bei der Simulation von $^1/_6$ G [G = Erdanziehungskraft] ... Absolut keine Schwierigkeit herumzulaufen ... Der Abstiegsmotor hat nicht den kleinsten Krater hinterlassen ... Wir sind auf einem recht ebenen Platz. Der Feuerstrahl aus dem Abstiegsmotor hat zwar Spuren hinterlassen, aber nur in ganz unbedeutendem Maße.

Houston: Neil, hier spricht Houston. Wir haben das Bild, aber Sie sind zur Zeit nicht drauf. Wir können die Tasche am Fuß erkennen, wird gerade von Buzz bewegt. Aha, jetzt kommen Sie wieder ins Bild.

Armstrong: Buzz, lass mich das noch dorthin bringen – muss für dich Platz machen.

Aldrin: Okay, fertig? Kann ich herauskommen?

Armstrong: Yeah! Bleib nur noch eine Sekunde stehen – ich schiebe das übers Geländer.

Armstrong: Okay.

Aldrin: Allright. Jetzt ist's richtig. Bist du fertig?

Armstrong: Alles in Ordnung.

Aldrin: Okay. Ich stehe auf der obersten Sprosse ... ist sehr einfach abzusteigen.

Armstrong: Die Leiter ist recht bequem und das Laufen ist auch bequem.

Aldrin: Okay. Ich lasse mal den einen Fuß noch oben und ... jetzt beide Hände an die vierte Sprosse.

Armstrong: Na, also!

Armstrong: Noch ein bisschen! Gut so jetzt!

Aldrin (springt vollends herunter)**:** Ein schöner Hüpfer!

Armstrong: Na, ist das nichts? Herrlicher Ausblick hier.

Aldrin: Diese Einsamkeit – einfach überwältigend.

Houston: Beide Versorgungssysteme [gemeint sind die Versorgungstornister mit Sauerstoff, Batterien, Funkausrüstungen etc.] normal im Verbrauch.

Aldrin: Sieht aus, als hätte die zweite Leitersprosse von der Hitze was abgekriegt, Neil.

Armstrong: Okay, Buzz. Können wir die Kamera [gemeint ist die Fernsehkamera] herunterholen?

Aldrin: Bin schon fertig. Ich denke, so geht's ganz gut ...

Armstrong: Okay – es ist ganz dunkel hier im Schatten ... Jetzt kann ich sie herunternehmen.

Aldrin: Halte sie nicht so nah am Körper. Okay?

(Die Fernsehkamera wird dem „Adler" gegenüber postiert.)

Armstrong: Ich habe jetzt meine ersten Fotos gemacht.

Houston: Roger. Neil, wir können euch laut und deutlich hören. Denken Sie auch daran gleich ein paar Fotos zu machen und die ersten Proben zu nehmen?

Armstrong: Allright – sobald ich mit dieser Bildserie fertig bin.

Houston: Ah, sieht ja wunderbar aus, Commander.

Armstrong: Ist von ganz eigener Schönheit hier ...

Aldrin: Wunderbar, wunderbar.

Aldrin: Übrigens, diese Felsen auf der pulverigen Oberfläche ... Ich meine, diese Felsen sind ziemlich glatt ...

Aldrin: Man scheint ganz gut voranzukommen ... Ich komme etwas aus dem Gleichgewicht ... man muss sorgfältig darauf achten, dass man sich in der Bewegungsrichtung nach vorn neigt.

Aldrin: He, Neil, habe ich nicht gesagt, wir könnten ein paar rote Steine finden?

Armstrong: Einen roten gefunden?

Aldrin: Jawohl.

Armstrong: Für die, die die Metalltafel nicht gelesen haben, werden wir den Wortlaut jetzt vorlesen ... Sie zeigt die beiden Erdhemisphären. Darunter heißt es: „Hier betraten Menschen vom Planeten Erde zum erstenmal den Mond. Juli 1969 anno Domini. Wir kamen in Frieden für die ganze Menschheit."

Herbert W. Franke

Der Calciumfresser

Ich hätte es eigentlich früher merken sollen. Denn ich war, so weit ich zurückdenken kann, stets vom Willen erfüllt anderen zu helfen. Aber ich kam erst vorige Woche darauf. Und die Kollegen ahnen bis heute noch nichts ...
Auch ich selbst erkannte es erst in einer außergewöhnlichen Situation. Wir befanden uns damals auf der Rückfahrt von Psi 16 und hatten gut zwei Drittel der Reise anstandslos zurückgelegt. Niemand dachte an irgendetwas Schlimmes. Und was gehört zum Schlimmsten, das einem Raumfahrer passieren kann? Zweifellos ein Versagen der Lufterneuerungsanlage. Und gerade uns musste es treffen!
Es gab auch keine Möglichkeit zur Reparatur. Der Katalysator aus pulverisiertem Calcium verschwand. Ja, er wurde von Stunde zu Stunde weniger, vor unseren Augen, ohne dass jemand angeben konnte, wo er hingekommen wäre. Ohne Calcium ist aber die Reduktion des Kohlendioxids nicht möglich. Und wir hatten im Schiff keinen Ersatz – wer rechnet auch mit einem solchen absurden Vorfall!
Unser Sauerstoff reichte bestenfalls noch drei Tage. Willy rührte sich nicht vom Thermopeiler weg, aber es bestand so gut wie keine Aussicht ein System mit Planeten zu finden und schon gar nicht eines mit atembarer Luft.
Alle wussten es, der Captain verschwieg nichts – dazu vertrauten wir ihm zu sehr und er uns. Und ich muss sagen, alle hielten sich vorbildlich, schweigend ging jeder an seinen Arbeitsplatz zurück.
Und dann schwoll Willys Geschrei durchs Schiff. Wer Zeit hatte, lief zu ihm in den Navigationsraum.
„Da ist etwas vor uns!“, rief er. „Schon ganz nahe!“
Richtig, auf dem Bildschirm bewegte sich ein blasses Scheibchen zwischen den unbeweglichen Sternen. Alle atmeten auf, aber der Captain dämpfte unsere Hoffnung. „Was kann uns dieses Himmelskörperchen schon helfen?“, fragte er. „Ich schätze es auf nicht größer als einen Kubikkilometer. Sicher ein öder Felsbrocken.“
Rasch näherten wir uns, die Oberfläche war schon zu erkennen. Jack meinte: „Das ist ein komisches Ding! Wo sind die üblichen Zacken?“
Er hatte Recht. Solche Irrläufer sind meistens wild zerklüftet, dieser war es nicht. Er hatte aber auch weder Kugel- noch Ellipsoidform – die tritt auf, wenn diese Metallklötze irgendwann einmal geschmolzen sind.
„Da ist eine Markierung!“, schrie jetzt der dicke Smoky. Sein fetter Bauch wabbelte aufgeregt.
Es war nicht zu verkennen. Drei weiße Pfeile zeigten auf eine zentrale Stelle. Willy lenkte dorthin. Alle schauten angestrengt.
„Kinder“, schrie der Captain, „das ist ein Raumschiff! Ein riesiges tolles Monstrum von einem Raumschiff!“
Jetzt sahen wir auch die Luken und das Geländer einer Einstiegrampe. Was soll ich berichten? Wir landeten, halfen Willy in seinen Raumanzug und er stieg aus. Wir sahen ihn an der Luke hantieren, es dauerte nicht lange und sie öffnete sich,

er verschwand im Inneren. Unsere Geduld wurde kaum beansprucht, denn er erschien bald wieder und rief uns nur ein Wort durch die Sendeanlage zu: „Luft!"
Wir stiegen über und staunten. Das übertraf alle unsere Erwartungen. Nicht nur, dass die Luft atembar war – wir befanden uns in einem Luxus, den man sich nicht einmal erträumen kann. Das Ganze war in unzählige Räume geteilt, größere und kleinere, aber jeder ausgerichtet wie eine Hollywood-Villa – mit modernen Liegesesseln, farbigen Matten, Einbauschränken. Nur die Fische in den Aquarien waren tot und die Blattpflanzen auf eigentümliche Weise in sich zusammengesunken, gelb und verwelkt. Sonst war alles in bestem Zustand, geordnet und sauber, aber – wir fanden keine Insassen!
Ich bemerkte, dass der Captain nicht so froh war, wie er es nach diesem unglaublichen Glücksfall eigentlich hätte sein sollen.
„Wir bleiben zusammen", befahl er. „Zunächst quartieren wir uns in einigen Räumen in der Nähe des Eingangs ein. Keiner entfernt sich ohne Erlaubnis von den andern." Wir schleppten einen Teil unserer Lebensmittel heran und machten es uns gemütlich. Am nächsten Tag begann der Captain mit Streifzügen, er nahm stets zwei Mann mit. Abwechselnd, so dass jeder drankam.
Zunächst passierte wenig. Wir fanden immer neue Räume, die sich durch nichts von den anderen unterschieden. Bis auf die abgestorbenen Lebewesen war alles in Ordnung. Nur einige Dinge fielen uns auf, erschienen uns aber nicht wesentlich: Da waren einige Gefäße zu Staub zerfallen – die pulvrigen Überreste lagen noch so da, dass man ihre früheren Formen erkennen konnte. Bei einigen Spiegeln hatte sich das überdeckende Glas zu einer undurchsichtigen, spröden Masse gewandelt. Fast in allen Bildern hatten sich einige Farben zersetzt. Ein groteskes Mosaik von Eindrücken.
Schon am zweiten Tag fand der Captain die Navigationsräume. Das System war leicht durchschaubar. Die Erbauer des Schiffes müssen menschenähnlich gewesen sein, wenn auch wahrscheinlich ein wenig weiter als wir. Conny stellte fest, dass noch genügend Treibstoff da war, und Willy konnte einen Kurs ausrechnen und einstellen.
Bei meinem ersten Patrouillengang streifte ich mit Smoky und dem Captain in den entlegensten Regionen umher, in den Räumen, die unserem Eingang gegenüberlagen. Als wir gerade eine Art Veranda mit ganzen Reihen vertrockneter Kakteen betraten, blieb der Captain plötzlich stehen. Er bedeutete uns mit der Hand, aufzupassen …
„Habt ihr es auch bemerkt?", fragte er dann.
„Dieses eigentümliche Ziehen?", fragte Smoky zurück.
„Genau das", gab der Captain zurück. Beide sahen mich Antwort heischend an.
„Ich habe nichts gespürt", musste ich gestehen.
„Es ging mir durch den ganzen Körper", erklärte der Captain, „als wenn darin ein Unterdruck entstanden wäre – etwas Wühlendes, Saugendes. Es war allerdings nicht schlimm, nicht einmal unangenehm."
Es muss aber doch schlimmer gewesen sein, als die beiden zugeben wollten – der Captain ordnete den Rückzug an.
Nicht weit von unseren Räumen passierte dann ein Missgeschick: Smoky brach

sich ein Bein. Ein glatter Bruch der Knöchelgabel. Wir mussten eine Tragbahre improvisieren und ihn das letzte Stück schleppen.

Er wusste selbst nicht, wie es gekommen war. Er meinte, dass er wohl gestolpert sein müsse. Er war aber nicht gestolpert. Ich war hinter ihm gegangen und hatte gesehen, dass das Bein unter dem Gewicht seines Körpers einfach nachgegeben hatte, eingeknickt war. Nun ist Smoky mit seinen 180 Pfund zwar kein leichter Knabe, aber das ist doch nicht in Ordnung, dass die Knochen einfach zusammenbrechen.

Bei diesem Pech blieb es aber nicht. Einige fingen nämlich über Mattigkeit, Appetitlosigkeit und Muskelschmerzen zu klagen an. Der Doc schüttelte den Kopf. Er konnte sich die Symptome nicht erklären. Die Stimmung wurde gereizt, einer fuhr den anderen an – aber gerade Jack, der durch nichts aus seiner Ruhe zu bringen ist, brachte sie auf den Nullpunkt. Der Captain pfiff den Koch an, weil ihm das Essen nicht schmeckte – wohl ein bisschen heftiger, als notwendig gewesen wäre –, und Jack wollte die Situation retten. Mit gezwungener Lustigkeit rief er: „Na, besser noch schlechtes Essen als keine Luft." Und gab dem Captain freundschaftlich einen sanften Boxer. Ich war dabei und ich kann versichern, dass es nur ein ganz leichter Schlag war. Aber der Captain knickte glatt zusammen. Zuerst glaubten wir, es wäre ein Witz, dann ging uns ein Licht auf, dass es doch ernster sein müsse. Wir holten den Doc und der stellte drei gebrochene Rippen fest. Der Captain konnte nun die Streifzüge nicht mehr anführen. Man kann sich seine Laune vorstellen, als er Willy damit beauftragte.

Gleich bei seinem zweiten Erkundungsgang kam dieser mit einigen Lochstreifen zurück – das erste Anzeichen einer Art Schrift. Der Captain, der sich nicht bewegen durfte, machte sich an die Entzifferung. Sie gelang ihm ziemlich schnell und endlich erfuhren wir, was es mit dem Schiff für eine Bewandtnis hatte.

„Alles ist mir noch nicht klar, aber einiges habe ich doch herausgebracht", erklärte er. „Der Kasten, in dem wir jetzt festsitzen, ist ein Fahrzeug einer großen Flotte, die bei irgendeiner Übersiedlungsaktion war. Ungefähr eine Million Lebewesen war drin. Während der Fahrt erkrankten sie nach und nach und wurden auf andere Schiffe übergesetzt. Was die Ursache dafür war, verstehe ich noch nicht ganz, da steht zwar etwas, die wörtliche Übersetzung hieße ‚Calciumfresser'."

Wir sahen wohl alle etwas ratlos drein, aber der Doc sprang auf, holte sein ärztliches Besteck und rannte zu Spike, den es am ärgsten gepackt hatte. Er lag in einem Einzelraum, den wir als Krankenzimmer ausgestattet hatten. Der Doc zapfte ihm Blut ab und was es noch an solchen Dingen gibt und verschwand in seinem notdürftig ausgestatteten Labor. Nach einer Weile kam er mit einem Reagenzgläschen heraus, das er uns vor die Nase hielt.

„Da habt ihr die Erklärung", rief er. Ein weißer, flockiger Niederschlag wirbelte in der Eprouvette* – wir hatten natürlich keine Ahnung, was er zu bedeuten hatte.

„Calciummangel!", japste der Doc. „Der Calciumspiegel ist weit unter den zulässigen Wert gesunken. Jetzt verstehe ich, wieso unsere Knochen brechen und unsere Zähne wackeln."

„Calcium?", fragte der Captain nachdenklich. „Unser Katalysator bestand doch aus Calcium ...?"

Roberto Matta: Die Propheten

„Unsinn ...“, meinte der Doc, „das muss ein Zufall sein. Jetzt werde ich mich um den Küchenzettel kümmern und calciumreiche Speisen zusammenstellen. Weiter bekommt jeder Kalktabletten!“

„Aber was ist mit Calciumfresser gemeint?“, wollte ich wissen.

„Vielleicht Bakterien“, vermutete der Doc. „Ich werde gleich einen Abstrich machen und mich ans Mikroskop setzen!“

Jetzt hatten wir also einen Hinweis, dem wir nachgehen konnten, aber ich kann nicht behaupten, dass wir uns sehr wohl in unserer Haut fühlten.

Am nächsten Tag kam eine Streife nicht mehr zurück. Zuerst machten wir uns keine Sorgen, denn wie leicht kann man sich in dem großen Schiffskörper verspäten. Als aber Fatty mit den beiden anderen bis zum nächsten Morgen ausblieb, schickte der Captain Cyril und mich auf die Suche.

Wir wussten ungefähr, welchen Teil des Schiffes sie sich hatten vornehmen wollen, und gingen ohne Zögern hin. Früher war jeder Streifzug ein Vergnügen, wie eine Wanderung durch eine schöne Landschaft. Heute waren uns diese wunderbaren Räume unheimlich. Eine Stille lag in ihnen, die nervtötend war. Jedes Mal, wenn ich eine Tür öffnete, musste ich mich zuerst überwinden – mir war, als könnte dahinter etwas lauern.

Als wir schon ziemlich weit vorgedrungen waren, begann Cyril über ein seltsames Ziehen in allen Gliedern zu klagen. Ich spürte nichts, da er aber immer mehr darunter litt, wollte ich schon vorschlagen, dass wir umkehrten – da fanden wir sie ... Direkt vor uns lag Fatty, er bewegte sich ein wenig, als er uns hörte. Etwas weiter vorn streckten sich die Körper seiner beiden Kameraden. Alle lagen eigenartig schlapp da, wie hingemäht, und als wir uns zu Fatty bückten, war sein Gesicht formlos und schwammig, seine Arme schlenkerten kraft- und haltlos. Seine Augen waren halb geschlossen und seine Lippen mühten sich Worte zu formulieren: „... ein Wesen ... ein Tier, das ...“ Er sackte zusammen, als sei die letzte Energie aus seinem Leib verströmt.

Cyril und ich sahen uns entsetzt an. Da hörte ich ein Geräusch im Nebenraum. Ich zog meine Pistole und riss die Tür auf ... Vor mir lag ein lang gestreckter Raum, eine Art Wintergarten, voll von verdorrten Blattpflanzen. Hinten aber drehte, schob und wand sich etwas, etwas, das ich nur zum Teil sah, der Rest verschwand hinter einer Biegung: ein Gewirr von silbergrauen Spinnenbeinen oder Fühlern, die sich ununterbrochen wellten und tastend hin und her bewegten.

Ein Ruf Cyrils ließ mich umkehren. Ich fand ihn bleich an einer Wand lehnend. Er war am Zusammenbrechen.

„Es wird immer ärger“, ächzte er. „Bring mich zurück!“ Er konnte kaum mehr gehen, einen großen Teil der Strecke musste ich ihn schleppen.

Als ich bei den anderen ankam, erwartete mich eine neue Schreckensnachricht: Der Doc hatte festgestellt, dass sich eine Menge von Nahrungsmitteln zersetzt hatte, und zwar gerade die, die besonders kalkreich waren.

Eine Abordnung aus Freiwilligen holte die Verunglückten aus den unteren Räumen. Sie stießen zwar nicht auf das Tier, aber sie kamen vollkommen geschwächt zurück. Die Geretteten waren kaum aus ihrem Dämmerschlaf zu wecken.

Der Captain berief eine Versammlung ein, aber ihr Ergebnis war ziemlich hoffnungslos: Wir kamen zum Schluss, dass sich das Wesen, das ich gesehen hatte, von Calcium ernährte und dass es die Fähigkeit hatte dieses aus seiner Umgebung an sich heranzuziehen. Wir erörterten einige verzweifelte Pläne um uns dagegen zu wehren; einige schlugen vor den Teil des Schiffes, wo sich das Monstrum aufhielt, zu sprengen, andere wollten komplizierte Fallen aufstellen ...

Ich hörte nur mit halbem Ohr zu. Ich sah die bleichen Gestalten der Kameraden, wie sie müde in den komfortablen Liegesesseln lümmelten, den verbundenen Oberkörper des Captains, den regungslos liegenden Spike. Allerlei Gedanken gingen mir durch den Kopf. Ich fühlte mich wohl wie immer, nie hatte ich das Ziehen gespürt, mit dem sich bei den anderen der Calciumentzug äußerte. Als Einziger hatte ich das Wesen gesehen – es war mir nichts geschehen. Alle meine Folgerungen liefen an einem Punkt zusammen ...

Wenn es stimmte, war es sehr traurig für mich. Aber es bedeutete – vielleicht! – die Rettung. Unauffällig zog ich mich zurück, verschwand hinter einer blätterüberzogenen Gitterwand, schlich mich durch die Tür ...

Ich musste Gewissheit haben. Im Laborraum des Doktors gab es das, was ich suchte – eine stricknadellange Injektionsnadel. Ich öffnete mein Hemd und stach sie mir durch die Haut unterhalb des Brustbeins – langsam senkte sie sich ein, ein wenig schräg hinauf –, ich wusste genau, wohin ich treffen musste. Es kostete mich große Überwindung, ich spürte mein Herz pulsieren, Schweiß stand auf meiner Stirn. Meine Reaktionen waren die der normalen Menschen.

Und dann hatte ich die Gewissheit: Die Nadel stieß – in etwa fünf Zentimeter Tiefe – auf etwas Hartes, Undurchdringliches, Metallenes.

Nun gab es keinen Augenblick der Besinnung mehr. Mein Leben war völlig unwichtig. Ich holte mir eine Maschinenpistole aus dem Vorratsraum und lief ins Innere des Schiffes. Noch nie war mir der Geruch der vertrockneten Pflanzen so unerträglich vorgekommen, das Leblose in diesen Luxusräumen so erdrückend. Aber auch noch nie hatte ich so sicher gewusst, was ich zu tun hatte.

Lange Zeit lief ich im hintersten Teil des Schiffes herum. Ich suchte das Calciumwesen. Immer wieder diese wunderschönen Räume, in denen der Tod saß – dürre Pflanzen, Aquarien mit verfaulten Fischen, Liegebänke, Spieltische, Gartenschaukeln, Wasserbecken, Plastiken, leuchtende Kugeln – Lichtquellen und Schmuck zugleich. Dann bemerkte ich Anzeichen von Unordnung. Beiseite geschobene Stühle, umgeworfene Blumenbehälter ... War das ein Geräusch?

Ich stand still, lauschte – ein Schleifen und Scharren. Ich hob die Impulspistole und schlich weiter. Dort ein silbergrauer Knäuel, riesengroß, tastende Fühler oder Antennen, Hunderte von spinnendürren Armen und Beinen. Sie bewegten sich an einer Stelle zur Seite und eine Art parabolischer Spiegel richtete sich auf mich – aber ich spürte keine Wirkung. Mir kann niemand Calcium entziehen. Ich legte den Finger an die Abzugstaste der Maschinenpistole – aber kein Impuls lief ab. Noch einmal drückte ich durch: Nichts!

Und jetzt erst fiel mir ein: Meine Waffe arbeitete mit einer Germanium-Calciumsulfid-Kathode – und war natürlich längst zerstört.

Eine entsetzliche Wut überfiel mich. Jetzt durfte mein Plan nicht mehr scheitern. Ich warf die Pistole weg, packte einen Stuhl und lief auf das Tier zu. Mit aller Kraft warf ich mich darauf, schmetterte den Stuhl von oben hinunter ...

Ich fand fast keinen Widerstand – ich lief geradezu in das Tier hinein. Eine poröse Masse stäubte zu Boden. Die Fühler, die Arme und Beine vibrierten, aber ich wischte mit der Hand darüber weg und sie brachen, zerfielen. Der Leib des Tieres, der unter den Gliedmaßen zum Vorschein kam, blähte sich auf, rollte und wogte. Aber einige Hiebe mit dem Stuhl brachten ihn zur Ruhe. Das alles war kinderleicht. Trotzdem war ich am Ende meiner Kräfte – die Anspannung der Nerven, die Aufregung.

Vier Stunden brauchte ich um zurückzukommen. Der Captain war wütend. Aber als ich ihm sagte, dass das Tier tot war, wurde er still. Alle liefen hinunter, dorthin, wo sein zerfallener Körper lag.

Erst als sie wiederkamen, wurde mir das Glück, sie gerettet zu haben, bewusst: Spike, den hilfsbereiten, stillen Physiker, den dicken Smoky, den wissbegierigen Willy und alle andern, die ganze Mannschaft erprobter Raumfahrer, die mich zu den Ihren zählt. Jack, der Kokons voll Calciumoxids gefunden hatte – genug um unseren Katalysator neu zu beschicken –, den Doc, der zerbröckelte Reste des Wesens in Fläschchen mitbrachte, und den Captain, der auf mich zutrat und sagte: „So verdammt unangenehm war es mir nie, jemand bestrafen zu müssen. Aber du musst einsehen: drei Tage Arrest. Du hast dich unerlaubt von uns entfernt."

Die Strafe macht mir nichts aus. Viel wichtiger ist, dass sie nichts erfahren. Denn ich habe sie gern, alle, und ich möchte, dass auch sie mich lieb behalten. Und das ist doch nicht ganz sicher, wenn sie von der Positronenzelle in meiner Magengrube erfahren. Wenn sie erfahren, dass ich ein Roboter bin.

Marie Luise Kaschnitz

Zu Hause

Die Ersten, die zurückkamen, erregten durch ihre frischen Stimmen, ihr gutes Aussehen und ihr normales Verhalten Erstaunen. Sie schlugen uns auf die Schulter, fragten, nun wie geht's auf der alten Erde, und freuten sich offensichtlich uns wiederzusehen. Ihre Frage war rhetorisch, sie sind dort über alles, was uns betrifft, genau im Bilde, so wie auch wir über das Leben auf der Weltraumstation genau im Bilde sind. Wir kennen nicht nur ihre Arbeitsstätten und ihre etwas öden, aber bequemen Wohnungen, sondern auch ihre künstlichen Gärten, Maiglöckchen aus Plastik mit Maiglöckchenparfüm, Rasen aus Plastik mit dem Geruch von frischem Gras. Auch das runde mit Humus gefüllte und von vier Weltraumpolizisten Tag und Nacht bewachte Becken, das im Mittelpunkt ihrer öffentlichen Anlage steht, ist uns bekannt. Wir bedauern diese armen Menschen mit ihren Plastikblumen und ihrem Humusbecken, und natürlich hatten wir uns schon lange überlegt, wie wir ihnen eine Freude machen könnten. Schließlich waren wir darauf verfallen sie gleich nach ihrer Ankunft in einen Wald zu fahren. Der Wald war recht abgelegen, es gab in ihm noch einsame Tümpel, schroffe Felsen und dickes Moos. Wir erwarteten, dass die Heimkehrer darüber in Entzücken geraten, ja dass sie sich womöglich auf den Boden werfen und das Moos und die feuchten Herbstblätter aufwühlen würden. Sie taten nichts dergleichen, sondern standen höflich gelangweilt herum. Dann verlangten sie zurück in die Stadt. Sie wollten das Fernsehprogramm nicht versäumen, die Nachrichten von dort. (Von zu Hause, sagten sie.)

Christine Busta

Wovon träumt der Astronaut auf der Erde?

Dass er wie Löwenzahnsamen fliegt
von Stern zu Stern,
fremde Erze entdeckt
und nie gesehene Steine.

Wovon wird er als Mann im Mond
einst träumen?

Dass er als Sternschnuppe heimfallen darf
und ein Gärtchen wiederfindet,
wo die Bienen die Sonnenblumen
erobern.

Erich Rauschenbach: „Ganz schön peinlich"

Unverhofft kommt oft – Pointierte Texte

Claire Bretécher

BABYSITTER-BLUES

Ach, irgendwas: Wurst, Pommes, russische Gurken.... Hast du Eis?
Oder Marsh-mallows?
Bloß nicht Passions-frucht.
Wieso Fläschchen?
Oh, ich hab vergessen, dass wir morgen 'ne Mathearbeit schreiben.
Ja, schade
Na, Klappt's?
KLAPPT ES ?
Nein, die haben tatsächlich ein Baby.
BRETECHER

Kurljandskij & Chait

Ich bin ein Elefant, Monsieur

Im Wohnzimmer klingelte das Telefon. Der Hausherr nahm den Hörer ab.

„Hallo“, sagte eine unbekannte Stimme, „wir rufen aus dem Zoo an.“

„Ja, ja, ich höre.“

„Lassen Sie Wasser in die Badewanne laufen, wir werden gleich einen Elefanten zum Baden zu ihnen bringen.“

„Was für einen Elefanten?“, fragte der Hausherr erstaunt.

„Einen afrikanischen.“

„Aber weshalb denn zu mir?“

„Weil wir heute im Zoo kein Wasser haben.“

„Er wird aber nicht hineingehen. Es ist eine kleine Wanne, eine Sitzwanne.“

„Macht nichts! Er kann drinnen sitzen, er ist ja dressiert!“

„Na schön, was kann man da machen? Bringen Sie ihn her!“

„Sofort!“, rief erfreut die Stimme im Hörer. „Wir wollen ihm nur noch das Zaumzeug anlegen.“

„Entschuldigen Sie“, fragte der Hausherr von neuem. „Was für Wasser soll ich einlaufen lassen? Heißes oder kaltes?“

„Heißes! Damit er sich so fühlt wie in Afrika.“

„Na gut, dann gehe ich!“

„Wohin?“

„Na, Wasser in die Wanne laufen lassen!“

Es trat eine Pause ein.

„Und du hast das wirklich geglaubt?“, fragte die Stimme.

„Was geglaubt?“

„Na, das mit dem Elefanten!“

„Natürlich, wieso denn nicht?“

„Du bist ein verschrobener Kerl, ich hab’ das doch nur zum Spaß gesagt.“

„Das heißt, ihr werdet ihn nicht bringen?“

„Natürlich nicht! Wo soll ich denn einen Elefanten hernehmen?“

„Aber Sie arbeiten doch im Zoo?“

„In was für einem Zoo? Das war doch nur ein Spaß.“

„Das versteh’ ich nicht“, sagte der Hausherr. „Sie haben sich’s wohl anders überlegt?“

„Wer hat sich was überlegt? Ich habe überhaupt nichts überlegt!“

„Weshalb haben Sie dann angerufen?“

„Herrgott, habe ich doch schon gesagt: einfach nur so aus Spaß.“

„Und was ist da schon spaßhaft?“

„Na, überlege doch mal! Kann man überhaupt einen Elefanten in eine Wohnung bringen? Er kann doch unmöglich die Treppe hinauf . . .“

„Wir haben doch hier einen Fahrstuhl!“

„Ein solches Ungeheuer kann kein Fahrstuhl hoch kriegen.“

„Wir hätten es in zwei Fahrten machen können!“

„Ach hör auf", sagte die Stimme, „willst *du* mich nun verkohlen? Ich weiß doch, dass du das nicht geglaubt hast."
„Weshalb denn nicht? Natürlich glaube ich das!"
„Elefanten werden nur im Zoo gebadet."
„Aber ihr habt doch heute kein Wasser?"
„Hör zu", sagte die Stimme beleidigt, „was hab' ich dir getan? Ich habe ja nur angerufen um einen Spaß zu machen."
„Und woher haben Sie meine Telefonnummer?"
Im Hörer kam plötzlich das Besetztzeichen.
„Hallo, wir sind unterbrochen worden", sagte der Hausherr, aber der andere meldete sich nicht mehr. Er griff zum Telefonbuch, fand die Nummer des Zoos und wählte sie. „Hören Sie zu", sagte er, „mir ist es immer noch nicht klar. Wie wird es nun mit dem Elefanten werden?"

Elefanten Press ®

Karl Valentin

Der Zufall

Valentin: Denkens Ihnen nur, wir haben gestern einen Zufall erlebt. Ich und der Anderl gehen in der Kaufinger Straße und reden grad so von einem Radfahrer – im selben Moment, wo wir von dem Radfahrer sprechen, kommt zufälligerweise grad einer daher.
Kapellmeister: Ja – weiter?
Valentin: Was weiter?
Kapellmeister: Wo ist denn da der Zufall?
Valentin: Ich sag, mir haben von einem Radfahrer gesprochen – und im selben Moment, wo mir von dem Radfahrer gredt habn, is grad einer daherkomma!
Kapellmeister: Ja – und was war mit dem Radfahrer? Was hat denn der getan?
Valentin: Nichts! – Weitergfahrn is er.
Kapellmeister: Also, das ist doch kein Zufall mit dem Radfahrer da! – Das ist überhaupt nix! – Gar nichts!
Valentin: Sie ham halt a andre Weltanschauung.
Kapellmeister: Das ist doch kein Zufall, wenn da in der Kaufinger Straßn a Radfahrer daherkommt! – Da fahrn ja im Tag tausend Radfahrer umanander!

Valentin: Nein, einer is bloß komma! Dann wärs ja kein Zufall, wenn man von einem redt und tausend kommen daher.

Kapellmeister: Auf einmal kommens natürlich nicht, ich meine, da kommt fast alle Meter wieder a anderer Radfahrer daher!

Valentin: Ja, aber net, wenn man davon redt!

Kapellmeister: Der Radfahrer wär auch gekommen, wenn Sie nicht von ihm gredt hätten.

Valentin: Das weiß ich nicht.

Kapellmeister: Ach, da hätten Sie schon von was ganz anderem reden sollen.

Valentin: Wir haben aber von nix anderm gredt!

Kapellmeister: Das weiß ich schon – ich mein nur, wenn Sie zum Beispiel von einem Flieger gesprochen hätten –

Valentin: Ham ma net! – Mir ham von einem Radfahrer gredt!

Kapellmeister: Das weiß ich ja – ich mein, wenn Sie von einem Flieger gesprochen hätten! – Und im selben Moment wär da oben einer dahergekommen, dann wärs eher ein Zufall gwesn!

Valentin: Ja – naufgschaut ham ja mir net!

Kapellmeister: Aber ich mein doch nur – wenn Sie statt von dem Radfahrer von einem Flieger gesprochen hätten!

Valentin: Wieso? – Wie kann ich denn von einem Flieger sprechen, wenn ich von einem Radfahrer sprech?

Kapellmeister: Ich mein eben – grad so gut, wie Sie von einem Radfahrer gredt habn, hättens auch von einem Flieger sprechen können!

Valentin: Ausgeschlossen!

Kapellmeister: Ja haben Sie denn noch nie in Ihrem Leben von einem Flieger gesprochen?

Valentin: Schon oft – aber da nicht – da habn mir nur von einem Radfahrer gredt!

Kapellmeister: Jetzt lassens mir mei Ruh, ich will nichts mehr hören von Ihnen!

Valentin: Also morgen gehn wir wieder spazieren – dann reden wir von einem Flieger – aber wehe! – wenn dann a Radfahrer daherkommt!

Katharina Seidel

Die Arche

Nachdem der Regen vierzig Tage und Nächte lang aus allen Schleusen des Himmels hervorgebrochen war und die Flut fünfzehn Ellen hoch über den Bergen stand, betrachtete Noah aus dem Kippfenster der Arche wohlgefällig sein Werk. „Fürchtet euch nicht“, sagte er zu den Tieren, den Männchen und Weibchen, die ihn bewundernd umdrängten, „was der Mensch konstruiert, hält allen Fährnissen stand.“
Doch tief im Bauch der Arche bohrte sich indessen das Holzwurmpaar, Männchen und Weibchen, beharrlich und gefräßig durch die Holzverschalung. Denn auch sie hatte Gott in das neue Zeitalter hinübergerettet.

Peter Bichsel

Wenn wir Löwen wären ...

Als die Gazellen von den Löwen Mitbestimmung forderten, waren die Löwen dagegen. „Es kommt noch so weit, dass die Gazellen bestimmen, wen wir fressen“, sagten die Löwen. Sie beriefen sich auf eine unverdächtige Studie des WWF* und sprachen von Wildpartnerschaft bei klarer Kompetenztrennung: Fressen auf der einen Seite, Gefressenwerden auf der anderen Seite. „Denn“, so sagten sie, „es liegt doch auf der Hand, dass einer nicht zugleich etwas von Gefressenwerden und vom Fressen versteht. Und der Entscheid, jemanden zu fressen, muss schnell und unabhängig gefasst werden können.“
Das leuchtete denn auch den Gazellen ein. „Eigentlich haben sie Recht“, sagte eine Gazelle, „denn schließlich fressen wir ja auch.“ – „Aber nur Gras“, sagte eine andere Gazelle. „Ja, schon“, sagte die erste, „aber nur weil wir Gazellen sind. Wenn wir Löwen wären, würden wir auch Gazellen fressen.“
„Richtig“, sagten die Löwen.

Wolfdietrich Schnurre

Politik

Eine Gans war über Nacht auf dem Eis festgefroren. Das sah der Fuchs und er schlich, sich die Schnauze leckend, hinüber. Dicht vor ihr jedoch brach er ein und es blieb ihm nichts weiter übrig, als sich schwimmend über Wasser zu halten. „Weißt du was“, schnaufte er schließlich: „Begraben wir unsere Feindschaft, vertragen wir uns.“ Die Gans zuckte die Schulter. „Kommt darauf an.“
„Ja, aber worauf denn!“, keuchte der Fuchs.
„Ob's taut oder friert“, sagte die Gans.

Erwin Strittmatter

Das Storchentreiben

Vor dem Fenster meiner Arbeitsstube weiden, vom elektrischen Hirten bewacht, die Jungrinder der Genossenschaft. An einem Sommermorgen erwachte ich und hörte sie merkwürdig grunzen, und gleich darauf stampften wohl an zweihundert Kuhbeine im Galopp über die Weide. Dann wurde es still, aber nach einer Weile begann das Hörspiel von neuem und ich ging ans Fenster um mir den Kuhzirkus anzusehen: Der Dorfstorch schien auf der Weide ein Gastspiel als Clown zu geben. Er stakte durchs Gras und paradierte aufreizend vor den Kühen, bis eine Kuh grunzte und auf ihn zupreschte. Sogleich grunzten auch die anderen Jungrinder und stampften los. Eine Sekunde sah es gefährlich für den Storch aus, doch der Storch schien seinen Augenblick zu kennen, er breitete die Flügel aus, brachte sich vor den Rinderklauen in Sicherheit, erhob sich über die Köpfe der glotzenden Kühe und ließ sich seitwärts wieder nieder. Ich hatte den Storch bis zu jenem Morgen für einen ernsthaften Vogel gehalten und seine Clownerie passte gar nicht in meine Vorstellung von ihm. Hunde reizen Katzen zuweilen zu Eskapaden, aber ein Storch, der aus Übermut Kühe reizte, war mir noch nicht begegnet.

Der Morgenwind blies herauf. Ich nahm das Frösteln in Kauf und bei der fünften oder sechsten Kuhattacke kam mein Forscherdrang auf seine Rechnung: Ich bemerkte, dass der Storch, als die Kühe bedrohlich auf ihn zu rückten, mehrmals rasch mit dem Schnabel in die Wiese stieß. Durch den Kuhgalopp sprangen Frösche auf und suchten sich in Sicherheit zu bringen. Sie hüpften vor den Rindern her und der Storch kassierte sie. Vielleicht erntete er dabei auch Mäuse, die beim Kuhsturm ihr Loch nicht rasch genug erreichten.

Damit stellte sich meine Vorstellung von der Würde eines Storches wieder her; denn seine Possen hatten einen ökonomischen Hintergrund, und das beruhigte mich, obwohl ich's selbst gar nicht liebe, wenn die Ökonomen* meine Possen auf den Nutzeffekt hin untersuchen.

Erich Kästner

Der Handstand auf der Loreley

Die Loreley, bekannt als Fee und Felsen,
ist jener Fleck am Rhein, nicht weit von Bingen,
wo früher Schiffer mit verdrehten Hälsen,
von blonden Haaren schwärmend, untergingen.

Wir wandeln uns. Die Schiffer inbegriffen.
Der Rhein ist reguliert und eingedämmt.
Die Zeit vergeht. Man stirbt nicht mehr beim Schiffen,
bloß weil ein blondes Weib sich dauernd kämmt.

Nichtsdestotrotz geschieht auch heutzutage
noch manches, was der Steinzeit ähnlich sieht.
So alt ist keine deutsche Heldensage,
dass sie nicht doch noch Helden nach sich zieht.

Erst neulich machte auf der Loreley
hoch überm Rhein ein Turner einen Handstand!
Von allen Dampfern tönte Angstgeschrei,
als er kopfüber oben auf der Wand stand.

Er stand, als ob er auf dem Barren stünde.
Mit hohlem Kreuz. Und lustbetonten Zügen.
Man fragte nicht: Was hatte er für Gründe?
Er war ein Held. Das dürfte wohl genügen.

Er stand, verkehrt, im Abendsonnenscheine.
Da trübte Wehmut seinen Turnerblick.
Er dachte an die Loreley von Heine.
Und stürzte ab. Und brach sich das Genick.

Er starb als Held. Man muss ihn nicht beweinen.
Sein Handstand war vom Schicksal überstrahlt.
Ein Augenblick mit zwei gehobenen Beinen
ist nicht zu teuer mit dem Tod bezahlt!

PS: Eins wäre allerdings noch nachzutragen:
Der Turner hinterließ uns Frau und Kind.
Hinwiederum, man soll sie nicht beklagen.
Weil im Bezirk der Helden und der Sagen
die Überlebenden nicht wichtig sind.

Friedrich Schiller

Der Handschuh

Vor seinem Löwengarten,
Das Kampfspiel zu erwarten,
Saß König Franz
Und um ihn die Großen der Krone
Und rings auf hohem Balkone
Die Damen in schönem Kranz.

Und wie er winkt mit dem Finger,
Auf tut sich der weite Zwinger
Und hinein mit bedächtigem Schritt
Ein Löwe tritt
Und sieht sich stumm
Rings um,
Mit langem Gähnen,
Und schüttelt die Mähnen
Und streckt die Glieder
Und legt sich nieder.

Und der König winkt wieder;
Da öffnet sich behänd
Ein zweites Tor,
Daraus rennt
Mit wildem Sprunge
Ein Tiger hervor.
Wie der den Löwen erschaut,
Brüllt er laut,
Schlägt mit dem Schweif
Einen furchtbaren Reif
Und recket die Zunge,
Und im Kreise scheu
Umgeht er den Leu,
Grimmig schnurrend,
Drauf streckt er sich murrend
Zur Seite nieder.

Und der König winkt wieder;
Da speit das doppelt geöffnete Haus
Zwei Leoparden auf einmal aus,
Die stürzen mit mutiger Kampfbegier
Auf das Tigertier;
Das packt sie mit seinen grimmigen Tatzen

Und der Leu mit Gebrüll
Richtet sich auf – da wird's still.
Und herum im Kreis,
Von Mordsucht heiß,
Lagern sich die gräulichen Katzen.

Da fällt von des Altans* Rand
Ein Handschuh von schöner Hand
Zwischen den Tiger und den Leun
Mitten hinein.

Und zu Ritter Delorges spottenderweis
Wendet sich Fräulein Kundigund:
„Herr Ritter, ist Eure Lieb so heiß,
Wie Ihr mir's schwört zu jeder Stund,
Ei, so hebt mir den Handschuh auf!"

Und der Ritter in schnellem Lauf
Steigt hinab in den furchtbarn Zwinger
Mit festem Schritte
Und aus der Ungeheuer Mitte
Nimmt er den Handschuh mit keckem Finger.

Und mit Erstaunen und mit Grauen
Sehen's die Ritter und Edelfrauen.
Und gelassen bringt er den Handschuh zurück.
Da schallt ihm sein Lob aus jedem Munde;
Aber mit zärtlichem Liebesblick –
Er verheißt ihm sein nahes Glück –
Empfängt ihn Fräulein Kunigunde.
Und er wirft ihr den Handschuh ins Gesicht:
„Den Dank, Dame, begehr ich nicht!"
Und verlässt sie zur selben Stunde.

Johann Peter Hebel

Ist der Mensch ein wunderliches Geschöpf

Einem König von Frankreich wurde durch seinen Kammerdiener der Name eines Mannes genannt, der das fünfundsiebzigste Jahr zurückgelegt habe und noch nie aus Paris herausgekommen sei. Er wisse noch auf diese Stunde nicht anders als vom Hörensagen, was eine Landstraße sei oder ein Ackerfeld oder der Frühling. Man könnte ihm weismachen, die Welt sei schon vor zwanzig Jahren untergegangen. Er müsse es glauben. – Der König fragte, ob denn der Mann kränklich oder gebrechlich sei. „Nein“, sagte der Kammerdiener, „er ist so gesund wie der Fisch im Wasser.“ Oder ob er trübsinnig sei. „Nein, es ist ihm so wohl wie dem Vogel im Hanfsamen.“ Oder ob er durch seiner Hände Arbeit eine zahlreiche Familie zu ernähren habe. „Nein, er ist ein wohlhabender Mann. Er mag eben nicht. Es nimmt ihn nicht wunder.“ Des verwunderte sich der König und wünschte diesen Menschen zu sehen.

Der Wunsch eines Königs von Frankreich ist bald erfüllt, zwar auch nicht jeder, aber dieser, und der König redete mit dem Menschen von allerlei, ob er schon lange gesund und wohlauf sei. „Ja, Sire“, erwiderte er, „allbereits fünfundsiebzig Jahre.“ Ob er in Paris geboren sei. „Ja, Sire! Es müsse kurios zugegangen sein, wie ich anderst hineingekommen wäre, denn ich bin noch nie draußen gewesen.“ – „Das soll mich doch wundernehmen“, erwiderte der König. „Denn eben deswegen hab’ ich Euch rufen lassen. Ich höre, dass Ihr allerlei verdächtige Gänge macht, bald zu diesem Tor hinaus, bald zu jenem. Wisst Ihr, dass man schon lange auf Euch Achtung gibt?“ Der Mann war über diesen Vorwurf ganz erstaunt und wollte sich entschuldigen. Das müsse ein anderer sein, der seinen Namen führe, oder so. Aber der König fiel ihm in die Rede: „Kein Wort mehr. Ich hoffe, Ihr werdet in Zukunft nicht mehr aus der Stadt gehen ohne meine ausdrückliche Erlaubnis.“

Ein rechter Pariser, wenn ihm der König etwas befiehlt, denkt nicht lange, ob es notwendig sei und ob es nicht auch anderst ebenso gut sein könnte, sondern er tut’s. Der Unsrige war ein rechter; obgleich als auf seinem Heimweg die Postkutsche vor ihm vorbeifuhr, dachte er: „O ihr Glücklichen da drinnen, dass ihr aus Paris hinaus dürft!“

Als er nach Hause kam, las er die Zeitung wie alle Tage. Aber diesmal fand er nicht viel drin. Er schaute zum Fenster hinaus, das war auf einmal so langweilig. Er las in einem Buch, das war auf einmal so einfältig. Er ging spazieren, er ging in die Komödie, in das Wirtshaus, das war so alltäglich. So das erste Vierteljahr lang, so das zweite, und mehr als einmal im Gasthaus sagte er zu seinen Nachbarn: „Freunde, es ist ein hartes Wort, fünfundsiebzig Jahre fortwährend in Paris gelebt zu haben und jetzt erst nicht hinaus zu dürfen.“ Endlich im dritten Vierteljahr konnte er’s nimmer aushalten, sondern meldete sich einen Tag um den andern wegen der Erlaubnis: das Wetter sei so hübsch oder es sei heut ein schöner Regentag. Er wolle sich gern auf seine Kosten von einem vertrauten Mann begleiten lassen, wenn’s sein müsse, auch von zweien. Aber vergebens. Nach Verlauf aber eines schmerzlich durchlebten Jahrs; gerade am nämlichen Tag, als er abends nach Hause kam, fragte er mit bösem Gesicht die Frau: „Was ist das für ein neues Kaleschlein* im Hof? Wer will mich zum Besten haben?“ – „Herzensschatz“, antwortete die Frau, „ich habe dich überall suchen lassen. Der König schenkt dir das Kaleschlein und die Erlaubnis darin spazieren zu fahren, wohin du willst.“ – „Ma foi*!“, erwiderte der Mann mit besänftigter Miene. „Der König ist gerecht.“ – „Aber, nicht wahr“, fuhr die Gattin fort, „morgen fahren wir spazieren aufs Land?“

„Ei nun“, erwiderte der Mann kalt und ruhig, „wir wollen sehen. Wenn’s auch morgen nicht ist, so kann’s ein ander Mal sein, und am Ende, was tun wir draußen? Paris ist doch am schönsten inwendig.“

Heinrich von Kleist

Der verlegene Magistrat

Ein H . . . r Stadtsoldat hatte vor nicht gar langer Zeit, ohne Erlaubnis seines Offiziers, die Stadtwache verlassen. Nach einem uralten Gesetz steht auf ein Verbrechen dieser Art, das sonst, der Streifereien des Adels wegen, von großer Wichtigkeit war, eigentlich der Tod. Gleichwohl, ohne das Gesetz mit bestimmten Worten aufzuheben, ist davon seit vielen hundert Jahren kein Gebrauch mehr gemacht worden: dergestalt, dass statt auf die Todesstrafe zu erkennen, derjenige, der sich dessen schuldig macht, nach einem feststehenden Gebrauch zu einer bloßen Geldstrafe, die er an die Stadtkasse zu erlegen hat, verurteilt wird. Der besagte Kerl aber, der keine Lust haben mochte das Geld zu entrichten, erklärte zur großen Bestürzung des Magistrats: dass er, weil es ihm einmal zukomme, dem Gesetz gemäß sterben wolle. Der Magistrat, der ein Missverständnis vermutete, schickte einen Deputierten an den Kerl ab und ließ ihm bedeuten, um wie viel vorteilhafter es für ihn wäre einige Gulden Geld zu erlegen, als arkebusiert* zu werden. Doch der Kerl blieb dabei, dass er seines Lebens müde sei und dass er sterben wolle: dergestalt, dass dem Magistrat, der kein Blut vergießen wollte, nichts übrig blieb als dem Schelm die Geldstrafe zu erlassen und noch froh war, als er erklärte, dass er, bei so bewandten Umständen, am Leben bleiben wolle.

Friedrich Schiller

Katharina von Schwarzburg

Indem ich eine alte Chronik vom sechzehnten Jahrhundert durchblättre, finde ich nachstehende Anekdote, die aus mehr als einer Ursache es verdient der Vergessenheit entrissen zu werden:

Eine deutsche Dame aus einem Hause, das schon ehedem durch Heldenmut geglänzt und dem deutschen Reich einen Kaiser gegeben hat, war es, die den fürchterlichen Herzog von Alba durch ihr entschlossenes Betragen beinahe zum Zittern gebracht hätte.

Als Kaiser Karl V. im Jahr 1547 nach der Schlacht bei Mühlberg auf seinem Zuge nach Franken und Schwaben auch durch Thüringen kam, wirkte die verwitwete Gräfin Katharina von Schwarzburg, eine geborne Fürstin von Henneberg, einen Schutzbrief bei ihm aus, dass ihre Untertanen von der durchziehenden spanischen Armee nichts zu leiden haben sollten. Dagegen verband sie sich, Brot, Bier und andre Lebensmittel gegen billige Bezahlung aus Rudolstadt an die Saalbrücke schaffen zu lassen, um die spanischen Truppen, die dort übersetzen würden, zu versorgen. Doch gebrauchte sie dabei die Vorsicht, die Brücke, welche dicht bei der Stadt war, in der Geschwindigkeit abbrechen und in einer größren Entfernung über das Wasser schlagen zu lassen, damit die allzu große Nähe der Stadt ihre raublustigen Gäste nicht in Versuchung führte. Zugleich wurde den Einwohnern

aller Ortschaften, durch welche der Zug ging, vergönnt ihre besten Habseligkeiten auf das Rudolstädter Schloss zu flüchten.
Mittlerweile näherte sich der spanische General, von Herzog Heinrich von Braunschweig und dessen Söhnen begleitet, der Stadt und bat sich durch einen Boten, den er voranschickte, bei der Gräfin von Schwarzburg auf ein Morgenbrot zu Gaste. Eine so bescheidene Bitte, an der Spitze eines Kriegsheers getan, konnte nicht wohl abgeschlagen werden. Man würde geben, was das Haus vermöchte, war die Antwort; Seine Exzellenz möchten kommen und vorlieb nehmen. Zugleich unterließ man nicht, der Sauvegarde* noch einmal zu gedenken und dem spanischen General die gewissenhafte Beobachtung derselben ans Herz zu legen. Ein freundlicher Empfang und eine gut besetzte Tafel erwarten den Herzog auf dem Schlosse. Er muss gestehen, dass die thüringischen Damen eine sehr gute Küche führen und auf die Ehre des Gastrechts halten. Noch hat man sich kaum niedergesetzt, als ein Eilbote die Gräfin aus dem Saal ruft. Es wird ihr gemeldet, dass in einigen Dörfern unterwegs die spanischen Soldaten Gewalt gebraucht und den Bauern das Vieh weggetrieben hätten. Katharina war eine Mutter ihres Volks; was dem Ärmsten ihrer Untertanen widerfuhr, war ihr selbst zugestoßen. Aufs Äußerste über diese Wortbrüchigkeit entrüstet, doch von ihrer Geistesgegenwart nicht verlassen, befiehlt sie ihrer ganzen Dienerschaft sich in aller Geschwindigkeit und Stille zu bewaffnen und die Schlosspforten wohl zu verriegeln; sie selbst begibt sich wieder nach dem Saale, wo die Fürsten noch bei Tische sitzen. Hier klagt sie ihnen in den beweglichsten Ausdrücken, was ihr eben hinterbracht worden und wie schlecht man das gegebene Kaiserwort gehalten. Man erwidert ihr mit Lachen, dass dies nun einmal Kriegsbrauch sei und dass bei einem Durchmarsch von Soldaten dergleichen kleine Unfälle nicht zu verhüten stünden.
„Das wollen wir doch sehen“, antwortete sie aufgebracht. „Meinen armen Untertanen muss das Ihrige wieder werden, oder bei Gott!“ – indem sie drohend ihre Stimme anstrengte – „Fürstenblut für Ochsenblut!“ Mit dieser bündigen Erklärung verließ sie das Zimmer, das in wenigen Augenblicken von Bewaffneten erfüllt war, die sich, das Schwert in der Hand, doch mit vieler Ehrerbietigkeit, hinter die Stühle der Fürsten pflanzten und das Frühstück bedienten. Beim Eintritt dieser kampflustigen Schar veränderte Herzog Alba die Farbe; stumm und betreten sah man einander an. Abgeschnitten von der Armee, von einer überlegenen handfesten Menge umgeben, was blieb ihm übrig, als sich in Geduld zu fassen und, auf welche Bedingungen es auch sei, die beleidigte Dame zu versöhnen? Heinrich von Braunschweig fasste sich zuerst und brach in ein lautes Gelächter aus. Er ergriff den vernüftigen Ausweg den ganzen Vorgang ins Lustige zu kehren und hielt der Gräfin eine große Lobrede über ihre landesmütterliche Sorgfalt und den entschlossenen Mut, den sie bewiesen. Er bat sie sich ruhig zu verhalten und nahm es auf sich den Herzog von Alba zu allem, was billig sei, zu vermögen. Auch brachte er es bei dem Letztern wirklich dahin, dass er auf der Stelle einen Befehl an die Armee ausfertigte, das geraubte Vieh den Eigentümern ohne Verzug wieder auszuliefern. Sobald die Gräfin von Schwarzburg der Zurückgabe gewiss war, bedankte sie sich aufs Schönste bei ihren Gästen, die sehr höflich von ihr Abschied nahmen.

Adam und Lisa – Ein Jugendbuch

Über den Inhalt erfahren wir im Klappentext:

Eines Tages sitzt er im Biologieunterricht neben Lisa – Adam, der stottert, aus der Sonderklasse kommt und von den anderen als „Spasti" verhöhnt wird. Doch Lisa, 14 Jahre und Tochter aus gutem Hause, mag seine schüchterne Art, die so ganz anders ist als das Machogehabe der übrigen Jungen.
Adam fasst Vertrauen zu Lisa. Und ihr gegenüber lüftet er auch sein großes Geheimnis: dass er vom Planeten Wega X stammt und mit einem Auftrag auf die Erde geschickt wurde. Natürlich nimmt Lisa ihm diese Geschichte nicht ab. Doch erst nach und nach begreift sie, warum Adam sich damit selbst belügt ...

Über den Autor erfahren wir auf Seite 2:

Myron Levoy wurde in den dreißiger Jahren in New York geboren und wuchs in einem ethnisch* gemischten New Yorker Stadtteil auf. Kindheitserfahrungen aus dieser Zeit fließen in seine Jugendbücher ein.
Zunächst studierte Levoy Ingenieurwissenschaften und arbeitete auf dem Gebiet des Raketenantriebs für die Raumfahrt, bis er sich ganz der Jugendbuchschriftstellerei widmete. In seinen Büchern stehen menschliche Fragen im Vordergrund, wie die Probleme des Erwachsenwerdens, des Zu-sich-selbst-Findens und -Stehens. Es gehört zu Levoys politischem und humanitärem Engagement, dass er aktiv in der amerikanischen Friedensbewegung tätig ist.
Sein Buch „Der gelbe Vogel" wurde 1982 mit dem Deutschen Jugendliteraturpreis ausgezeichnet. Weitere im deutschen Sprachraum publizierte Titel des Autors: „Drei Freunde", „Mr. Mortimers Zauberhut" und „Ein Schatten wie ein Leopard".

Myron Levoy

Adam und Lisa (Ausschnitte)

Lisas merkwürdiger neuer Nebensitzer

Als Adam Bates in Biologie den freien Platz neben mir bekam, riefen drei Leute in der Klasse so laut *O nein!*, dass Adam, Mrs. Felts und der Rest der Klasse es hören konnten. Und meine Freundin Kim Wallach war eine von den dreien. Es war nicht zu fassen. Ich warf ihr einen langen Blick zu und sie kapierte, was ich meinte. Sie wurde puterrot und schaute weg.
Keiner wusste viel über Adam, außer dass er ziemlich sonderbar und ein Einzelgänger war. Er war in einem Sonderkurs – „Sonderschüler" nennt man die Leute da – und dort wahrscheinlich wegen guter Führung oder so was Ähnlichem wie ein Häftling rausgekommen und unserer wunderbaren normalen Bioklasse zugeteilt worden. „Integrativmaßnahmen" heißt das hübsche hässliche Wort, das sie dafür benutzen. „Integrativmaßnahmen" und „Sonderschüler". Was für ein Shit. Ich hab gehört, wie Lehrer diese Wörter benutzen. Und Wörter wie „Förderklasse", die ungefähr dasselbe bedeuten, und „lernbehindert" und „seelisch gestört".

Auf meinen Cousin in Florida passen sie alle gleichzeitig und er ist ein ganz toller Kerl, so dass mich diese Fünfzig-Dollar-Wörter, wie mein Großvater diese superschlauen Ausdrücke immer genannt hat, nicht besonders beeindrucken. Menschen sind Menschen. Wenn ich groß bin, werde ich vielleicht mal eine Studie über diese Kinder machen. *Sonderschüler* von Lisa Daniels. Ich will nämlich im wirklichen Leben – und die Highschool ist ja nicht das wirkliche Leben – Reporterin werden. Genauer gesagt: Bildjournalistin, Fotografin.
Bildjournalisten machen nicht einfach Fotos für Zeitungen. Sie machen eine ganze Reportage über ein bestimmtes Thema, über Drogen zum Beispiel oder über einen Krieg oder über Giftmüll und andere nette Sachen, mit denen die Erwachsenen den Kindern ein gutes Beispiel geben. Ich gebe jeden Pfennig, den ich habe, für Filme, Entwickler, Fixiermittel und Fotopapier aus. Ich entwickle meine Filme in der Dunkelkammer meines Vaters. Als ich ungefähr zehn war, hat er mich zum Fotonarren gemacht, wie er das nennt. Ich glaube, es tut ihm jetzt schon ein bisschen Leid. Er hat nicht gerade begeistert reagiert, als ich einmal in der Dunkelkammer eine ganze Ladung Fixierlösung auf dem Boden verschüttete. Und in letzter Zeit bin ich so oft da drin, dass er seine eigenen Fotos nicht mehr entwickeln kann. Meine Mutter wird auch schon ganz nervös. Es ist nicht des Geldes wegen, das ich fürs Fotografieren ausgebe, oder wegen der Zeit, die ich dafür verwende, sondern es sind die Bilder, die ich mache. Sie findet meine Bilder vulgär; ich meine, irgendwie schmuddelig. Mein Vater denkt genauso. Er redet immer davon, dass man mit einer Kamera *malen* muss. Er erzählt mir, dass man das Licht richtig einfangen muss, die Schatten und die ewige Schönheit der Natur und dieses ganze Blabla. Aber ich finde, dass alte Leute, die auf einer Parkbank sitzen, schön aussehen können. Oder ein zerbeultes Auto, das auf Klötzen aufgebockt ist. Oder Spinnen. Früher habe ich dauernd Spinnen mit einem Makroobjektiv fotografiert. Und Spinneneier. Und tote Insekten in Spinnweben. Und eine Spinne, die ein totes Insekt verspeist – wahrscheinlich als Nachtisch. *Das* finde ich schön: wenn sich Leben und Tod direkt vor einem abspielen.
Aber zurück zu Adam Bates. Bis zu diesem Vormittag hatte ich ihn nur ab und zu mal auf dem Korridor gesehen oder in der Cafeteria zusammen mit anderen Schülern aus der Förderklasse, die sich mit Mrs. Gladdings, ihrer Lehrerin, unterhielten. Jetzt in Bio, wo er neben mir saß, kam er mir schon ein bisschen seltsam vor. Er starrte die ganze Zeit auf seinen Tisch und hatte im Biobuch das falsche Kapitel aufgeschlagen. Und ich muss schon sagen, dass die Sachen, die er anhatte, mächtig verlottert waren. Normalerweise kümmere ich mich nicht darum, was jemand anhat; es fällt mir gar nicht auf. Ich bin ja selber immer ziemlich schlampig angezogen, aber die Flicken, die ich mir auf meine Jeans nähe, sind immer hübsch sauber und bunt. Adams Jeans waren wirklich in einem miserablen Zustand. Eine Tasche hing lose herunter und direkt unter seinem Po hatte er einen Riesenriss. Das machte ihm anscheinend nichts aus.
Adam war wirklich anders als wir anderen. Er war das, was manche *schräg* nennen, und weil er so war, versuchte ich ihn irgendwie zu mögen. Vielleicht, weil ich einen Cousin habe, der so ist, oder weil ich selber ziemlich schräg bin. Jeder in Adams Nähe war auf seinem Sitz ganz nach außen gerutscht, nur ich nicht.

Adam starrte die ganze Zeit auf seinen Tisch, während uns Mrs. Felts verklickerte, wie das Hämoglobin den Sauerstoff in unserem Körper transportiert. Dann sah Adam, dass ich ihn anstarrte, und ich schenkte ihm mein berühmtes Lisa-Daniels-Lächeln, das sogar bellende Hunde zum Schweigen bringt. Er schaute sofort wieder auf seinen Tisch.

Die Geschichte mit dem Hämoglobin wurde immer komplizierter und meine Freundin Kim schaute zu mir herüber und sah, dass ich Adam Bates anschaute. Sie saß zwei Reihen von mir entfernt, aber ich spürte ihren Blick. Sie hatte offensichtlich Zweifel an meinem Geschmack. *Ihr* Geschmack ist anders. Ihr gefallen Jungs wie Russ Nielsen und das ist auch vollkommen okay, wenn man eine Schwäche für Supersportler hat, für richtig harte Machos, die stark sind, wenig reden und einen die ganze Zeit herumschubsen. Immerhin muss ich zugeben, dass solche Typen, bei Licht betrachtet, verdammt gut aussehen.

Adam schaute wieder zu mir herüber. Er wollte vielleicht sehen, ob ich ihn immer noch anstarrte. Und ich starrte ihn immer noch an. Das Lisa-Daniels-Lächeln leuchtete noch einmal auf.

Er machte einen überraschten Eindruck, wirkte fast erschrocken. Sein Mund verzog sich und er beschäftigte sich wieder mit seinem Tisch. Lächelte ihn denn nie jemand an?

Es konnte nicht an meiner überwältigenden Schönheit liegen, dass er so schüchtern reagierte; ich sehe eigentlich eher unauffällig aus. Kim sagt, ich könnte ziemlich attraktiv aussehen, wenn ich dies und das und noch ein bisschen was mit meinen Haaren und meiner Nase anstellen würde. Ich hab's zweimal bei Kim zu Hause probiert und es hat Stunden gedauert. Meine Nase sah immer noch zu sehr nach Nase aus, meine Haare waren immer noch zu struppig, meine Augen standen immer noch zu eng zusammen und obwohl ich mir diesen ganzen Mist ins Gesicht geschmiert hatte, sah ich aus wie eins dieser Mädchen im Kino, die statt leidenschaftlicher Blicke immer nur Gelächter ernten. Ich fand, dass ich meine Zeit besser aufs Fotografieren verwenden sollte.

Adam starrte fast die ganze Stunde lang auf seinen Tisch. Sein Mund stand immer noch offen, er wirkte irgendwie verloren. Traurig. Er wirkte immer einsam und verlassen, auch in der Cafeteria, wenn er mit den anderen aus der Förderklasse zusammen war. Vielleicht war er ja deswegen in der Förderklasse. Vielleicht hatte er Schwierigkeiten Beziehungen mit anderen Leuten aufzunehmen. Oder er hatte wirklich nicht alle Tassen im Schrank. Oder beides zusammen.

Ich habe die schlechte Angewohnheit die Leute immer unter dem Blickwinkel zu betrachten, wie man sie fotografieren könnte. Adam war dünn und drahtig, eigentlich kein muskulöser Typ wie Russ Nielsen, von dem mir Kim neulich erzählt hat, dass er mit Hanteln trainiert. Und Adam war auch nicht so groß. Aber sein Gesicht sah unter den rotblonden Haaren und mit seiner Stupsnase sehr interessant aus. Sehr ausdrucksvoll. Es wäre schön, wenn man die Schüchternheit in diesem Gesicht einfangen könnte, diesen verlorenen Ausdruck.

Er schaute zum dritten Mal zu mir herüber und machte dabei ein schuldbewusstes Gesicht, als wäre es ihm peinlich zu sehen, dass ich sah, dass er herüberschaute. Ganz schön verwickelt. Ich lächelte noch einmal, bewegte mich über den

Gang zu ihm hinüber und flüsterte: „Hallo. Ich bin Lisa Daniels. Hallo. Ich … ich glaube, du hast die falsche Seite aufgeschlagen. Wir sind auf Seite siebenundzwanzig. Bei diesem ganzen Hämoglobinquatsch."

Er schaute auf seine Hände hinunter. „D-das ist mir egal", flüsterte er. „Wir haben kein Hämoglobin. Aber trotzdem d-danke." Er stotterte ganz leicht.

„Ha?", sagte ich. Vielleicht meinte er, dass sie in der Förderklasse nichts über Hämoglobin lernten. „Na ja, aber wir hier nehmen es durch", flüsterte ich.

Er zuckte die Achseln. Dann schaute er mich ganz offen und direkt an, als wollte er herausfinden, ob ich okay war und er mir vertrauen konnte. Seine Augen waren graublau und sehr lebhaft. Überhaupt nicht blöde.

Schließlich flüsterte er: „Du verstehst mich falsch. Es ist nicht wichtig für mich, weil wir da, wo ich herkomme, kein Hämoglobin haben."

Ziemlich komisch. Er zuckte noch einmal die Achseln und ich antwortete auch mit einem Achselzucken. Wie kann man denn ohne Hämoglobin leben? Das war ja sehr interessant.

„Musstest du denn keinen Sauerstoff einatmen, als du klein warst?", flüsterte ich. Schaute Mrs. Felts zu uns herüber? Nein, Gott sei Dank. Sie zeichnete gerade einen Teil des Hämoglobinmoleküls an die Tafel. Aber ein paar aus der Klasse schauten zu uns herüber. Auch Kim.

„N-nein", flüsterte Adam. „Wir hatten nur Wasser, sonst nichts. Wir haben im Wasser gelebt."

„Aber im Wasser ist ja auch Sauerstoff", sagte ich.

„Nicht da, wo ich herkomme. Wir haben eine andere Ch-chemie. Ich hab in der Bibliothek darüber nachgelesen." Er wollte mich wohl auf den Arm nehmen. Das war vielleicht seine Art andere Leute zu verscheißern. Seine Augen hätten ihn fast verraten.

Ich tat so, als meine er das alles ernst. „Ja, wirklich? In der Bibliothek. Gibt's denn da Bücher drüber?"

„Es steht noch in keinem Buch", flüsterte er etwas zu laut. „Sie entdecken das alles gerade erst – den Ort, wo ich herkomme. Aber es steht in den wissenschaftlichen Z-zeitschriften. Ich geh ja die ganze Zeit in die Bibliothek. Ich will sehen, wie weit sie schon gekommen sind …"

„Gehst du heute auch hin?" Ich hatte ihn in der Bibliothek noch nie gesehen. Aber schließlich hab ich mich ja auch noch nie nach ihm umgeschaut.

„Na klar …", flüsterte er. Er hatte die Augen niedergeschlagen und betrachtete wieder seine Hände. „Erzähl aber niemandem, was ich gerade gesagt hab. Niemand weiß etwas davon. Sie würden mich s-sonst auslachen." Er schaute mich wieder ganz direkt und erwartungsvoll an, als warte er auf die richtige Antwort von mir. Sein Mund hatte sich ganz leicht verzogen wie der Mund eines Kindes, das zu Unrecht bestraft worden ist.

„Mach dir deswegen keine Sorgen. Ich werde nichts ver-"

„Lisa und Adam!", rief Mrs. Felts von der Tafel herüber. Ihre Kreide bohrte sich in das Molekül. „Könnt ihr vielleicht mal aufpassen! Ich versuche hier Unterricht zu machen! Du solltest eigentlich wissen, was sich gehört, Lisa! Alle beide solltet ihr das eigentlich wissen! Also, bitte!"

„Ich hab doch n-nichts getan!“, sagte Adam. Er hatte anscheinend Angst bekommen.

„Ich – na gut“, sagte Mrs. Felts, die durch Adams Reaktion ziemlich aus der Fassung gekommen war. „Bitte flüstert nicht mehr während des –“

„Ich hab n-nichts getan! Nein! *Nein!*“ Er saß ganz steif auf seinem Stuhl. Alle drehten sich nach ihm um; man konnte die sprichwörtliche Stecknadel fallen hören, so still war es plötzlich.

Ich kam mir vor, als hätte ich ein Fenster eingeschlagen und als würde Adam das jetzt für mich ausbaden. Es war alles meine Schuld, ich hatte ihm ja diese ganzen blöden Fragen gestellt. Man soll eben keine blöden Spielchen mit Leuten machen, die große Probleme haben.

Mrs. Felts sah aus, als sei ihr plötzlich ein bisschen schlecht geworden. „Du wirst doch gar nicht dafür bestraft –“

„Ich hab n-nichts getan! Ich hab n-nichts getan!“

Ich beugte mich zu Adam hinüber und legte ihm die Hand auf den Arm. „*Pscht.* Es ist doch okay“, flüsterte ich. Die ganze Klasse hat mich wahrscheinlich gehört, so still war es im Zimmer. „Es war alles meine Schuld. Es ist okay. Es ist schon okay …“

Er fing sich ein bisschen und als er sich in seinem Stuhl zurücklehnte, nickte mir Mrs. Felts doch tatsächlich zu, lächelte mich dankbar an und brach damit ihren letzten Rekord: Zuletzt hatte sie elf Tage, sechs Stunden und siebenundzwanzig Minuten lang nicht gelächelt.

Adam starrte einfach weiter seinen Tisch an. Jeder andere, Kim zum Beispiel, hätte an diesem Punkt aufgegeben und sich gedacht, dass man mit jemandem wie Adam Bates nicht Freundschaft schließen kann. Ich glaube, irgendwie ging's mir auch so. Aber er hatte trotz allem etwas, das mich anzog. Er war vielleicht irgendwie komisch, aber es kam mir so vor, als wäre er – wie soll ich das nur ausdrücken – er selber. Ich meine damit, dass Kims Supertyp Russ immer irgendjemand anderen nachmacht: Matt Dillon oder Prince oder den Tarzan aus dem neuesten Tarzanfilm. Irgendwie sagt er immer: Schaut doch mal her! Ich bin hart, cool und einfach toll. Viele von den Jungs kommen mir so vor. Sie haben alle diese Nummer drauf. Wahrscheinlich gefiel mir Adam, weil er nicht so war. Ich mochte ihn, weil er schüchtern war, und ich mochte ihn sogar, weil er manchmal ganz plötzlich so verletzt wirkte. Oder hatte ich einfach nur Mitleid mit ihm? Wo beginnt denn das eine Gefühl und wo hört das andere auf? Ich weiß es nicht, wirklich nicht.

Adam und der Planet Wega X

Ich überredete Kim dazu nach der Schule mit dem Fahrrad mit mir zur Bibliothek zu fahren. Es gab zwei Gründe dafür: Erstens hatte ich gehört, dass am Schwarzen Brett in der Bibliothek eine Ankündigung für einen Fotowettbewerb hing. Und zweitens war Adam in der Bibliothek.

Kim schafft es, sogar auf einem Fahrrad toll auszusehen. Wenn ich auf einem Rad sitze, dann sehe ich aus wie jemand, der Fahrrad fährt und ganz bei der Sache ist. Ganz gleich, was ich gerade tue oder wo ich gerade bin, ich wirke immer ernst und wie jemand, der ganz bei der Sache ist. Vielleicht liegt das daran, dass ich mich immer auf das, was ich gerade mache, konzentriere – den Mund zusammenkneife und die Augenbrauen zusammenziehe –, oder vielleicht liegt es auch daran, dass ich einfach nicht die richtigen Kurven habe. Aber Kim ist wirklich erstaunlich; sie sitzt auf dem Fahrrad wie eine Bauchtänzerin und die Jungs drehen sich um und schauen ihr nach. Das Leben ist ungerecht. [...]

Wir stöberten in der Bibliothek in den Regalen herum, als ich auf einmal Adam sah, der ganz hinten an den Lesetischen saß. Hatte er mich gesehen? Wahrscheinlich nicht. Er las ganz konzentriert in einem riesigen Buch. Ich holte mir eine Biografie über Alfred Stieglitz, einen der großen Fotopioniere, ging lässig zu Adams Tisch und setzte mich auf den Platz ihm gegenüber. Sehr cool und lässig.

Adam bemerkte mich anscheinend immer noch nicht; er war ganz in sein Buch vertieft. Ich versuchte von meinem Platz aus zu sehen, was für ein Buch es war; es sah aus wie ein Lehrbuch über Astronomie, mit Fotos von Sternen und mit Diagrammen und Tabellen. Eins war jedenfalls klar: Entweder er benutzte das Buch als Vorwand, damit er mit offenen Augen schlafen konnte, oder er war sehr viel intelligenter, als die Leute dachten.

Schließlich sah er mich doch und dieser schüchterne Ausdruck huschte wieder über sein Gesicht, wie wenn jemand rot wird ohne wirklich rot zu werden. Es ging mir durch und durch.

„Hallo!“, sagte ich in meinem berühmten Quasselton.

„Ah ... ah ... hallo ...“

„Ich hab gesehen, was du da für ein Buch hast“, sagte ich und beugte mich weit über den Tisch.

„Das ist – das ist ... Ich muss alles lernen, was da drinsteht“, sagte er.

„Oh. Für die Schule?“

„Nein. Für mich selber. Das Buch erklärt, wie man jeden Stern zu jeder Jahreszeit bestimmen kann. Es sind auch Fotos von Sternen drin. Willst du mal sehen?“

„Ja.“

Er blätterte ein bisschen in dem Buch, und an der Art, wie er darin herumblätterte, sah ich, dass er es in- und auswendig kannte. Er zeigte mir eine Seite mit einem Foto von zwei oder drei Dutzend Sternen, von denen einige sehr hell und andere wieder ganz winzige Fünkchen waren. Er zeigte auf den hellsten der Sterne.

„Siehst du! Da. Der da. Das ist Wega; genauer gesagt heißt er Alpha Lyrae. Die Leier. Das ist ein AO-Stern und er ist 26,5 Lichtjahre entfernt. Er hat eine absolute Helligkeit von 0,5. Das heißt, er ist sehr hell.“

Und dieser Stern da war bestimmt nicht das Einzige, was sehr hell war. Adam war alles andere als dumm und dumpf. Warum war er dann in der Sonderklasse? Wahrscheinlich kamen solche Sachen wie die Szene in der Klasse öfter vor und er ging deswegen in die Sonderklasse, oder es hing damit zusammen, dass er die ganze Zeit auf seinen Tisch starrte, statt in seinem Buch zu lesen.

„Das ist interessant“, sagte ich. „Du stehst ja schwer auf Astronomie, was?“

„Ja. Ich les ’ne Menge darüber.“

„Ah ... Kann ich dich mal was fragen? Heute in der Schule – da hast du doch bloß Spaß gemacht mit dieser ganzen Sauerstoffgeschichte, nicht?“

„N-nein. Das stimmt schon, das ist schon so dort, wo ich herkomme."
„Oh, okay. Wo ist denn die Zeitschrift, in der das gestanden hat?"
„Ich k-kann dir nichts mehr sagen. Ich hätte dir überhaupt nichts sagen sollen."
Er schaute auf das Astronomiebuch hinunter. Junge, Junge, er war ganz schön nervös! Ich kam mir irgendwie schuldig vor, als hätte ich ein kleines Kind so in die Enge getrieben, dass es keinen Ausweg mehr hatte und zugeben musste, dass es gelogen hatte.
„Schon gut", sagte ich. „Ich weiß ja, dass du bloß Spaß machst ... Ich bin wahrscheinlich bloß ein bisschen begriffsstutzig. Ich krieg eben nicht immer mit, wenn mich jemand an der Nase herumführt."
Er schaute mich direkt an, so wie er mich in der Schule angeschaut hatte. „Aber ich hab nicht Spaß gemacht."
„Oh, jetzt komm aber. Niemand kann ohne Sauerstoff leben. Wo soll man denn ohne Sauerstoff leben können?"
Dann sagte er lange Zeit kein Wort und ließ sich anscheinend etwas gründlich durch den Kopf gehen. Er schaute auf das Astronomiebuch hinunter und dann schaute er mich wieder an.
„Die einzigen L-leute, die wissen, wo ich herkomme, sind meine Mutter und meine Schwester. Verstehst du das? Die machen sich nämlich nicht über mich lustig ..." Er sagte wieder kein Wort und schaute mich direkt an, als wolle er um etwas betteln. Sein Mund verzog sich wieder genauso wie im Biounterricht.
„Glaubst du denn, dass *ich* mich über dich lustig mache?", fragte ich.
Ich hatte das Gefühl, dass er direkt in mich hineinschauen konnte. Es war nur ein Augenblick, aber es kam mir vor, als dauerte es Minuten. Dann schüttelte er den Kopf. Er schob das Astronomiebuch über den Tisch zu mir herüber und zeigte auf den schwarzen Raum, der den Stern Wega umgab.
„Da k-komm ich her."
„Was?" Junge, Junge. Deshalb bist du also in der Sonderklasse, dachte ich.
„Da draußen ist ein Planet", sagte er. „Das ist mein Planet, Wega X. Ich nenne ihn Wega X, weil ich nicht weiß, wie er wirklich heißt. Er umkreist Wega einmal in achtzehn Jahren. Das hab ich a-ausgerechnet."
Vielleicht wollte er mich immer noch an der Nase herumführen; es kam mir so vor, als würde er alles, was er sagte, gerade jetzt erfinden, während er es erzählte. Aber nein. Ich sah diesen Ausdruck in seinen Augen. Nein, er glaubte wirklich daran.
„Das ist ja alles ganz schwarz", sagte ich. Ich wollte nett zu ihm sein. „Ich seh da überhaupt nichts."
„Das ist ja auch nur ein normales Sternenfoto. Man braucht ein Infrarotgerät, damit man meinen Planeten sehen kann. Schau dir doch das mal an."
Er zog einen Umschlag aus der Tasche; er war vollgestopft mit Ausschnitten aus Zeitungen und Zeitschriften. Adam zog einen ziemlich abgegriffenen Ausschnitt heraus und schob ihn über den Tisch. Es war ein Ausschnitt aus dem *Lake Hills Daily Sentinel*. In dem Artikel stand, dass sich ein Planetensystem um – ja, ganz richtig – die Wega bilde. Das hätten Messungen ergeben, die von einem Messsatelliten aus mit Infrarotgeräten durchgeführt worden seien. Mit normalen Tele-

skopen könne man nichts entdecken, aber durch die Infrarot-Wärmemessungen lasse sich errechnen, was da oben passiere. Trotzdem: Es stand nur da, dass sich Planeten *bildeten.*

Adam schien meine Frage zu ahnen, vielleicht weil ich die Stirn mehr als sonst gerunzelt hatte. „In manchen Dingen irren sie sich“, sagte er, bevor ich ihn noch fragen konnte. „Aber sie k-kommen der Wahrheit immer näher.“

„Welcher Wahrheit?“, fragte ich. Jetzt war *ich* nervös. Er konnte diese ganzen Ausschnitte nicht nur für mich mitgenommen haben; ein paar davon waren schon sehr abgegriffen. Er glaubte wirklich an dieses ganze Zeug. Ich wollte nicht, dass er verrückt war. Er hat eben bloß eine lebhafte Fantasie, dachte ich. Eine blühende Fantasie ... Aber für Kim wäre er einfach nur verrückt gewesen. Für Mama auch. Und für Papa auch.

„Welcher Wahrheit kommen sie immer näher?“, fragte ich noch einmal.

„Dass es da draußen eine andere Zivilisation gibt. Wenn sie nicht so dumm wären, könnten sie jetzt schon Botschaften von Wega X empfangen. Aber sie wissen nicht, wie sie's machen sollen.“

„Okay, wenn du von diesem Planeten Wega X kommst, wie bist du denn hierher gekommen?“ Konnte er jetzt etwas Vernünftiges antworten? Ich wünschte mir irgendwie, dass er *wirklich* von einem anderen Planeten kam und es beweisen konnte. Es war eben einfach so, dass ich ihn immer noch mochte und versuchte, alles irgendwie so zu drehen, dass es normal aussah ... ich tat dasselbe, was meine Tante und mein Onkel bei meinem Cousin versuchten.

Er schob mir noch einen Zeitungsausschnitt herüber. Es war ein Ausschnitt aus der *New York Times*, in dem berichtet wurde, dass die wichtigsten chemischen Substanzen, die für das Leben notwendig sind – Zytosin, Adenin, Thymin, Guanin und Urazil –, in einem Meteoriten gefunden worden waren.

„Siehst du?“, sagte er. „Das ist das Zeug, das die ganze Zeit aus dem Weltraum kommt. Von meinem Planeten und von anderen Planeten, die ganze Zeit. Sie schicken es in Meteoriten herunter. Und in Weltraumnebeln. Und ab und zu schicken sie auch etwas in Raumkapseln herunter. Für eine weiche Landung. Und manchmal sogar Lebewesen wie mich zum Beispiel.“

„Moment mal! Wie kommst du denn plötzlich von Meteoriten auf Raumkapseln?“ Wenigstens versuchte er zu erklären, was los war. Und Leute, die verrückt sind, erklären nie etwas, oder? Hoffentlich nicht, dachte ich.

„Wie kommen denn wohl Thy-thymin und Adenin und diese ganzen Sachen in einen Meteoriten?“

„Ich weiß es nicht. Aber ich hab im Hayden-Planetarium in New York Meteoriten gesehen. Ich hab allerdings nie eine Kapsel gesehen, die aus dem Weltraum zu uns gekommen ist.“

„Ich kann dir eine R-raumkapsel zeigen. Es ist die Kapsel, in der ich als kleines Kind gewesen bin. Sie ist auf dem Hügel gleich bei unserem Haus. Ich hab sie letztes Jahr ausgegraben.“

Das wurde ja immer verrückter. „Okay. Zeig sie mir doch!“ Leg die Karten auf den Tisch oder halt die Klappe, dachte ich.

„Wir können morgen nach der Schule hingehen.“

„Wie wär's denn mit jetzt?", fragte ich. Kim war gerade zu uns rübergekommen und versuchte mitzukriegen, worüber wir uns unterhielten. Gott sei Dank hatte sie nicht die ganze Unterhaltung gehört.
„Es – es geht jetzt nicht. Ich m-muss zu Hause noch was erledigen", sagte Adam.
„Okay, dann also morgen", sagte ich. „Wir treffen uns vor dem Haupteingang der Schule. Punkt halb drei. Okay?"
„Okay."
Worauf ließ ich mich denn da ein? Erwartete ich tatsächlich eine Raumkapsel? Das war doch Wahnsinn im Quadrat. Manchmal komme ich mir vor wie ein Bär, der nur sehr wenig Hirn hat. [...]

Lisa besucht Adam

Am nächsten Tag geht Lisa nach der Schule tatsächlich mit Adam nach Hause. Er wohnt sehr weit vor der Stadt draußen und der Weg geht durch den Wald. Lisa bekommt etwas Angst, doch dann taucht das einsam gelegene Haus auf und Lisa lernt Adams liebenswürdige Mutter und seine muntere kleine Schwester Emily kennen, für die sie sofort Sympathie empfindet. Die Familie wohnt in einem vernachlässigten alten Siedlerhaus mit Lehmfußboden und ohne richtige sanitäre Einrichtungen. Der Vater ist vor einiger Zeit verschwunden und die Familie ist deshalb auf Sozialhilfe angewiesen. Lisa, die aus einem wohlhabenden Elternhaus stammt, sieht alles mit Erstaunen und zugleich Faszination, so dass sie beschließt über das Haus und seine Bewohner eine Fotoreportage für einen Fotowettbewerb in der Bibliothek zu machen. Dann fordert Adam Lisa auf mit ihm zu der Stelle auf den Hügel hinter dem Haus zu gehen, wo die Raumkapsel liege. Adams Mutter reagiert darauf verärgert:

„Oh, *nein!* Adam, du willst ihr doch nicht diesen Schrotthaufen zeigen?"
Adam wurde ganz rot, aber er sprach sehr leise. Wahrscheinlich, damit er nicht explodierte. Ich sah, wie sehr er sich dazu zwingen mußte. „Das ist kein Schrotthaufen, Mama. Du verstehst das nicht."
„Natürlich versteh ich das. Stimmt's, Emily?"
„Komm jetzt, L-lisa. Wir gehn. Kommst du?"
Er war schon zur Tür raus und ich musste irgendwie eine Pirouette drehen um ihm nachzukommen und mich gleichzeitig bei seiner Mutter für den Muffin und alles zu bedanken.
„Nichts zu danken, Mädchen. Du kannst jederzeit wiederkommen. Magst du gern Hähnchen mit süßen Knödeln? Das ist eine meiner Spezialitäten. Ich näh nicht gerne und es macht mir keinen Spaß irgendwas zu reparieren, aber ich koche wahnsinnig gern. Komm doch bald mal zum Abendessen."
„Danke. Vielen Dank." Sie war ja wirklich sehr warmherzig und freundlich, aber ich glaube, ich bin ganz schön zurückgezuckt, als sie mich festhielt und mir einen mächtigen Kuss auf die Backe drückte. Meine Güte. Sie benahm sich ja, als wäre ich ihre Schwiegertochter oder sonstwas.
Im Hinterhof lag auch noch eine ganze Menge altes Zeug: die Überreste eines alten Traktors, eine Rolle Maschendraht, alte Autoreifen, eine Öltonne und ein

Haufen anderes Zeug, von dem ich nicht wusste, was es genau war. Ich hätte gerne ein bisschen in den Sachen herumgestochert, aber Adam marschierte unheimlich schnell auf den Wald zu, der sich hinter der Lichtung, auf der das Haus lag, den Hügel hinaufzog.
„L-lass dich von meiner Mutter nicht ärgern“, sagte Adam, als ich neben ihm war. Ich musste fast laufen um mit ihm Schritt zu halten. „Sie versteht einige Dinge nicht. Sie ist okay.“
„O ja, ich mag sie“, sagte ich.
„Sie ist ja nicht wirklich meine M-mutter, aber sie ist okay.“
Rechts von uns stand eine kleine Holzhütte, die nur eine Tür hatte. „Was ist denn das, Adam?“, fragte ich intelligenterweise.
„Das ist das Klohäuschen. Wir haben kein Klo im Haus.“
Das hätte ich mir ja denken können; jetzt konnte ich es auch riechen. Wie kann man nur so blöd sein. Wahrscheinlich konnte ich mir einfach nicht vorstellen, dass irgendjemand in New Jersey noch Klohäuschen benutzt.
„Oh ja, natürlich“, sagte ich. Ich fing mich wieder, so gut ich konnte. „Es ist sehr hübsch ... äh ... interessant ... äh ...“
Zum ersten Mal bemerkte ich an Adam so etwas wie Humor: „Da drin bin ich daheim, wenn's mir daheim nicht mehr gefällt.“
„Im Winter muss es aber mächtig kalt sein“, sagte ich wie eine coole Fotoreporterin, die sich nur um die harten Fakten kümmert.
„Ja, ganz schön kalt. Aber wir haben fürs Haus vom Sozialamt so ein Trockenklosett bekommen, das irgendwie mit Chemikalien funktioniert. Aber eigentlich wollen sie uns überhaupt raus haben – die Bezirksverwaltung will das. Sie sagen, es sei bei uns unhygienisch und es gebe keine ausreichende Heizung, und sie stänkern noch an einem Haufen anderer Sachen rum. Sie wollen uns in einen Wohnwagenpark abschieben. Aber Mama spielt da nicht mit.“
„Warum denn nicht? Es muss doch ganz schön hart sein so zu leben.“
„Ja. Aber Mama sagt, dass ihre Familie schon seit über zweihundert Jahren hier oben in den Hügeln lebt; schon vor dem Unabhängigkeitskrieg. Und sie sagt, dass wir von hier nicht fortziehen, auch wenn sie die meisten anderen schon weggeekelt haben.“
„Ja, aber es ist bestimmt auch ganz schön hart hier“, sagte ich. Das *musste* meine Bildreportage werden, mein großer Fotoessay; ich hatte ganz das Gefühl, dass es bald keine Leute wie Adams Familie hier oben in den Hügeln mehr geben würde. Sie würden alle für immer verschwinden.
Ich hoffte, er würde mir noch mehr davon erzählen, aber er sagte bloß noch: „Deswegen haben sie mich ja hierher geschickt. Weil es hart ist. D-da lernt man mehr und macht mehr Erfahrungen.“ Er war schon wieder bei seiner Wega-X-Geschichte.
Es war vielleicht am besten, wenn ich wie seine Mutter ganz locker reagierte und mich nicht zu sehr darauf einließ. Wenn es natürlich *wirklich* eine Raumkapsel gab ... Was dann? Wir würden auf jeden Fall sehr schnell ganz berühmt werden. Denn sollte die Geschichte wirklich stimmen, dann wäre ich mit allen meinen Kameras da, bevor irgendjemand anders *Exklusivbericht* auch nur denken könnte!

Die Raumkapsel auf dem Hügel

Wir gingen durch den Wald. Es war ein Kiefernwald und der schmale Weg war ganz weich und federnd von den Nadeln vom letzten Jahr. Die Sonne kam schräg zwischen den Bäumen hindurch, man hörte Vögel zwitschern und roch den Duft der Kiefern – es war alles wie verzaubert, als würde man ein Disney-Märchen betreten.

„Ich k-komm immer gern hier rauf und sitz ganz still da", sagte Adam. „Ich sitz einfach da und hör zu. So was gibt's auf Wega X nicht."

„Auf der Erde gibt's so was auch nicht oft", sagte ich.

Wir waren ungefähr zehn Minuten lang immer bergauf gegangen, als wir zu einer Kuppe kamen. Überall standen Bäume, aber die Kuppe war nicht bewachsen. Wir stiegen hintereinander auf einem steinigen Pfad hinauf. Vom höchsten Punkt aus sah ich Adams Haus und da und dort ein paar andere verstreute Häuser im Wald. Und noch etwas weiter entfernt sah ich die Straße, auf der der Schulbus gekommen war, und dahinter lagen in einem Dunstschleier winzig die Häuser von Lake Hills. Ich versuchte unser Haus zu finden, aber ich schaffte es nicht.

„Tolle Aussicht!", sagte ich. „Fantastisch!"

„Deswegen sind sie wahrscheinlich auch hier gelandet", sagte Adam. „So konnten sie jeden sehen, der sich näherte."

„Wer?", fragte ich, als wüsste ich das nicht schon längst.

„Die Leute, d-die mich hierher gebracht haben. Sie müssen in ihren eigenen Kapseln gekommen sein. Genau wie ich in meiner. Aber sie sind wieder zurückgeflogen."

„Okay, Adam! Leg jetzt die Karten auf den Tisch oder halt die Klappe! Wo ist denn nun diese Raumkapsel?"

Er machte eine Handbewegung, dass ich ihm auf der anderen Seite der Kuppe nach unten folgen solle zu einer Stelle, die nicht so dicht mit Bäumen bewachsen war. Ein paar alte umgestürzte Bäume lehnten ganz verdreht an anderen Bäumen.

„Ich glaube, die Bäume sind von der Druckwelle der Raketen umgestürzt worden", sagte Adam.

„Hm, hm", murmelte ich skeptisch. Immerhin waren die Bäume alle nach außen umgestürzt. Sie sahen aus wie Speichen, die an einer Nabe hängen. Die Nabe war ein großer Haufen aus Kiefernzapfen, abgebrochenen Ästen von Nadelbäumen und Geröll; es erinnerte mich an weggeworfene Weihnachtsbäume. Adam hob die Äste hoch und legte sie auf die Seite. Ich half ihm dabei und nach ein paar Minuten sah ich unter mir etwas Metallisches schimmern. Also war wirklich etwas da unten.

Wir zogen noch mehr Zweige weg und ich sah Teile einer riesigen kupferfarbenen Halbkugel, die aus der Erde ragte. Oben, fast in der Mitte der Halbkugel, war ein Loch. Die Metallkuppel sah wirklich ein bisschen so aus wie die Kapseln, in denen vor einigen Jahren die Astronauten von ihren Mondlandungen wieder auf die Erde zurückkamen. Es überlief mich plötzlich ganz kalt ... War es denn möglich? War an Adams Geschichte vielleicht doch etwas dran?

„Ich hab sie versteckt", sagte Adam und räumte noch mehr Äste auf die Seite. „Ich will nicht, dass jemand außer Mama und Emily sie sieht."

„Na ja, ich seh sie ja auch.“

„Mama, Emily und du.“

Ich war stolz darauf, dass er mir vertraute, und gleichzeitig hatte ich Angst davor, dass er mich lieber mochte als gut war. Ich hatte das Gefühl, ich dürfe nicht zulassen, dass er mich so gerne mochte, außer wenn ich ihn selber sehr gerne mochte, und ich war mir nicht völlig sicher, wie gerne ich ihn mochte. Ich weiß, das klingt ziemlich wirr, aber so war mir eben in diesem Augenblick.

„Das ist ja ein tolles Ding“, sagte ich. Der größte Teil dieser Kugel oder Kapsel steckte immer noch in der Erde. Ein Teil der sichtbaren Oberfläche war von einer grünen Schicht überzogen, als hätte schon der Rostfraß eingesetzt, aber an anderen Stellen war das Metall geputzt und poliert worden; wahrscheinlich von Adam.

„Ich hab sie noch nicht ganz ausgegraben“, sagte Adam. „Sie steckt sehr tief drin.“

„Aber das kann doch auch was ganz anderes sein“, sagte ich unnachgiebig. „Es ist vielleicht – ich weiß nicht – vielleicht bloß ein riesengroßer alter Boiler oder ein Wassertank.“

„Aber warum sollte denn jemand einen Boiler hier oben vergraben? Es wär doch verrückt ihn hier hoch zu schleppen. Außerdem sehen Boiler nicht so aus. Auf unserem Hof liegt ein alter Boiler. Boiler haben eine zylindrische Form. Und das hier ist ganz rund und geschwungen und schön.“

Er hatte Recht. Dagegen war überhaupt nichts zu sagen. Dieses Ding da *war* schön. Die polierten Teile der Oberfläche strahlten in der Sonne wie konvexe Spiegel und die Kapsel war vollkommen rund, wie eine Halbkugel. Ich kam mir da oben im Wald, wo nichts als Bäume und Farn war, vor wie in einem Science-fiction-Film.

„Na ja, es ist ziemlich ungewöhnlich, dass muss ich zugeben“, sagte ich. „Aber das bedeutet noch nicht, dass es eine Raumkapsel ist.“ Ich werfe nicht so schnell das Handtuch.

„Aber es ist eine Raumkapsel“, sagte er. „Es ist mir egal, ob du mir glaubst oder nicht. Ich weiß, was ich weiß. Ich hab doch diese Träume. Sie schicken mir ja nachts immer Träume. Und ich hab geträumt, dass ich hier war, überall um mich herum standen Leute und ich war in der Kapsel drin und ich war noch ganz klein. Hier oben war das. Deswegen bin ich ja letztes Jahr mit Emily heraufgekommen und hab gegraben und dann das da gefunden. Ich schwör’s. Ich hab davon geträumt und dann hab ich es genau da gefunden, wo es in meinem Traum gewesen ist.“

„Junge, Junge“, sagte ich. „Das ist ja wirklich gruselig.“

„Nein. Das ist nur das, was passiert ist.“

Ein paar Wochen davor hatte ich im Fernsehen eine Sendung über ASW gesehen, über außersinnliche Wahrnehmung, und einige Wissenschaftler waren der Ansicht, dass es so etwas vielleicht wirklich gab. Warum sollte also Adam nicht Recht haben, wenn er behauptete, dass die Leute von Wega X durch Träume mit ihm in Verbindung traten? Vielleicht war ja die ganze Geschichte wirklich wahr. Vielleicht würde eines Tages alle Welt sagen: Ja, das war’s! Das war der große

Wendepunkt! Jemand von einem anderen Planeten! Es könnte *das* Ereignis des Jahrhunderts werden. Wenigstens dachte ich das in diesem Augenblick.
Aber mein Verstand sagte mir natürlich, dass das alles Stuss war. Machen wir uns doch nichts vor: Wenn Adam von einem fernen Planeten gekommen wäre, dann sähe er wahrscheinlich wie ein riesiger Pilz aus oder wie eine rosafarbene Raupe, aber doch nicht wie ein Junge, der eigentlich ziemlich gut aussieht.
Trotzdem war *irgendwas* an der Sache dran. Wenn ich diesen Traum gehabt und dann beim Graben eine Kapsel gefunden hätte, dann wäre ich auch in die Bibliothek gegangen und hätte genau wie Adam überall nachgeschlagen um herauszufinden, was los war. Ich hätte eben nur keinen Planeten Wega X erfunden, auf dem es keinen Sauerstoff gab. Ich bin eben ein sehr nüchterner Mensch. Wahrscheinlich hätte ich Mama und Papa gebeten einen Experten kommen zu lassen, der die Kapsel untersucht.
Aber *irgendwas* war an der Sache dran. *Ein* Punkt für Adam. Wenn es keine Raumkapsel war, dann war es auf jeden Fall etwas Ungewöhnliches. Ich war froh. Er war also kein Spinner, sondern hatte wahrscheinlich bloß ein bisschen zu viel Sciencefiction-Zeugs im Kopf. „Ich bin beeindruckt“, sagte ich. „Wirklich. Ich weiß nicht, was das alles zu bedeuten hat, aber ich bin ganz schön beeindruckt. Ich kann dir ja beim Ausgraben helfen, wenn du willst.“
„Das ist nicht einfach. Da liegen große Felsbrocken drauf.“
„Wir können es ja mal versuchen.“
„Ich hab's schon versucht. Es ist verdammt nicht einfach.“
Ich fragte mich, ob er das Ding vielleicht gar nicht wirklich ausgraben wollte. Vielleicht hatte er Angst, seine Geschichte könnte in sich zusammenfallen, je nachdem, was er fand.
„Sag mal, Adam, hast du schon einmal daran gedacht einen Experten kommen zu lassen, vielleicht jemanden von der NASA, damit der sich die Geschichte mal ansieht?“
„Nein! Ich brauche keinen Experten! Wenn die hier anrücken würden, dann wär der ganze Hügel vo-voller Fernsehkameras. Sag niemandem was davon, Lisa! Bitte!“
„Nein, ich sag nichts. Mach dir keine Sorgen.“
Er fing an die Kiefernäste wieder auf die Metallkuppel zu legen und ich half ihm dabei. Es war eigentlich nicht notwendig; ich konnte mir nicht vorstellen, dass irgendjemand die Stelle hier oben finden würde, nicht einmal, wenn sie danach suchten. Ich jedenfalls hätte sie nie gefunden.
Auf dem Rückweg zu seinem Haus berührte Adams Hand ganz leicht meine Hand. Wahrscheinlich ganz zufällig. Aber er zog seine Hand zurück, als hätte er einen elektrischen Schlag bekommen. Ich gab ihm einen Klaps auf die Hand, um ihn ein bisschen zu ärgern. Er zog die Hand zurück und ich gab ihm noch einen Klaps und darauf zog er die Hand ganz weg.
„Auf Wega X f-fassen sich die Leute nicht an“, sagte er. Und ich hatte gedacht, ich würde in Todesgefahr schweben mit ihm allein im Wald.
„Ach, wirklich?“, sagte ich. „Aber auf der Erde X fassen sie sich an!“ Ich gab ihm nochmals einen Klaps auf die Hand. Diesmal zog er sie nicht mehr weg. [...]

„Ich mag dich doch, Adam"

In der folgenden Zeit lernen sich Lisa und Adam immer besser kennen und verbringen viel Zeit zusammen. Lisa mag Adams schüchterne, versponnene Art und Adam fasst mehr und mehr Zutrauen zu Lisa. Daran kann auch ein Besuch Adams in Lisas Elternhaus nichts ändern, bei dem er auf offene Ablehnung durch Lisas Mutter trifft. In manchen Dingen bleibt Adam aber auch für Lisa ein Rätsel: Da ist nicht nur die Sache mit Wega X, sondern z. B. auch die Sache mit den Narben auf seinem Rücken, weshalb er beim Schwimmen und Sonnenbaden nie sein T-Shirt ausziehen will.
Lisa verwirklicht bald darauf ihre Idee von der Fotoreportage über Adams Familie und deren Heim. Dabei kommt es allerdings zu einer ersten tiefen Krise, da Lisa einen Briefbeschwerer entdeckt, den Adam aus der Sammlung von Lisas Mutter mitgenommen und seiner kleinen Schwester geschenkt hat. Als Lisa ihm deswegen Vorhaltungen macht, zieht sich Adam zurück und taucht in den nächsten Tagen auch nicht in der Schule auf. Lisa macht sich daraufhin beunruhigt auf die Suche nach ihm. Hierbei kommt sie mit seiner früheren Lehrerin und auch mit Adams Mutter ins Gespräch. Durch diese erfährt sie die Vorgeschichte Adams: Dieser ist von seinem trunksüchtigen Vater früher oft schwer geprügelt worden und hat sich aus dieser trostlosen Situation durch die Flucht in seine Wega X-Welt zu entziehen versucht. Die „Weltraumkapsel" ist in Wirklichkeit ein Kessel zum Schnapsbrennen, den sein Vater illegal benutzt und dann vergraben hat, als die Polizei auf seine Spur kam.

Ich stieg auf mein Fahrrad, fuhr auf den Weg hinüber, drehte dann, als ich außer Sichtweite war, um und fuhr zur Lichtung hinauf. Weil ich mit dem Fahrrad nicht durch den Wald kam, versteckte ich es an einer Stelle, an der ich es später ganz bestimmt wieder finden konnte. Ich konnte es kaum erwarten Adam wiederzusehen; ich rannte durch kleine Schluchten und über Geröll wie eine Irre. Ich merkte, dass ich lächelte – ich lächelte schon genauso, wie ich lächeln würde, wenn Adam mich sah.
Ja und da war er auch schon, genau da, wo Emily mir gesagt hatte. Er lehnte an einem Baum und las ein Buch. Er schaute hoch und winkte. „G-grüß dich, Lisa!"
Ich hatte erwartet, dass er weinen würde oder sonst was. Aber er weinte nicht und wirkte eigentlich ganz ruhig. Es war fast, als hätte er mich erwartet.
„Grüß dich, Adam", sagte ich ein bisschen misstrauisch.
„Grüß dich. Wie läuft's denn so?"
Wie *läuft's* denn? Es war nicht zu fassen! Er war so fröhlich, als wäre nichts geschehen. Was war denn los?
Dann hörte ich leises Kichern aus einem Gebüsch in der Nähe. Und dann *zwei* kichernde Stimmen. *So* war das also! Emily und ihre Freundin Cathy waren schneller hier gewesen als ich. Und Adam war auf mich vorbereitet.
„Danke, dass du gekommen bist, L-lisa." Er war jetzt ganz ernst. „Danke."
„Du sollst dich doch nicht bei mir bedanken. Hör auf, dich dauernd bei mir zu bedanken."
Dann hörte man in den Büschen eine Stimme:„Gib ihm einen Kuss!"

„Em-Emily! Geh nach Hause! Du auch, Cathy!“

„Nein! Ihr müsst euch zuerst küssen! Los! Bitte!“

Ich schaute Adam an und zuckte mit den Schultern. Er zuckte auch mit den Schultern und wurde rot. Der gute alte Adam – ich kenne niemanden, der so schön rot werden kann.

„Ach, stellen wir uns doch nicht so an!“, sagte ich. „Stürzen wir uns doch ins volle Leben.“ Ich ging zu ihm hinüber und küsste ihn. Es war ein zarter, höflicher Kuss auf die Lippen.

„Jaaaaaa!“, kam es aus dem Gebüsch. Dann rannten Emily und Cathy heraus und warfen sich auf Adam. Er hob sie beide hoch, klemmte sie sich unter den Arm und trug sie zum Weg, der durch den Wald zum Haus hinunterführte. Ich ging hinterher. Adam hatte wirklich viel Kraft. Kein Wunder, dass es früher einmal gebrochene Nasen und ausgeschlagene Zähne gegeben hatte. Er trug die beiden, die wie verrückt lachten, ein Stück den Weg hinunter. Dann ließ er sie auf den Boden plumpsen. „So und jetzt geht bitte heim! Und sagt Mama nicht, dass ich hier oben bin, sonst krieg ich ganz schön was aufs Dach.“

„Noch einen Kuss“, rief Emily. „Nur noch ein einziges kleines Küsschen.“

„Tschüss jetzt, Em-Emily!“

„Ach, komm doch!“

„Emily!“

„Nur ein einziges kleines Küsschen!“

„Komm, das machen wir jetzt noch“, sagte ich. Ich wollte mit ihm alleine sein und es sah ganz so aus, als würden wir sonst Emily und Cathy den ganzen Tag lang am Hals haben. Wir küssten uns noch einmal und diesmal war es ein richtiger Kuss. Die beiden machten noch einmal *jaaaaaa!* und zogen los.

„Hallo, Adam“, sagte ich leise.

„Hallo, L-lisa.“

„Es ist verrückt, dass ich dir das sage, aber du hast mir wirklich gefehlt, Adam. Und ich hab mir Sorgen um dich gemacht. Warum bist du denn nicht in die Schule gekommen?“

„Ich hab einfach k-keine Lust gehabt.“

„Ach … Wegen mir?“

„Ja.“

„Oh.“

„Es tut mir Leid, Lisa. Es tut mir wirklich Leid. Ich nehm nie wieder was weg.“

„Ich hab mich jetzt schon abgeregt. Ich bin älter und klüger geworden, okay? Deine Entschuldigung ist akzeptiert.“

„Wirklich?“

„Ja.“

„Ganz bestimmt?“

„Ja. Ja. Ganz bestimmt.“

„Danke! Lisa? Sind wir jetzt wieder F-freunde?“

„Natürlich.“

„Ist es jetzt wieder so, wie's vorher war?“

„Klar.“

Er legte die Arme um mich, hielt mich fest und drückte mich an sich und wiegte mich ganz leicht hin und her, als wäre ich ein Kind, das sich verlaufen und das er jetzt wieder gefunden hatte. Ich glaube, er weinte ein bisschen, aber das konnte ich nicht sehen.

„Lisa“, sagte er schließlich. „Ich mag dich sehr gerne.“

„Ich mag dich auch sehr gerne. Ich muss die ganze Zeit an dich denken, also *muss* es ja stimmen, dass ich dich gerne mag.“

„Ich ... Ich l-liebe dich.“

O Mann! Hey, Adam. Ich kenn dich doch erst seit ein paar Wochen! Wir bewegten uns auf gefährlichem Boden. Aber es ging mir genauso wie ihm. Und ich konnte nicht sagen, dass es nicht so war, also sagte ich es. „Ich liebe dich auch, Adam. Du blöder Affe.“ Ich konnte einfach nicht glauben, dass ich noch vor zwei Tagen mit ihm Schluss machen wollte. Vielleicht hatte ich die ganze Zeit gewusst, dass ich es nicht tun würde ...

Wir standen da und umarmten uns; es hätte stundenlang so bleiben können. Zwei gegen den Rest der Welt. Wir brauchten nur noch ein paar Geigen. Oder vielleicht ein ganzes Orchester. Ich kann einfach nicht anders: Ich mach mich immer über mich selber lustig, sogar in solchen Augenblicken. Ich verliebte mich – das war doch lächerlich, oder? Nein, falsch! Ich war verliebt und das war ein wahnsinnig tolles Gefühl! Ich glaub, ich war schon die ganze Zeit verliebt gewesen. Die Welt da draußen konnte mich mal gern haben! Ich war verliebt. Und ich fühlte mich wie eine Frau, nicht wie ein Kind, und ich spürte, als wir eng umschlungen dastanden, dass Adam sich wie ein Mann fühlte, und es war mir überhaupt nicht peinlich und ihm war es auch nicht peinlich. Wir standen einfach die ganze Zeit eng umschlungen da. Wir berührten uns sogar ein bisschen, fassten uns ganz vorsichtig an.

Aber alles Gute musste irgendwann einmal zu Ende gehen und ich löste mich ganz langsam und vorsichtig von ihm. Dann schoss mir plötzlich dieser doofe Gedanke durch den Kopf und ich musste laut lachen.

„Was ist denn?“, fragte Adam. „L-lachst du über mich?“

„Nein. Nein. Über etwas, was Kim neulich mal gesagt hat. Man muss sich euch Kerle vom Leib halten – und jetzt halt ich mir *dich* vom Leib. Wir müssen miteinander reden. Über eine ganze Menge Sachen.“

„Okay. Nachher.“

„Nein, jetzt, Adam, wir müssen darüber reden.“

„Okay.“

„Bitte. Komm, wir setzen uns hin.“ Wir setzten uns auf den Boden und Adam wollte wieder die Arme um mich legen. „Nein, so nicht! Ich meine, wir müssen *reden*. Richtig reden und nicht küssen und Luft schnappen und weiterküssen.“

„Okay. Fang du an ...“

„Also gut. Ich hab mich mit deiner Mutter unterhalten, vorhin, auf dem Weg hier herauf. Ich hab gedacht, du wärst zu Hause. Na ja, wir haben uns eine Zeit lang unterhalten, deine Mutter und ich. Über die Schwarzbrennerei, die dein Vater einmal gehabt hat. Und dass du einmal, als du noch klein warst, in die Destillationsanlage reinklettern und irgendwas reparieren musstest. Und darüber, dass

dein Vater und sein Freund später mal dachten, sie könnten erwischt werden, und die ganze Anlage vergruben, zubuddelten."
„Ja, ich weiß schon. Mama hat die Geschichte erfunden."
„*Sie* hat also 'ne Geschichte erfunden!"
„Sie hat Angst, dass ich verrückt bin, und darum hat sie eine Geschichte erfunden. Sie versteht das nicht."
„Jetzt hör mal, Adam. Graben wir doch die Destillationsanlage oder die Kapsel oder was sonst da drin ist einfach aus. Dann sehen wir schon, was los ist."
„Das geht nicht. Da liegen ja ein paar richtige Felsbrocken oben drauf."
„Ist es denn wirklich zu viel verlangt, dass du diese Wega-X-Geschichte aufgeben sollst? Du musst doch *mir* nichts vorspielen. Bitte, Adam, *hör* doch *auf* damit!"
„Ich würde ja damit aufhören ... aber ich kann nicht. Und weil ich nicht damit aufhören kann, muss es doch wahr sein. Und es ist wahr. Ich weiß es. Es ist wie – ich würde doch auch nicht von dir verlangen, dass du sagst, du heißt Jennifer. Oder D-donna. Du heißt ja schließlich Lisa, oder?"
„Du glaubst also, dass es wahr ist – ich will das jetzt genau wissen –, du glaubst also, dass die Geschichte mit Wega X wahr ist, weil du nicht aufhören kannst damit, weil du sie nicht vergessen kannst? Das klingt ja so, als hättest du irgendwelche Drogen genommen."
„Nein, andersrum. Ich kann nicht damit aufhören, weil die Geschichte wahr ist!"
„Gerade hast du aber noch etwas anderes gesagt."
„Aber das hab ich g-gemeint! Aber hör zu! Von jetzt ab rede ich nicht mehr darüber, ich schwör's. Okay? Ich sag kein Wort mehr über Wega X. Okay, Lisa?"
„Na ja, für den Anfang ..." [...]

Ein verhängnisvoller Zwischenfall

Alles scheint gut zu laufen. Adam spricht nicht mehr von Wega X und er verbringt schöne Tage mit Lisa. Dann steht die Eröffnung der Fotoausstellung in der Bibliothek bevor. Lisa ist glücklich, da von ihr eine ganze Serie von Fotos ausgestellt wird, die sie bei Adam zu Hause geschossen hat. Gemeinsam gehen Lisa und Adam zu der Ausstellung:

Wir wollten uns alle Punkt halb vier vor der Bibliothek treffen. Wohlgemerkt: *vor* der Bibliothek, denn wir wollten alle zusammen reingehen, die Künstlerin und ihre Clique. [...]
Um zehn nach drei war ich an der Bibliothek und fuhr mit dem Fahrrad hin und her, bis Kim um fünf vor halb vier ankam. Ich fuhr mit dem Fahrrad hin und her, weil ich sonst einfach in die Bibliothek reingelaufen wäre.
Kim und ich ketteten auf dem Parkplatz unsere Räder zusammen und ich holte meine kleine Minolta aus der Satteltasche. Ich wollte ein paar Fotos davon machen, wie wir uns alle meine Bilder anschauten, und überhaupt ein paar Fotos von der Ausstellung. So läuft das eben: Wenn man so ein richtiger Fotofreak ist, dann fotografiert man sich am Ende dabei, wie man Fotos fotografiert.
„Nervös, Lee Lee?", fragte Kim.
„Kein bisschen", log ich.

„Ach, natürlich bist du nervös. Das seh ich doch. Du kaust immer auf deiner Unterlippe herum, wenn du nervös bist.“

„Ach, das ist doch keine Nervosität. Ich übe nur, damit ich's bei Adam besser kann.“ Wir lachten beide darüber. Es wird immer schlimmer mit mir. Wahrscheinlich dauert es nicht mehr lange und ich schreibe in den Lesenischen der Bibliothek irgendwelche Sprüche an die Wand, *Lisa liebt Adam* und so. Ein paar von den Sprüchen sind ziemlich hart. Mrs. Nicholson und die anderen Leute in der Bibliothek kommen wohl nicht besonders oft in die Lesenischen.

Russ kam an und eine Minute nach ihm kam Adam auf seiner alten Klapperkiste angestrampelt.

„G-grüß euch!“ Er schwang sich elegant von seinem Fahrrad, als es noch ziemlich schnell dahinrollte. Ich sah, dass Russ davon beeindruckt war.

Jetzt war der große Augenblick gekommen. Es war Zeit für den großen Einmarsch: Adam hatte mir den Arm um die Schulter gelegt und Kim und Russ gingen direkt hinter uns für den Fall, dass ich ohnmächtig wurde oder zur Decke hochschwebte.

Es war toll! Die Bibliothek sah aus wie eine Kunstgalerie in New York und die Leute gingen langsam von Foto zu Foto. Ich sah ein paar, die ich von der Schule kannte, und ein paar Erwachsene waren auch da. Das hatte ich nicht erwartet, ich hatte gedacht, um diese Tageszeit wären wir die einzigen Besucher. Die Leute aus der Schule waren wahrscheinlich gekommen, weil sie noch irgendein Referat über Fotografie halten wollten; schließlich war bald Notenschluss. Wir gingen ein Stück weiter und da, *da*, ganz hinten an der Wand hingen ganz groß meine vierzehn Fotos, eines neben dem andern, vierzehn Fotos hintereinander wie ein langer Eisenbahnzug. *Toll!* Und ein paar Frauen standen davor und schauten sich die Bilder an. Das musste ich sehen. Und hören. Was sagten sie denn zu den Bildern? Ich bedeutete Adam und den anderen mit einer Handbewegung, dass wir leise hinübergehen und nichts sagen sollten. Ich baute mich direkt hinter den Frauen auf und hörte zu.

„Wunderbare Arbeit“, sagte eine von ihnen. Ich freute mich wahnsinnig.

„Es ist sehr bewegend ... Oh, schau doch mal, die Frau hier in dem großen alten Sessel vor dem Haus. Was für eine wunderbare, warme Stimmung.“

Das war Adams Mutter in ihrem Sessel. Es war einfach wahnsinnig!

„Ja, und der Junge, der das Mädchen durch die Luft schwingt. Das ist wie ein Gedicht.“

Ja, das ist es! Adam, hast du das gehört? Ich schaute ihn an. Er hatte einen roten Kopf bekommen, aber als er mich sah, lächelte er schüchtern.

Die Frauen gingen weiter. Bleibt doch da! Sagt noch ein paar gute Sachen! Ein paar Jungs kamen herüber und drängten sich nach vorne durch. Ich kannte sie flüchtig von der Schule. Russ gab mir einen kleinen Stoß in die Rippen.

„Gehn wir lieber“, sagte er. „Kommt ...“

Es war zu spät. Ich schreib jetzt hier alles auf, was sie gesagt haben, jedes Wort, an das ich mich erinnere. Ich muss noch sagen, dass sie offensichtlich nicht gemerkt hatten, dass Adam direkt hinter ihnen stand.

„Schau dir mal diese Bruchbude hier an, Mann. Was soll denn das sein?“

„Ja, schau mal! Siehst du den Knülch auf dem Bild da? Das ist doch dieser Spasti von der Schule. In was für einem Scheißhaus der wohnt."

Dieser Blödmann! Ich nahm Adams Hand und drückte sie ganz fest. „Komm, wir gehen. Wir kommen später wieder zurück", sagte ich leise.

„Nein, das macht mir nichts aus! Das macht mir nichts aus! Es ist ja nicht mein Haus", sagte Adam. „Sie haben mich d-da hingeschickt. Das ist eine Prüfung für mich! Eine Prüfung!"

O nein! Jetzt zog er schon wieder diese Planetennummer ab! Diese dumme, blödsinnige Planetennummer!

„Mann, wie kann man denn überhaupt in einer solchen Bruchbude leben? Hey, schau dir mal die Frau in dem kaputten Sessel an. Das ist bestimmt die Mutter von diesem Spasti."

„Sie ist nicht meine Mutter", sagte Adam leise. „Sie haben mich d-da hingeschickt. Nein, das macht mir nichts aus. Das macht mir nichts aus."

Russ schaute mich an. Kim auch. „Wir müssen gehen", sagte ich, drückte Adams Hand noch fester und versuchte ihn wegzuziehen. Er wollte nicht gehen. Wollte er sich denn diesen Mist wirklich anhören?

„So was wie seine Mutter hab ich ja noch nicht gesehen. Wie die schon dasitzt! Die fällt ja gleich aus ihren Klamotten. Mann, ist das 'ne Schlampe!"

Und dann passierte es. Schneller als ich es beschreiben kann. Adam packte den Jungen am Arm und drehte ihn zu sich herum. Im selben Augenblick gab er ihm einen Kinnhaken. Der Junge knallte mit dem Kopf gegen die Wand, rutschte auf den Boden und streifte dabei eins meiner Bilder, das leicht verrutschte.

Ich konnte Adam nicht aufhalten. Russ schaffte es auch nicht. Adam hatte einen Stuhl gepackt und schwang ihn drohend über dem Kopf des Jungen.

„Nein!", rief ich.

Adam schaute mich an und seine Augen waren ganz grau und gefährlich. Er drehte sich zu dem Jungen und seinen Freunden um, die ziemlich schockiert wirkten, und knallte dann den Stuhl gegen die Wand. Er zersprang in drei Teile. Der obere Teil flog durchs Zimmer und prallte von einem Bücherregal ab.

Niemand außer Adam machte eine Bewegung. Er ging nach links und dann nach rechts wie ein Tier, das in die Enge getrieben worden ist, dann schubste er mich zur Seite und rannte stolpernd aus der Bibliothek. Im Laufen stieß er einen erstickten Schrei aus, der nicht sehr laut war und so klang, als würde ihn jemand würgen. „Ahhhh ..."

Alles aus und vorbei?

In den nächsten dreißig Sekunden muss ich ungefähr ein Dutzend Sachen gleichzeitig getan haben. Als Erstes wollte ich hinter Adam herlaufen – aber wenn ich die Situation in der Bibliothek nicht wieder hinbiegen konnte, dann war Adam erledigt! Dann waren *wir* erledigt! Ich spürte und dachte überhaupt nichts mehr und verließ mich nur noch auf meine Nerven. Einige Leute standen jetzt um uns herum. Der Junge auf dem Fußboden schüttelte immer wieder den Kopf; er musste ein paar Sekunden lang bewusstlos gewesen sein. Gut! Er hatte es nicht besser verdient! Aber, mein Gott, was konnte ich denn nur *tun*? [...]

Nun war's wieder mal so weit. Ich war wieder ganz am Anfang. Und Adam hatte mal wieder alle vor den Kopf gestoßen – obwohl ich diesem Blödmann vorhin auch gerne eine gewischt hätte. Aber in einer Bibliothek! Meine Güte! Und Wega X war auch wieder aufgetaucht! Jedes Mal wenn es Schwierigkeiten gibt, gilt für Adam nur eine Devise: Wega X. Wega X oder ein Kinnhaken. Wunderbar!
Er war labil. Das war das Wort, das meine Mutter immer benutzte, wenn sie über meinen Cousin in Florida redete. Labil. Ich mochte meinen Cousin. Ich mochte Adam. Ja. Ich mochte ihn immer noch. Aber ich konnte und wollte nicht dauernd hinter ihm alles wegräumen, was er angerichtet hatte. Das kam überhaupt nicht in Frage!
Fragt mich nicht, was ich vorhatte. Ich wusste es nicht. Ich wusste ja nicht einmal, ob er wieder nach Hause gefahren war. Aber irgendetwas musste ich tun. Also schwang ich mich auf mein Fahrrad und fuhr einfach auf gut Glück zu den Hügeln hinaus. [. . .]

Buchbesprechungen zu „Adam und Lisa"

Aufregende Freundschaft

(bg). „Mein Leben? Was ist denn das schon für ein L-leben? Das da ist mein Leben!", schrie er mich an. „Schau dich nur um hier! Sch-schau doch! Du hast das schließlich alles fotografiert! Du solltest es eigentlich wissen! Jeder in der Bibliothek weiß es nun. Diese Bruchbude hier ist mein Leben! Diese Bruchbude hier! Und du-du kommst her und willst mir was erzählen? Du hast deine schicken Teppiche, deine B-b-briefbeschwerer und deine Videos und deine Seife riecht wie ein Weihnachtsbaum. Und du willst mir was über mein Leben erzählen! Dieser beschissene, kaputte Mülleimer hier ist mein Leben!" „Adam, dein Leben ist das, was in dir steckt, was unter deiner Haut ist. Sonst nichts." – Nicht ohne Probleme läuft die Freundschaft zwischen Adam und Lisa in dem gleichnamigen Buch von Myron Levoy ab. Im Gegenteil, denn Lisas neuer Schulkamerad Adam behauptet außerdem, dass er vom Planeten Wega X stammt. Was also steckt dahinter?

Aus: Wolfsburger Allgemeine vom 3. 7. 87

Eine Jugendfreundschaft

Ich habe mit Adam und Lisa geflucht und geweint. Wer wäre nicht gerne wie Lisa, die mit 14 weiß, was sie will und wo es längs geht, immer die richtigen Fehler macht und außer der pingeligen, zu viel Cocktails trinkenden Mutter einen ganz wundervollen Vater hat. Aber so versteht sich der überaus spannende Roman als Parabel dafür, dass das Leben nicht im Paradies stattfindet, dass es aber Wärme und Freude gibt durch das beharrliche Bemühen umeinander, um den Blick hinter die Fassaden unseres Verhaltens.

Peter Oelker

Aus: Hamburger Rundschau vom 11. 6. 87

Lisas Kampf mit Wega X

Es gibt unter uns sicher mehr Leute, die vom Planeten Wega X abstammen, als wir wissen. Auch wenn für Lisa von Anfang an feststeht, dass Adam nicht daher kommt, wie er behauptet. Trotzdem muss sie zugeben, dass Adams Zuhause für sie tatsächlich eine andere Welt ist. Da muss man nicht wie Lisa eine angehende Fotojournalistin sein, immer auf der Suche nach dem Ungewöhnlichen. Eine halbe Busstunde von der Stadt entfernt lebt Adam mit seiner Mutter und einer kleinen Schwester mitten im Wald in einem alten verkommenen Haus mit Lehmfußboden, einem uralten Holzofen, ohne fließendes Wasser, wie vor hundert Jahren. Es ist von Lisas Zuhause ebenso weit entfernt wie der Planet Wega X von der Erde. Und für das junge Mädchen natürlich ein Glücksfund.

Behutsam, weil sie ihn wirklich mag, führt Lisa ihren Adam aus seiner selbst erfundenen Schutzwelt Wega X heraus in die zwar auch nicht unproblematische, aber doch überschaubare, von Gleichaltrigen und nicht nur verständnislosen Erwachsenen bevölkerte Welt amerikanischer Teenager von heute hinein. Für Lisa, auch eine Einzelgängerin, bedeutet diese Zeit ein wichtiges Stück Selbsterfahrung und bewirkt in vielem eine neue Einstellung. Sie entwickelt nicht nur ein besseres Verständnis für die Probleme ihrer Eltern, sie lernt auch ihre Kraft, ihre Fähigkeiten, ihre Begabung besser einzuschätzen. *Christa Melchinger*

Aus: Frankfurter Allgemeine Zeitung vom 12. 9. 87

Adam und Lisa

Die 14-jährige Lisa ist die Tochter reicher Eltern, selbstbewusst und zielstrebig. Sie fotografiert leidenschaftlich gern und will später einmal Fotografin werden um mit ihren Fotoreportagen soziale Missstände aufzudecken. [...]
Als Adam Lisas vorurteilslose Zuneigung spürt, ist auch er bereit sich zu öffnen. Nach und nach gibt er sein Geheimnis – „das Kindheitstrauma des betrunkenen und prügelnden Vaters" – preis. Natürlich glaubt Lisa von Anfang an nicht daran, dass Adam vom Planeten Wega X abstammt, aber sie erkennt, wie wichtig dieser Traumplanet für ihn ist, denn dorthin kann er sich zurückziehen, wenn er von seiner Umwelt angegriffen und gedemütigt wird.
Lisa, die allen Widerständen zum Trotz unbeirrt zu ihm hält, will ihn aus seiner selbst erfundenen Schutzwelt herausführen und ihm helfen sich in der Wirklichkeit zurechtzufinden. [...]
In dieser Geschichte, die von Lisa erzählt wird, geschieht wenig an äußeren Ereignissen, aber umso mehr „zwischen den Menschen". „Die Stärke des Buches liegt in der fesselnden, differenzierten Darstellung der Gefühlswelt der jugendlichen Helden, die sich nicht nur aus Beziehungskonflikten speist, sondern auch aus der Auseinandersetzung mit der Umwelt." Dem Autor gelingt es, ihr Verhalten verständlich zu machen, und es fällt dem Leser nicht schwer, sich mit ihnen zu identifizieren. Sehr eindringlich und überzeugend wird geschildert, „wie Lisa und Adam zu sich selbst und zueinander finden, wie sie ihre eigenen Gefühle wahrnehmen, aufeinander zugehen und mit den Konflikten, die dabei entstehen, umgehen". *B. Müller-Beyreiss*

Aus: „Was soll ich lesen?", Band VIII/IX Landesarbeitsgemeinschaft Jugend und Literatur Nordrhein-Westfalen e. V.

Wolfgang Mattheuer: Der verwunderte Zeitungsleser

Einblicke – Reporter berichten

„Ich hau' schon gern mal drauf"

Der Alltag einer Lokalredakteurin. Protokolliert von Bruno Schrep

Schreiben bedeutet für sie keine Qual. Sie ringt nur selten um Formulierungen.

Während ihre linke Hand den Kopf stützt, bedient ihre rechte Hand die Tastatur des Textcomputers: klickediklack, klickediklack, klickediklack.

Manchmal hörte das Geräusch plötzlich auf, bleibt die Hand in der Luft hängen – aber niemals lange. Nach kurzer Pause stürzen sich die Finger erneut und, wie es scheint, mit noch größerer Energie auf die Buchstaben: klack, klack, klack, zack.

Auf dem Bildschirm erscheinen Wörter, Sätze, Absätze. Immer mehr, in immer schnellerer Folge. 100 Zeichen, 200 Zeilen, 300 Zeilen, 400 Zeilen – an manchen Tagen sind es noch mehr.

Über die fertigen Berichte setzt die Verfasserin selbst die Schlagzeilen: „Harte Zeiten für reiche Stadt" – „Den Ernstfall geprobt" – „Gemeinsam Kapellchen für den Friedhof bauen". Ihre Artikel zeichnet sie mit den Anfangsbuchstaben ihres Namens. Hinter dem Kürzel „RT." verbirgt sich Regina Theunissen, 33 Jahre alt. Beruf: Lokalredakteurin.

Sie recherchiert und schreibt mitten in der deutschen Provinz: für die *Westerwälder Zeitung*, Redaktion Montabaur. „Die Zeitung fürs Leben" steht auf dem Schild an der Eingangstür.

Das Blatt, eine Nebenausgabe der Koblenzer *Rhein-Zeitung*, erscheint jeden Werktag in 192 Gemeinden. Rund 30 000 Westerwälder haben die Heimatzeitung abonniert.

Mit Berichten und Fotos über Hochzeiten und Verkehrsunfälle, Vereine und Parteien, Kommunalpolitiker und Kleintierzüchter müssen die acht Redakteure täglich bis zu zehn Lokalseiten füllen. Trotz Termindrucks und ständiger Hetze gibt es weder ungeleerte Aschenbecher noch von Papieren überquellende Schreibtische oder cholerisch brüllende Chefredakteure.

Die Redaktion wirkt eher steril: Blaugrauer Teppichboden und hell getünchte Wände bilden die Kulisse für die Zeitungstechnik der Gegenwart. Auf allen Tischen stehen Computer, mit deren Hilfe Texte und Fotos zu kompletten Seiten montiert werden. „Blattmachen" nennen die Mitarbeiter das tägliche Basteln am Bildschirm. Die Redakteure, Männer und Frauen zwischen 27 und 35 Jahren, wechseln sich zwischen Recherchieren und Schreiben einerseits und dem Innendienst am Computer andererseits ab. Fast alle duzen sich.

„Weiß jemand, wo die Regina steckt?", fragt der stellvertretende Redaktionsleiter durch den Flur. „Ich glaube, die wollte noch raus nach Wirges", ruft eine Sektretärin zurück.

„RT." ist häufig unterwegs.

Mit ihrem BMW, Baujahr 1988, hastet sie auf den Landstraßen des Westerwaldes von Termin zu Termin. Von Siershahn nach Selters, von dort nach Freilingen – die Lokalredakteurin kennt jede Kurve.

Wenn sie während der Fahrt noch mit einer Hand nach den Unterlagen für die nächste Veranstaltung sucht, dabei aber nur die Einladung für die übernächste findet, steht sie unter noch schlimmerem Druck als sonst: „Ich muss noch so viel für morgen schreiben."

Das Gespräch mit einem Gewerkschafter in Wirges dauert knapp 30 Minuten. Der Funktionär beklagt den Arbeitsplatzabbau in der Keramikindustrie, in der fast 13 Prozent aller Westerwälder arbeiten.

Regina Theunissen notiert sich ein paar Stichworte, stürzt zwei Tassen Kaffee hinunter, verabschiedet sich schnell. Sie kennt den Mann und sie kennt die Problematik. Die Arbeitslosigkeit in der Region hat sieben Prozent bereits überstiegen. Eine Stunde später ist der Artikel fertig: „IG Chemie: Bei Stellen von Aufschwung keine Spur“.

Auf ihrem Kalender stehen noch zwei Termine. Um 17.30 Uhr leisten frisch eingezogene Bundeswehrrekruten auf dem Fußballplatz von Montabaur ihr feierliches Gelöbnis, bei Fackelschein und Tschingderassassa. „Da muss morgen mindestens ein Foto ins Blatt“, drängelt die Redakteurin, als Kollegen die Berichterstattung einen Tag schieben wollen. Sie setzt sich durch.

Um 19.30 Uhr tagt der Stadtrat von Ransbach-Baumbach. Die Vertreterin der *Westerwälder Zeitung* wird hofiert, als Ehrengast behandelt. Der Bürgermeister springt auf, eilt zum Pressetisch um sie per Handschlag zu begrüßen. Die Fraktionschefs kommen ebenfalls beflissen angerannt. „Das gilt meiner Funktion, nicht mir als Person“, sagt die Journalistin. Trotzdem wirkt sie geschmeichelt. [...]

Das Thema der Stadtratssitzung ist wichtig, aber trocken. Der Stadt fehlt Geld, der Bürgermeister muss einen zweiten Nachtragshaushalt vorlegen. „RT.“ verfasste darüber einen ebenso trockenen Bericht, der den Lesern das Zahlenwerk wenig entschlüsselt.

„Eine Pflichtübung, geschrieben zwischen zwei Terminen“, entschuldigt sich die Lokalredakteurin und guckt schon wieder auf den Dienstplan. 11 Uhr: Firmenbesichtigung in Ötzingen. 15 Uhr: Feuerwehrübung in Montabaur. 18 Uhr: Preisverleihung in Höhr-Grenzhausen.

Zeit zum Luftholen, zum Einordnen und Abwägen bleibt wenig. Zu wenig? „Manchmal wünsche ich mir mal einen ganzen Tag, wirklich von morgens bis abends, um ein Thema gründlich zu recherchieren“, sagt Regina Theunissen. [...]

Das Telefon läutet. „RT.“ bekommt einen Tipp: Acht der neun Arbeiter, die bei einem Verkehrsunfall bei Kaiserslautern getötet wurden, waren bei einer Firma aus dem Westerwald beschäftigt: „Ist das sicher? Hat die Geschäftsleitung das bestätigt? Da muss unbedingt noch eine Meldung rein.“

Wieder Telefon, noch ein Hinweis. Die Keramik-Fachschulen in Höhr-Grenzhausen, die ohnehin immer weniger Schüler haben, sollen bei Bonn Konkurrenz bekommen. „Danke, dem gehen wir sofort nach.“

Sie spurtet ins Nebenzimmer, wo zwei Redakteure die nächste Ausgabe planen. „Ich habe einen Aufmacher!“, ruft sie. „Haltet den Platz frei.“ – „Wie lange brauchst du?“ – „Ich muss noch rumtelefonieren.“

Ein Fachmann, den die Journalistin aus einer Sitzung herausholt, hebt am Telefon zu einer umständlichen Erklärung an. „RT.“ unterbricht: „Sie sollen nur zwei Sätze sagen. – Ich will was Konkretes, bitte. – Sie sollen sagen, ob Sie das gut finden oder nicht!“

Während der Antworten rutscht die Reporterin unruhig auf ihrem Stuhl, verdreht die Augen, fährt sich immer wieder mit der linken Hand durch die Haare. „Hm, hm“, murmelt sie ungeduldig in die Muschel, „hm, hm.“ Als endlich ein druckbares Zitat auf ihrem Block steht, seufzt sie erleichtert auf: „Alles klar, mehr wollte ich gar nicht wissen.“ Und legt auf.

Am nächsten Tag finden die Leser neben dem Bericht auch einen Kommentar. In 36 Zeilen, über denen sie ausnahmsweise fast eine halbe Stunde gegrübelt hat, teilt Regina Theunissen, diesmal unter vollem Namen, ihre Sorgen über die Zukunft der Keramikschulen mit. Bereits im ersten Satz lässt sie „Totenglocken läuten", im letzten Hoffnungen „zu Grabe tragen". Zum Schluss fordert sie Politiker, „die sonst so gerne etwas versprechen", dazu auf, sich „mit Vehemenz für den Standort einzusetzen".

„Ich hau' schon gern mal drauf", gesteht die Redakteurin, die pro Woche ein- bis zweimal der Versuchung erliegt schnell und zu den verschiedensten Themen „den eigenen Senf dazuzugeben" – eine Form von Selbstverwirklichung, die es derart unzensiert wohl nur bei Lokalblättern gibt.

Scharf redigiert wird bei der *Westerwälder Zeitung* selten. Zwar lesen die Redaktionsleiter oder die Kollegen alle Artikel gegen. Doch die meisten Texte finden ohne größere Änderungen den Weg ins Blatt, die Kommentare von „RT." bilden da keine Ausnahme.

Wie viele Journalisten kam Regina Theunissen auf Umwegen zum Beruf. Nach der Schule erwog sie Bäuerin zu werden, hätte den Hof der Eltern im Bergischen Land übernehmen können. Nach dem Scheitern dieses Plans spielte die studierte Ernährungswissenschaftlerin zeitweise Ersatzmutter in verwaisten kinderreichen Bauernfamilien. Dann wieder verdiente sie sich ihr Geld als Kellnerin. Ein Bekannter, der ihren Spaß am Journalismus kannte, gab den entscheidenden Rat: Sie solle es doch mal bei der Zeitung versuchen. Ihren ersten Artikel verfasste Regina Theunissen über die Jahreshauptversammlung des Rheinisch-Bergischen Naturschutzvereins. Er erschien, fast ungekürzt, in der Wermelskirchener Ausgabe des *Remscheider General-Anzeigers*.

Der Zauber, die eigenen Formulierungen gedruckt zu sehen, wirkte ebenso wie die Aussicht, oft unterwegs zu sein, täglich andere Menschen kennen zu lernen – und sei es in der kleinen Welt: heute beim Wohltätigkeitsbasar der Landfrauen, morgen bei der Leistungsschau der Karnickelzüchter, übermorgen beim Wettstreit der örtlichen Gesangvereine.

Zunächst tippte Regina Theunissen ihre Berichte zu Hause auf einer alten Schreibmaschine und knipste die Pressefotos selbst. Und obwohl sie anfangs nur 30 Pfennig pro Zeile erhielt, wollte sie schon bald nie mehr etwas anderes machen. Sie schaffte es bei der *Kölnischen Rundschau* einen der begehrten Ausbildungsplätze als Volontärin zu ergattern und arbeitete dann hauptsächlich bei der *Bergischen Landeszeitung*. 1989 bekam sie ihren ersten Redakteursvertrag.

Ihre Lieblingsgeschichten hat sie, wie viele ihrer Kollegen, sorgfältig gesammelt: den Artikel über den alten Mann beispielsweise, der seit Jahrzehnten jede Nacht vor seinem Weltempfänger hockt und den Programmen von fernen Radiosendern lauscht, sich die Wände seiner winzigen Wohnung mit den Briefen von Rundfunkstationen in China, Russland und Südamerika tapeziert hat. Oder den Bericht über den Lehrer, der vom Gymnasium flog, weil er als Kinderverführer verdächtigt wurde. Regina Theunissen schrieb, dass der Verdacht nicht stimmte. Damals noch freie Journalistin, bekam sie für die Enthüllung, die vier Tage Recherche in Anspruch nahm, gerade mal 45 Mark. Heute, bei der *Westerwälder Zeitung*, verdient sie 6300 Mark brutto.

Lokalredakteurin möchte Regina Theunissen nicht immer bleiben. Irgendwann will sie am überregionalen Teil ihrer Zeitung mitarbeiten, wo über Bundespolitik, Bundesliga, über die weite Welt berichtet wird. Welchen Posten sie dort gern hätte? „RT." denkt kurz nach: „Chefreporter".

Von Gabriela Herpel (Text) und Claudia Kampf (Fotos)

Wenn Natascha in den Sattel steigt, hebt sie ab

Natascha hat ihr Hobby Reiten zum Beruf gemacht. Aber der Weg zum Rennjockey ist hart, besonders für Mädchen

Wieder so ein kalter Morgen auf der Rennbahn. Es ist 5 Uhr und Feiertag. Die Menschen in der Stadt schlafen noch; sie sind am Abend vorher bestimmt tanzen gewesen – Natascha Engel hat um Viertel nach acht im Fernsehen „Hot Shots“ geguckt und ist dann ins Bett gegangen. Davor war sie zum Spargelessen eingeladen bei Mecki, dem Futtermeister. Sie hat den Spargel geschält, Manuela, ihre Mitbewohnerin, die Kartoffeln.

Natascha ist klein und zierlich und blass im Gesicht. Die blonden Haare hat sie zum Pferdeschwanz zusammengebunden. Sie trägt schwarze Jeans und einen schwarzen Rollkragenpullover. So sieht sie fast immer aus, sieben Tage in der Woche. Die Mädchen, die in einem Rennstall in die Lehre gehen um Jockey zu werden, haben keinen freien Tag.

Erst mal ausmisten. 91 Boxen. Die Leute arbeiten still und gründlich – Sauberkeit ist wichtig bei Mäder, einem der größten Rennställe in Deutschland. Natascha hebt schwere Heugabeln mit Mist in die Schubkarre und schleppt große gelbe Strohballen heran. Um 6:10 Uhr ist Frühstückspause. Es gibt Kaffee aus Thermoskannen. Zwanzig Minuten später kommen die ersten Pferde dran: Ihr Fell wird mit Bürsten geputzt und mit weichen Wolltüchern gerieben, dann werden sie gesattelt.

Im grauen Arbeitskittel steht Mecki, der eigentlich Herr Haarmann heißt, im Stall und gibt Anweisungen: wer welches Pferd reitet; welche Pferde geschont werden müssen, weil sie gerade ein Rennen gelaufen sind; welche Pferde hart arbeiten müssen, weil sie bald ein Rennen laufen werden. Dann noch die jungen Pferde, die Zweijährigen, die erst ein paar Wochen unter dem Sattel sind und eingeritten werden. Nataschas Lieblingspferd, die Stute „Madly Noble“, läuft heute nicht. Kein guter Tag für Natascha. Sie kümmert sich um das Pferd, als wäre es ihr eigenes, und reitet es sooft sie kann. Als „Madly Noble“ vor kurzem ein Rennen in Krefeld gewann, wurde Natascha zu ihrem Trainingserfolg beglückwünscht. Sie war mächtig stolz.

Seit fast drei Jahren ist Natascha im Rennstall Mäder in Krefeld. Jeden Tag reitet die 20-Jährige vier Pferde und verrichtet die Arbeit eines starken Mannes. Während andere in ihrem Alter ausgehen, muss sie schlafen um am nächsten Morgen fit zu sein. „Schlaf ist eines der wichtigsten Themen in meinem Leben“, sagt sie. „Manchmal wünsche ich mir schon, abends mal nicht auf die Uhr schauen zu müssen. Aber ich könnte nicht den ganzen Tag in einem Büro sitzen oder in einem Hotel.“

Schon als Kind – Natascha lebte mit ihren Eltern und den vier Geschwistern in Beinheim bei Frankfurt – verbrachte sie ihre Tage im Reitstall. Erst hatte sie ein Pony, dann ein Pferd, zusammen mit ihrer älteren Schwester Jacqueline. Jacqueline hörte auf zu reiten, als sie ihren ersten Freund hatte – und Natascha hängte Pferdebilder über ihr Bett und träumte von einem Beruf mit Pferden. Eines Tages, da war sie fünfzehn, durfte sie auf der Frankfurter Rennbahn einen Trainingsritt machen. Es ging los im Kanter, einem mittelschnellen Galopp. Dann kam ein Spurt. „Ich bin abgeflogen“, sagt sie, „und war richtig berauscht von dem unglaublichen Tempo.“

Von da an war alles klar. Sie bewarb sich bei Mäder, weil sie in einen internationalen und erfolgreichen Stall mit vielen, vielen Pferden wollte. Da rechnete sie sich die größten Chancen aus, routiniert und sicher im Umgang mit den Pferden zu werden und den Rennbetrieb kennen zu lernen, der von Mut und Risiko und Spekulation geprägt ist. Eine harte Zeit für ein zartes Mädchen wie Natascha.

Die meisten Jockeys sind Männer, von denen viele, besonders Engländer und Iren, wie Cowboys leben. Sie packen nach drei Monaten ihre Bündel und ziehen weiter zu einem anderen Stall. Arbeit gibt es in Rennställen immer. Berufsreiter verdienen zwar nur ungefähr 2500 Mark im Monat, aber sie machen Geld, wenn sie Rennen reiten: 85 Mark pro Ritt und fünf Prozent Gewinnbeteiligung. Gute Jockeys reiten neun Rennen an einem Tag, macht achtzehn am Wochenende und mindestens 1500 Mark.

Natascha setzt einen großen Helm auf ihren kleinen Kopf und klettert auf eine braune Stute. Der Sattel, auf dem sie sitzt, ist winzig und leicht; die Bügel, in denen ihre Füße stecken, sind ganz kurz geschnallt. Es nieselt ein bisschen und durch den Hof dröhnt Hufgeklapper, als die fünfzehn Pferde im Schritt hinüber zur Rennbahn gehen. Sie sind nicht besonders groß, aber sehr muskulös. Manche tänzeln nervös, schlagen mit den Hinterbeinen in die Luft. Ihre Nüstern blähen sich weit auf, so dass man das Rote innen drin sehen kann. Nataschas Stute wirkt ruhig. Trotzdem hat das Mädchen die Knie fest am Sattel und ist auf unvorhergesehene Sprünge zur Seite gefasst.

Auf der Bahn wird erst mal getrabt. Die Pferde schnauben – sie strecken und entspannen sich. Dann ruft der erste Reiter ein Kommando und die Pferde springen los. Natascha stellt sich in die Bügel und legt sich mit dem Oberkörper flach auf den Hals. Ihre Hände, die die Zügel halten, sind weit vorgestreckt, fast bis ans Maul des Pferdes. Die Tiere fliegen über den Boden. Durch die Luft hallt das rhythmische Hämmern der Hufe, wie in einem Western, wenn beim Showdown ein Indianerstamm in wildem Galopp über die

Bergkuppe gefegt kommt um die roten Brüder zu rächen.

Nach einer großen Runde um die Rennbahn laufen die Pferde aus. Die Adern auf ihren Hälsen treten hervor, ihre Nüstern sind doppelt so groß wie vorher und sie dampfen in der Feuchtigkeit. Natascha hat rote Backen bekommen und schwitzt unter ihrem Helm. Sie lächelt erschöpft, wirkt aber hübsch und glücklich. So schnell zu reiten ist viel anstrengender als es aussieht. Beine, Arme, Rücken – alles wird mächtig beansprucht, der Atem auch noch aus dem letzten Winkel der Lungenflügel gepresst.

„Wenn ich nicht reiten kann, bin ich unglücklich“, sagt Natascha. Als sie einmal eine Mandelentzündung hatte, durfte sie zwei Wochen lang nicht aufs Pferd. Da ist sie heimlich geritten. Das macht sie auch so sicher den richtigen Weg eingeschlagen zu haben, obwohl sie oft unzufrieden ist – wie ihre Freundin, Mitbewohnerin und Kollegin Manuela, die ihre Lehre schon länger abgeschlossen hat.

Mädchen, da sind sich die Freundinnen einig, haben ganz schön zu leiden im Rennstall Mäder. Schon bei der Einstellung verkündete die Chefin, wie viel lieber sie Jungs gehabt hätte. Mädchen seien sicher besser im Umgang mit Pferden, einfühlsamer, geduldiger. Aber Männer seien härter und würden beim Rennen mitten in die rasenden Pferde reinreiten, ohne Furcht und ohne Rücksicht. Frauen würden sich das nicht trauen. Umso härter werden die Mädchen angepackt: Wenn eine krank ist, heißt es beispielsweise: „Du kannst ja wenigstens runterkommen und die Fenster putzen.“ Und so ein großer Stall hat viele Fenster.

In all den Jahren durften Natascha und Manuela nur fünf Rennen reiten. Eine Freundin, die in einem benachbarten Stall arbeitet, ist in derselben Zeit bei fünfzig Rennen angetreten. „Die Chefin ist so stur. Jungs gewinnen, Mädchen nicht, meint sie. Aber wie sollen wir gewinnen, wenn wir nicht reiten dürfen?“, fragen die Mädchen und machen unglückliche Gesichter. In solchen Momenten weiß Natascha nicht, wie es weitergehen soll. Aber dann gibt sie sich immer einen Tritt und sagt sich still: „Eines Tages werde ich es ihnen zeigen.“ [...]

Wenn sie noch einmal anfangen könnte, würde sie in einen kleineren Stall gehen, sagt Natascha. Weil da weniger Kommen und Gehen ist und man mehr Möglichkeiten hat sich zu beweisen. Mit den Krefeldern ist sie nie so richtig warm geworden, darum will sie jetzt, wo sie ihren Abschluss als „Berufsreiterin, Schwerpunkt Rennen“ hat, zurück nach Frankfurt und im Stall von Dave Richardson arbeiten. Der trainiert nie mehr als vierzig, fünfzig Pferde.

Natascha schaut auf die letzten drei Jahre zurück: Sie hat keine Angst mehr vor Geschwindigkeit oder verrückten Pferden. Sie hat gelernt hart zu arbeiten. Sie hat sieben Kilo an Muskeln zugelegt – als sie nach Krefeld kam, wog sie 42 Kilo, jetzt sind es 49, dabei hat sie immer noch dieselbe Hosengröße. Und sie hat gelernt, wie wichtig es ist zu feiern, denn im Rennstall Mäder wird auf viele Erfolge angestoßen. „Ich freue mich, wenn gefeiert wird“, sagt sie und lacht. „Dann kann ich mal andere Sachen anziehen, mich hübsch machen. Wenn ich als Zuschauer auf die Rennbahn gehe, dann ziehe ich immer ein Kleid an. Ich habe sonst so wenig Gelegenheit dazu.“

Ihr schönstes Abschiedsgeschenk hat Natascha bereits bekommen. Vor wenigen Tagen durfte sie ihr Lieblingspferd „Madly Noble“ in einem Rennen reiten. Sie hat zwar nicht gewonnen. Aber sie sei sehr gut geritten, sagt sogar die Chefin.

Amra auf dem Friedhof von Tuzla mit der Mutter einer Klassenkameradin, die von einer Granate getötet wurde

Einmal Frieden und zurück

SPIEGEL-Redakteurin Bettina Musall über die Heimkehr eines bosnischen Flüchtlingsmädchens

Der kleine Friedhof oberhalb der Tennisplätze liegt auf einem der Hügel, die den Hochhauskessel von Tuzla umschließen. Die Straße hinauf ist asphaltiert, nur auf dem letzten Stück, vom Brunnen bis zum Rand des Waldes, sinkt Amra mit ihren zwölf Zentimeter hohen Plateauschuhen im regenweichen Boden ein.

Das Mädchen hat sich modisch zurechtgemacht, den Minirock des rot karierten Kostüms noch einmal umgeschlagen, die Wimpern getuscht, die Lippen umrandet; im rechten Nasenflügel glänzt ein silberner Ring.

Das Foto auf dem Grabmal zeigt einen sportlichen jungen Mann mit Sonnenbrille und freiem Oberkörper. Amras Cousin Samir war 29 Jahre alt, als ihn eine Granate zerfetzte.

Ein paar Sekunden starrt Amra auf das Bild und auf die Gräberkette, die überladen ist mit grellbunten Stoffblumen. Dann kauert sie auf dem Kies, bis die Steine tiefe Abdrücke auf den Knien hinterlassen, und versucht mit dem Feuerzeug eine der Kerzen anzuzünden. Amra hasst es, die Fassung zu verlieren. „Ich wollte hier nicht her“, sagt sie und weiß wohl selber nicht, was sie meint: den Friedhof oder Tuzla, ihre Heimatstadt, in die das Moslem-Mädchen nach vier Jahren in Deutschland zurückgekehrt ist.

Samir starb am 25. Mai 1995, als zwischen dem Schuhgeschäft Nik und dem Café Kapija eine serbische Granate explodierte: 71 Tote, die meisten waren jung – Durchschnittsalter: 22 Jahre. Damals lebte Amra schon drei Jahre in Hamburg.

An jenem Morgen im April 1992, als die Eltern ihre beiden Töchter in den Bus nach Deutschland setzten, verstand die 14-jährige Amra nicht, warum Mutter, Vater und ihre fünf Jahre ältere Schwester Amila so tränenselig Abschied nahmen. Die Kleine hüpfte

herum, dass ihr lila Elefant beinahe aus dem Rucksack fiel. Noch sechs Wochen bis zu den Sommerferien und jetzt durfte sie schon 14 Tage verreisen.
Freunde hatten den Eltern angeboten, Amra und Amila vorübergehend aufzunehmen. Länger als zwei Wochen, das hatten die Erwachsenen versprochen, würde der Krieg nicht dauern – einmal Frieden und zurück.
„Niemand rechnete damit, dass es vier Jahre werden könnten", sagt Meša Spahić, Metallarbeiter in Hamburg-Wilhelmsburg, bei dem die Mädchen die ersten sieben Monate wohnten. Dreimal sind sie umgezogen. Zuletzt teilten sich die Schwestern ein 18-Quadratmeter-Zimmer ohne Bad.
Vier Jahre sind eine verdammt lange Zeit für jemanden, der 14 ist. Als Amra begreift, dass der Rückweg versperrt ist, futtert sie sich einen Panzer aus Trotz und Babyspeck an. Sie reißt aus, treibt sich herum. Wenn die ältere Schwester sich Sorgen macht, brüllt sie: „Ihr habt mich schließlich hierher gebracht."
Amra soll in Hamburg Abitur machen. Nach einem Jahr spricht sie fließend Deutsch. „Sie ist intelligent", sagt ein Lehrer, der sie unterrichtet hat. „Sie hat Kraft und Lebenslust." Aber keine Lust auf Schule, wie die meisten ihrer Altersgenossen. Bloß weiß sie die bessere Ausrede für ihre Trägheit: den Krieg.
Es ist niemand da, den sie als Antreiber akzeptiert. Von der Schwester fühlt sie sich bevormundet. Die Lehrer sind nett, „vielleicht zu nett", sagt Amra, „die Schüler machten, was sie wollten". In Tuzla ging es strenger zu. Sie beschließt, dass ihre Zeit zu kostbar für die Schule ist. Lieber verdient sie sich ein paar Mark als Bedienung oder Friseurgehilfin. Nach 32 geschwänzten Tagen ist im November 1994 Schluss – ihre dritte Schule in Deutschland.
„Mach' ich eben in Tuzla Abitur, wenn der Krieg vorbei ist", sagt sie. Je unwahrscheinlicher die Rückkehr wird, desto besser eignet sich die Heimat für gute Vorsätze und Pläne.
Von 750 Mark Sozialhilfe bleibt nach Miete und Telefon gerade genug übrig für Disko, Kino, hin und wieder ein Popkonzert. Amra weint jetzt seltener: Cool bleiben oder wenigstens so aussehen, das trainiert sie mit der ganzen Selbstbehauptung, die ein Teenager aufbringen kann.
Über ein Jahr hat sie in Hamburg nur herumgehangen, das Jobben ist ihr langweilig geworden, immer nur Disko und Shopping auch. In Tuzla büffelt ihre Freundin Džemila für ein medizinisches Fachabitur. „So ein Ziel brauche ich auch", hatte Amra sich vorgenommen, „und in Tuzla pack' ich das vielleicht. Da gibt es nicht so viel Ablenkung wie hier."
Nun ist sie da, gerade volljährig, die Kummerpfunde sind runter. Sie ist freiwillig gekommen und sie verlangt als Gegenleistung, dass ihr der Wiedereinstieg leicht gemacht wird. Amra hat sich zur Begrüßung eine Party gewünscht, im Schwimmbad des Hotels „Tuzla", das von Bomben verschont blieb. Ihr Vater kennt den Bademeister. Am Abend der Rückkehr soll gefeiert werden.
Als Mutter Zumreta um halb acht Lollis am Stiel statt Drinks verteilt, stehen 30 Kids am Pool herum. Die Mädchen rauchen, die Jungens wippen von den Zehen auf die Hacken. Was soll man sagen? Der Bademeister stellt die Musik lauter.
Amra fürchtet sich zu reden, in ihrer Muttersprache nach Worten zu suchen und trotzdem falsch verstanden zu werden. Ihre Erinnerungen handeln von Hamburg. Währenddessen hingen ihre Freunde hier am Telefon um herauszufinden, ob nach einem Granatenangriff noch alle am Leben waren.
Schwindelhohe Stöckel trennen Amra vom Boden Bosniens, auf dem sie noch

lange nicht angekommen ist. Über ihren ersten Auftritt hat sie nachgedacht: Dennoch sieht sie in Minirock und schwarzem Pulli hier aus, als wäre sie einem Modemagazin entstiegen. Die Mädchen in Tuzla tragen Jeans.

Vater Ferhad spendiert ein paar Dosen Bier. Allmählich fangen die Jugendlichen an zu reden. „Wir haben nichts gegen Rückkehrer, aber wir sind stolz darauf, dass wir hier geblieben sind", sagt der Junge Jasmin. Serben, Moslems, Kroaten, das macht für die meisten keinen Unterschied. Sie sitzen in der Schule nebeneinander und gemeinsam lagen sie unter den Bänken, als die Bomben fielen.

Was bei den Mädchen zählt, ist der bordeaux-violette Lippenstift, den zur Zeit alle tragen. Serbische, moslemische und kroatische Jungen spielen in derselben Heavy-Metal-Band. Auch heute Abend sind alle Gruppen vertreten. „Nur wer abgehauen ist und uns vergessen hat", sagt Jasmin, „kann nicht erwarten, dass wir jetzt die Hand ausstrecken."

Amra aber gehört dazu: „Sie hat angerufen und wir haben ihr geschrieben", sagt Jasmin. Mit Freund Emir hat sie einmal mitten in der Nacht zweieinhalb Stunden am Telefon gequatscht. „Das hat ein Vermögen gekostet", sagt er, „aber das bin ich ihr wert." Emir zieht eine Zigarette aus der Packung. Amra reißt ein Streichholz an, er nimmt es ihr ab: „Das ist hier nicht üblich, dass Frauen Männern Feuer geben." Als Ado, der Lieblingsvetter, Amras Stelzenschuhe sieht, sagt er: „So kannst du hier nicht rumlaufen." Sie lacht: „Ich muss wohl noch viel lernen." Aber als die Mädchen zu tuscheln anfangen, steckt der Kopf der Heimkehrerin mittendrin.

Das Bier und eine Flasche Whisky mit Cola haben die Jungens hastig hinuntergegossen. Um elf ist Sperrstunde. Die Wohnblocks hinter dem Hotel, wo Amra mit den Eltern lebt, sehen nachts so trostlos wie die in Hamburg-Mümmelmannsberg aus. Was Tuzla unterscheidet, wird erst nach Sonnenaufgang sichtbar.

Am Ufer der grünen Kloake, die mal ein Fluss gewesen sein soll, hausen Ratten, fast so groß wie Dackel. Amra wohnt fünf Minuten Fußweg davon entfernt, Stupine Block 7 b, 8. Stock. Vom Balkon der Dreizimmerwohnung schaut sie auf eine Betonsiedlung. Die Türme waren früher weiß oder legobunt bemalt. Nun changieren die Bauten asphaltgrau, zementgrau, aschgrau. Ado holt seine Cousine Amra ab. Die beiden sind wie Geschwister. Kein Kinderfoto, auf dem Ado nicht an Amra klebt. Sie hat ihn aus Deutschland mit Jeans und T-Shirt versorgt. Er hat gedroht sich umzubringen, wenn sie nicht wiederkommt. Seine Eltern verdienen so wenig, dass sie den Jungen kaum satt kriegen. Aber er sagt: „Mir fehlt nichts. Nur sie hat mir gefehlt, für alles, vor allem zum Lachen."

Arm in Arm bummeln sie durch die kleine Altstadt. Gemessen an Sarajevo, Mostar, Srebrenica ist die moslemische Schutzzone im Nordosten Bosniens glimpflich davongekommen. Verglichen mit Amras Erinnerungen aber „sieht hier alles ziemlich schlimm aus". Über der Stadt liegen Schwaden von beißendem Qualm. Hunderte von Mülltonnen kokeln seit Wochen vor sich hin. Der Abfall wird angezündet, weil niemand ihn abtransportiert. [...]

Was das Mädchen bedrückt, sind nicht die Granatenkrater, nicht die Baumkrüppel, die verkohlt in die Luft ragen. Amra sucht vergeblich nach der vertrauten Stimmung in ihrer Stadt. Immer hat sie Tuzla als besonders fröhlich beschrieben und es war nicht nur das Heimweh, das ihre Erinnerung schönfärbte. Ein Drittel der Bevölkerung ist jünger als 25 Jahre und dieses

Drittel bestimmte die Atmosphäre und das Straßenbild.

Tausende von Studenten und Fachoberschülern, so erzählt sie von früher, drängten sich auf Plätzen und in Cafés. Im „Piquet", einer Disko mit Garten, war es schon nachmittags so voll, dass kein Kellner mehr durchkam. Der Besitzer, ein Serbe, ist davongelaufen, als seine Landsleute anfingen Tuzla zu bombardieren. [...]

50 Prozent der Jugendlichen in Tuzla sind ohne Ausbildung oder Arbeit. „Viele finden nach dem Krieg nicht mehr den Anschluss an das Leben davor", sagt Advija Hajdarhodžić, 47, die an einer der Fachoberschulen lehrt. Sie sitzen da und stippen nach alter Sitte große Zuckerstückchen in den ungefilterten Kaffee, trinken Cola und rauchen. Alles wie früher. „Aber keiner lächelt oder lacht", sagt Amra, „ist das hier heutzutage verboten?"

Doch, einer lacht immer. In Schimpansenhaltung hüpft ein junger Mann in bunten Hosen vorbei. Er trägt ein Palästinensertuch um Kopf und Hals. Auf der Höhe des Granateneinschlags wischt er mit beiden Händen durch eine Pfütze und schleudert Papierschnitzel, Kippen und Blüten wie Konfetti in die Luft. Manchmal bleibt er ruckartig stehen und tippt einem Passanten lächelnd auf den Kopf. Der Hüpfer ist einer von vielen, die der Krieg ins Irrenhaus gebracht hat. „Aber weil dort kein Platz mehr ist", erklärt Ado, „laufen die leichteren Fälle draußen herum."

„Wie sehen denn dann die schweren Fälle aus?", fragt Amra und kichert. Ado findet das nicht witzig.

Amra sucht nach Bestätigung für ihren Entschluss zurückzukommen. Doch es gibt zu viele Erinnerungen, die sie von den Freunden trennen. Sie war nicht hier, als die Granaten einschlugen; sie wird nie ganz verstehen, warum viele der Jugendlichen ernstlich in Gefahr waren den Verstand zu verlieren. [...]

Alles wird getan um Amra die Rückkehr zu erleichtern. Die Eltern wissen, dass sie eine fast Erwachsene zurückbekommen haben. Aber sie verwöhnen sie wie ein Baby. Mutter kocht die Leibspeise und putzt die Plateauschuhe, Vater wird helfen, dass Amra den Schulabschluss schafft. Nähe, Zärtlichkeit und Wärme, „alles was mir so gefehlt hat, meine ganze Kindheit, das hol' ich mir jetzt", sagt sie.

Der Krieg hat auch die Bindung der Kinder an die Eltern vertieft. Amras Freundin Džemila träumte jahrelang davon einfach abzuhauen und den ganzen Tuzla-Terror hinter sich zu lassen. Endlich kam die Gelegenheit. „Doch wer von uns nach dem Bombenangriff vom 25. Mai noch am Leben war, hätte seine Eltern niemals mehr allein gelassen." Da kann Amra nicht mitreden. Ein Abitur lässt sich nachholen. Eine Bombennacht nicht.

Oben am Friedhof sitzt eine weißblonde Frau auf dem Boden. Fünf violette Kerzen schützt sie mit ihrem Trenchcoat vor dem Verlöschen. Immer wenn eine runtergebrannt ist, zündet sie eine neue an. Amra kennt die Frau nicht, aber das weißblonde Mädchen, dessen Foto an dem Grabmal hängt, ist mit ihr zur Schule gegangen.

Amra hockt sich daneben, sie sagt kein Wort, die Wimperntusche fließt ihr übers Gesicht. Es gab viele Augenblicke in den ersten Tagen, da wünschte die junge Frau, sie wäre nie zurückgekommen, und vermutlich wird sie immer ein wenig fremd bleiben, hier zu Hause. Aber was sie hier gespürt, gesehen und erfahren hat in ein paar Tagen, das kann sie nicht mit denen teilen, die sie in Hamburg kennt. Sie weiß noch nicht, ob sie das Leben hier aushalten wird, aber sie will bleiben. Sie wendet sich der fremden Frau vor dem Grab zu und nimmt sie in die Arme.

Von Rainer Schmidt (Text) und Christoph Püschner (Fotos)

Der Kampf um die Kinder von Sankt Petersburg

Sie sind die wehrlosen Opfer der chaotischen Wirtschaft im neuen Russland. Weder ihre trunksüchtigen Eltern noch die überforderten Behörden haben Zeit und Geld für sie. Mehr als fünftausend Kinder leben in der Fünfmillionenmetropole auf der Straße, in Lagern der Miliz ...

Willkommen bei Dima und Aljoscha. Der Eingang zu ihrem Quartier ist ein drei Meter tiefer Schacht in den Abgrund. Die Arme hoch und durch den Gully ohne Deckel ins schwarze Loch geglitten, vor Häusern ohne Menschen. „Tote Stadt“ nennen Petersburger die leeren Wohnsilos an der Metrostation Prospekt Bolschewikow. Die Kanalisation darunter ist der Bunker für Vergessene, wie den zwölf Jahre alten Aljoscha und den vierzehnjährigen Dima. Das Szenario eines Horrorfilms, aber das ist Petersburger Echtwelt.

Die Luft steht als feuchter Block in den Katakomben*, durch die sich zwei Fernwärmerohre quetschen. Aljoscha und Dima sitzen auf der rostigen Leitung unter der nassen Decke. Das ist ihr Wohnzimmer. Und das bietet Schutz vor Kälte draußen.

Aus Nahtstellen im Röhrenwirrwarr zischeln Wasserfontänen durch die Dunkelheit. Es blubbert und plätschert wie in einem Versuchslabor. Stehen können Erwachsene hier nicht, nur hocken auf den angeknackten Leitungen. Darunter schimmert im Schein von Dimas Feuerzeug grünbräunlich eine knöcheltiefe Kloake. Aus dem Morast faulender Pappkartons, verrottender Deckenfetzen und menschlicher Exkremente kriechen stechende Gase. Ein fingerdicker Pelz aus weißem Schimmel bedeckt den Kartoffelberg, der aus dem Wasser ragt. Zwei Knollen zeigen Bissspuren.

Aljoscha und Dima gehen seit Jahren nicht mehr zur Schule. Sie verdienen ein bisschen Geld, wenn sie auf dem Markt Kisten schleppen. Dimas Eltern sind arbeitslos, meist betrunken und haben ihn aus dem Haus gejagt. Seit einem Jahr übernachtet er bei Freunden, manchmal im Schacht mit Aljoscha, der aus einer ähnlichen Alkohol- und Prügelhölle stammt.

Diese Kinder heißen „Unbeaufsichtigte“ bei den überforderten Behörden. Es gibt kein Geld, zu wenig Heimplätze, kaum Sozialarbeiter. [...]

Wie viele „Unbeaufsichtigte“ es in Sankt Petersburg gibt, weiß niemand genau: Schätzungen schwanken zwischen zweitausend und mehr als dreißigtausend. Realistisch erscheint die Zahl von fünftausend; etwa fünfhundert Kinder gelten als permanent obdachlos. Die anderen haben ein Zuhause, leben aber meist auf der Straße: Opfer des wirtschaftlichen Elends, die vor arbeitslosen, oft betrunkenen, häufig gewalttätigen Eltern abhauen. Manchmal verkaufen Eltern ohne Wissen der Kinder die Wohnung. Oder Vater und Mutter müssen wegen drastisch gestiegener Preise so hart arbeiten, dass für die Kinder nichts bleibt, keine Zeit, kein Geld, keine Hoffnung, nur die Flucht auf die Straße – und in den Rausch: billiger russischer Pattex-Ersatz in eine Plastiktüte geträufelt und dann die Gase inhaliert.

Im Rhythmus heftiger Atemstöße bläht sich Aljoschas Tüte immer wieder auf wie ein Ballon. Mit jedem Saugen fällt mehr Ballast. Die Dämpfe füllen Lungen und Hirn, der Startschuss für den Abflug in den Rausch. Aljoscha reißt

Obdachlose Kinder in einem Sankt Petersburger Busbahnhof

die Augen auf, sieht plötzlich, wie sich ein mächtiges Rad vor ihm dreht, streckt eine Hand danach aus. „Die Wände", gluckst er, den Mund halb in der Tüte, „bewegen sich weg." Wieder wächst der Ballon, er sieht die Leitern verschwinden, die Luken schließen sich, und aus dem stinkenden Sumpf unter ihm wuchern wundersame Pflanzen. „Niemand kann mehr raus!" Sein Triumphschrei hallt durch das Plätschern und Zischen. Aljoschas Glück im Rausch ist das lebendige Begräbnis. Neben ihm pumpt sich auch Dima voll. Sie starren sich an, kichern hysterisch ohne ein Wort zu wechseln. Lachen würgt sich blechern aus den Hälsen. Stumm werden sie nüchtern. Von der Decke perlt Kondenswasser auf zwei Häufchen Mensch, die wie Geschwüre auf der warmen Lebensader der Stadt kauern. Benommen und vergessen.

Wenige Kilometer entfernt, im Zentrum Sankt Petersburgs, reihen sich gut gekleidete junge Menschen vor dem Planetarium zu einer langen Schlange. Heute ist hier Diskonacht. Auf dem Parkplatz stehen die Symbole des neuen Russlands, edle Karossen aus Stuttgarter und Münchner Fertigungshallen. Die Miniröcke sind kurz, die Sakkos über breiten Schultern modern, die Stimmung ist gut. Zehn Dollar Eintritt – rund zwanzig Mahlzeiten für die Dimas und Aljoschas dieser Stadt – sind für die Tanzwütigen kein Problem. Der Einsatz lohnt sich, drinnen gibt es Techno vom Feinsten. Aus Berlin wurden drei DJs eingeflogen.

Auch nahe des Röhrenschachts wartet eine Schlange. Verschmierte Gesichter, zerrissene Jacken. Aljoscha und Dima drängeln sich mit zwanzig Kindern vor einem weißen VW-Bus. Männer in blauen Overalls belegen Weißbrot mit dicken Wurstscheiben. Dazu gibt es schwarzen Tee. Später nehmen die Kinder johlend Wollmützen, Schuhe und Pullover entgegen. Einige werden die Klamotten gleich darauf verkaufen. Aljoscha staubt ein Paar Jeans ab, Dima eine beigefarbene Jacke. Stumm verschwinden beide in Richtung Schacht. Der Kleber wartet.

Die „Russische Kinderschutzgesellschaft“, die vor allem mit Spenden aus Skandinavien finanziert wird, fährt mehrmals wöchentlich bestimmte Plätze an, verteilt Essen und Kleidung, bringt verletzte oder kranke Kinder zum Arzt und berät sie. Einem Dutzend bietet die Organisation Heimplätze für eine intensive Betreuung. Eine angetrunkene Frau torkelt heran und schimpft. Die Kinder müssten nicht gefüttert werden, die hätten Familien, so würden Faulpelze herangezogen – das hört die Nachtpatrouille oft. Eine finnische Helferin beruhigt die Betrunkene. [...]

Auch eine Künstlerinitiative, die der Hamburger Musiker Mathias Lotzing im Rahmen des Arbeiter-Samariter-Bundes organisiert hat, versucht über das Essen Kontakt mit „Unbeaufsichtigten“ zu knüpfen. Täglich verteilen russische Maler und Musiker an ein Dutzend Kindergruppen in den Randbezirken Butterbrote oder sie gehen mit ihnen in billigen Kantinen essen. Ihr Ziel: Vertrauen gewinnen um die Mädchen und Jungen in Fortbildungskurse oder gar die Schule zu locken. Denn die besuchen viele schon lange nicht mehr.

Der Markt an der Metrostation Pionerskaja ist das Revier von Wera Poljanskaja. Jeden Tag schleppt die ehemalige Mathematiklehrerin für die Künstlerinitiative Tüten mit Brot, Wurst und Keksen durch die halbe Stadt um sie hinter den Blechbuden an „ihre“ Kinder zu verteilen. Am Feuer aus Pappkartons und Gemüsekisten warten Roma, Genja, Natascha, Sergej, Maxim und die anderen – manchmal sind es zwei Dutzend. Wera kommt, alle stürzen sich auf die Butterbrote.

Sie mögen die alte Dame. Eines der Kinder schmiegt sich an ihren Arm. Wera fragt, wie es ihnen geht, was zu Hause los ist, redet auf Schnüffler ein und wirbt für die Mal-, Keramik- und Mathekurse. „Das Wichtigste ist den Kindern zu zeigen, dass jeden Tag jemand nur für sie da ist“, sagt Wera. „Einige habe ich bereits vom Schulbesuch überzeugen können.“

Fast einhundert Kinder nehmen an Kursen der Künstlerinitiative teil. Mathias Lotzing hat dafür eine Wohnung gemietet. Die Wände sind mit Prinzessinnen und Tigern bemalt. Die Räume sind zu klein, eine zweite Wohnung ist im Gespräch. Reicht das Geld, will Lotzing das Angebot ausbauen. Der bisherige Fonds der Europäischen Union ist allerdings ausgeschöpft, jetzt sichern Spenden das Projekt noch ein paar Monate. Die Kurse sollen die Kinder ans Lernen heranführen, um ihnen das Rüstzeug für eine berufliche Zukunft zu geben. Etwa als Friseur oder gar Dolmetscher.

„Das ist eine Kerze“, sagt Jörg auf Deutsch. „Was ist das?“ Strahlend nimmt die neunjährige Jana die Kerze entgegen. Ihre großen Schneidezähne blitzen im Licht der nackten Glühbirne, als sie kichernd auf Deutsch antwortet: „Das ist eine Kerz.“ [...]

Oft, sagt Ute Nissen aus Hamburg, sei die Arbeit total stressig, die Kinder seien unkonzentriert und unglaublich frech. Letztens war wieder so ein Tag. Sie hatte alleine Aufsicht, als bei einer Party der Strom ausfiel, ein paar Jungen randalierten und keiner gehen wollte. „Da war ich total fertig und habe geheult.“ Aber es lohnt sich: Die Kinder trauen ihr immer mehr. Und Utes Russisch wird immer besser.

Die Künstlerinitiative konzentriert sich auf Straßenkinder in Sankt Petersburgs Außenbezirken. In der Innenstadt, wo Touristen auf dem Newskij Prospekt neue Läden mit westlichem Schick bewundern, räumt die Miliz auf. Kinder und Jugendliche aus den Vororten, die sich bei den großen Bahnhöfen herumtreiben und in leeren Waggons schlafen, wandern in eine Sammelstelle – hinter Gittern.

Im grellen Glühbirnenlicht sitzt der elfjährige Joscha auf einer Bank vor dem Zellentrakt. Sein Gesicht ist vom Heulen verquollen, die Augen sind rot, die Wangen glänzen. Es ist spät und Joscha hat Angst. Vor den Milizionären mit den Kalaschnikows in der Wache am Baltischen Bahnhof, vor einer Nacht in der Sammelstelle, vor seinen Eltern. Seine Jeansjacke ist zerrissen, die Hände sind schwarz, verschlissene Stiefel schlappen an kleinen Füßen. Joscha erzählt Inspektor Koslow Wiktorowitsch eine verworrene Geschichte.

Ob Joscha gelogen hat, können die Milizionäre erst morgen überprüfen. Der Inspektor packt den Jungen in einen Wagen und bringt ihn quer durch die Stadt zur „Auffang- und Verteileranstalt". Joscha sitzt eingeschüchtert auf der Rückbank, von Zeit zu Zeit wischt er eine Träne von der Wange.

Die Verteileranstalt: vier Geschosse, hohe Mauern, Stahltüren, Gitter. Verschämt steht Joscha im Dienstzimmer neben dem Schreibtisch, der ihm bis zur Brust geht, und starrt die Uniformierten an. Er muss seine Personalien angeben und die Taschen leeren. Die Nacht wird er in einer Zelle verbringen. Ganz allein. Vielleicht kommt er morgen gleich nach Hause. Wenn aber seine Adresse nicht stimmt oder die Verhältnisse zu Hause offensichtlich nicht in Ordnung sind, muss er mehrere Wochen hier bleiben.

Dann werden sie ihn kahl scheren, weil er, so heißt es, verlaust sein könnte, und ihn von einem Arzt gründlich untersuchen lassen. Morgens wird er in einem Schlafsaal mit siebzehn Jungen aufwachen und zum Appell antreten müssen. Er wird auf Kinder wie den acht Jahre alten Mischa treffen, der vor Kälte schlottert und nicht weiß, wie lange er schon hier ist oder was sie mit ihm vorhaben. Mischa, der so oft weint, weil er Mama und Papa wiedersehen möchte. Mischa, der noch nicht weiß, dass sie ihn in ein Heim stecken werden, weil ein Gericht den ewig betrunkenen Eltern das Sorgerecht aberkannt hat.

Das alles liegt vor Joscha, der durch eine dicke Holztür in seine Einzelzelle gebracht wird. Zur Zeit warten fünfzig Kinder und Jugendliche auf die Fahrt nach Hause oder einen Platz im Heim. Manchmal sind es weit über hundert, einige kommen aus fernen Städten wie Baku. Viele sind Stammkunden. Wer öfter aufgegriffen wird, bleibt bis zu einem Monat. Dann werden die Familienverhältnisse untersucht und eventuell Heimplätze gesucht. Doch die Miliz ist überfordert. In dieser Institution sitzen Polizisten, keine Sozialarbeiter. Die Kinder sagen, dass die Miliz sie gut behandelt. Aber Streetworker berichten von Fällen, in denen „Unbeaufsichtigte" von Polizisten geschlagen wurden, wenn auch nicht im Verteiler.

Der Chef des Verteilers, Wladimir Schibajew, hat sogar im Fernsehen beklagt, dass er und seine Kollegen überfordert seien. Viele der Kinder, die hier landeten, gehörten in ein staatliches Heim. Aber davon gibt es nicht genug. Also werden sie nach Hause gebracht, von wo sie wieder ausreißen, und dann greift die Miliz sie doch wieder auf. Die Reaktion der Stadt: Absichtserklärungen, keine konkrete Hilfe.

Große Schlüsselbunde klappern, die schwere Tür fällt hinter Joscha ins Schloss. Der Inspektor vom Baltischen Bahnhof blickt ihm hinterher. „Das ist der traurige Zustand unseres Landes. Immer mehr Eltern sind arbeitslos und saufen, also laufen die Kinder immer wieder weg."

Von Andreas Wolfers

Die Augenzeugen

Das Bild, das sich die Welt von Kriegen und Konflikten macht, gewinnt sie häufig aus den Fotos von drei Dutzend Männern und Frauen: der internationalen Elite der Nachrichtenfotografen. Zu dieser Elite gehören die Zwillinge David (rechts) und Peter Turnley. Ihre Pässe, bei Peter ausklappbar erweitert, tragen Stempel aus fast 80 Ländern. Seit einem Jahrzehnt treibt es die beiden an Orte des Aufruhrs. Von dem, was dort vor der Kamera geschieht, zeugen ihre Bilder. Von dem, was dahinter geschieht, handelt der folgende Bericht.

Als 1989 das „World Press Photo of the Year“ gekürt wird, muss sich die Jury, nachdem sie 10 200 eingesandte Pressefotos studiert hat, schließlich zwischen zwei Bildern entscheiden, beide aufgenommen nach einem Erdbeben in Armenien. Im Hoch- und im Querformat zeigen sie die gleiche Szene: einen roten Plastiksarg im Schnee, einen alten Mann, der weinend auf den Deckel sinkt.
Die Jury, die wie üblich die Namen der Fotografen nicht kennt, spricht dem Hochformat die Auszeichnung zu. Es stammt von David Turnley – und das Querformat von dessen Bruder.
Präsident der internationalen Jury war damals John G. Morris.
„Die Turnleys“, sagt Morris, „gehören zu einer neuen Elite von Fotoreportern. In dieser Truppe zählen die Zwillinge zu den Besten. Nicht nur, weil sie so gut fotografieren. Sondern auch, weil sie unglaublich schnell sind.“
Nachrichtenredaktionen wollen aktuelle Bilder. Erfolg hat daher nur, wer zu den ersten Fotografen am Ort des Geschehens gehört – und zu den ersten, die ihre Filme wieder aus dem Land hinausbekommen. Das ist das Gesetz des Marktes.
Die Einsatzorte der globalen Bilderjäger sind meist Orte des Schreckens. Krieg und Vertreibung, Hungersnot und Erdbeben versprechen die eindringlichsten Motive. Bis zum Vietnamkrieg trieb viele Fotoreporter dabei auch die Hoffnung voran, die Welt aufrütteln zu können. Doch diese Hoffnung ist rar geworden. Weil Bilder vom Leiden das Leid selten verkürzt haben. Und weil die wachsende Zahl von Fotoreportern einen Ausleseprozess beschleunigt, in dem nicht Idealisten überleben, sondern jene, die selbst als Augenzeugen von Massakern zuallererst an die „deadline“ denken, den Redaktionsschluss. Die überall in die erste Reihe gelangen. Die um Bilder kämpfen und nicht um Menschen.

Der Markt honoriert kein Mitgefühl. Wer es sich dennoch bewahrt und zu viel Zeit damit verliert, nach dem letzten Film den Opfern zu helfen, der wird nicht nur das nächste Flugzeug verpassen, sondern irgendwann mit zerborstener Seele das Fotografieren beenden müssen. Das ist die zweite Regel des Marktes.

David und Peter Turnley halten sich an die Regeln. David arbeitet seit 1980 für die „Detroit Free Press", eine große US-Tageszeitung, Peter seit 1984 für das Magazin „Newsweek". Noch am selben Tag, an dem ihre Bilder in diesen Blättern erscheinen, werden sie von einer New Yorker Fotoagentur weiterverkauft, oft innerhalb weniger Stunden an Zeitschriften und Zeitungen weltweit.

MONTAGABEND: David Turnley fliegt in die georgische Hauptstadt Tiflis, neben sich die Fototasche. Seinen alten Kunststoffkoffer und einen geschnürten Schlafsack hat er in Paris aufs Gepäckband geworfen. Seit dem Start durchblättert David ein Bündel von Dokumenten. In fünf Flugstunden macht er sich ein Bild von Georgien.

Der Fotograf ist unterwegs zu einer „ruhigen Reise", wie er es nennt. Ohne Krieg, ohne Desaster. Seine Zeitung und mehrere Zeitschriften in Westeuropa haben ihn beauftragt den Alltag im gegenwärtig friedlichen Teil des Kaukasus zu porträtieren, in Georgien, Armenien und Aserbaidschan. Er hat drei Wochen Zeit.

David freut sich auf die Reise. Er und Peter erhalten mitunter solche Langzeitaufträge. Nur sie bieten die Chance eine Geschichte „auserzählen" zu können. Wie bei Davids zwei Monate langer Reise durch die Sowjetunion 1991, wie bei Peters Dauerprojekt über Flüchtlinge weltweit, dem er sich zwischen seinen Aufträgen widmet. Insgesamt vier Bildbände haben die Brüder nach solchen Reisen veröffentlicht – um in der Flut von Pressefotos auch etwas Bleibendes zu hinterlassen.

DIENSTAG: Das wichtigste Rüstzeug der Brüder, um jederzeit an jeden Ort gelangen zu können, ist ihr Adressbuch. Es umfasst bei beiden etwa 2000 Namen: ein globales Verzeichnis zugänglicher Visabeamter und einflussreicher Geschäftsleute, Lokalpolitiker, Dolmetscher, Studentenführer, Buschpiloten.

Die Adresse von Nana Talakvadse hat David von seinem Bruder erhalten. Die Georgierin war Anfang 1995 mit Peter in Tschetschenien gewesen, im russischen Bombenfeuer auf Grosny*. Sie ist 38 Jahre alt, von gelassenem Wesen und Profi. Seit mehreren Jahren begleitet sie, einst Englischdozentin an der Universität Tiflis, Journalisten bei Recherchen im Kaukasus.

In der Lobby des einzigen Vier-Sterne-Hotels von Tiflis sitzt sie David gegenüber. „Wo würdest du hingehen um folgende Aspekte zu fotografieren?", fragt David und nennt Stichworte, die er sich während des Flugs notiert hat: Flüchtlinge, Bergdörfer, alte Kirchen, Badeorte am Schwarzen Meer, bäuerliche Armut. Nana Talakvadse nennt Orte, beschreibt Szenen. David engagiert sie für die Reise, für 100 US-Dollar pro Tag.

„Nimm einen Schlafsack mit", sagt er noch, „wer weiß, wo wir übernachten werden."

Den Rest des Tages fährt David seine Adressenliste für Tiflis ab. Er informiert sich beim Roten Kreuz, bei der deutschen Botschaft, bei Lokaljournalisten. „290 000 vergessene Flüchtlinge aus dem Abchasien-Krieg* leben in Westgeorgien", sagt der UN-Delegierte. „Da müssen Sie hin."

David fragt, notiert, überprüft jede Neuigkeit auf deren optischen Reiz. Seit in Tiflis die Stromversorgung zu-

Auf der Flucht, Rwanda, 1994 (Foto: David Turnley)

sammengebrochen ist und es nur noch selten warmes Wasser zum Waschen gibt, hätten sich viele Frauen ihre langen Haare abgeschnitten, sagt Nana. David zuckt mit den Schultern. Eine kurzhaarige Frau ist kein Bild.

Eine Balletttänzerin, die im berühmten, nun unbeheizten Opernhaus von Tiflis im Wollmantel trainieren muss – das wäre eher ein Bild. Doch als sie vor dem monumentalen Sandsteingebäude stehen, hängt am Holzportal ein Zettel: „Vorläufig geschlossen".

Zwei Stunden noch lässt sich David durch die Altstadt fahren, mustert Menschen und Fassaden, dann sagt er, dass seine Geschichte nicht in Tiflis spielen werde.

Abends fällt wieder einmal der Strom aus. In den Privathäusern von Tiflis werden Kerzen entzündet, im Hotel springt der Generator an. David liegt auf einer Pritsche im Fitnessraum und lässt sich massieren. Anschließend geht er zur Rezeption und meldet sich per Satellitentelefon bei seiner Frau.

David Turnley ist seit 1989 verheiratet, seit 1993 hat er einen Sohn. Die Porträtfotos von Frau und Kind trägt er stets bei sich. Für etwa fünf Monate jährlich sieht er seine Familie.

Peter, verheiratet erst seit Oktober 1995, verbringt noch weniger Zeit im Pariser Zuhause. Anders als die Detroiter Tageszeitung, die Davids Bilder unregelmäßig auf Sonderseiten veröffentlicht, erwartet die „Newsweek"-Redaktion fast jede Woche aktuelle Fotos von Peter. […]

Peter, drei Minuten später als David geboren, ist der Empfindsamere der beiden, sagen Freunde; feinsinniger, zweifelnder. Jahrelang schwieg er beharrlich, wenn er von einem Einsatz zurückkehrte, und die Freunde wiederum scheuten sich lächerlich anmutende

Fragen zu stellen wie „How was Rwanda*?“

Im Herbst 1994 versuchte Peter erstmals beide Welten zusammenzuführen: In seiner kleinen Dachgeschosswohnung zeigte er Bilder der jüngsten Reisen, Dokumente des Grauens aus Somalia, Haiti, Bosnien, Rwanda, Grosny. Mehrere Dutzend Freunde saßen vor der Leinwand und Peter erzählte die ganze Nacht hindurch.

Das Attribut „Kriegsfotograf“ lehnen beide Brüder allerdings ab – wie die meisten ihrer Kollegen. Das mag daran liegen, dass sie in der Tat nicht immer nur militärische Gewalt und deren Folgen dokumentieren. Aber es gibt einen zweiten Grund: die Furcht, einem „Kriegsfotografen“ werde automatisch Voyeurismus* unterstellt. Als ließe sich das, was Menschen einander antun, nur mit perverser Lust an diesem Geschehen professionell fotografieren.

MITTWOCH: Nach vier Stunden Fahrt auf der Hauptstraße von Tiflis nach Westgeorgien stellt Nana Talakvadse eine Frage. „David“, fragt sie, „warum macht ihr das?“

David schweigt.

Die Frage ist so alt wie die Kriegsfotografie selbst. Jeder, der 28 Millimeter zwischen sich und Menschen hält, die weinen, hungern, morden, sterben, beantwortet sie ähnlich: um aufzudecken und aufzuklären, um Opfern ein Gesicht zu geben, um Licht in die Hinterhöfe des globalen Dorfs zu werfen. Was davon hohles Pathos ist und was echte Mission, wissen oft nur die Angehörigen und einige Kollegen.

David ist zu lange im Geschäft um verschweigen zu wollen, dass ihn neben dem, was er schlicht „Humanismus“ zu nennen pflegt, noch etwas anderes treibt. Es ist der Kitzel dieses Lebens. Es jagt ihn umher, es pumpt ihn voll mit existenziellen Erfahrungen, es erzwingt all seine körperliche und geistige Wendigkeit, es fordert ihn mit Gefahren heraus, die in Paris niemand kennt. Und es befriedigt jene Passion, die besitzen muss, wer mehr sein will als ein Abenteurer mit Kamera: die nie endende Neugier auf Menschen in Extremsituationen.

Doch jetzt, bei der Fahrt im Mietwagen durch Westgeorgien, jederzeit bereit, für ein gutes Bild anzuhalten, fehlt David die Ruhe für eine Grundsatzdiskussion.

„Nana“, sagt er, „ich erzähle dir eine Geschichte.“

Armenien 1989: Vier Tage lang hat David in der Erdbebenzone fotografiert. Als er abfährt, steht ein großer kräftiger Mann an der Straße, winkt. Der Fahrer nimmt ihn mit. David, stumm vor Erschöpfung, sackt auf der Rückbank zusammen. Der Mann bettet Davids Kopf auf die Knie, streicht ihm durchs Haar und beginnt mit schwerer Stimme ein armenisches Lied zu singen. Drei Stunden lang singt er, zwischendurch weint er. David wagt nicht sich zu rühren.

Irgendwann tippt der Mann den Fahrer an. Als der Wagen hält, steigt der Mann aus, nimmt einen roten Schal von seinem Hals und legt ihn David um. Dann geht er wortlos.

Auf der Weiterfahrt murmelt der Fahrer die Erklärung: Der Mann habe eine Woche zuvor seine Frau und seine fünf Kinder bei dem Erdbeben verloren.

„Von solchen Erlebnissen habe ich viele gehabt“, sagt David zu Nana. „Nirgendwo werden Gefühle ehrlicher gezeigt als an Orten der Verzweiflung. Wer die Augen offen hält, entdeckt dort die besten Seiten des Menschen. Wie Stärke, Mut, Anstand, Hilfsbereitschaft. Vielleicht kann man das als meine Mission bezeichnen: zu zeigen, was uns alle verbindet – und nicht, was uns trennt.“

[...]

Der Nachrichtenjäger

24 Stunden aus dem schnellen Leben des Polizeireporters Wolfgang Wiebold / Von Hanns-Bruno Kammertöns

Wie er es macht? Meist geht es so: zunächst einen sogenannten Aufzieher! Sechs Sekunden, vom Detail in die Totale gezoomt – vom Zinksarg weg auf den gesamten Unfallort. Dann ein neues Motiv, ein neuer Schuss! Etwa auf das Knäuel einer Leitplanke, als Standbild – vier Sekunden! Nur einen Schwenk „über die Situation", nicht länger als zwanzig Sekunden. Zum Schluss vielleicht noch etwas Blaulicht. Fertig.

Mittwochabend, kurz vor 21 Uhr.

Aus der Sicht von Wolfgang Wiebold, 45 Jahre alt, war es bis jetzt ein beschissener Tag. Es ist nichts passiert im Revier. Jedenfalls nichts, was ihn interessiert hätte: Ein kleiner Raub in Dortmund – die übliche Ringfahndung; im niederrheinischen Kleve Feuer in einem unbewohnten Haus; auf der A 40 ein Unfall, keine Massenkarambolage, kein Geisterfahrer – alles zusammen zu wenig für einen wie Wiebold.

Gut zehn Jahre ist es her, dass er sich als Polizeireporter selbständig gemacht hat. Seitdem lebt Wiebold auf der Überholspur, unter Einsatz eines großkalibrigen BMW, bewehrt mit Funktelefonen und einer Beta-Fernsehkamera im Kofferraum. Er gilt als der schnellste Mann im Land. Grevesmühlen, Solingen, der Flugzeugabsturz in Remscheid – wenn die Konkurrenz am Unglücksort eintraf, rückte das mobile Einsatzkommando Wiebold, Material im Kasten, meist schon wieder ab.

Die Umstände seiner Arbeit? Wiebold bezeichnet sich als „Nachrichtenjäger", andere nennen ihn „Mann ohne Mitleid", „Wegelagerer" und manchmal auch Schlimmeres. Rund 450 Einsätze im Jahr, ein Mann, der das Grauen liefert: Ob Tuchfühlung mit dem Gladbecker Geiselgangster Degowski oder die letzten Bilder eines unbekannten Juweliers in Essen-Überruhr, bei Wiebold ist es zu haben.

Er hält drauf, wenn andere nur noch wegsehen wollen. „Ich dokumentiere den Tatort“, sagt er dazu. Tränen? Nicht mehr. Wenn er in Ohnmacht fällt, dann nach fünfzig Stunden ohne Schlaf. Auf einmal macht der Kreislauf nicht mehr mit. Zuletzt nach einer Nacht im Freien. Das Gehäuse der Kamera eiskalt, er fasste an den Metallgriff, plötzlich gingen ihm die Beine weg, Wiebold am Boden. Seitdem trägt er Handschuhe im Winter.

Geschwindigkeit ist alles. Um schneller zu sein als die anderen, hat er nicht nur einen Wagen „mit einem großen Brenner“. Mit einem Netz von Informationen hat er das ganze Ruhrgebiet überspannt: Kollegen „mit guten Drähten“ zur örtlichen Feuerwehr, ihm zuarbeitende Taxifahrer, die am Halteplatz den Polizeifunk hören. Doch heute? Nichts. Noch nichts.

Wie so oft, wenn Wiebold einfach nur wartet, hat er in einer Kneipe unterhalb seiner Essener Wohnung Position bezogen. Er ordert Kaffee, auf dem Tisch, neben den Magnum-Zigarettenschachteln, parkt ein Handy. Allein 3000 Mark Telefonkosten im Monat, langsam könnte es losgehen – immerhin ist draußen Glatteis angesagt. Wiebold inhaliert tief, dann kommt er auf die veränderte Medienlandschaft zu sprechen. Jeder, der eine Kamera halten könnte, ein Mikrofon, „der fühle sich heute berufen“. Eine neue Generation von Journalisten sei angetreten, „scharf auf die schnelle Mark“.

Konkurrenz, schön und gut, nichts dagegen. Schließlich gehe auch er nah ran. „Aber ich habe Angst, dass mir gewisse Kollegen den Beruf kaputt machen.“ Es gebe einen Ehrenkodex. Tabu sind Selbstmorde und anonyme Bombendrohungen. Eigentlich. Aber wie war es im vergangenen Jahr? Bombendrohung für den Kölner Hauptbahnhof – die Absperrungen, die leere Halle, alles wurde abgefilmt. Am nächsten Tag das Gleiche in Duisburg, wieder einen Tag später war der Bahnhof von Bochum an der Reihe. Wer wolle ausschließen, dass heutzutage ein freier Kameramann, der die ganze Woche nichts in die Kasse bekam, einfach anruft, anonym, „dann kriegt er seine Bilder“.

Widerlich das Ganze, auch insofern, als sich das Verhältnis zur Polizei dramatisch verschlechtert habe. Vor wenigen Tagen erst dieser Wohnungsbrand in Duisburg, ein Toter im Dachstuhl, „eigentlich total harmlos, wenn Sie so wollen“. Und was tut die Polizei? „Beschlagnahmt mir die Kamera, nimmt mich fest.“ Als er freigekommen sei, gut zehn Minuten habe es gedauert, war die Leiche längst fortgeschafft, „die Messe damit gelesen“.

Verrohung der Sitten, seit 1990 sei dies zu beobachten. „Wissen Sie, ich hatte seinerzeit viel mit Nebelunfällen im Sauerland zu tun.“ Eine private Produktionsgesellschaft habe damals angeregt „mit den Eingeklemmten auch gleich Interviews zu führen“. Solle man sich mal vorstellen, „aber es wurde wirklich gewünscht“. […]

Das Mobiltelefon schellt, ein Informant aus dem Westfälischen: schwerer Verkehrsunfall auf der A 2, Höhe Hamm-Uentrop, „angeblich drei Personen ex“.

Es gibt ein paar Worte, die Wiebold schlagartig wach werden lassen.

„Wir brauchen mehr Notärzte …!“, „… sieht aus wie ein Schlachtfeld“ oder eben „drei Personen ex“ – wenn so etwas über den Polizeifunk kommt, dann fährt Wiebold auf der Stelle alle Antennen aus. Drei Tote, das reicht aus für einen Platz in der Hauptnachrichtensendung im Frühstücksfernsehen.

Es gab eine Zeit, da machte Wiebold auch andere Filme. Für die „Aktuelle Stunde“ des Westdeutschen Rundfunks zum Beispiel. „Bildspaziergänge“, so hießen die. Das Ruhrgebiet von seiner harmonischen Seite: schöne Landschaften, unterlegt mit schöner Musik. Beiträge, um 1 Minute 30 lang. Bis man ihm sagte: „Mensch, Wiebold, das will doch keiner mehr sehen! Die Quote!“

Seitdem ist er festgelegt. Zwischen fünfhundert und tausend Mark bekommt er für jede angefangene Sendeminute. Neben RTL bedient er Pro Sieben, und mit der Zeit heben auch die Öffentlich-Rechtlichen immer häufiger die Hand. Dass er als Autor niemals genannt wird, macht Wiebold nichts aus. Ein paar Sekunden für die „Tagesthemen“, er gibt es zu, „da bin ich stolz“.

Donnerstag, 1:55 Uhr.

Wiebold macht sich auf den Weg. 95 Kilometer sind es bis zum Unfallort. Das Thermometer im Armaturenbrett des BMW signalisiert minus 6,5 Grad. Auf einem Display leuchtet der Hinweis: „Achtung Bremsbeläge!“ Bremsen? Mit Tempo 230 geht es durch die Nacht, Wiebold hat Straßenkarten auf dem Schoß und an jedem Ohr ein Handy. „Jetzt zählt jede Minute“, sagt er gepresst. Recherche. Die Feuerwehr von Hamm bestätigt: Drei Tote! Wiebold fischt nach einer Zigarette, zur Kühlung legt er einen Augenblick lang beide Hände an die Stirn.

Donnerstag, 3 Uhr.

Wiebold ist zurück in seiner Wohnung in Essen. Diese Schlacht hat er verloren. Das Autobahnkreuz Dortmund-Nordost lag schon hinter ihm, da kam der Anruf: Bereits alle Opfer weggeschafft. „Kein Leichenwagen im Bild, warum soll ich mir den Hals brechen für ein paar Bremsspuren und etwas gesplittertes Glas?“

Weil er auch jetzt nicht schlafen will – „manchmal glaube ich, ich kann es gar nicht mehr“ –, schaltet er für eine halbe Stunde den Fernseher an: Die „Nachtfahrt“ im ZDF, Bilder aus einer Lokomotive während einer Reise durch Deutschland, diesmal „von Bad Homburg nach Mainz“.

Donnerstag, 5:30 Uhr.

Im Frühstücksfernsehen von RTL geht eine Meldung über den Unfall in Hamm-Uentrop in den Äther. Von drei Toten ist die Rede, leider kein Film.

Donnerstag, 8 Uhr.

Anruf von teuto-Tele: Warum haben wir keine Bilder von Uentrop? Wo waren Sie eigentlich?

Donnerstag, 9:30 Uhr.

Anruf vom Westdeutschen Rundfunk: Haben Sie Bilder von Hamm-Uentrop? Ist sonst jemand draußen gewesen? Wiebold beschließt unter die Dusche zu gehen.

Donnerstag, kurz vor 21 Uhr.

Wieder so ein Tag gewesen. Warten. Irgendwann hat sich Wiebolds Wagen in den Feierabendverkehr eingereiht. Wolfgang Wiebold hat eine Zeit lang geschwiegen. „Wenn ich alles zusammenzähle“, bilanziert er auf einmal, „dann komme ich auf mehr als 25 Sendestunden im Jahr, Wiederholungen inklusive.“ Auf der Gegenfahrbahn kommt ein Notarztwagen näher und dann noch ein zweiter; Wiebold reckt kurz den Hals. „Wahnsinn“, sagt er dann. „Oder?“

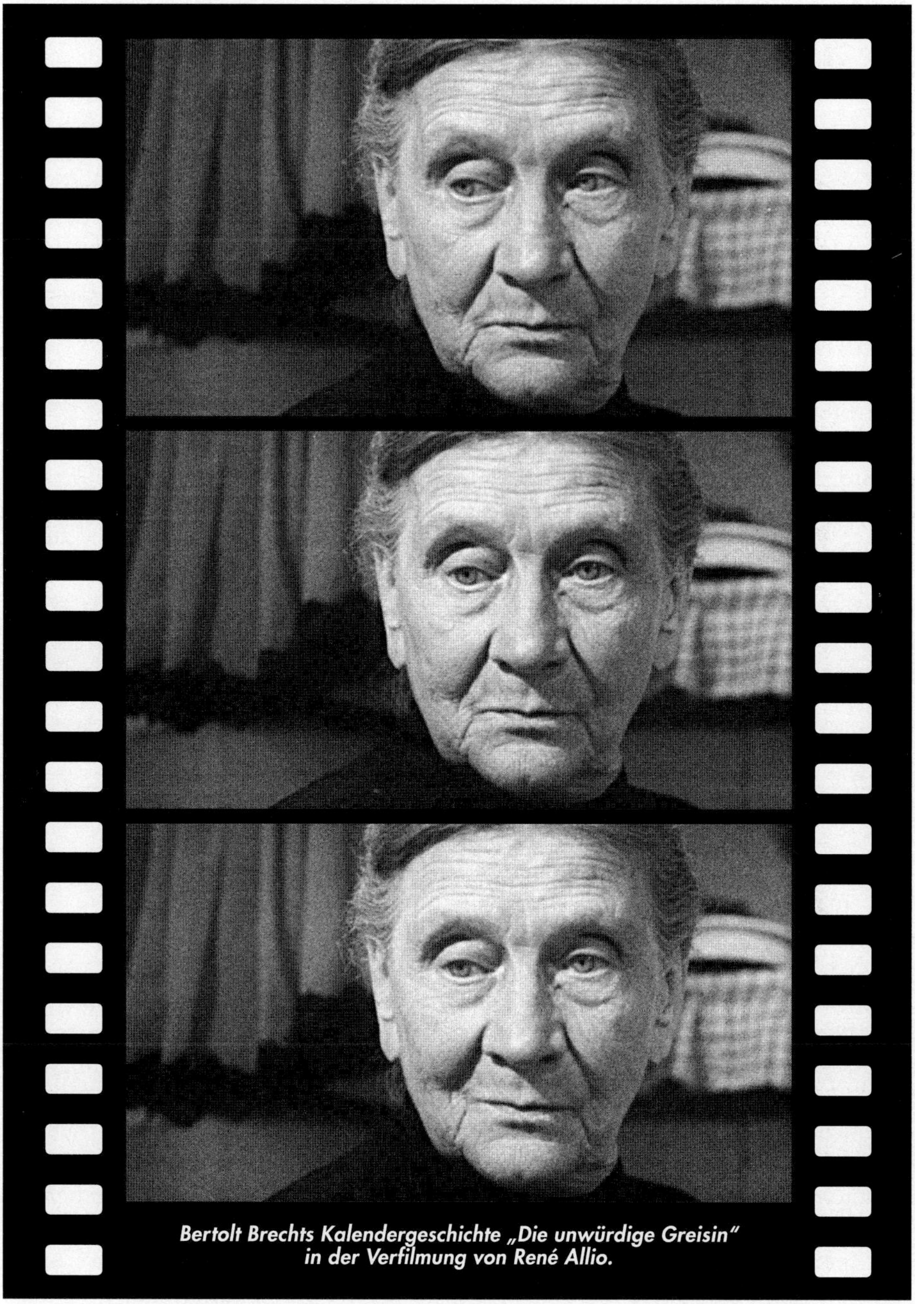

Bertolt Brechts Kalendergeschichte „Die unwürdige Greisin"
in der Verfilmung von René Allio.

Die unwürdige Greisin – Literaturverfilmung

Bertolt Brecht

Die unwürdige Greisin

Meine Großmutter war zweiundsiebzig Jahre alt, als mein Großvater starb. Er hatte eine kleine Lithographenanstalt* in einem badischen Städtchen und arbeitete darin mit zwei, drei Gehilfen bis zu seinem Tod. Meine Großmutter besorgte ohne Magd den Haushalt, betreute das alte, wacklige Haus und kochte für die Mannsleute und Kinder.

Bertolt Brecht

Sie war eine kleine, magere Frau mit lebhaften Eidechsenaugen, aber langsamer Sprechweise. Mit recht kärglichen Mitteln hatte sie fünf Kinder großgezogen – von den sieben, die sie geboren hatte. Davon war sie mit den Jahren kleiner geworden.

Von den Kindern gingen die zwei Mädchen nach Amerika und zwei Söhne zogen ebenfalls weg. Nur der Jüngste, der eine schwache Gesundheit hatte, blieb im Städtchen. Er wurde Buchdrucker und legte sich eine viel zu große Familie zu.

So war sie allein im Haus, als mein Großvater gestorben war.

Die Kinder schrieben sich Briefe über das Problem, was mit ihr zu geschehen hätte. Einer konnte ihr bei sich ein Heim anbieten, und der Buchdrucker wollte mit den Seinen zu ihr ins Haus ziehen. Aber die Greisin verhielt sich abweisend zu den Vorschlägen und wollte nur von jedem ihrer Kinder, das dazu imstande war, eine kleine geldliche Unterstützung annehmen. Die Lithographenanstalt, längst veraltet, brachte fast nichts beim Verkauf und es waren auch Schulden da.

Die Kinder schrieben ihr, sie könne doch nicht ganz allein leben, aber als sie darauf überhaupt nicht einging, gaben sie nach und schickten ihr monatlich ein bisschen Geld. Schließlich, dachten sie, war ja der Buchdrucker im Städtchen geblieben.

Der Buchdrucker übernahm es auch seinen Geschwistern mitunter über die Mutter zu berichten. Seine Briefe an meinen Vater und was dieser bei einem Besuch und nach dem Begräbnis meiner Großmutter zwei Jahre später erfuhr, geben mir ein Bild von dem, was in diesen zwei Jahren geschah.

Es scheint, dass der Buchdrucker von Anfang an enttäuscht war, dass meine Großmutter sich weigerte ihn in das ziemlich große und nun leer stehende Haus aufzunehmen. Er wohnte mit vier Kindern in drei Zimmern. Aber die Greisin hielt überhaupt nur eine sehr lose Verbindung mit ihm aufrecht. Sie lud die Kinder jeden Sonntagnachmittag zum Kaffee, das war eigentlich alles.

Sie besuchte ihren Sohn ein- oder zweimal in einem Vierteljahr und half der Schwiegertochter beim Beereneinkochen. Die junge Frau entnahm einigen ihrer

Äußerungen, dass es ihr in der kleinen Wohnung des Buchdruckers zu eng war. Dieser konnte sich nicht enthalten, in seinem Bericht darüber ein Ausrufezeichen anzubringen.
Auf eine schriftliche Anfrage meines Vaters, was die alte Frau denn jetzt so mache, antwortete er ziemlich kurz, sie besuche das Kino.
Man muss verstehen, dass das nichts Gewöhnliches war, jedenfalls nicht in den Augen ihrer Kinder. Das Kino war vor dreißig Jahren noch nicht, was es heute ist. Es handelte sich um elende, schlecht gelüftete Lokale, oft in alten Kegelbahnen eingerichtet, mit schreienden Plakaten vor dem Eingang, auf denen Morde und Tragödien der Leidenschaft angezeigt waren. Eigentlich gingen nur Halbwüchsige hin oder, des Dunkels wegen, Liebespaare. Eine einzelne alte Frau musste dort sicher auffallen.

Bertolt Brechts Großeltern

Und so war noch eine andere Seite dieses Kinobesuchs zu bedenken. Der Eintritt war gewiss billig, da aber das Vergnügen ungefähr unter den Schleckereien rangierte, bedeutete es „hinausgeworfenes Geld“. Und Geld hinauszuwerfen war nicht respektabel.
Dazu kam, dass meine Großmutter nicht nur mit ihrem Sohn am Ort keinen regelmäßigen Verkehr pflegte, sondern auch sonst niemanden von ihren Bekannten besuchte oder einlud. Sie ging niemals zu den Kaffeegesellschaften des Städtchens. Dafür besuchte sie häufig die Werkstatt eines Flickschusters in einem armen und sogar etwas verrufenen Gässchen, in der, besonders nachmittags, allerlei nicht besonders respektable Existenzen herumsaßen, stellungslose Kellnerinnen und Handwerksburschen. Der Flickschuster war ein Mann in mittleren Jahren, der in der ganzen Welt herumgekommen war ohne es zu etwas gebracht zu haben. Es hieß auch, dass er trank. Er war jedenfalls kein Verkehr für meine Großmutter.
Der Buchdrucker deutete in einem Brief an, dass er seine Mutter darauf hingewiesen, aber einen recht kühlen Bescheid bekommen habe.
„Er hat etwas gesehen“, war ihre Antwort, und das Gespräch war damit zu Ende. Es war nicht leicht, mit meiner Großmutter über Dinge zu reden, die sie nicht bereden wollte.
Etwa ein halbes Jahr nach dem Tod des Großvaters schrieb der Buchdrucker meinem Vater, dass die Mutter jetzt jeden zweiten Tag im Gasthof esse.
Was für eine Nachricht!
Großmutter, die zeit ihres Lebens für ein Dutzend Menschen gekocht und immer nur die Reste aufgegessen hatte, aß jetzt im Gasthof! Was war in sie gefahren?

Bald darauf führte meinen Vater eine Geschäftsreise in die Nähe und er besuchte seine Mutter.
Er traf sie im Begriffe auszugehen. Sie nahm den Hut wieder ab und setzte ihm ein Glas Rotwein mit Zwieback vor. Sie schien ganz ausgeglichener Stimmung zu sein, weder besonders aufgekratzt noch besonders schweigsam. Sie erkundigte sich nach uns, allerdings nicht sehr eingehend, und wollte hauptsächlich wissen, ob es für die Kinder auch Kirschen gäbe. Da war sie ganz wie immer. Die Stube war natürlich peinlich sauber, und sie sah gesund aus.
Das Einzige, was auf ihr neues Leben hindeutete, war, dass sie nicht mit meinem Vater auf den Gottesacker gehen wollte um das Grab ihres Mannes zu besuchen. „Du kannst allein hingehen“, sagte sie beiläufig, „es ist das dritte von links in der elften Reihe. Ich muss noch wohin.“
Der Buchdrucker erklärte nachher, dass sie wahrscheinlich zu ihrem Flickschuster musste. Er klagte sehr.
„Ich sitze hier in diesen Löchern mit den Meinen und habe nur noch fünf Stunden Arbeit und schlecht bezahlte, dazu macht mir mein Asthma wieder zu schaffen, und das Haus in der Hauptstraße steht leer.“
Mein Vater hatte im Gasthof ein Zimmer genommen, aber erwartet, dass er zum Wohnen doch von seiner Mutter eingeladen werden würde, wenigstens pro forma, aber sie sprach nicht davon. Und sogar als das Haus voll gewesen war, hatte sie immer etwas dagegen gehabt, dass er nicht bei ihnen wohnte und dazu das Geld für das Hotel ausgab!
Aber sie schien mit ihrem Familienleben abgeschlossen zu haben und neue Wege zu gehen, jetzt, wo ihr Leben sich neigte. Mein Vater, der eine gute Portion Humor besaß, fand sie „ganz munter“ und sagte meinem Onkel, er solle die alte Frau machen lassen, was sie wolle.
Aber was wollte sie?
Das Nächste, was berichtet wurde, war, dass sie eine Bregg bestellt hatte und nach einem Ausflugsort gefahren war, an einem gewöhnlichen Donnerstag. Eine Bregg war ein großes, hochrädriges Pferdegefährt mit Plätzen für ganze Familien. Einige wenige Male, wenn wir Enkelkinder zu Besuch gekommen waren, hatte Großvater die Bregg gemietet. Großmutter war immer zu Hause geblieben. Sie hatte es mit einer wegwerfenden Handbewegung abgelehnt mitzukommen.
Und nach der Bregg kam die Reise nach K., einer größeren Stadt, etwa zwei Eisenbahnstunden entfernt. Dort war ein Pferderennen, und zu dem Pferderennen fuhr meine Großmutter.
Der Buchdrucker war jetzt durch und durch alarmiert. Er wollte einen Arzt hinzugezogen haben. Mein Vater schüttelte den Kopf, als er den Brief las, lehnte aber die Hinzuziehung eines Arztes ab.
Nach K. war meine Großmutter nicht allein gefahren. Sie hatte ein junges Mädchen mitgenommen, eine halb Schwachsinnige, wie der Buchdrucker schrieb, das Küchenmädchen des Gasthofs, in dem die Greisin jeden zweiten Tag speiste. Dieser „Krüppel“ spielte von jetzt an eine Rolle.
Meine Großmutter schien einen Narren an ihr gefressen zu haben. Sie nahm sie mit ins Kino und zum Flickschuster, der sich übrigens als Sozialdemokrat* he-

rausgestellt hatte, und es ging das Gerücht, dass die beiden Frauen bei einem Glas Rotwein in der Küche Karten spielten.

„Sie hat dem Krüppel jetzt einen Hut gekauft mit Rosen drauf“, schrieb der Buchdrucker verzweifelt. „Und unsere Anna hat kein Kommunionskleid!“

Die Briefe meines Onkels wurden ganz hysterisch, handelten nur von der „unwürdigen Aufführung unserer lieben Mutter“ und gaben sonst nichts mehr her.

Das Weitere habe ich von meinem Vater.

Der Gastwirt hatte ihm mit Augenzwinkern zugeraunt: „Frau B. amüsiert sich ja jetzt, wie man hört!“

In Wirklichkeit lebte meine Großmutter auch diese letzten Jahre keinesfalls üppig. Wenn sie nicht im Gasthof aß, nahm sie meist nur ein wenig Eierspeise zu sich, etwas Kaffee und vor allem ihren geliebten Zwieback. Dafür leistete sie sich einen billigen Rotwein, von dem sie zu allen Mahlzeiten ein kleines Glas trank. Das Haus hielt sie sehr rein, und nicht nur die Schlafstube und die Küche, die sie benutzte. Jedoch nahm sie darauf ohne Wissen ihrer Kinder eine Hypothek* auf. Es kam niemals heraus, was sie mit dem Geld machte. Sie scheint es dem Flickschuster gegeben zu haben. Er zog nach ihrem Tod in eine andere Stadt und soll dort ein größeres Geschäft für Maßschuhe eröffnet haben.

Genau betrachtet lebte sie hintereinander zwei Leben. Das eine, erste, als Tochter, als Frau und als Mutter und das zweite einfach als Frau B., eine allein stehende Person ohne Verpflichtungen und mit bescheidenen, aber ausreichenden Mitteln. Das erste Leben dauerte etwa sechs Jahrzehnte, das zweite nicht mehr als zwei Jahre.

Mein Vater brachte in Erfahrung, dass sie im letzten halben Jahr sich gewisse Freiheiten gestattete, die normale Leute gar nicht kennen. So konnte sie im Sommer früh um drei Uhr aufstehen und durch die leeren Straßen des Städtchens spazieren, das sie so für sich ganz allein hatte. Und den Pfarrer, der sie besuchen kam um der alten Frau in ihrer Vereinsamung Gesellschaft zu leisten, lud sie, wie allgemein behauptet wurde, ins Kino ein!

Sie war keineswegs vereinsamt. Bei dem Flickschuster verkehrten anscheinend lauter lustige Leute und es wurde viel erzählt. Sie hatte dort immer eine Flasche ihres eigenen Rotweins stehen und daraus trank sie ihr Gläschen, während die anderen erzählten und über die würdigen Autoritäten der Stadt loszogen. Dieser Rotwein blieb für sie reserviert, jedoch brachte sie mitunter der Gesellschaft stärkere Getränke mit.

Sie starb ganz unvermittelt, an einem Herbstnachmittag in ihrem Schlafzimmer, aber nicht im Bett, sondern auf dem Holzstuhl am Fenster. Sie hatte den „Krüppel“ für den Abend ins Kino eingeladen, und so war das Mädchen bei ihr, als sie starb. Sie war vierundsiebzig Jahre alt.

Ich habe eine Fotografie von ihr gesehen, die sie auf dem Totenbett zeigt und die für die Kinder angefertigt worden war.

Man sieht ein winziges Gesichtchen mit vielen Falten und einen schmallippigen, aber breiten Mund. Viel Kleines, aber nichts Kleinliches. Sie hatte die langen Jahre der Knechtschaft und die kurzen Jahre der Freiheit ausgekostet und das Brot des Lebens aufgezehrt bis auf die letzten Brosamen.

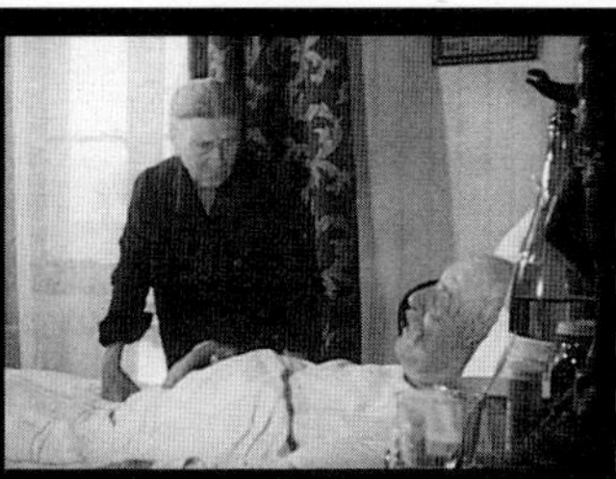
1

2

3
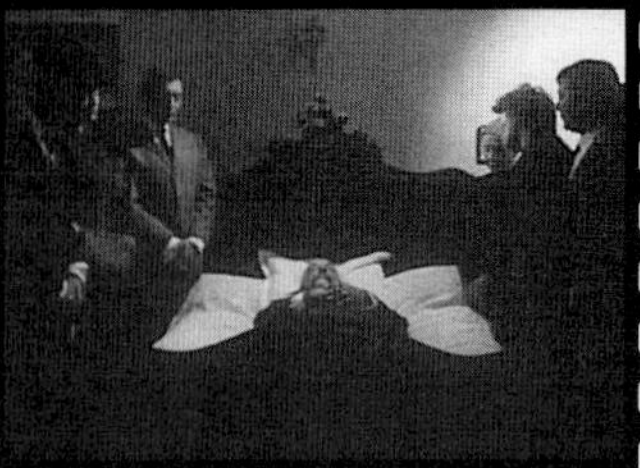
4

5

6

Nacherzählung der Filmhandlung

Die unwürdige Greisin

Ein Film von René Allio[1] nach der gleichnamigen Kalendergeschichte von Bertolt Brecht

Filmabschnitt I

(Sequenz 1) Der Film erzählt die Geschichte von Berthe Bertini. Berthe ist eine siebzig Jahre alte Frau, verheiratet mit einem Buchdrucker, Mutter von vier Kindern, die alle außerhalb des elterlichen Hauses leben. Sie wohnt in L'Estaque, einem Vorort von Marseille, in einem geräumigen Haus über der Druckerei ihres Mannes. Während sie ihr Leben lang für die Kinder und für den Haushalt zuständig gewesen ist, hat ihr Mann bis vor kurzem täglich an seiner Druckmaschine gestanden. Seit einem halben Jahr muss der Betrieb jedoch von dem alten Gehilfen geführt werden. Monsieur Bertini liegt todkrank im Bett, von seiner Frau aufopfernd gepflegt.

(2) Die Geschichte beginnt im April. Monsieur Bertinis Zustand ist wieder einmal sehr kritisch. Berthe steht am Krankenbett **[Bild 1]**. Kein Lebenszeichen ist zu erkennen. Sie nimmt den Zettel mit der Telefonnummer des Arztes, schließt die Läden, hastet hinunter zur Druckerei – der Gehilfe muss sie am Krankenbett ablösen, während sie in der kleinen Gaststätte an der Ecke den Arzt zu erreichen versucht.
Ernest, der Wirt, streitet gerade im Hinterhof mit einem Mädchen, das bei ihm ein Zimmer bewohnt. Er wirft ihr ihren leichten Lebenswandel vor. Auf Berthes Rufen kommt Ernest sofort und öffnet den Schrank, in dem das Telefon steht. Der Arzt meldet sich nicht. Rosalie – so heißt das Mädchen – ist plötzlich da und bietet ihre Hilfe an: Sie will den Doktor holen **[2]**. Ernest wird Berthes Sohn Albert alarmieren, der am anderen Ende der Stadt wohnt. Um diese Zeit kann er ihn am Telefon in Charlots Kneipe erreichen. Albert hat ein kleines Transportunternehmen, mit einem einzigen Lastwagen, ohne Büro; seine Telefonate erledigt er deshalb in seiner Stammkneipe.
Eine Stunde später. Pierre, Alberts Sohn, ist mit dem Lastwagen in L'Estaque angekommen. Nur zögernd betritt er das großelterliche Haus. Im Gang kommt ihm die Großmutter entgegen: „Dein Großvater ist tot."

(3) Am übernächsten Tag. Die Trauerfamilie hat sich um Berthe versammelt: Rose, die älteste Tochter; Gaston, der älteste Sohn, mit seiner Frau Simone und dem Sohn Charles; Albert mit seiner Frau, mit Pierre und dem kleinen Lucien. Auch der Druckereigehilfe gehört dazu. Gaston wünscht den toten Vater zu sehen **[3]**. Alle folgen ihm die Treppe hinauf. Der Tote liegt im abgedunkelten Schlafzimmer auf dem Bett, im guten Anzug. Gleichmäßig rechts und links verteilt stehen die Angehörigen **[4]**. Später geht Albert allein in das Zimmer zum toten Vater. Mit den Händen und dem Kinn am geschwungenen Fußende des Bettes aufgestützt, starrt er vor sich hin **[5]**.

1 Der Film (FWU-Fassung, 56 min., 16 mm/sw) ist im Verleih vieler Landes-, Kreis- und Stadtbildstellen erhältlich. Ggf. kann er auch beim Filmverleih „Die Lupe" in 37073 Göttingen, Groner Landstr. 3 (Tel. 05 51/7 50 81) erworben oder gegen Gebühr ausgeliehen werden.

Während der kleine Lucien in der Stube zu Bett gebracht wird, macht Albert seiner Mutter Vorwürfe: Gaston und Simone haben die Geschäftsbücher durchgesehen. Wie Albert von Simone erfahren hat, ist die Druckerei völlig verschuldet. Die Eltern haben nie etwas davon gesagt. Berthe entgegnet ruhig, dass die Schulden beglichen werden können, wenn die Druckerei verkauft wird. Sie reagiert unwirsch auf Alberts Abneigung die „Sachen des Vaters“ wegzugeben **[6]**. Simone stellt sich dazu. Sie spricht aus, worum es Albert geht: Er will das Geschäft weiterführen. Ihrer Meinung nach ist er dazu aber nicht in der Lage. Zur gleichen Zeit. Gaston sitzt still neben dem Toten, wie dieser mit gefalteten Händen.

(4) Am Abend sitzen die Männer um den Tisch in der Küche. Sie lassen sich von Mutter Berthe bedienen **[7]**. Jedem bringt sie ein Spiegelei **[8]**, auf Alberts Verlangen Essig, auf Pierres Verlangen Brot. Simone kritisiert die Männer, weil sie „Mama“ nicht daran gehindert haben, dass sie in der Küche während des Essens gleichzeitig die Wäsche kocht **[9]**. Albert starrt beim Essen vor sich hin. Berthe schaut ihn durchdringend an. Es klingelt an der Haustür: Verspätet kommt Robert, der jüngste Sohn. Berthe hat auf ihn gewartet. Er wird von allen besonders herzlich begrüßt.
Am Ende des Tages steht Berthe allein am Totenbett, mit unbewegtem Gesicht **[10]**.

(5) „Ihr werdet die alte Frau doch nicht allein lassen! Das wird Albert nicht tun!“ Das ist Ernests Meinung am nächsten Morgen. An der Theke steht Pierre. Er achtet allerdings weniger auf Ernests Worte als auf die nebenan telefonierende Rosalie. Während sie mit einem „Casanova“ spricht und von dessen „schickem Auto“ schwärmt, sieht sie immer wieder herausfordernd zu Pierre herüber.

(6) Am nächsten Tag. Es ist der Tag der Beerdigung. Feierlich angezogen sind alle Bertinis in der engen Küche versammelt. Um den Tisch herumsitzend trinken sie eine Tasse schwarzen Kaffee. Heute muss Alberts Frau die Männer bedienen.
Niemand sagt etwas. Da beginnt Berthe: „Hab schönen Dank, Gaston, und du auch, meine Rose. Aber ich werde nicht zu euch ziehen. Es ist mir lieber, ich lebe allein. Es ist mir lieber, ich bleibe in diesem Haus. Wenn ihr meint, dass das Geschäft verkauft werden soll, dann wär's das Beste, wenn ich das für euch mach'. Euer Vater und ich, wir haben auch schon mal daran gedacht. Wir hatten auch schon einen Käufer.“ Simone schaut triumphierend zu Albert hinüber: „Das ist ja großartig, Mama. Dann brauchst du ja nur noch unsere Vollmacht.“ Robert fragt seine Mutter, wovon sie leben will, wenn die Schulden bezahlt sind. Sie weiß Rat: „Wenn mir jeder von euch so ein klein bisschen was gibt, es muss ja nicht viel sein, Hauptsache, es ist regelmäßig ...“ **[11]**
Völliges Schweigen. Simones Mundwinkel zucken. Albert zieht an seiner Zigarette. Robert lächelt zufrieden.

(7) Nach der Beerdigung **[12]**. Gaston ist den anderen vorausgeeilt und gibt der Verkäuferin am Blumenstand einen großen Geldschein: „Also, alle zwei Wochen in die große blaue Emaillevase mit der Aufschrift ‚Dein Dich liebender Sohn‘.“
Albert führt die Mutter zu seinem Lastwagen. „Komm, ich bring' dich

7

8

9

10

11

12

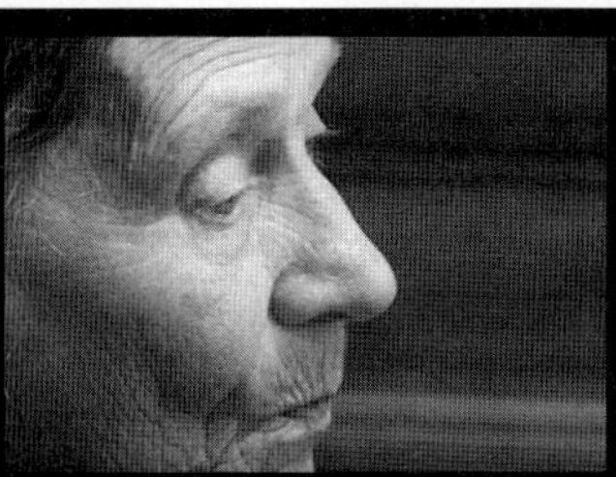
13

14

15

16

17

18

nach Hause, du fährst mit mir." Da schaltet sich Gaston ein: „Aber Albert! Komm, meine Liebste, in meinem Wagen sitzt du doch viel bequemer."
Berthe sieht Albert, der sich nicht gewehrt hat, mit einem kurzen vorwurfsvollen Blick an.

Filmabschnitt II
(8) Mai. Berthe ist seit einem Monat allein im Haus. Sie muss für niemanden sorgen. In aller Ruhe kümmert sie sich um ihr tägliches Brot, hält die paar Teller und Tassen, die sie braucht, sauber, ist anscheinend ganz auf sich selber konzentriert **[13]**.
Was sie an Lebensmitteln braucht, kauft sie wie immer in dem Laden um die Ecke. Allerdings nimmt sie heute nicht den üblichen Tafelwein, sondern den Rosé ganz oben im Regal. Und statt der alten Julienne zuzuhören **[14]**, die längere Zeit im Krankenhaus gewesen ist und über ihre Leidenszeit dort jammern will, wendet sie sich ein paar jungen Leuten zu, die gerade vorbeikommen, und beobachtet munter, wie sie über ihren Kopf hinweg mit einer Melone Ball spielen **[15]**. Und sie folgt den jungen Leuten neugierig in eine kleine Seitengasse, zum Kino. Sie geht nicht hinein, betrachtet aber genau die aushängenden Fotos **[16]**.
Auf dem Rückweg bleibt sie vor dem Restaurant stehen, in dem Rosalie arbeitet, und wirft einen prüfenden Blick auf die große Preistafel, die auf dem Bürgersteig aufgebaut ist. Dann schaut sie durchs geöffnete Fenster hinein: Rosalie schäkert mit einem jungen Gast. Als sie Berthe sieht, kommt sie sofort heraus. Auf der anderen Straßenseite plaudert Ernest mit den Nachbarn. Rosalie hat sich bei der alten Dame eingehängt und begleitet sie. Ernest macht die Nachbarn auf das ungleiche Paar aufmerksam.

(9) Sommer. Berthe im Stadtzentrum von Marseille, mitten im größten Menschengewimmel **[17]**. Sie trägt immer noch ihre einfache schwarze Kleidung. Nun hat sie aber dazu ein schickes schwarzes Hütchen auf; eine Handtasche hängt locker über der rechten Schulter. Nichts von all dem, was um sie herum geschieht, entgeht ihren Augen. Im Kaufhaus, durch das sie schlendert, schaut sie sich sämtliche Artikel genau an, prüft alles eigenhändig, setzt dazu die Brille auf. Besonders ein elektrischer Entsafter, den ihr ein Verkäufer vorführt, fasziniert sie **[18]**. „Diese Geräte sind schon seit langem im Handel, Madame." – „Aber ich wohne weit draußen", entgegnet sie.

(10) Drei Monate nach dem Begräbnis. Berthe ist zum ersten Mal bei Albert zu Besuch. „Mit dir haben wir nicht mehr gerechnet, Mama!" Albert und Pierre sind gerade aufgeregt zu Hause eingetroffen um schnell etwas zu essen. Noch zwei Aufträge für das Fuhrunternehmen sind heute zu erledigen. Berthe hat auf den Sohn gewartet. Jetzt aber, wo er da ist und sich die Hände wäscht, will sie plötzlich schon wieder aufbrechen; Pierre kann sie ja im Lastwagen mitnehmen, er muss sowieso nach L'Estaque fahren. „Aber Mama, machst du Witze?" – „Nein, bei Pierre im Lastwagen ist es bequemer als im vollen Omnibus." – „Weshalb bist du denn überhaupt gekommen?" **[19]** „Ich wollte euch sehen und ich habe euch gesehen." Dann gibt sie zu, dass es ihr in Alberts enger Hochhauswohnung nicht gefällt. Albert lässt seine Wut an dem kleinen Lucien aus und schreit ihn an. Die Großmutter küsst Lucien zum Abschied besonders herzlich.

Vor dem Weggehen spricht Albert noch die monatliche Zahlung an. Diesen Monat geht es ihm geschäftlich besonders schlecht. Er macht eine Pause. Sie sagt nichts. Sie schaut nur auf den Geldbeutel, den er hervorgeholt hat. Schließlich gibt er ihr die Hälfte des Geldes. Die andere Hälfte verspricht er für die Zeit nach dem Fünfzehnten. Von seinen Geschwistern hat sie das Geld bekommen: „Du musst dir keine Sorgen um mich machen."

(11) Berthe ist mit Pierre abgefahren.
Albert sitzt mit seiner Frau und Lucien beim Abendessen. „Ich wollt's dir gar nicht sagen. Ich weiß es von Ernest: Seit einem Monat isst sie jeden Tag im Restaurant! – Eine Frau, die ihr Leben lang selber gekocht hat, beinahe für zehn Personen, und immer nur die Reste gegessen hat, die genau wusste, was Geld bedeutet!" Albert wird immer heftiger: „Und auf einmal sieht sie auf mich herunter! Ich sitze mit meiner Familie hier in diesem ekelhaften Loch, schufte wie ein Kuli, bloß um sie mitzuernähren, und dabei steht das Haus in L'Estaque praktisch leer!"
Schweigend hört seine Frau zu.

(12) Berthe hat sich von Pierre im Stadtzentrum absetzen lassen. Sie will nun doch mit dem Bus nach L'Estaque hinausfahren, schlendert aber erst einmal durch die Geschäftsstraßen. Wieder sucht sie das Kaufhaus auf. Diesmal bleibt sie in der Parfümerieabteilung stehen, beobachtet, wie eine feine Dame sich von der Verkäuferin ein Parfüm auf den Handrücken sprühen lässt und sachverständig daran riecht – „Kann ich auch?" – „Wie bitte?" Berthe hält ihren Handrücken hin **[20]**. „Danke." Sie lächelt glücklich.
Die Rolltreppe hinauf, die Rolltreppe hinunter **[21]**, die Handtasche unter den Arm geklemmt. Wieder die Rolltreppe hinauf, noch weiter hinauf – und wieder hinunter, rauf, runter ... Sie landet in der Hutabteilung und bewundert ein junges Mädchen bei der Anprobe vor dem Spiegel, staunt über die herumliegenden Perücken.
In einer Seitenstraße bleibt Berthe auffällig lang vor einem Haus mit dem Schild „Notar" stehen, sieht sich die Kunstbildbände in einem Schaufenster an, sitzt völlig entspannt auf einer Parkbank, leistet sich in einem Straßencafé einen riesigen Eisbecher mit viel Sahne. Sie genießt **[22]**.
Für die Rückfahrt nach Hause nimmt sie nun doch nicht den Bus, sondern eine offene Droschke **[23]**. Sie fährt am Güterbahnhof vorbei, wo Pierre mittlerweile im Schweiße seines Angesichts Kisten auflädt. Pierres erstaunter Blick über die Straße begegnet ihrem verschmitzten Lächeln.

Filmabschnitt III
(13) Oktober. Albert kommt vom Telefon neben der Theke bei Charlot und reißt Pierre mit sich in ein Nebenzimmer. Die neuesten Nachrichten von Ernest haben ihn gänzlich aus der Fassung gebracht: Berthe geht jetzt abends immer mit Rosalie aus, mit diesem Mädchen, das in dem Restaurant Kellnerin gewesen ist, wo Berthe seit sechs Monaten „ein Vermögen ausgibt".
Albert schreit den Sohn an: „Die Kleine hat sogar ihre Arbeit hingeschmissen, die beiden wollen sich öfters sehen, sie hängen wie Kletten aneinander. Der Alte ist noch keine sechs Monate tot und deine Großmutter muss mit ihr ins Kino laufen – und das nur um ins Kino

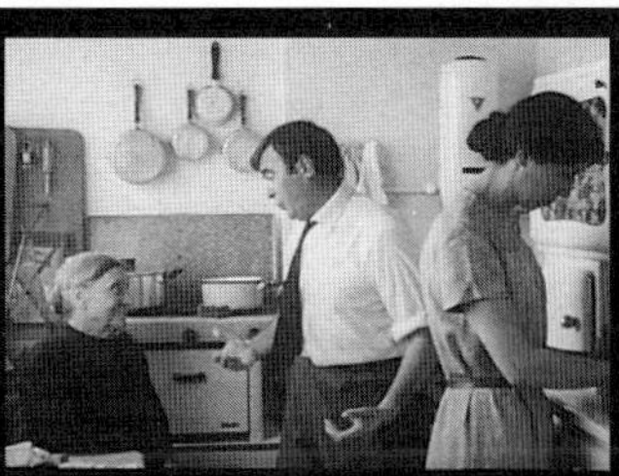
19

20

21

22

23

24

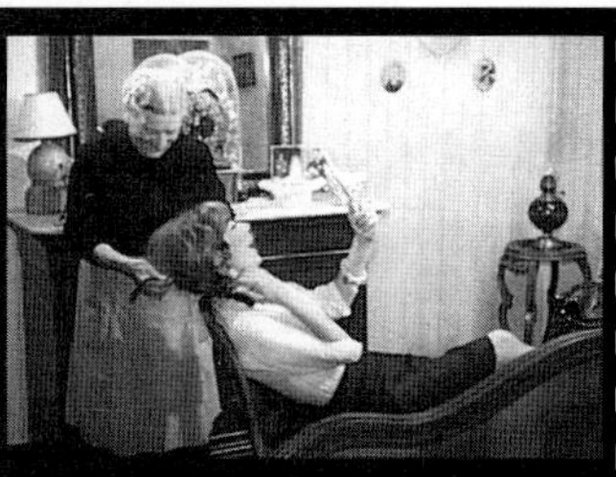
25

26

27

28

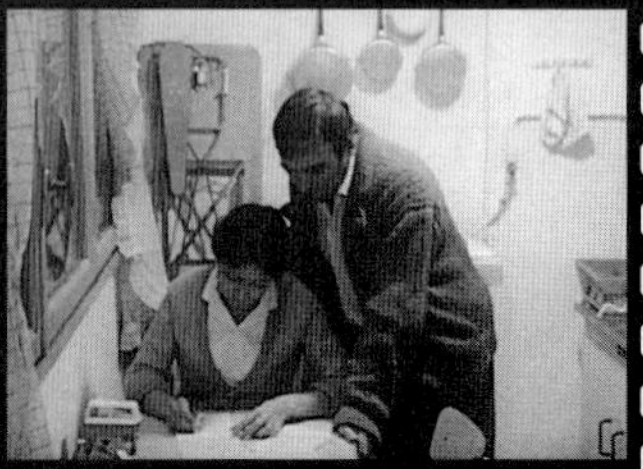
29

30

zu rennen. Ein Vergnügen nach dem anderen! … Geh' ich vielleicht aus? Pierre, du, als ihr Enkel, musst mit ihr reden, ihr sagen, was wir von ihrem Benehmen halten. Aber machs 's nett! Ich könnte das nicht so, und mich mag sie auch nicht so, dass sie auf mich hören würde. Aber auf diesen Mr. Alphonse, auf den hört sie! Dauernd hocken sie bei ihm. Wenn man diese Type kennt! Du gehst jetzt gleich zu ihr, auf der Stelle!"
„Nein!" Vater und Sohn kommen ins Handgemenge miteinander, Charlot muss eingreifen **[24]**.

(14) Rosalie ist bei Berthe zu Besuch. Berthe spielt Friseuse. Im Schlafzimmer kämmt sie Rosalie und probiert an ihr eine neue Frisur aus: kurze Zöpfchen. Beide können sich dabei vor Lachen kaum halten **[25]**.
Später. Die beiden Frauen kommen auf die Gasse herunter. Von gegenüber, aus Ernests Gaststätte, werden sie von Pierre beobachtet. Ernest sagt ihm, dass er sein Zögern nicht versteht. „Schließlich sind das deine Kröten, die sie da verfressen, du Trottel. Dein Vater hat's begriffen. Aber: Bringt dich diese Rosalie am Ende durcheinander?" Pierre gibt sich einen Ruck, verlässt das Lokal und folgt den beiden Frauen in einem gewissen Abstand.
Sie gehen die Vorortgässchen hinunter, bis sie bei der kleinen Schuhmacherwerkstatt von Alphonse ankommen. Alphonse ist vielleicht an die fünfzig. Groß, mit feiner Metallbrill, hemdsärmelig und in einer langen Lederschürze steht er in der Tür und verabschiedet gerade zwei Kundinnen mit ausgebreiteten Armen. Mit weltmännischer Geste begrüßt er die Ankommenden: „Salut, meine Freundinnen! Madame Berthe, die Unbeschwerte, und Rosalie, so schön wie nie!" **[26]**.
Lachend lassen sie sich von ihm in die Werkstatt führen. Während Alphonse den Laden zuschließt, staunt Berthe über die vielen Illustriertenbilder und Fotos an den Wänden: Bilder aus dem Algerienkrieg, aus Indochina, Bilder von schönen Frauen …
Sie treten ins Hinterzimmer ein. Dort sind schon „alle" versammelt: zwei ältere und zwei jüngere Männer. Die beiden Frauen werden herzlich gegrüßt. Einer der jüngeren hat offensichtlich eine besonders enge Beziehung zu Rosalie. Man ist zu einem Fernsehabend zusammengekommen. Dazu gibt's zuerst Kaffee, dann den schottischen Whisky, den Berthe zur allgemeinen Begeisterung mitgebracht hat **[27]**.
Berthe interessiert sich sehr für die alte Handmühle an der Wand, mit der Alphonse den Kaffee mahlt. „Die Mühle ist aber alt, Alphonse." – „Das ist ein Andenken, Berthe. Man hängt nicht an Dingen, weil sie irgendwie aussehen, bisschen länger, bisschen dicker, schwarz oder weiß, Stromlinie oder nicht. Für mich bleibt eine Kaffeemühle eine Kaffeemühle." – „Aber es ist keine elektrische!" Alphonse lacht, Berthe ist mit seiner Reaktion nicht ganz zufrieden.
Pierre sieht zum Fenster herein und lauscht, unbemerkt **[28]**. Als im Fernsehen der Film von der „Tochter des Drachenkönigs" beginnt, hält er es mit dem Spionieren nicht mehr aus, läuft zur nächsten Gaststätte und verlangt einen Whisky; doch den gibt es dort nicht.

(15) Februar. Albert diktiert seiner Frau einen Brief an Gaston **[29]**: „Was unsere Mutter betrifft, so weißt du ja alles über ihre Verschwendungssucht und ihren Umgang. Der Winter war hart für mich, deshalb kann ich dir noch nicht das versprochene Geld zurückzahlen. Ich arbeite jetzt allein in meinem Betrieb."

Filmabschnitt IV

(16) Mai. Berthe hat einen Altwarenhändler kommen lassen. Er wundert sich, aber sie will alles loswerden, was alt ist. Auf seine Zweifel hin zeigt sie ihm die Vollmacht, die sie von ihren Kindern bekommen hat. Dann kramt sie alles hervor und verkauft es: das alte Geschirr, die Kupferpfannen, ein Tischchen, einen Garderobenständer, einen Läufer, zwei Bilder, einen Werkzeugkasten, von den Familienfotos die Rahmen, von der Kleidung des Verstorbenen einen Hut, einen Stock ... **[30]**.

(17) Berthe kommt vom Notar. Außer ihrer Handtasche trägt sie eine große Tasche, in der sie wohl ihre geschäftlichen Papiere aufbewahrt. Im Straßencafé um die Ecke wird sie von Rosalie und Alphonse mit Spannung erwartet. Rosalie strahlt, Alphonse sagt „Ah!“, als sie sich zu ihnen ans Tischchen setzt. Die Sache ist also klar. Das Ereignis kann mit einem großen Eis gefeiert werden – „mit viel Crème“ **[31]**.
Ein paar Tage später. Berthe und Rosalie sind bei einem Autohändler. Berthe fragt Rosalie: „Wirst du denn auch fahren können?“ – „Klar!“ Die beiden wollen einen gebrauchten 2 CV kaufen. Aber „da quietscht was“, „die Leiste ist verbogen“, „was ist das für ein Geruch“, „gehen die Lampen auch, Rosalie, sieh nach“, „wir möchten gern den Motor sehen“ **[32]**, „der ist aber klein“: Berthe bringt den Verkäufer ordentlich ins Schwitzen. Doch nach allen Beanstandungen ist sie zufrieden, vor allem mit den zurückklappbaren Vordersitzen – „hopp und schon ist’s ein Bett“. Sie zahlt bar, handelt aber den Preis runter: „Monsieur, ich habe nie in meinem Leben einen Fisch gekauft ohne mir seine Kiemen anzusehen.“

(18) Pierre kommt mit seinem kleinen Bruder zu Besuch. Berthe freut sich. Sie wundert sich, dass Pierre und Rosalie sich mittlerweile kennen. „Komm, setz dich! Wie geht’s dir? Komm doch mit uns, wir haben nämlich jetzt ein Auto. Heute gibt’s unsere erste Fahrt, wir fahren ans Meer.“ Pierre soll steuern, Rosalie soll ihm dabei zusehen und noch etwas besser fahren lernen.
In einem Café im Hafengebiet. Berthe plaudert munter aus, was sie von ihren Söhnen hält: Gaston ist schon immer ein „Schulmeister“ gewesen, stets ernst und fleißig, an Reichtum orientiert, seine Frau Simone ist „eine richtige Denkmaschine“. – „Und Albert?“ – „Der ist immer noch stolzer als Gaston gewesen, aber dabei weich, ewig ungeschickt, immer irgendwo verletzt. Du wirst sehen, er lässt sich unterkriegen.“
Der 2 CV hält neben der Küstenstraße. Berthe steigt aus **[33]** und blickt aufs Meer, auf die der Küste vorgelagerte Felseninsel. Aber Pierre hat nur gehalten um Rosalie ans Steuer zu lassen. Es geht weiter: „Achtung, langsam kuppeln.“
Etwas später, an einer anderen Stelle der Küste. Es ist dunkel geworden. „Hübsch, diese vielen kleinen Lichter. Pierre, zeig mir, wo mein Haus ist!“ Berthe sieht glücklich aus **[34]**. Im Mondlicht steht sie zwischen den beiden jungen Leuten, sie hat sich bei ihnen untergehakt. „Da, da ist es, nein, weiter links.“ – „Das ist aber weit!“ Auf der anderen Seite der Bucht, in der Ferne, sind die Lichter von L’Estaque zu erkennen. „Ich möchte jetzt nach Hause. Fahrt über den Hafen. Ich mag den Hafen. Ihr beiden könnt ja nachher weiter spazieren fahren. Es war sehr schön.“

31

32

33

34

35

36

37

38

39

40

41

42

(19) Überraschend kommt Gaston zu Besuch. Pierre ist mit dabei. „Tja, Geschäfte hier in der Gegend, da bin ich direkt hierher ... Lass dich ansehen!" – „Na, und?" Gaston schaut die Mutter prüfend an, antwortet aber nicht. Also fragt Berthe: „Und Simone? Charles? Rose?" Sie erfährt nur erfreuliche Dinge.
„Tja, wie man hört, hast du neue Freunde. Wer ist dieser Schuster? Ist er so interessant?" **[35]** – „Er hat viel gesehen." – „Und deine kleine Freundin?" – „Hör zu, Gaston, ich freue mich zu hören, dass es Simone und Charles gut geht. Dass du gekommen bist. Du solltest öfters mal zu Rose gehen, sie ist allein. Was mich betrifft: ich muss jetzt fort." Damit steht sie auf und nimmt den Hut. „Ich möchte nicht wegfahren ohne am Grab meines Vaters gewesen zu sein. Da hab' ich mir gedacht, du kommst mit." – „Du kannst allein hingehen, es ist leicht zu finden, es ist das dritte Grab von links in der siebten Reihe."
Gaston und Pierre gehen den Weg zwischen den Gräbern hinunter. „Alles in allem wirkt sie gar nicht unglücklich. Ich finde sie ganz munter." Pierre meint, dass die Großmutter „bloß glücklich" ist. Gaston hält das für die „Seligkeit der Armen im Geiste", aber Pierre protestiert: „Sie ist ganz und gar nicht verrückt. Sie – sie hat sich bloß geändert." **[36]**
Gaston besucht Albert. Der regt sich auf: „Schließlich ist das ganze Geld, das sie rausschmeißt, unser Geld. Du, Gaston, kannst das leichter hinnehmen." Doch Gaston entgegnet, dass auch für ihn ein Franc ein Franc ist. Es gibt ja auch so etwas wie Lebensstil und Lebensstandard!

Filmabschnitt V

(20) Mitten in der Nacht. Berthe steht auf, sieht zum Fenster hinaus, zum Mond hinauf. Sie zieht sich einen leichten Mantel über und verlässt das Haus. Sie geht hinunter zum Hafen. An einer Böschung lässt sie sich nieder **[37]**. Ihre Haare fliegen im Wind. Mit wachen Sinnen nimmt sie alles in sich auf: den Wellenschlag in der Nähe, das Geflimmer in der Ferne, das Wasser mit den Spiegelbildern der Lichter, die langsame Bewegung der zwei Kähne da vorne in der Bucht. Sie lächelt **[38]**.

(21) August. Für Albert hat sich die schlechte geschäftliche Lage noch immer nicht geändert und der Ärger über die Mutter ist der gleiche geblieben. Für Ernest, der mit Albert mal wieder telefoniert, ist die ganze Geschichte mit Berthe eher zum Lachen, ebenso für die Gäste aus der Nachbarschaft, die Ernest in seiner Gaststätte zuhören. „Ein Arzt soll zu ihr gehen? Ein Arzt? Was willst du dem sagen? Durcheinander wirkt sie überhaupt nicht, sie macht sich ein paar nette Tage, sie amüsiert sich. Und keiner kann ihr sagen, dass sie das nicht darf." **[39]**
Ernest hat offensichtlich von der bevorstehenden Abreise Berthes berichtet. Jetzt steht er mit zehn anderen Neugierigen **[40]** auf dem Bürgersteig und ist Zuschauer, wie Berthe in den 2 CV einsteigt, wie Rosalie und Alphonse Koffer um Koffer im Wagen verstauen **[41]**, und wie dann die Fahrt losgeht, mit offenem Verdeck.

(22) Ende August. Albert. Mit seiner Frau in der Küche stehend, wortlos an ihr vorbeiblickend. Allein bei Charlot sitzend, ruhelos, müde, mit einer Zigarette im Mundwinkel **[42]**.
Zur gleichen Zeit: Strahlend, lachend kommen Rosalie und Alphonse mit Berthe aus einem Schuhgeschäft an der Uferpromenade von Tou-

lon. Alphonse sieht besonders zufrieden aus. Er gibt Berthe einen kräftigen Kuss **[43]**. Der Ladenbesitzer verabschiedet die drei: „Ja, also, Madame, wenn Sie durchaus meinen, daß mein Geschäft einen Geschäftsführer haben muss, und wenn Sie für die Aufwendungen persönlich aufkommen – allerdings, Schuhe in Selbstbedienung, und das hier ..." Alphonse legt die Arme um die Schultern der beiden Frauen und zieht mit ihnen ausgelassen hinüber zur Kaimauer.

(23) Albert bei Charlot an der Theke. Heute hat er an Gaston einen Brief geschrieben: „Meine Frau meint, ich hätte mich mit meiner Mutter ganz krank gemacht. Aber das wäre ja albern. Diesmal kann ich dir über sie nichts schreiben, sie ist mit ihren Freunden verreist und keiner weiß, wo sie sind. Kein Brief, keine Karte. Sie scheinen Ferien zu machen. Wenn ich in den Zeitungen von all diesen Unfällen lese, habe ich Angst, dass sie eines Tages für ihr unwürdiges Benehmen bestraft werden könnte. Ich mach' mir Sorgen."
Charlot versucht Albert die trüben Gedanken zu verscheuchen. Da läutet das Telefon neben der Theke: Ernest! „Sie sind gestern zurückgekommen. Es geht ihr glänzend!"

(24) September. Alphonse, der Schuster, ist nach Toulon gezogen. Berthe und Rosalie haben ihn wehmütig verabschiedet. Sie sind auf dem Weg nach Hause. Rosalies Frage: „Was machen wir heute Abend?" Berthes kaum hörbares „Hm". Dann doch ein Entschluss: „Wir gehen ins Kino." **[44]**
Abends. Pierre spielt mit seiner Gitarre in einer Band. Er singt, dann hören sie die Tonbandaufnahme ab. Das Telefon klingelt. Pierre geht hin. Rosalie ist am Apparat. Es dauert lange, bis er verstanden hat. „Wann? Sie ist ... Hallo, hallo!" Rosalie hat eingehängt **[45]**.
Wenig später. Albert und Pierre sind mit dem Lastwagen nach L'Estaque gekommen. Ernest hat sie empfangen. Während die beiden anderen zum Zimmer hinaufgehen **[46]**, in dem die Tote auf dem Bett liegt, bleibt Pierre unten in der Küche **[47]**. Er kann hören, was Ernest berichtet: „Es ist oben im Zimmer passiert. Sie wollten ins Kino. Du kannst dir Rosalies Gesicht vorstellen. Auf einmal hat mich dieses Luder gebraucht. Du brauchst sie nicht zu suchen, sie ist abgehauen. Natürlich mit dem Auto. Genau wie Alphonse, der hat sich schon vorher verzogen. Der soll sich in Toulon einen ganz neuen Schuhladen gekauft haben. Wovon, das muss ich doch ja wohl nicht fragen. Bloß, Beweise wirst du garantiert keine finden. Ich lass' mir nicht ausreden: Sie hat ihm alles vermacht, und kein Gesetz der Welt hätte das verhindern können."
Pierre findet in der Küche zwei in Papier gewickelte Filmröllchen; außen auf dem Papier steht „Für Pierre", innen „Rosalie".

(25) Einige Tage später. Pierre ist wieder zur Probe gekommen. Die anderen spielen schon. Er setzt sich abseits, nimmt die entwickelten Fotos aus der Tasche des Jacketts und betrachtet sie, langsam, eins nach dem anderen: Berthe in Toulon am Kai, am Strand; im Schatten eines Baumes, glücklich winkend; in der Altstadt; Arm in Arm mit Rosalie; Alphonse verabschiedend; zwischen Büschen und Bäumen unbeschwert die Arme ausbreitend, offenbar tanzend; den Hut in die untergehende Sonne werfend **[48]**.

43

44

45

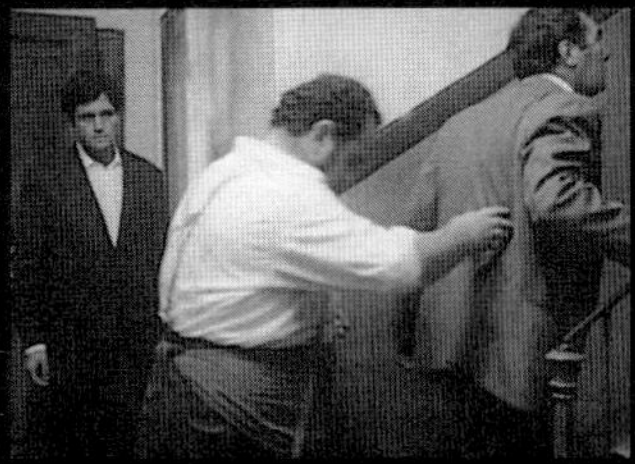
46

47

48

ENDE

1 Der Beginn der Kalendergeschichte und des Films

Meine Großmutter war zweiundsiebzig Jahre alt, als mein Großvater starb. Er hatte eine kleine Lithographenanstalt* in einem badischen Städtchen und arbeitete darin mit zwei, drei Gehilfen bis zu seinem Tod. Meine Großmutter besorgte ohne Magd den Haushalt, betreute das alte, wacklige Haus und kochte für die Mannsleute und Kinder.
Sie war eine kleine, magere Frau mit lebhaften Eidechsenaugen, aber langsamer Sprechweise. Mit recht kärglichen Mitteln hatte sie fünf Kinder großgezogen – von den sieben, die sie geboren hatte. Davon war sie mit den Jahren kleiner geworden.
Von den Kindern gingen die zwei Mädchen nach Amerika und zwei Söhne zogen ebenfalls weg. Nur der Jüngste, der eine schwache Gesundheit hatte, blieb im Städtchen. Er wurde Buchdrucker und legte sich eine viel zu große Familie zu.

Übersicht: Literaturverfilmung

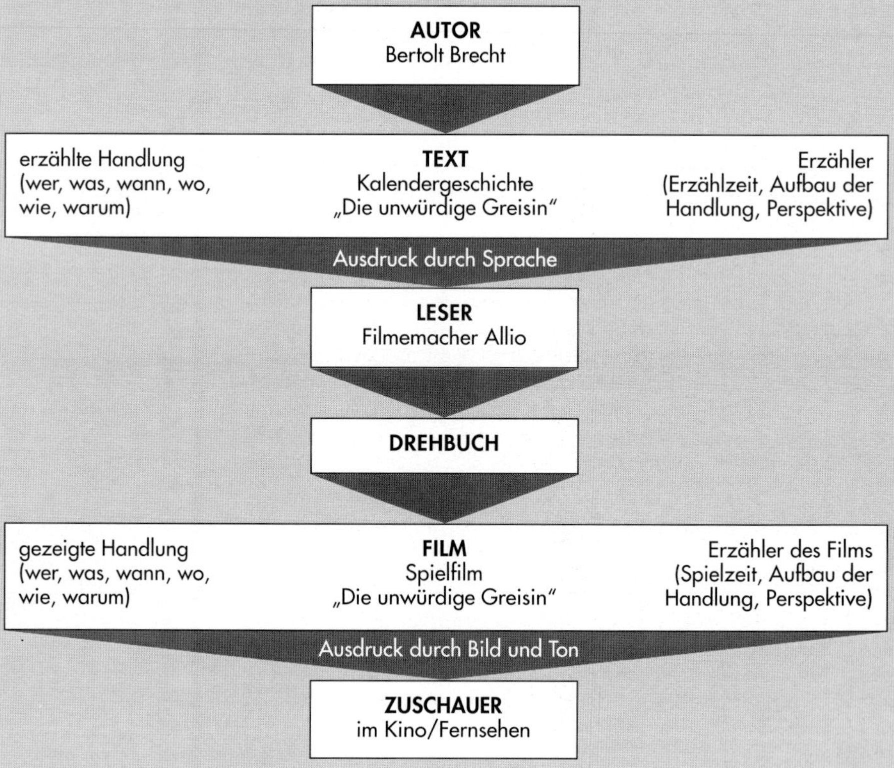

Filmbild (Auswahl) **Filmton**

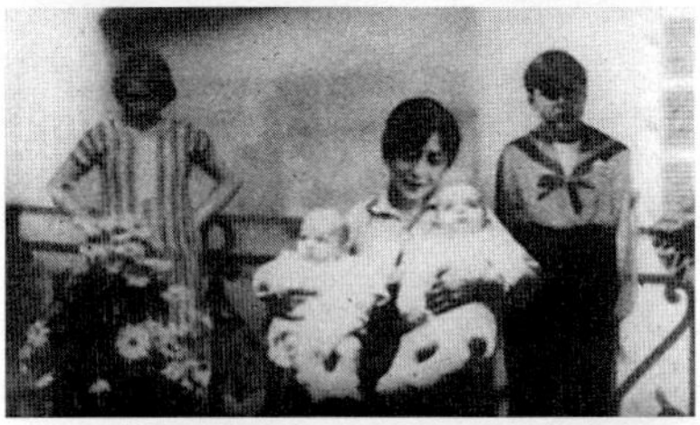

Der Filmzuschauer hört ein Chanson des französischen Sängers Jean Ferrat, das frei übersetzt folgenden Wortlaut hat:

Sie heiratet früh mit 20
Und sie wartet nicht lang
Um sich 3 oder 4 Kinder anzuschaffen,
Die sie rund um die Uhr beschäftigen
Mit dem Einkaufen und dem Geschirrspülen,
Mit dem Putzen und dem Kochen;
Die Welt kann den Bach hinuntergehen,
Sie hat keine Zeit daran zu denken.

Refrain:
Sollen wir darüber weinen oder lachen?
Ist sie zu beneiden oder zu bedauern?
Ich vermag es nicht zu sagen,
Wir sehen nicht den Lauf der Zeit.

Ein Duft von einem dampfenden Kaffee,
Das macht ihre Welt aus,
Die spielenden Kinder, der rauchende Mann,
Die Tage laufen rückwärts,
Kaum sieht sie die Kinder auf die Welt kommen,
Schon muss sie sie mit einem Kuss verabschieden;
Und in den Fenstern
hängt die Erinnerung an die Jugend.

Refrain:
Sollen wir darüber ...

Ihre Sonntage bestanden nur aus einem
Frisch gebügelten Anzug, aus ein paar
Blumen oder Zweigen, die das
Esszimmer schmückten.
Und ihr ganzes Leben besteht nur
Aus Millionen sinnentleerter Schritte,
Gefangen zwischen Tisch und Schrank
Wie zwischen Hammer und Amboss.

Refrain:
Sollen wir darüber ...

2 Ausschnitte aus der Kalendergeschichte und dem Film

Die neue Situation der Greisin

Kalendergeschichte:
Die Kinder schrieben sich Briefe über das Problem, was mit ihr zu geschehen hätte. Einer konnte ihr bei sich ein Heim anbieten und der Buchdrucker wollte mit den Seinen zu ihr ins Haus ziehen. Aber die Greisin verhielt sich abweisend zu den Vorschlägen und wollte nur von jedem ihrer Kinder, das dazu imstande war, eine kleine geldliche Unterstützung annehmen. Die Lithographenanstalt, längst veraltet, brachte fast nichts beim Verkauf und es waren auch Schulden da. Die Kinder schrieben ihr, sie könne doch nicht ganz allein leben, aber als sie darauf überhaupt nicht einging, gaben sie nach und schickten ihr monatlich ein bisschen Geld. Schließlich, dachten sie, war ja der Buchdrucker im Städtchen geblieben.

Film:

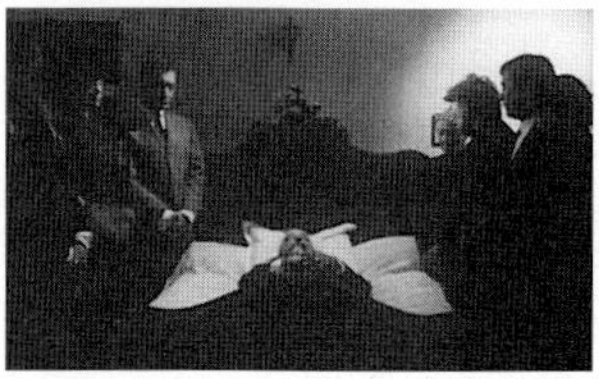

Bild 1:
Die Familie am Bett des toten Vaters

Bild 2:
Albert hofft das Haus erben zu können

Bild 3:
Mutter Berthe denkt über ihre Zukunft nach

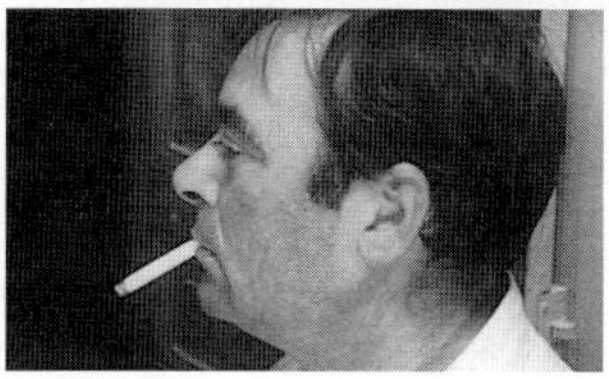

Bild 4–8:
Kameraschwenk: Der Familienrat tagt: Der Kontakt der Familienmitglieder untereinander wird ins Bild gesetzt. Was soll mit Mutter Berthe geschehen? Berthe wendet sich an ihre Tochter Rose und Sohn Gaston: „Hab schönen Dank, Gaston, und du auch, meine Rose. Aber ich werde nicht zu euch ziehen. Es ist mir lieber, ich lebe allein." Gestik und Mimik zeigen die Beziehungen der Familienmitglieder untereinander.

Bild 9 (rechts):
Sohn Robert: „Wovon willst du leben, meine kleine Berthe?" Berthe: „Wenn mir jeder von euch so ein klein bisschen was gibt ..."

Ein neues Leben?

Kalendergeschichte:
So war sie allein im Haus, als mein Großvater gestorben war. [...]
In Wirklichkeit lebte meine Großmutter auch diese letzten Jahre keinesfalls üppig. Wenn sie nicht im Gasthof aß, nahm sie meist nur ein wenig Eierspeise zu sich, etwas Kaffee und vor allem ihren geliebten Zwieback. Dafür leistete sie sich einen billigen Rotwein, von dem sie zu allen Mahlzeiten ein kleines Glas trank.

Film:

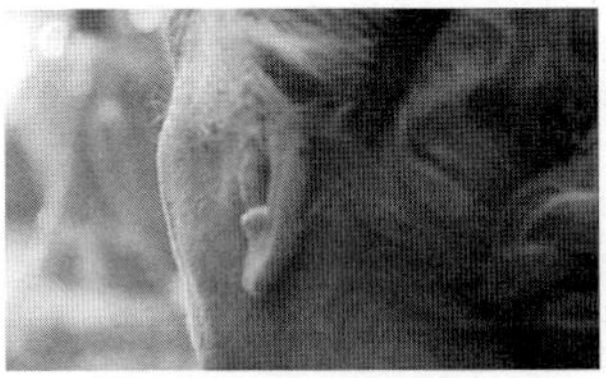
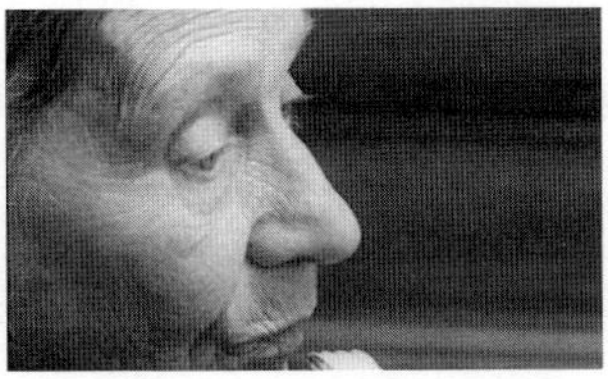
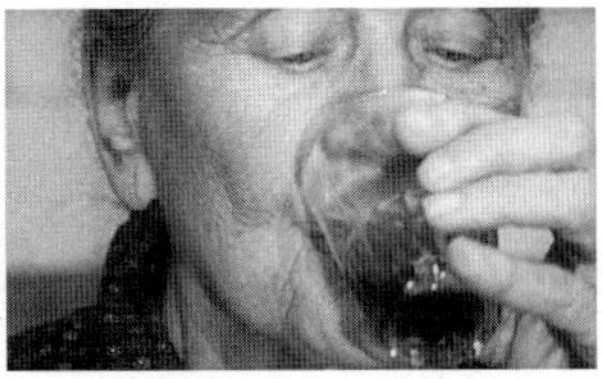

Auf neuen Wegen

Kalendergeschichte:
Der Buchdrucker übernahm es auch seinen Geschwistern mitunter über die Mutter zu berichten. Seine Briefe an meinen Vater und was dieser bei einem Besuch und nach dem Begräbnis meiner Großmutter zwei Jahre später erfuhr, geben mir ein Bild von dem, was in diesen zwei Jahren geschah.
Es scheint, dass der Buchdrucker von Anfang an enttäuscht war, dass meine Großmutter sich weigerte ihn in das ziemlich große und nun leerstehende Haus aufzunehmen. Er wohnte mit vier Kindern in drei Zimmern. Aber die Greisin hielt überhaupt nur eine sehr lose Verbindung mit ihm aufrecht. Sie lud die Kinder jeden Sonntagnachmittag zum Kaffee, das war eigentlich alles. Sie besuchte ihren Sohn ein- oder zweimal in einem Vierteljahr und half der Schwiegertochter beim Beereneinkochen. Die junge Frau entnahm einigen ihrer Äußerungen, dass es ihr in der kleinen Wohnung des Buchdruckers zu eng war. Dieser konnte sich nicht enthalten, in seinem Bericht darüber ein Ausrufezeichen anzubringen.
Auf eine schriftliche Anfrage meines Vaters, was die alte Frau denn jetzt so mache, antwortete er ziemlich kurz, sie besuche das Kino. Man muss verstehen, dass das nichts Gewöhnliches war, jedenfalls nicht in den Augen ihrer Kinder. Das Kino war vor dreißig Jahren noch nicht, was es heute ist. Es handelte sich um elende, schlecht gelüftete Lokale, oft in alten Kegelbahnen eingerichtet, mit schreienden Plakaten vor dem Eingang, auf denen Morde und Tragödien der Leidenschaft angezeigt waren. Eigentlich gingen nur Halbwüchsige hin oder, des Dunkels wegen, Liebespaare. Eine einzelne alte Frau musste dort sicher auffallen. Und so war noch eine andere Seite dieses Kinobesuchs zu bedenken. Der Eintritt war gewiss billig, da aber das Vergnügen ungefähr unter den Schleckereien rangierte, bedeutete es „hinausgeworfenes Geld". Und Geld hinauszuwerfen war nicht respektabel.

Erkundungen im heimatlichen Vorort L'Estaque: *Berthe lässt die alte Julienne stehen … wendet sich der Jugend zu … und folgt den jungen Leuten, die zu einem Kino gehen.*

Ausflug in die City von Marseille: *Berthe schwimmt im Menschenstrom mit … interessiert sich für die Wühltische vor einem großen Kaufhaus … und staunt über das Angebot in der Haushaltswarenabteilung.*

Besuch beim Sohn Albert: *„Mit dir haben wir nicht mehr gerechnet, Mama!" … doch Berthe will nur kurz bleiben. Albert ist enttäuscht: „Dir ist es wohl zu eng in unserer kleinen Wohnung?" Berthe: „Ein bisschen eng ist es schon …"*

Albert macht sich Luft: *Nach Berthes Abschied sagt Albert zu seiner Frau: „Ich sitze mit meiner Familie hier in diesem ekelhaften Loch, schufte wie ein Kuli, bloß um sie mitzuernähren, und dabei steht das Haus in L'Estaque praktisch leer!"*

Entdeckungsreise durchs Kaufhaus: *Berthe ist von Albert aus in die Stadt gegangen: Im Kaufhaus lässt sie sich eine Parfümprobe auf die Hand sprühen … fährt ausgiebig Rolltreppe … und beobachtet ein hübsches Mädchen in der Hutabteilung …*

Neuartige Genüsse: *Nach dem Kaufhausbummel ein Mußestündchen im Park auf einer Bank ..., dann im Straßencafé ein großes Eis mit Sahne ... und für die Heimfahrt eine bequeme Pferdedroschke.*

Familie und neue Freunde

Kalendergeschichte:

Dazu kam, dass meine Großmutter nicht nur mit ihrem Sohn am Ort keinen regelmäßigen Verkehr pflegte, sondern auch sonst niemanden von ihren Bekannten besuchte oder einlud. Sie ging niemals zu den Kaffeegesellschaften des Städtchens.
Dafür besuchte sie häufig die Werkstatt eines Flickschusters in einem armen und sogar etwas verrufenen Gässchen, in der, besonders nachmittags, allerlei nicht besonders respektable Existenzen herumsaßen, stellungslose Kellnerinnen und Handwerksburschen. Der Flickschuster war ein Mann in mittleren Jahren, der in der ganzen Welt herumgekommen war ohne es zu etwas gebracht zu haben. Es hieß auch, dass er trank. Er war jedenfalls kein Verkehr für meine Großmutter.
Der Buchdrucker deutete in einem Brief an, dass er seine Mutter darauf hingewiesen, aber einen recht kühlen Bescheid bekommen habe. „Er hat etwas gesehen", war ihre Antwort und das Gespräch war damit zu Ende. Es war nicht leicht mit meiner Großmutter über Dinge zu reden, die sie nicht bereden wollte.
Etwa ein halbes Jahr nach dem Tod des Großvaters schrieb der Buchdrucker meinem Vater, dass die Mutter jetzt jeden zweiten Tag im Gasthof esse.
Was für eine Nachricht!
Großmutter, die zeit ihres Lebens für ein Dutzend Menschen gekocht und immer nur die Reste aufgegessen hatte, aß jetzt im Gasthof!
Was war in sie gefahren?

Film:

Albert hat seinen Sohn Pierre beauftragt Berthe nachzuspionieren. Pierre folgt Berthe und Rosalie, als sie das Haus verlassen ... Die beiden gehen zum Flickschuster Alphonse, der sie herzlich begrüßt ... Als Albert dies erfährt, diktiert er seiner Frau einen Brief an Gaston, in dem er sich über das „unwürdige Benehmen" der Mutter beschwert.

3 Der Schluss der Kalendergeschichte und des Films

Kalendergeschichte:

Genau betrachtet lebte sie hintereinander zwei Leben. Das eine, erste, als Tochter, als Frau und als Mutter und das zweite einfach als Frau B., eine allein stehende Person ohne Verpflichtungen und mit bescheidenen, aber ausreichenden Mitteln. Das erste Leben dauerte etwa sechs Jahrzehnte, das zweite nicht mehr als zwei Jahre. [...] Sie hatte die langen Jahre der Knechtschaft und die kurzen Jahre der Freiheit ausgekostet und das Brot des Lebens aufgezehrt bis auf die letzten Brosamen.

Film:

Berthe ist tot. Als Pierre das Haus der toten Großmutter betritt, findet er in der Küche zwei in Papier gewickelte Filmröllchen; außen auf dem Papier steht „Für Pierre", innen „Rosalie".

Einige Tage später. Pierre ist bei der Probe seiner Musikgruppe. Während die Band die Melodie des Chansons von Jean Ferrat übt, das zu Beginn des Films schon zu hören war (siehe S. 203), setzt sich Pierre abseits und betrachtet die mittlerweile entwickelten Fotos. Sie zeigen seine Großmutter Berthe in ihren letzten Lebensmonaten:

Berthe mit Rosalie im Urlaub, zusammen mit dem lebenslustigen Flickschuster Alphonse, Berthe mit jugendlichem Schwung auf einem Ausflug, Berthe glücklich winkend, den Hut in die untergehende Sonne werfend.

Während diese Fotos in Großaufnahme gezeigt werden, hört man gleichzeitig einen Sprecher, der die Schlussworte aus Brechts Kalendergeschichte rezitiert.

Arbeitsvorschläge

Inhalt

Arbeitsvorschläge zum Kapitel

Aufgaben, die Anregungen zu produktivem Umgang mit den Texten und kreativer Weitergestaltung geben, sind im Text kursiv gesetzt.

Abschied von der Kindheit – Erinnerungsgeschichten (S. 7–26)

Zum Kapitel und zum Titelbild auf S. 7

- Dieses Kapitel enthält Erinnerungsgeschichten bekannter Schriftstellerinnen und Schriftsteller. Man nennt solche Geschichten auch autobiografische Geschichten. Könnt ihr euch darunter etwas vorstellen?
- Auch das **Titelbild „Doppelporträt der Künstlerin im Lauf der Zeit" (S. 7) von Helen Lundeberg** ist eine Art autobiografische Geschichte, allerdings in gemalter Form. Was will uns die Künstlerin mit ihrem Bild wohl zeigen und erzählen?

Astrid Lindgren: Das entschwundene Land (S. 8)

- Hier wird sehr deutlich, was mit „Erinnerungsgeschichten" gemeint ist. An was erinnert sich Astrid Lindgren hier?
- Was ist für Astrid Lindgren das „entschwundene Land"? Warum nennt sie es wohl so?
- Warum erinnert sie sich gern an dieses „Land"? Was macht für sie seine Schönheit aus?
- *Ihr kennt bestimmt Bücher von Astrid Lindgren, in denen die Erlebnisse junger Mädchen erzählt werden. Entdeckt ihr da Verbindungen zu dem, was Astrid Lindgren hier über ihre eigene Jugend erzählt?*

Hedi Wyss: Das kleine Mädchen, das ich war (S. 9)

- Vergleicht diese Kindheitserinnerung von Hedi Wyss mit der von Astrid Lindgren im vorhergehenden Text. Welche Unterschiede fallen euch auf? Welche Kindheit hättet ihr selbst lieber erlebt?
- Im ersten Abschnitt, der „Ich als kleines Mädchen ..." beginnt, erläutert Hedi Wyss die Absicht, aus der heraus sie hier eine Erinnerungsgeschichte über ihre Kindheit erzählt. Welche Merkmale und Besonderheiten ordnet sie hier der Textart „Erinnerungsgeschichte" zu?
- Welche Perspektive hat die Schriftstellerin beim Schreiben einer solchen Erinnerungsgeschichte? (Ihr könnt dazu auch die beiden Fotos von Hedi Wyss auf S. 9 anschauen, die diese Perspektive verbildlichen.)
- Wie hat sich Hedi Wyss aus ihren bedrückenden Kindheitserlebnissen herausgearbeitet? Was hat ihr Kraft gegeben?
- Welche Rolle spielen die Bücher bei ihr? Spielen Bücher für euch eine ähnliche Rolle?
- Der letzte Absatz des Textes ist anders als die vorhergehenden. Was macht die Schriftstellerin hier?

Was möchte sie damit erreichen und zum Ausdruck bringen?
Könnt ihr diese Schlussfantasie nachempfinden?

- *Schreibt selbst eine kleine Fantasie, die mit dem Satz „Ich bin nicht älter als fünf. Ich ..." beginnt.*
- Was meint ihr: Ist die Lebensgeschichte, die Hedi Wyss hier erzählt, eigentlich eine typische Lebensgeschichte eines Mädchens, oder hätte sie auch ein Junge so oder ähnlich erleben können?
- Gibt es solche Kindheitsprobleme auch heute noch?

Ingeborg Bachmann: Unter die Menschen gefallen (S. 11)
Die 1926 in der österreichischen Stadt Klagenfurt geborene Schriftstellerin Ingeborg Bachmann erinnert sich hier an ein Erlebnis aus ihrer Jugend. Vor ihrem inneren Auge taucht dabei eine Brücke auf, die in Klagenfurt über den Fluss Glan führt. Wie eine „Großaufnahme“ steht das Ganze wieder vor ihr.

- Beschreibt das Geschehen auf der Glanbrücke in allen Einzelheiten. Wie verhalten sich die beiden Buben und das Mädchen? Warum machen die Buben so etwas?
- Der Vorgang wird aus der Sicht des Opfers geschildert. Woran erkennt ihr, dass dieses Erlebnis für das Mädchen einen tiefen Einschnitt in ihr bisheriges Leben bedeutet? Wie versteht ihr in diesem Zusammenhang die Überschrift „Unter die Menschen gefallen"? Worin besteht in dieser Geschichte der „Abschied von der Kindheit"?
- Könnt ihr einen Zusammenhang herstellen zwischen dem Text und dem darüber abgebildeten **Gemälde „Erinnerung" von René Magritte**? Ist das eine passende Illustration zum Text?

Barbara Bartos-Höppner: Meine Schwester (S. 12)
„Aber gewiss ist, dass meine Kindheit durch ihren Tod gewaltsam zu Ende ging.“ So lautet der Schlusssatz der Erinnerungsgeschichte von Barbara Bartos-Höppner, in der sie über die schmerzhafteste Erfahrung ihrer Jugend erzählt. Wir werden Zeugen eines abrupten Abschieds von der Kindheit.

- Verfolgt den Weg der Erinnerung in der Erzählung von der Zeit der noch relativ heilen Kindheitswelt zu dem tiefen Einschnitt, der im Leben der beiden Schwestern alles ändert und zur oben formulierten Erkenntnis von Barbara Bartos-Höppner führt. Wie vollzieht sich der Wandel? Versetzt euch in die Situation der Erzählerin und ihrer kranken Schwester.
- Von der Kindheit Abschied zu nehmen ist irgendwann unvermeidlich. Ob der Abschied früher oder später kommt, hängt von Erlebnissen und Erfahrungen ab, die man macht. Welche könnten das z. B. sein? Habt ihr auch selbst schon solche gemacht?
- Die Dichterin Mascha Kaléko hat einmal geschrieben: „Vor meinem eignen Tod ist mir nicht so bang, aber vor dem Tod derer, die mir nah sind. Wie soll ich leben, wenn sie nicht mehr da sind?" Findet ihr diese Sicht in der Erzählung von Barbara Bartos-Höppner wieder? Betrachtet dazu auch das **Gemälde „Das kranke Kind" von Edvard Munch auf S. 13**.

Günter de Bruyn: Meine erste Liebe (S. 14)
„Meine erste Liebe“ ist eine wichtige Episode aus Günter de Bruyns Buch „Jugend in Berlin“, dem ersten Teil seiner Autobiografie. Es ist eine Episode, die er als Einschnitt in seinem Leben, als „Abschied von der Kindheit“ beschreibt.

- Wie empfindet der junge Günter de Bruyn seine Liebe zu Reni? Und wie deutet er sie?
- Wie findet ihr Günters Einstellung und sein Verhalten?
- Habt ihr selbst schon ähnliche Erfahrungen gemacht – als Mädchen aus der Sicht

Renis und ihrer Schwester, als Jungen aus der Sicht Günters und seines Freundes? (Oder gibt es auch den umgekehrten Fall, dass Mädchen ähnliche Erfahrungen wie Günter und Jungen ähnliche Erfahrungen wie Reni machen?)

- In seinem Tagebuch gibt Günter der Episode eine wichtige Bedeutung als „Abschied von der Kindheit". Könnt ihr das nachvollziehen oder findet ihr das übertrieben?
- **Horst Janssen** (1929–1996) hat in der **Zeichnung auf S. 17** seine Erinnerung an die Jugendzeit ins Bild gesetzt. Wie hat er das gemacht?

Renate Welsh: Die Ohrfeigen (S. 18)

- Warum reagiert die sonst so gutmütige Großmutter im Laden so hart? Und warum kann die kleine Renate nicht verstehen, was hier mit ihr geschieht? (Macht euch hierzu folgende Dinge klar: In welcher Zeit spielt die Geschichte? Wer ist der Führer, über den man nicht singen darf: „Alles geht vorüber …"? Was geschah mit Menschen, die gegen diesen Führer und seine Partei etwas sagten oder über ihn spotteten? Sucht dazu alle Informationen heraus, die der Text selbst euch gibt, und besorgt euch dazu eventuell noch Zusatzinformationen.)
- Wie versteht ihr die Aussage des Großvaters im letzten Satz der Geschichte? Findet ihr diese Aussage richtig?
- Ist auch dies eine Geschichte über einen „Abschied von der Kindheit"?

Peter Härtling: Nachgetragene Liebe (S. 20)

Die Geschichte von der „großen Reise" des fünfjährigen Peter nach Burgstädt ist der Beginn eines Erinnerungsbuches, das der 1933 geborene Schriftsteller Peter Härtling über seinen Vater geschrieben hat.

- Warum wohl hat der Autor Peter Härtling, der als Erwachsener zurückblickt, sein Erinnerungsbuch „Nachgetragene Liebe" genannt?
- Was denkt ihr über diese Art der autobiografischen Erinnerungs- und Jugendgeschichte? Was ist das Besondere an ihr? Ihre Eigenheiten stechen ins Auge, wenn ihr sie mit den anderen Geschichten vergleicht.
- In der Geschichte fallen zwei Zeitebenen auf. Diese beiden Ebenen solltet ihr unterscheiden und kenntlich machen.
- Was stimmt an der Beziehung zwischen Vater und Sohn eurer Meinung nach nicht?
  Welchen Mangel empfindet der Ich-Erzähler?
  Nach was für einer Beziehung sehnt er sich?
  Was ist der Sinn der am Ende von ihm gestellten Fragen, mit denen er nachträglich mit dem Vater ins Gespräch zu kommen versucht?
  Steckt in diesen Fragen vielleicht auch etwas von der „nachgetragenen Liebe"?

Peter Weiss: Der Ernst des Lebens (S. 21)

In seiner Autobiografie „Abschied von den Eltern", aus der die vorliegende Geschichte ein Ausschnitt ist, beschreibt der Schriftsteller Peter Weiss (1916–1982) den Prozess seiner allmählichen Loslösung vom Elternhaus. Peter Weiss' Vater war in Berlin Textilfabrikant und wünschte sich den Sohn als Nachfolger im Geschäft; dieser träumte jedoch von einem Leben als Künstler, was natürlich Konflikte mit dem Vater heraufbeschwor.

- Woran denkt ihr eigentlich, wenn man euch mit dem „Ernst des Lebens" kommt? Vergleicht eure Überlegungen mit den Erfahrungen, die der Autor Peter Weiss in seiner Jugend gemacht hat.
- Was ereignet sich denn damals in der „Stunde zwischen zwei und drei"?
- Welche Forderungen stellen die Mutter und der Vater an den Ich-Erzähler? Welche Vorstellungen vom Leben kommen darin zum Ausdruck?
- Was stellt der Ich-Erzähler diesen Forderungen entgegen? Welche Vorstellungen vom Leben stecken in seiner Haltung? Kommt er mit ihnen wohl durch?
- Was haltet ihr von dem Gebot des Vaters am Ende: „Schluss mit den Träumereien, dann wirst du dich endlich der Realität des Daseins widmen"? Wie steht es überhaupt mit dem Gegensatz: „Träumereien" – „Realität des Daseins"? Ist das ein Widerspruch? Ist das der „Abschied von der Kindheit"?
- *Überlegt euch Argumente, mit denen ihr auf die Forderung von Peters Vater reagieren würdet.*

Monika Sieveking: Mädchentraum (Gemälde, S. 23)

- Beschreibt, was ihr auf dem Bild alles seht.
- Von was träumt das Mädchen? Was bedeuten wohl die rote Fahne und die blaue Blume in ihren Händen?
- Sicher ist euch aufgefallen, dass das Mädchen das Gesicht und die Hände einer erwachsenen Frau hat. Eventuell sind es die Hände und das Gesicht der Malerin selbst. Was könnte das bedeuten?
- Was will uns die Malerin mit dem Bild wohl erzählen? Ist es auch eine Erinnerungsgeschichte?
- *Malt selbst ein Bild oder fertigt eine Collage an zum Thema „Meine Zukunftsträume".*

Luise Rinser: Anlass zur Klage (S. 23)

„Anlass zur Klage" ist ein Ausschnitt aus der Autobiografie „Den Wolf umarmen", in der die 1911 geborene Schriftstellerin Luise Rinser im Alter von 70 Jahren ihre Lebensgeschichte niedergeschrieben hat. Zu der Zeit, zu der die Geschichte spielt, war sie 15 Jahre alt.

- Diese autobiografische Geschichte zeigt besonders gut, wodurch die Erinnerung an vergangene Ereignisse angestoßen und bewegt wird. Wie geschieht das hier?
- „Was war wirklich geschehen", damals?
- Wie charakterisiert sich das autobiografische Ich selbst im Rückblick auf das damalige Geschehen?
- Wie beurteilt ihr die Charaktereigenschaften und das Verhalten der Ich-Erzählerin? War der Schulverweis eurer Meinung nach berechtigt?
- Der erinnerte und erzählte Vorfall hat sich im Jahr 1926 ereignet. Glaubt ihr, dass Ähnliches auch heute noch geschehen kann?

Ingeborg Drewitz: Du und ich (S. 25)

Die Geschichte „Du und ich" der 1923 in Berlin geborenen Schriftstellerin Ingeborg Drewitz wird nicht in der Ich-Form erzählt; dennoch ist auch dies eine Geschichte, die nach Aussagen der Autorin auf eigenen Erlebnissen beruht.

- Die Frage, inwieweit die vorliegende Geschichte autobiografisch ist, könnt ihr ansatzweise lösen, wenn ihr in ihrem Ablauf einmal genau untersucht, ob die Autorin unbeteiligte Beobachterin ist oder aber sich in die Person und die Gefühle Gabrieles hineinversetzt.
- Gabriele macht auf ihrem Gang durch Berlin allerhand für sie neuartige Erfahrungen. Welche sind das? Wie reagiert sie darauf?
- Beschreibt den Weg Gabrieles in seinem zeitlichen Ablauf und achtet dabei auch auf die sprachliche Darstellung, z. B. auf bestimmte wiederkehrende Motive wie Geräusche, Schritte ... Welche Bedeutung haben diese?

Wir sind ein Teil der Erde – Gedichte (S. 27–48)

Rudolf Hausner: Adam-Massiv (Titelbild S. 27)

- Was will der Künstler mit diesem Bild vermutlich zeigen?
- Empfindet ihr das Bild schön oder mehr bedrohlich?
- Ist das Bild eurer Meinung nach eine passende Illustration für das Kapitel „Wir sind ein Teil der Erde"?
- Rudolf Hausner hat den Menschen, dessen Antlitz hier die Oberfläche der Erde bildet, Adam genannt. Seht ihr einen Zusammenhang zu dem folgenden Text aus dem Alten Testament der Bibel?

Altes Testament: Machet euch die Erde untertan (S. 28)

- Nach dem Text des Alten Testaments wird den Menschen ein Auftrag gegeben. Worin besteht er?
- Lest die Gedichte, in denen das Verhalten der Menschen gegenüber der Schöpfung angesprochen wird, z. B. Alfred Tillich: Erde; Margarete Hannsmann: Landschaft; Häuptling Seattle: Wir sind ein Teil der Erde.
  Welche Einstellungen und Verhaltensweisen der Menschen gegenüber der Schöpfung erkennt ihr? Was meint ihr: Haben die Menschen ihren Auftrag erfüllt?

THEMA 1: Leben mit der Natur

Sequenz 1

Walther von der Vogelweide: Mailied (S. 29)
Volkslied aus dem 13. Jahrhundert: Der Lenz (S. 29)
Ludwig Uhland: Frühlingsglaube (S. 30)
Marie Luise Kaschnitz: Juni (S. 31)

- Tragt die Frühlingsgedichte laut vor.
- Welche Einstellungen der Menschen gegenüber der Frühlingsnatur kommen zum Ausdruck?
- Vergleicht die Frühlingsgedichte mit dem **Gemälde von Claude Monet: „Felder im Frühling" (S. 30)**. Achtet dabei auf die Darstellung der Natur (Farbeindrücke, Bewegung ...) und die Beziehung der Menschen zur Natur.
- Wählt zur genauen Untersuchung einige Frühlingsgedichte aus, die euch besonders gefallen. Ihr findet im Folgenden Aufgaben zu allen Gedichten.

Walther von der Vogelweide: Mailied (S. 29)
Volkslied aus dem 13. Jahrhundert: Der Lenz (S. 29)

- Besonders Walthers Lied dürfte euch wegen seiner Sprache fremd erscheinen: Klärt mit Hilfe von Peter Wapnewskis Übertragung alle Wendungen, die ihr nicht auf Anhieb versteht.
- In beiden Liedern wird vom Mai und von der Natur wie von Menschen gesprochen:
  Die Heide wob „sich ein Gewand gar fein ..."
  „Wol dir, meie, wie du scheidest/alles ane haz" ...
  Erklärt diese Wendungen, indem ihr die Wirkung des Frühlingsmonats auf Menschen, Pflanzen und Tiere zeigt.
- Sprecht Walthers Lied so, dass ihr den Tanzliedcharakter heraushört. Zeichnet deshalb die Betonungsfolge der Verse in der ersten Strophe auf (– = Hebung, ◡ = Senkung) und zeigt die Wirkung der wechselnden Hebungszahl und der Sprechpausen in den Versen. Tragt eines der beiden Lieder auswendig vor.

Ludwig Uhland: Frühlingsglaube (S. 30)

- Tragt das Gedicht allein oder im Chor vor. Klopft dabei zum Takt der Verse und zeichnet anschließend das Metrum auf. Erkennt ihr einen Zusammenhang zwischen der metrischen Gestalt und dem Thema des Gedichts?
- Wo überall beobachtet der Sprecher die frühlingshafte Natur? Mit welchen Sinnen nimmt er sie wahr?
- Die zwei Schlussverse jeder Strophe bilden eine Art Refrain. Worin unterscheiden sie sich von allen übrigen Versen des Gedichts?

Marie Luise Kaschnitz: Juni (S. 31)

- Tragt das Gedicht vor. Zeigt im Vergleich zu Mörikes Versen die fortgeschrittene Jahreszeit in der Darstellung der Landschaft, Tiere und Menschen.
- Untersucht die erste und die letzte Strophe genauer: die Gemeinsamkeiten der jeweils ersten Verse (I, 1–4 und VI, 1/2 = *Rahmenstruktur*)
  und den Kontrast zu den letzten beiden Versen des Gedichtes:
  „*flüchtig* nur *wie einer Wolken Schatten*
  lag auf ihrem [der Erde] Angesicht die *Nacht*."

Sequenz 2

Johann Wolfgang Goethe: Dämmrung (S. 32)
Heinrich Heine: Abenddämmerung (S. 32)
Andreas Gryphius: An die Sterne (S. 33)
Eduard Mörike: Um Mitternacht (S. 34)
Joseph von Eichendorff: In Danzig 1842 (S. 34)
Theodor Storm: Die Stadt (S. 35)

- Lest alle Gedichte. Verständigt euch über eure Eindrücke und überlegt, welche Gedichte eurer Meinung nach zusammengehören.
- Bei den Gedichten stehen zwei Gemälde. Welche thematischen Beziehungen erkennt ihr zwischen den Gedichten und Bildern?
- *Kennt ihr noch andere Gedichte zum Thema „Abend" oder „Stadt"? Bringt sie mit und tragt sie euren Mitschülern vor.*

- Wählt zur genauen Untersuchung einige Gedichte aus, die euch besonders gefallen. Aufgaben zu allen Gedichten findet ihr auf den folgenden Seiten.

Johann Wolfgang Goethe: Dämmrung (S. 32)
Heinrich Heine: Abenddämmerung (S. 32)

- Vergleicht die beiden Gedichte:
  Beschreibt den Ablauf der „Abenddämmerung". Mit welchen Sinnen wird der Vorgang der Dämmerung in Goethes und in Heines Gedicht wahrgenommen?
- Im letzten Teil beider Gedichte wird die Wirkung des heraufziehenden Abends auf den Sprecher gezeigt (vgl. Goethe, Verse 15/16; Heine, Verse 11–24). Welche Gemeinsamkeiten und welche Unterschiede erkennt ihr?
- Neben diesen beiden Gedichten steht das **Gemälde „Mann und Frau in Betrachtung des Mondes" von Caspar David Friedrich (S. 32)**.
  Welche Beziehungen erkennt ihr zwischen Gedichten und Gemälde? – Achtet besonders auf
  die dargestellte Situation (Ort, Tageszeit),
  die Entfaltung des Lichtmotivs und
  die Wirkung auf den Menschen.

Andreas Gryphius: An die Sterne (S. 33)

- Ein erster Blick auf das Druckbild zeigt euch die besondere Form dieses Gedichtes: Beschreibt sie und zeichnet das Metrum der Langverse auf. (Das vierstrophige Gedicht aus 14 Zeilen nennen wir *Sonett*. Den zwei Vierzeilern = *Quartetten* folgen zwei Dreizeiler = *Terzette*. Der Langvers wird *Alexandriner* genannt.)
- Könnt ihr aus der Überschrift „An die Sterne" und der Anrede im ersten Vers Hinweise auf den Ton des Sonetts entnehmen?
- Nennt und erklärt alle bildhaften (metaphorischen) Anreden an die Sterne: „ihr Lichter", „ihr Fackeln" . . .
  Warum preist der Sprecher die Sterne wohl so überschwänglich?
- Untersucht in den letzten vier Versen die Veränderungen im Tempus (= Zeitstufe des Verbs), in der Satzart und in den Wünschen bzw. Hoffnungen des Sprechers.

Eduard Mörike: Um Mitternacht (S. 34)

- Tragt das Gedicht mehrfach laut vor, klopft beim Sprechen den Takt der Verse leise mit und zeichnet ihr Metrum auf (1. Strophe).
  Beschreibt und erklärt die sich verändernde rhythmische Bewegung in den „Nacht"- und „Quellen"-Versen.
- Von der Nacht und den Quellen wird wie von Menschen gesprochen:
  Die Nacht „stieg . . . an Land", ist „gelassen", „lehnt träumend" . . .
  Die Quellen rauschen „kecker", „sie singen" . . .
  Könnt ihr den Kontrast in der Darstellung erklären?

Theodor Storm: Die Stadt (S. 35)
Joseph von Eichendorff: In Danzig 1842 (S. 34)

- Tragt Theodor Storms Gedicht vor. Erfüllen sich die Erwartungen, die durch den Gedichttitel „Die Stadt" ausgelöst werden?
- Welchen Charakter hat die in den beiden ersten Strophen dargestellte Landschaft?

Beachtet die Schlüsselwörter (Substantive und Adjektive): graue Stadt, graues Meer ...
Wenn ihr die beiden Strophen mehrmals vortragt, werdet ihr die Besonderheiten im Klang der Verse und Reime heraushören.

- Das Wörtchen „doch" in der 3. Strophe deutet auf eine Veränderung hin. Worin besteht sie?
  Achtet auf den Inhalt des ersten Verses,
  die häufige Verwendung von Personalpronomen,
  die Schlüsselwörter und die veränderte Klangwirkung der Verse (besonders der Reime).
- Vergleicht die beiden Gedichte von Storm und Eichendorff:
  Welche Zeitangaben findet ihr?
  Worin unterscheiden sich die Städte?
  Welches Verhältnis der Sprecher zu den Städten wird erkennbar?
  Betrachtet vergleichend dazu das 1638 entstandene **Gemälde „Der Valkhof in Nimwegen" des niederländischen Malers Jan van Goyen (S. 35)**, das den von Karl dem Großen (747–814) als Pfalzburg gegründeten und 1155 durch Kaiser Friedrich Barbarossa ausgebauten Valkhof in der niederländischen Stadt Nimwegen zeigt.
- *Tragt die Gedichte so vor, dass im Vortrag ihr besonderer Charakter erkennbar wird. Sprecht eines der beiden Gedichte auswendig.*

Sequenz 3

Alfred Tillich: Erde (S. 36)
Häuptling Seattle: Wir sind ein Teil der Erde (S. 36)

- Lest beide Texte und verständigt euch über eure Eindrücke.
- Welche unterschiedlichen Einstellungen und Verhaltensweisen der Menschen gegenüber der Natur erkennt ihr?
- Betrachtet das **Gemälde „Kleines tahitisches Tal" auf S. 37** und bezieht es in eure Überlegungen mit ein. Der französische Maler **Paul Gauguin** hat es 1893 auf der Südseeinsel Tahiti gemalt, wohin er 1890 auf der Suche nach noch unberührter Natur gezogen war. Wie wirkt die dargestellte Natur auf euch?
  Welche Rolle spielen die Menschen darin?
  Vergleicht die Natur und die Rolle des Menschen in eurer Umgebung damit.

Alfred Tillich: Erde (S. 36)

- Könnt ihr aus der Überschrift „Erde" Hinweise auf das Thema des Gedichtes erhalten?
- In den mittleren Versgruppen (Verse 10–41) wird das Verhalten der Menschen und ihre Einstellung zur Erde gezeigt.
  Nennt und erklärt alle Schlüsselwörter (Verben und Nomen), mit denen das Handeln gegenwärtiger Menschen gekennzeichnet wird (V. 10–30).
  Erklärt alle Wendungen, die auf die Sehnsüchte und Hoffnungen zukünftiger Menschen verweisen (V. 31–41).
- Weshalb nehmen die Rahmenstrophen eine Sonderstellung ein (V. 1–9 und 42–47)? Beachtet die Anreden an die Erde und alle Wendungen, die eine Wertung enthalten.

Häuptling Seattle: Wir sind ein Teil der Erde (S. 36)

- Welche Informationen über die Situation der Indianer des Duwamish-Stammes erhaltet ihr in der Einleitung und in der 1855 gehaltenen Rede des Häuptlings Seattle?
- Gegenüber dem amerikanischen Präsidenten Pierce erklärt der Häuptling: „Unsere Art ist anders als die eure." Wie ist dieser Satz zu verstehen?
  Nennt und erklärt alle bildhaften (metaphorischen) Wendungen, die das Verhältnis der Indianer zur Natur zeigen.
- Wie kennzeichnet der Indianer die Einstellung der weißen Rasse zur Natur? Welche Meinung vertretet ihr?
- Vergleicht den ersten Satz der Rede „Wir sind ein Teil der Erde" mit folgenden Überlegungen des Indianers: „Denn das wissen wir, die Erde gehört nicht den Menschen, der Mensch gehört zur Erde ... Alles ist miteinander verbunden, wie das Blut, das eine Familie vereint ... Was die Erde befällt, befällt auch die Söhne der Erde. Der Mensch schuf nicht das Gewebe des Lebens, er ist darin nur eine Faser. Was immer ihr dem Gewebe antut, das tut ihr euch selber an ..."
  Wie kennzeichnet Häuptling Seattle das Verhältnis der Menschen zur Erde? Welche Aufgaben ergeben sich daraus für die Menschen?

THEMA 2: Auf der Flucht vor dem Beton

Thomas A. Merk: Abschied vom Lande (S. 38)
Walter Helmut Fritz: Bäume (S. 38)
Bertolt Brecht: Der Pflaumenbaum (S. 39)
Günter Kunert: Unterwegs nach Utopia (S. 40)
Ulla Hahn: Schöne Landschaft (S. 41)
Margarete Hannsmann: Landschaft (S. 41)

- Tragt die Gedichte vor. Überlegt, welcher Zusammenhang zwischen dem Thema „Auf der Flucht vor dem Beton" und dem Inhalt der Gedichte besteht.
  Warum werden wohl gegenwärtig Themen über die Verantwortung der Menschen gegenüber der Natur in der Öffentlichkeit immer häufiger diskutiert?
- Zur genaueren Untersuchung könnt ihr zunächst ein einzelnes Gedicht oder eine Gedichtgruppe auswählen, die euch besonders gefällt. Aufgaben zu allen Gedichten findet ihr auf den folgenden Seiten.

Thomas A. Merk: Abschied vom Lande (S. 38)

- Welche Erwartungen weckt der Gedichttitel „Abschied vom Lande"? Werden sie vom Inhalt des Gedichtes eingelöst?
- *Zu jeder der vier Strophen könnt ihr euch die Fotografie einer Landschaft vorstellen. Was ist auf den Fotos zu sehen? Wenn ihr Lust habt, könnt ihr die Landschaften auch zeichnen, malen oder collagieren.*
- Wie zeigt sich die Spannung zwischen alter und neuer Zeit?
- Die angedeutete Spannung erkennt ihr genauer, wenn ihr in jeder Strophe die Vergleiche und Metaphern untersucht, z. B.:

Höfe zerfallen unter dem Himmel	*Beton*
wie Wolken im trägen Wind der Zeit	*schlägt die Wurzeln ins Land*
...	...

Walter Helmut Fritz: Bäume (S. 38)
Bertolt Brecht: Der Pflaumenbaum (S. 39)

- Tragt die beiden Gedichte laut vor und vergleicht anschließend: die dargestellte Situation, die Lebensbedingungen und die Umgebung der Bäume,
  die Perspektive und
  die Einstellung des Sprechers gegenüber der Natur.

Zu Walter Helmut Fritz: Bäume:

- Walter Helmut Fritz bezieht sich in seinem nach 1972 entstandenen Gedicht auf Verse von Bertolt Brecht, die dieser während des Hitlerkrieges in seinem Exil in Dänemark geschrieben hat:
  „Was sind das für Zeiten, wo
  ein Gespräch über Bäume fast ein Verbrechen ist,
  weil es ein Schweigen über so viele Untaten einschließt."
  (aus: die Nachgeborenen)
  Wie verändert Fritz die Verse Brechts (vgl. V. 7 ff.)?
  Warum ist es in der Gegenwart ein Verbrechen, nicht über Bäume zu reden?

Zu Bertolt Brecht: Der Pflaumenbaum

- Brecht hat mit Bildern aus der Natur häufig auf Situationen von Menschen hingewiesen.
  Bezieht in eure Überlegungen das **Gemälde „Junge mit Reifen" von Hughie Lee-Smith (S. 39)** mit ein, auf dem ebenfalls die Situation eines Menschen in einer bestimmten Umwelt thematisiert wird.

Günter Kunert: Unterwegs nach Utopia (S. 40)

- Kennt ihr das Märchen, auf das Kunert hier anspielt? Erzählt es.
- „Utopia" ist ein erdachtes, ideales Land der Zukunft, auf das die Menschen hoffen und das sie sich erträumen. Wie sieht „Utopia" in Kunerts Gedicht aus?
- In beiden Strophen wird der Vorgang der „Flucht vor dem Beton" dargestellt. Welches Ende nimmt die Flucht?
  Erklärt die überraschende Schlusswendung der Strophe. (Die unerwartete Wendung des Geschehens nennen wir *Pointe.*)
- Betrachtet die über dem Gedicht stehende **Zeichnung „Die ungebrochene Anziehungskraft der Natur" von Max Peintner**. Seht ihr thematische Zusammenhänge zwischen der Zeichnung und dem Gedicht?

Margarete Hannsmann: Landschaft (S. 41)

- Das Gedicht spricht von den Menschen der Zukunft: Inwiefern unterscheiden sie sich von früheren Generationen?
  Welche Fragen werden sie in Zukunft stellen?
- Welcher Art sind die Fragesätze? Warum fehlen wohl im letzten Teil des Gedichts die Satzzeichen? Überlegt, welche Zeichen ihr einsetzen könntet.

Ulla Hahn: Schöne Landschaft (S. 41)

- Wie ist im Zusammenhang des Gedichts die Überschrift „Schöne Landschaft" zu verstehen?
- *Mit dem Wortmaterial aus Margarete Hannsmanns Gedicht könnt ihr die Anfangsverse Ulla Hahns auch anders fortsetzen:*

Mitunter tut sich
der Himmel auf
zeigt alle Wälder zerstückelt
...

- Tragt die drei Gedichte auf S. 40/41 noch einmal vor. Welche Warnungen an die Menschen erkennt ihr? Haltet ihr sie für berechtigt?

THEMA 3: Größe des Menschen

Wolf Biermann: Größe des Menschen (S. 42)
Eva Strittmatter: Werte (S. 43)
Marie Luise Kaschnitz: Und immer war einer (S. 43)
In diesen drei Gedichten steht das Leben der Menschen im Mittelpunkt des Nachdenkens.

- Lest die Gedichte. Welche Gefährdungen der Menschen werden darin angesprochen? Welche Fähigkeiten werden den Menschen zugesprochen?
  Nennt die Werte, an denen sich die Menschen orientieren sollten.

Wolf Biermann: Größe des Menschen (S. 42)
- Überlegt, wie die Überschrift „Größe des Menschen" zu verstehen ist.
- Welcher Zusammenhang besteht zwischen der Darstellung der Naturgewalten in den Versgruppen 1–4 (beachtet besonders die Adjektiv- und Verbalmetaphern) und der abschließenden Aussage über den Menschen?
- Über diesem Gedicht steht das **Gemälde „Turmbau zu Babel" von Pieter Brueghel**. Lest dazu auch die Geschichte vom Turmbau zu Babel in der Bibel (1. Mose, Kapitel 11, Vers 1–9).
  Welche Fähigkeiten und Gefährdungen des Menschen werden gezeigt? Nennt Beispiele für wissenschaftliche und technische Projekte, in denen die Kunstfertigkeit und das Wissen, aber auch die Gefährdung des Menschen sichtbar werden.

Eva Strittmatter: Werte (S. 43)
- Wer spricht? Erklärt alle Wörter und Wendungen, die der Sprecher als „die guten Dinge des Lebens" bezeichnet.
- Warum sind den Menschen „die guten Dinge des Lebens" zum Teil verloren gegangen?
- Die beiden Schlussverse sind von den anderen Versen abgehoben. Wie sind sie wohl zu verstehen?

Marie Luise Kaschnitz: Und immer war einer (S. 43)
- Überlegt: Aus welcher Perspektive wird gesprochen? Wer ist die „ewige Stimme", und welche Bedeutung hat sie wohl im Leben des Sprechers?
- Erklärt alle Werte, die die „ewige Stimme" dem Sprecher zuraunt.
  Warum schweigt sie wohl von „Maschinen", von der „Vermehrung der Ernten" und von „gewonnenem Schiffsraum"?
  Was muss die Menschheit, ihrer Meinung nach, in Zukunft vor allem entwickeln?
- *Ihr könnt selbst ein Gedicht mit dem Titel „Die guten Dinge des Lebens" schrei-*

ben, indem ihr die zentralen Begriffe aus den Gedichten von Eva Strittmatter und Marie Luise Kaschnitz verwendet; z. B.:

Feiern will ich die Dinge,
von denen wir leben:
die Luft, das Wasser
und das Meer.
Die Liebe nenne ich
...

THEMA 4: Des Krieges Buchstaben

Andreas Gryphius: Tränen des Vaterlandes, anno 1636 (S. 44)
Friedrich von Logau: Des Krieges Buchstaben (S. 45)
Matthias Claudius: Kriegslied (S. 45)
Bertolt Brecht: Rückkehr (S. 46)
Günter Eich: Inventur (S. 46)
Charles Simic: Krieg (S. 47)
Eva Grgic: Ich suche nach dir (S. 47)
Ungarische Bäuerin: Mein lieber Sohn (S. 48)
Unbekannter Verfasser: Wann geht die Nacht zu Ende? (S. 48)

- Lest alle Gedichte und Texte zum Thema Krieg. Welche Hinweise enthalten sie über die Zeit, in der sie entstanden sind?
- Welche Einstellungen und Haltungen gegenüber dem Krieg erkennt ihr in den Gedichten, in dem Brief der ungarischen Bäuerin und der Parabel des unbekannten Verfassers?
- *Sammelt aus Illustrierten und Zeitungen Schlagzeilen und Fotos zu den Themen Krieg, Flucht und Vertreibung und fertigt zusammen mit ausgewählten Versen aus den Gedichten eine Collage an.*
- Wählt zur genauen Untersuchung zunächst eine Textgruppe aus, die euch besonders beeindruckt. Aufgaben zu allen Texten findet ihr auf den folgenden Seiten.

Andreas Gryphius: Tränen des Vaterlandes, anno 1636 (S. 44)

Im Jahr 1636 wütete in Deutschland der Dreißigjährige Krieg (1618–1648) seit fast zwei Jahrzehnten. Der anfängliche Glaubensstreit hatte sich längst zu einem mörderischen Kampf entwickelt, über den Andreas Gryphius (1616–1664) klagte: „Indem unser ganzes Vaterland sich nunmehr in seiner eigenen Asche verscharrt und in einen Schauplatz der Eitelkeit verwandelt, bin ich geflissen die Vergänglichkeit menschlicher Sachen ... darzustellen.“

- Tragt das Sonett laut vor. Klärt alle Wörter und Wendungen, die auf die Schrecken und Zerstörungen des Dreißigjährigen Krieges hinweisen.
- Im ersten Vers wird eine Behauptung bzw. *These* formuliert. Aus welcher Perspektive wird dabei gesprochen?
- Zeigt, wie die Anfangsthese in den Quartetten und im ersten Terzett (V. 1–11) entfaltet wird. Beachtet dabei
  alle Bilder, die das Kriegselend veranschaulichen,

die Häufung der Nomen (die Anordnung einer Wortreihe in stufenweiser Steigerung nennen wir *Klimax*),
die Bedeutung des Tempuswechsels im zweiten Quartett (V. 5 ff.) und
die Darstellung der Zeit im ersten Terzett (V. 9–11).

- Das Wörtchen „doch" deutet auf eine Veränderung des Themas hin (V. 12). Welche Gedanken und Überlegungen bewegen den Sprecher in den Schlußversen?
- Betrachtet das **Gemälde von Marc Chagall „Der Krieg" (S. 44)**, das 1964 entstanden ist. Was ist auf dem Bild im Einzelnen zu sehen?
  Aus welcher Perspektive zeigt Chagall den Krieg?
  Vergleicht die Darstellung des Kriegselends bei Gryphius und Marc Chagall.

Friedrich von Logau: Des Krieges Buchstaben (S. 45)

Das einstrophige Gedicht Friedrich von Logaus (1604–1655) ist sechs Jahre nach Beendigung des Dreißigjährigen Krieges entstanden (1654). Es wirkt wie ein Rückblick auf die Gräuel des vergangenen Krieges.

- Wie wird der Krieg dargestellt? Achtet dabei besonders auf die Wörter am Anfang und Ende der Verse.
  Welches Wort ergibt sich aus den ersten Buchstaben eines jeden Verses?
  (Wenn bei einem Gedicht die Anfangsbuchstaben der einzelnen Verse aneinander gereiht ein Wort bzw. einen Namen ergeben, sprechen wir von einem *Akrostichon*).

Matthias Claudius: Kriegslied (S. 45)

Matthias Claudius (1740–1815) beobachtete den bayerischen Erbfolgestreit im Jahre 1778 mit größter Sorge, er mahnte die streitenden Parteien zum Frieden und klagte in einem Brief an Herzog Friedrich von Braunschweig: „Wir armen gehorchenden Menschen hatten gehofft, das Frühjahr werde uns den Frieden wiederbringen und dass der liebe Gott die Kriegsrute wieder hinter den Spiegel stecken werde. Aber es scheint wohl, dass wir noch nicht genug gezüchtigt sind. Bitten Sie doch den König, dass kein neuer Krieg werde."

- Welche Hinweise auf die Entwicklung des Konflikts könnt ihr dem Gedicht entnehmen?
- Vergleicht die beiden Rahmenstrophen (1 und 6) miteinander.
  Achtet dabei besonders auf die Perspektive und die Einstellung des Sprechenden zum Krieg.
- In den Binnenstrophen (2–5) treten die Geister der im Krieg Erschlagenen auf. Untersucht die sich steigernden bildhaften Vorstellungen, die Kette der Verben „weinten", „wälzten", „fluchten" ... und die Personifikation von Hunger, Seuche und Not in der fünften Strophe.
- Welche Wirkung geht von der metrisch-rhythmischen Bewegung der Verse aus?
  Zeichnet das Metrum der ersten Strophen auf,
  bestimmt die wechselnde Zahl der Hebungen in den Versen,
  kennzeichnet die Sprechpausen und
  zeigt, wie einzelne Verse ohne Sprechpause ineinander übergehen. (Wir sprechen von *Zeilensprung* oder *Enjambement*, wenn die Sätze ohne Pause bzw. Satzzeichen von einem Vers auf den folgenden übergreifen.)

Bertolt Brecht: Rückkehr (S. 46)
Günter Eich: Inventur (S. 46)

Die beiden Gedichte zeigen menschliche Gefühle und Situationen am Ende des verheerenden Zweiten Weltkrieges (1939–1945) aus der Sicht eines aus dem Exil in die zerstörte Heimat Zurückkehrenden (Brecht) und eines in Kriegsgefangenschaft Befindlichen (Eich).

- Tragt die beiden Gedichte vor. Welche Informationen über die Situation der Sprecher könnt ihr ihnen entnehmen?

Zu Bertolt Brecht: Rückkehr

- Wer spricht? Welche Fragen stellt der Sprecher, und wie beantwortet er sie?
- Achtet auf das Druckbild des Prosagedichts. Welche Wörter und Wendungen erhalten durch ihre Stellung im Vers besonderes Gewicht (= *Schlüsselwörter*)?
- *Schreibt ein neues Gedicht zum Thema „Krieg", indem ihr Verse und Wendungen von Gryphius, Logau, Claudius und Brecht miteinander kombiniert, z. B.:*

  Die Vaterstadt, wie find ich sie doch?
  Türme stehn in Glut . . .

Zu Günter Eich: Inventur

- Günter Eich hat dieses Gedicht 1945 als Kriegsgefangener im Gefangenenlager in Remagen geschrieben.
- Der Sprecher benennt die Habseligkeiten, die ihm noch verblieben sind. Hierbei wirkt er durch die trockene Art der Aufzählung scheinbar ganz unbeteiligt; sein Ton ist lakonisch. – Könnt ihr euch erklären, warum Günter Eich diesen Ton und diese Form für sein Gedicht gewählt hat?
- Inwiefern ist dieses Gedicht dennoch oder gerade als eine Anklage des Krieges und dem, was dieser aus den Menschen macht, zu verstehen?

Charles Simic: Krieg (S. 47)

- Überlegt: Aus welcher Perspektive wird gesprochen? Welche Einzelheiten über die „Frau" teilt der Sprecher mit? Beachtet in diesem Zusammenhang die Informationen über die Verlustliste, die Bewegung des Fingers der Frau, den Zeitpunkt des Geschehens und die Situation im Hause.
- Der Text endet mit der überraschenden Aussage: „Es stehen all unsre Namen darauf." Wie ist das wohl zu verstehen?

Eva Grgic: Ich suche nach dir (S. 47)

Die Bilanz im Bürgerkrieg in Bosnien-Herzegowina ist erschütternd: Etwa 250 000 Menschen starben zwischen 1992 und 1996 bei Bomben- und Raketenangriffen, in Straßenkämpfen, bei Massenerschießungen und in Gefangenenlagern. Die Kriegsschäden werden auf ca. 40 Milliarden US-Dollar geschätzt. (Hinweis: Weitere Informationen zu Bosnien enthält die Reportage „Einmal Frieden und zurück" auf S. 174 im vorliegenden Lesebuch.)

- Was veranlasste die zwölfjährige Eva Grgic das Gedicht zu schreiben?
- Jede der vier Versgruppen beginnt mit dem anaphorischen Vers „Ich suche nach dir." Welche Wirkung geht von ihm aus?

- Erklärt alle Orts- und Zeitangaben. Warum nimmt die Aussage der Schlussverse wohl eine Sonderstellung ein?

Ungarische Bäuerin: Mein lieber Sohn (S. 48)
- Welche Angaben macht die ungarische Bäuerin über ihre Situation?
- Zwei Entschlüsse teilt die alte Frau ihrem Sohn mit. Wie sind sie zu verstehen?
- Der Brief endet mit einem Wunsch der leidgeprüften Frau. Welche Einstellung gegenüber dem Krieg wird in ihm erkennbar?

Unbekannter Verfasser: Wann geht die Nacht zu Ende? (S. 48)
- Dass ein Rabbi (ein jüdischer Lehrer) seinen Schülern Fragen stellt, ist ein alltäglicher Vorgang. Prüft die Antworten der Schüler: Haben sie die Frage ihres Lehrers verstanden?
- Der Text nimmt am Schluss eine überraschende Wendung. Überlegt, worin die Pointe besteht. Welche Botschaft über das Ende der Kriege enthält der Text?

Der fremde Nachbar – Berichte und Erzählungen (S. 49–68)

Bosc: Ein Vorurteil und sein Zusammenbruch (S. 50)
Beschreibung der in Europa befindlichen Völker und ihrer Eigenschaften (Abb. S. 51)
- „Lest" die Bildgeschichte von Bosc und beschreibt sie.
- Vergleicht die Information: „Ein Arbeiter namens ..." mit der Reaktion: „Nein, diese Araber!" Inwiefern kann man bei dieser Äußerung von einem Vorurteil sprechen?
  Ein Politiklexikon definiert „Vorurteile" folgendermaßen: „Vorurteile sind Urteile, die gefällt werden, ohne dass sie auf Richtigkeit überprüft worden sind. Sie sind nicht Ausdruck bloßer Meinungen, ihnen liegen vielmehr bestimmte Einstellungen zugrunde." Wie würdet ihr „Vorurteile" definieren?
- Vorurteile gegen andere Völker sind eine altbekannte Sache. Das vor langer Zeit in Wien entstandene Tafelbild (S. 51) zeigt, wie die Einheimischen damals die europäischen Nachbarvölker beurteilt haben. Vergleicht die hier aufgelisteten (Vor-) Urteile mit denen, die ihr heute bei uns entdeckt, und sprecht darüber. Natürlich haben nicht nur Deutsche Vorurteile. Habt ihr, z. B. auf Reisen, bei Angehörigen anderer Völker ähnliche Vorurteile gehört? Wie habt ihr euch dann verhalten?

Federica de Cesco: Spaghetti für zwei (S. 51)
- Wie verläuft das „geteilte Mittagessen"? *Beschreibt den Vorgang aus der Sicht eines Tischnachbarn.*
- Wie erlebt und versteht Heinz den Vorgang?
- Wie deutet er das Verhalten Marcels? Sind hier Vorurteile im Spiel? Beschreibt die Veränderungen, die in ihm vorgehen.
- Marcel macht sich auch seine Gedanken. Wir erfahren sie in der Geschichte nicht. *Erzählt die Geschichte aus der Sicht Marcels.*
- Wie hätte das Missverständnis schneller gelöst werden können?

Heinrich Böll: Anekdote zur Senkung der Arbeitsmoral (S. 54)

- In dieser Anekdote stoßen „zwei Welten" aufeinander. Beschreibt und charakterisiert den Touristen und den Einheimischen in ihrer Einstellung zum Leben.
- Durch welche sprachlichen Mittel bringt der Autor die Gegensätze zum Ausdruck?
- Woran misst der Tourist die Arbeit des Einheimischen?
- Wie beurteilt der Autor die verschiedenen Einstellungen zur Arbeit? Untersucht die Verunsicherung, die der Tourist durchmacht.
- Der Autor hat die satirische Erzählweise gewählt:
  Der Satiriker beschreibt die Wirklichkeit nicht neutral, sondern er möchte auf die Mängel aufmerksam machen und die Wirklichkeit, wie sie ist, messen an der Vorstellung, wie die Wirklichkeit sein sollte. Die satirische Erzählweise verwendet als Darstellungsmittel vor allem den Kontrast, die Vertauschung, die Verzerrung (Karikatur). Oft ersetzt der Satiriker auch das Gemeinte durch Metaphern, Umschreibungen, Anspielungen.
  Welche der genannten Darstellungsmittel verwendet der Autor? Welche Wirkung haben sie?
- Inwieweit trägt die Anekdote etwas zum Thema und zum Problem des Kapitels „Der fremde Nachbar" bei?

Felicia Langer: Erlebnis in Deutschland (S. 56)

Die Erzählerin Felicia Langer, die sich als jüdische Anwältin viele Jahre für die Rechte der Palästinenser eingesetzt hat, kam 1990 von Israel nach Deutschland.

- Warum hat Felicia Langer das Bild von der Sonne in einer Farbfotografie „verewigt"?
- Wie verhaltet ihr euch, was denkt ihr, wenn ihr Nazi-Sprüche oder -Symbole an der Mauer seht? Tauscht eure Erfahrungen und Gedanken darüber aus.

Hadar, 14 Jahre: „Es ist das gleiche Prinzip" (S. 57)

- Welche Erfahrungen macht Hadar in der Schule in Deutschland?
- Wie versucht er Vorurteile abzubauen? Wie beurteilt ihr seine „Lösung"?
  Was meint Hadar mit seiner Aussage: „Es ist das gleiche Prinzip!" (Zeile 35)?
- Hattet ihr auch schon einmal Gelegenheit, mit ausländischen Schülern über das Verhältnis der Deutschen gegenüber Ausländern zu sprechen? Hattet ihr, die ihr aus dem Ausland zu uns gekommen seid, schon einmal Anlass, mit Deutschen über das Thema zu sprechen? Tauscht eure Erfahrungen aus. Zu welchem Ergebnis seid ihr gekommen? Hattet ihr andere Lösungsvorschläge als Hadar?

Corinna Emundts, André Fink und Stefan Willeke: Heimat erreicht, Heimat verloren (S. 58)

- Erklärt die Überschrift, indem ihr die Lebensgeschichte der Familie vom Herkunftsland bis zum gegenwärtigen Wohnsitz verfolgt. Wodurch unterscheidet sich die Situation dieser deutschstämmigen Übersiedler aus Osteuropa von der Asyl suchender Ausländer?
- Welche Probleme treten für die Übersiedler der verschiedenen Generationen in Deutschland auf?

- Unterscheidet und vergleicht die verschiedenen Generationen, die als Familie zusammenleben. Beschreibt dabei genauer ihre Kenntnisse der deutschen Sprache und das Verhältnis zu ihr und zu Deutschland.
- Wenn ihr die Möglichkeit habt, eine Übersiedlerfamilie kennen zu lernen und einmal zu besuchen, nehmt die Gelegenheit wahr. Vielleicht hat der Bericht Fragen bei euch ausgelöst, die ihr an diese Familie stellen könnt.

Lukas Hartmann: Kein Kuchen für Bahar (S. 64)
- *Macht Rollenspiele: Bahar in der Bäckerei, Bahar im Verhör bei der Fremdenpolizei, Bahar in der Schule.*
  Verändert die Situationen und Gespräche so, dass Bahar das Gefühl des Fremdseins überwinden kann.

Cem Özdemir: Du andere Baustelle? (S. 65)
- Welche Erfahrungen hat der Erzähler im Kontakt mit Deutschen, mit der deutschen Sprache gemacht?
- Wie erklärt ihr euch ein solches Sprachverhalten? Wie beurteilt ihr es, so zu sprechen?
- Wie wirkt die Sprache auf den Erzähler?
- Die komische Wendung am Schluss der Geschichte macht das Sprachverhalten der Deutschen noch fragwürdiger. Aber die Geschichte ist nicht erfunden, sie ist wahr. Was haben die Deutschen versäumt zu lernen?

Zafer Senocak: Zwei Welten in mir (S. 67)
Zafer Senocak wurde 1961 in Ankara geboren und lebt seit 1970 in Deutschland.

- Welches Thema des Kapitels behandelt Senocak in diesem Gedicht? Beschreibt und deutet die Bilder. Welches Lebensgefühl kommt in dem Gedicht zum Ausdruck?
- Betrachtet in diesem Zusammenhang auch das Bild „Wohin gehöre ich?" des in Berlin lebenden türkischen Malers Hanefi Yeter. Wie versucht er das Thema zu veranschaulichen?

Wenn Damaskus nicht wäre (S. 68)
Adel Karasholi: Noch Syrer oder schon Sachse? (S. 68)
Adel Karasholi wurde 1936 in Damaskus geboren und lebt seit 1961 in Leipzig.

- Vergleicht die biografische Notiz und das Gedicht miteinander. Inwiefern ist Karasholi noch Syrer und schon Sachse?
- Wie deutet ihr den Gedichttitel: „Wenn Damaskus nicht wäre"?

Projektvorschläge:
1. *Untersucht und sammelt Aussagen über Ausländer in Zeitungstexten, in der Werbung, im Kinderbuch und anderswo. Wie werden sie dargestellt? Vielleicht könnt ihr eine Ausstellung darüber machen. Überlegt euch, wie ihr die Anordnung der Texte machen wollt.*
2. *„Du andere Baustelle" – Im Gespräch mit ausländischen Mitbürgern verhunzen viele Deutsche ihre eigene Sprache. Sammelt solche Zeugnisse der Alltagskom-*

munikation. Stellt daraus eine eigene Grammatik zusammen – oder einen „Sprachführer für den Umgang mit Ausländern".
3. *„Schwarzafrikaner sucht Zimmer." Formuliert eine Anzeige und gebt sie in der Heimatzeitung auf. Welche Reaktionen stellt ihr fest? Es lassen sich auch Anzeigenbretter im Supermarkt, im Waschsalon oder im Gemeindeamt dafür nutzen.*

(Nach: Jonas Lanig: Für eine Pädagogik der Ent-Fremdung. Projektideen zum Umgang mit Vorurteilen und Feindbildern. In: Mitteilungen des deutschen Germanistenverbandes. März 1995)

Augenblicke der Entscheidung – Kurzgeschichten (S. 69–90)

Günther Weisenborn: Zwei Männer (S. 70)
- Könnte die Geschichte statt „Zwei Männer" auch „Die Überschwemmung" heißen? Verwendet beide Überschriften für jeweils einen Teil der Geschichte.
- Vergleicht die Art der Sprache, mit der einerseits die Überschwemmung, andererseits die zwei Männer geschildert werden.
- Nur zweimal kommt wörtliche Rede vor. Wie verständigen sich die beiden Männer sonst? Wie erfährt der Leser ihre Gedanken? (Beachtet auch, was sie sehen und hören.)
- Zweimal ist von dem „Brauch aller Männer" die Rede, „in gewissen Lagen" die letzte Zigarette miteinander zu teilen. – In welcher Lage befinden sich die beiden Männer jeweils? Welche Rolle spielt dabei das Teilen der Zigarette?

Günter Kunert: Die Taucher (S. 72)
- Was veranlasst die Bergungsgesellschaften, die Matrosen, die Taucher zu ihrem Abenteuer? Warum arbeiten sie gegeneinander, nicht miteinander?
- Wozu sind die beiden Taucher bewaffnet? Warum richten sie ihre Waffen gegeneinander, obwohl der eine gegen den anderen „nicht das Geringste hat"?
- Welche Empfindungen hat wohl John D., als er den leeren Tresor entdeckt? Wie verhalten sie sich zu den Träumen der Matrosen?
- Der Schluss der Geschichte enthält verschlüsselt eine Art Lehre. Versucht sie zu entziffern und schriftlich zu formulieren.

- Vergleicht das Verhalten der Männer in den beiden Geschichten von Weisenborn und Kunert: Wodurch wird es im „Augenblick der Entscheidung" bestimmt? Hätten sie sich auch jeweils anders verhalten können? Was wäre geschehen? *Entwerft entsprechende Schlüsse für beide Geschichten.*
- In beiden Geschichten kommen keine Frauen vor. Könnte das geändert werden? Habt ihr eine Erklärung dafür, warum in Kurzgeschichten überhaupt wenig Frauen vorkommen?

David Hockney: Zwei Gestalten am Pool (Bild, S. 75)
- Was könnte hier vorgehen? *Erzählt oder schreibt dazu eine Geschichte, in der es einen „Augenblick der Entscheidung" gibt. (Ihr könnt dabei statt der zwei männlichen Gestalten auf dem Bild selbstverständlich auch zwei weibliche wählen.)*
- Wenn euch zu dem Bild von David Hockney nichts einfällt, könnt ihr ersatzweise

auch das Bild **„Vorfall in der Allee" von Edvard Munch auf S. 69** nehmen und euch *die Vorgeschichte dieses Vorfalls oder sein mögliches Nachspiel ausdenken.*

Stefan Andres: Das Trockendock (S. 75)

- Macht euch zunächst die technischen Zusammenhänge klar: Wie ging der Stapellauf eines Schiffes vor und nach der Erfindung des Trockendocks vor sich? Macht eine Skizze (vgl. Wort- und Sacherklärungen S. 247).
- *Verseht jeden der sechs Abschnitte des Textes mit einer Überschrift.* – Wie unterscheiden sich die Abschnitte 1, 5, 6 von den Abschnitten 2, 3, 4?
- Untersucht in den mittleren Abschnitten den Satzbau genauer, vor allem dort, wo die Handlung am spannendsten ist.
- Wie versteht ihr die Worte des Sträflings und die Antwort des Ingenieurs?

Herbert Malecha: Die Probe (S. 77)

- Was will Redluff eigentlich ausprobieren? Warum will er es?
- Der Autor verwendet häufig Wörter aus dem Wortfeld „Wasser". Stellt sie zusammen und erklärt ihre Wirkung.
- Redluff wird mehrmals auf die Probe gestellt. Unterscheidet die zufälligen und die absichtlich herbeigeführten Proben und vergleicht Art, Ort und Umstände ihres Ablaufs. Lässt sich eine Entwicklung erkennen?
- Warum besteht Redluff die letzte Probe nicht?
- *Könntet ihr euch auch ein Happyend vorstellen? Entwerft einen entsprechenden Schluss.*
- Vergleicht das Schicksal Redluffs mit dem Grognards (in: „Das Trockendock").

Wolfdietrich Schnurre: Jenö war mein Freund (S. 80)

- Im letzten Satz sagt der Erzähler: „Die anderen wussten es nicht. Ich habe es damals auch nicht gewusst?" Wovon ist die Rede?
- Der Ich-Erzähler bekennt: „Ich habe damals eine Menge gelernt: von Jenö, meine ich, von der Schule rede ich jetzt nicht." Dort lerne man „jetzt doch nichts Vernünftiges mehr". – *Stellt euch vor, ihr könntet den Ich-Erzähler fragen, was er damit meint. Entwerft seinen Antwortbrief.*

Wolfgang Borchert: Nachts schlafen die Ratten doch (S. 83)

- Was hat sich zwischen Anfang und Ende der Geschichte für Jürgen geändert? Wo ist für ihn der „Augenblick der Entscheidung"?
- Verfolgt genau, wie es dem Mann gelingt diesen Augenblick herbeizuführen. Beachtet dabei besonders die Verben und die adverbialen Bestimmungen, mit denen Jürgens Antworten charakterisiert werden (z. B. „antwortete Jürgen mutig" – „sagte er leise" – „Ja, rief Jürgen").
- Vergleicht den ersten und den letzten Abschnitt der Geschichte miteinander. Wie spiegelt sich in den Beschreibungen der veränderte innere Zustand Jürgens wider? Beachtet Bilder und Farben.
- *Stellt euch vor, der Mann berichte bei seiner Rückkehr seiner Frau von seinem Erlebnis. Entwerft den Bericht.*
- *Entwerft auch den Bericht, den Jürgen zu Hause gibt, nachdem ihn der Mann zurückgebracht hat.*

Ilse Aichinger: Die Silbermünze (S. 85)

- Die „Stimme", die die Mädchen zur Rede stellt, gehört wahrscheinlich der Mutter, die inzwischen nach Hause gekommen ist. *Was könnten ihr die drei Mädchen berichten? (Lasst möglichst jedes seinen eigenen Bericht geben.)*
- Der Kauf der Ansichtskarten ist für die drei Mädchen offenbar mehr als irgendein üblicher Einkauf. Woran lässt sich das ablesen?
- Wie unterscheiden sich Gewonnenes (Karten) und Verlorenes (Silbermünze)?
- Untersucht die vielen Gegensätze in der Geschichte und ordnet sie dem Grundgegensatz „verloren – gewonnen" zu (z. B. der Blick aus dem Fenster „vorgestern" und heute, drinnen und draußen).
- Warum will der Mann unbedingt fünf Mark haben? Warum will das jüngste Mädchen unbedingt „die ganzen fünf Mark ... wiederhaben"?
- Wie versteht ihr den letzten Satz der Geschichte?
- Könnte die Geschichte auch von drei Jungen handeln?
- Vergleicht die Rollen, welche die Erwachsenen in den Geschichten von Schnurre, Borchert und Aichinger für die Kinder spielen.

Luise Rinser: Die rote Katze (S. 87)

- Die Geschichte wurde von einer Frau geschrieben. Wer erzählt sie, ein Junge oder ein Mädchen?
- Die Geschichte beginnt und endet mit einem Zweifel: „Ich weiß nicht, ob es richtig war." Was meint ihr? *Organisiert eine Diskussion in Form einer Verhandlung mit Anklage und Verteidigung.*

Zum ganzen Kapitel

- In einigen Geschichten wird aus der Nazizeit und der Notzeit nach dem Zweiten Weltkrieg erzählt. Welchen Sinn hat es, diese Geschichten heute noch, ein halbes Jahrhundert später, zu lesen?
- Kurzgeschichten haben gewisse Formmerkmale gemeinsam:
  - Die Autoren konzentrieren sich auf Augenblicke, die zu Wendepunkten im Geschehen und damit in der Beziehung der Menschen werden können.
  - Dabei wiederum konzentrieren sie sich auf die Rolle einzelner Gegenstände, einzelner Worte und Gesten. Die Gegenstände spielen mit.
  - In scheinbar belanglosen Situationen entzünden sich die entscheidenden Konflikte. Geschehnisse sind mehrdeutig, werden andeutend dargestellt.
  - Offenheit am Anfang und Unabgeschlossenheit am Ende treten an die Stelle von in sich abgeschlossener Handlung. Das ist, im Vergleich zu älteren Erzählweisen, das Moderne an der Kurzgeschichte.

Lassen sich diese Merkmale bei den Geschichten dieses Kapitels feststellen? Tragt eure Ergebnisse in eine Tabelle ein.

Merkmal / Geschichte	Augenblick	Gegenstand	Situation	Offenheit

Handeln im Widerstreit – Formen des Tragischen (S. 91–110)

Dieses Kapitel enthält Erzählungen, Sagen, Balladen und Dramenauszüge, die gemeinsam haben, dass sie von tragischen Geschehnissen berichten. Tragisch kann z. B. sein, wenn ein Mensch einen anderen Menschen unabsichtlich ins Verderben stürzt. Oder wenn jemand ein Unheil kommen sieht und es doch nicht abwenden kann. Oder wenn jemand untergehen muss, weil er seinen Werten und Normen treu bleibt, die aber im Widerstreit zu den herrschenden Werten und Normen stehen. Ein Lexikon für Schüler definiert Tragik folgendermaßen: „Allgemein eine Situation, in der sich der Mensch in einen Widerstreit gegensätzlicher Kräfte, Verpflichtungen und innerer Antriebe gestellt sieht, ohne dass ihm ein Ausweg oder eine Lösungsmöglichkeit erscheint." Über die Tragödie wird gesagt: „Grundlegend ist die unvermeidliche Verstrickung des Menschen in Schuld."

Jurek Becker: Der Kaktus (S. 92)

- Der Autor nennt das hier geschilderte Geschehen „seltsam" und „unerhört". Verdeutlicht euch, wo es spielt und wie es abläuft.
- Warum kann der Ich-Erzähler sagen: „Ich bin der eigentlich Betroffene"?
- Fühlt er sich zu Recht schuldig? Was führt er zu seiner Entschuldigung an?
- Ist das ein tragisches Geschehnis? Passt eine der oben angeführten Definitionen dazu? Erläutert eure Ansicht.

Griechische Sage: Kassandra (S. 94)

- Erzählt die Geschichte mit eigenen Worten.
- Worin besteht die Tragik des hier geschilderten Geschehens?

Germanische Sage: Hildebrand und Hadubrand (S. 97)

- *Verfasst eine Nacherzählung der Ballade von „Hildebrand und Hadubrand".*
- Warum lässt sich Hildebrand auf den Kampf ein, obwohl er seinen Sohn erkannt hat? Worin liegt die Tragik des Geschehens?
- *Ergänzt den – im Lauf der Jahrhunderte verloren gegangenen – Schluss mit dem Ausgang des Kampfes zwischen Vater und Sohn.*
- Vergleicht das Schicksal der Griechin Kassandra mit dem des Germanen Hildebrand. Wie unterscheiden sie sich in ihrer Tragik?

Annette von Droste-Hülshoff: Die Vergeltung (S. 99)

- Die Ballade besteht aus den Teilen 1 und 2. Erstellt in zwei Gruppen für beide Teile Inhaltsangaben.
- Zwischen den Ereignissen der beiden Teile liegen „drei kurze Monde". *Eine dritte Gruppe sollte deshalb die vermutlichen Ereignisse dieses Zeitraums zusammenstellen.* Warum hat die Autorin sie wohl ausgespart?
- Im handschriftlichen Entwurf der Ballade trägt ihr Titel den Zusatz „Gottes Hand", in einzelnen Ausgaben lautet die Überschrift „Batavia. Fünfhundertzehn". Was findet ihr am besten?
- Tragt die Ballade in der Klasse vor. Versucht dabei all das deutlich werden zu lassen, was ihr bisher herausgefunden habt.

- Seid ihr mit dem Schicksal des Passagiers einverstanden? Wie beurteilt er es selbst? Haltet ihr es für tragisch?

Conrad Ferdinand Meyer: Die Füße im Feuer (S. 100)

- Warum ergraut der Schlossherr über Nacht? Worin gründet sein Verhalten? Hätte er auch anders handeln können? Kann man seine Situation als tragisch bezeichnen?
- *Verseht jeden der Abschnitte mit einer Überschrift, die den Inhalt benennt.* Beachtet die Rolle der Natur.
- *Tragt die Ballade vor, vielleicht mit verteilten Rollen. Beachtet dabei, wie der Autor die Spannung des Geschehens in Satzbau und Wortwahl deutlich macht.*
- Vergleicht die Lösungen der beiden Balladen „Die Vergeltung" und „Die Füße im Feuer".

Brüder Grimm: Die Sage von Wilhelm Tell (S. 102)
Friedrich Schiller: Tells Schuss auf den Apfel (S. 104)
Max Frisch: Ein leidiger Zwischenfall (S. 109)

Friedrich Schiller verfasste sein Drama „Wilhelm Tell" 1804. Als Vorlage diente ihm eine alte Schweizer Sage, die auch die Brüder Grimm 1816 in ihre Sagensammlung aufgenommen hatten.
Aus Schillers Theaterstück ist im Buch nur die dritte Szene des dritten Aktes abgedruckt, der Höhepunkt des Dramas, der eine echt tragische Situation enthält. Im Original ist die Szene doppelt so lang. Die Kürzung („Strichfassung") hat der Regisseur Hansgünther Heyme für eine Aufführung in Stuttgart 1984 eingerichtet.
Der Schweizer Schriftsteller Max Frisch schrieb 1971 sein Buch „Wilhelm Tell für die Schule". Er stellte darin viele Dokumente über Tell und seine Zeit (das 13. Jahrhundert) zusammen und entwickelte daraus seine Darstellung der Geschichte des Schweizer Nationalhelden. Sie unterscheidet sich deutlich von der Schillers.

- Lest alle drei Texte gründlich. Zum Verständnis helfen euch die Wort- und Sacherklärungen auf S. 246/247. *Macht euch Notizen über die Unterschiede, die euch auffallen. Achtet besonders darauf, wie Gessler, Tell, sein Sohn Walter, die Wächter und das Publikum jeweils dargestellt werden. Teilt die Klasse dazu in 5 Gruppen auf.*

Text / Person	Grimm	Schiller	Frisch
Tell			
Gessler			
...			

- Diskutiert über die Tragik der Hauptfiguren, ihr „Handeln im Widerstreit". Muss Tell den gefährlichen Schuss tun? Welche Rolle spielt Gessler? Die Antworten fallen für die drei Texte sicher unterschiedlich aus.
- Untersucht die Dramatik der Situation in den drei Texten. Welcher ist am spannendsten/am wenigsten spannend? (Worauf ist der Leser/Zuschauer gespannt?

Wie/wodurch wird die Spannung erhalten/gesteigert/verhindert? Wann/wodurch wird sie aufgelöst?)

- *Versucht die Apfelschuss-Szene in der Fassung von Schiller und der andersartigen Fassung von Max Frisch zu spielen.*
  Bei der Fassung von Max Frisch müsst ihr euch dazu die Dialoge ausdenken und vor allem auch eine Möglichkeit, wie ihr das, was im Kopf von Gessler und Tell vorgeht, hörbar machen könnt.
- Vielleicht lest ihr auch das ganze Drama von Schiller. Dann könntet ihr auch herausfinden, welche Sätze der Szene der „Streichung" des Regisseurs zum Opfer gefallen sind. Es ist sicher interessant, nach der Absicht dahinter zu fragen.

Reise zum Mond – Fantasie und Wirklichkeit (S. 111–130)

Dieses Kapitel enthält neben Sachtexten (vor allem Zeitungstexten) zum ersten tatsächlichen Flug von Menschen zum Mond im Jahr 1969 eine Geschichte von Jules Verne, in der dieser 1867 eine Reise zum Mond ausfantasiert hat, und eine Geschichte von einem heutigen Autor, die in der Raumfahrt der Zukunft spielt. Diese Art von Geschichten werden als Sciencefiction bezeichnet.

- Schlagt in einem Englisch-Wörterbuch nach, was die beiden Wörter *science* und *fiction* bedeuten, und überlegt, was ihre Verbindung über den Charakter dieser Geschichten zum Ausdruck bringen soll.
- Schaut euch auch das Titelbild zum Kapitel auf S. 111 an; es ist der Erstausgabe von Jules Vernes „Reise zum Mond" von 1867 entnommen. Welche technischen Erfahrungen gehen hier in die Fantasie des Illustrators ein? Wie wird der Stand der Technik zu jener Zeit fiktiv in die Zukunft hinein verlängert?
  Fallen euch technische und wissenschaftliche Entdeckungen ein, die heute in einer Sciencefiction-Geschichte den Übergang aus dem Gegenwartsbereich in eine Zukunftsfantasie ermöglichen könnten?

Jules Verne: Start zum Mond (S. 112)

- Sammelt die Merkmale, die ihr bei einem Sciencefiction-Text erwartet. Welche findet ihr in dem vorliegenden Romanausschnitt, der 1867 geschrieben wurde, wieder?
- In welche Erzählschritte gliedert der Autor das Kapitel? Welche Rolle spielt dabei die Zeit? Welche Wirkungen hat diese Erzählweise auf die Spannung?
- Könnt ihr andere Mittel des Erzählens entdecken, die die Geschichte spannend machen?
- Aus welcher Perspektive wird die Geschichte erzählt? Wird sie immer eingehalten?
- Denkt über die von Jules Verne erdachten technischen Verfahren nach. Erscheinen sie euch realistisch? Beurteilt die geschilderten Folgen des Abschusses.
- Der Roman wurde ziemlich genau hundert Jahre (1867) vor dem ersten tatsächlichen Mondflug geschrieben. Vergleicht die in ihm beschriebenen äußeren Umstände des Abschusses mit den euch bekannten Einzelheiten des wirklichen Raketenstarts. Benützt dazu die Texte auf S. 117–123 im Lesebuch.

Oriana Fallaci: Interview mit dem Astronauten Roger Chaffee (S. 117)

In den 60er Jahren wurde das Vorhaben Menschen mit Raketen und Mondfähren zum Mond zu schicken durch die Konkurrenz zwischen den USA und der damaligen Sowjetunion sehr beschleunigt. 1959 hatten die Sowjets erstmals den Mond umkreist und die unbemannte Sonde „Lunik 2“ auf ihm gelandet. Die Amerikaner starteten daraufhin das Raumfahrtprogramm „Apollo“, dessen Ziel es war bemannte Raumkapseln auf dem Mond zu landen. Um 1967, nach mehreren unbemannten Probeflügen, waren die Amerikaner kurz vor dem ersten bemannten Mondflug. Die Astronauten Roger Chaffee, Virgil Grissom und Edward White standen bereit. Doch dann gab es einen furchtbaren Rückschlag: Die drei Astronauten verbrannten in ihrer Apollo-Raumkapsel während einer Startübung. Die italienische Journalistin Oriana Fallaci hatte den Astronauten Roger Chaffee kurze Zeit zuvor noch über das Vorhaben und seine Gefühle dabei befragt.

- Mit welchen Erwartungen führt Oriana Fallaci das Interview mit Chaffee? Wie reagiert Chaffee? Gebt sprachliche Belege für ihre und für Chaffees Haltung.
- Nehmt ihr es Chaffee ab, dass er weder Ängste noch Neugier angesichts der Aussicht, bald zum Mond zu fliegen, verspürt?
- Spielt es für die Haltung Chaffees vielleicht eine Rolle, dass er von einer Frau interviewt wird?
- Was für ein Menschentyp ist Roger Chaffee wohl? Was für eine Einstellung zur Technik hat er? Welchen Stellenwert hat sie für sein Leben?

Zeitungschronologie: Die erste Mondlandung im Jahr 1969 (S. 118–121)

- *Die folgenden Texte handeln von einem der wohl wichtigsten Ereignisse unseres Jahrhunderts. Wir schlagen euch vor, dass ihr sie in einer Art Projekt in einen neuen Zusammenhang bringt. Ihr könntet sie z. B. zu einem Feature auf Tonband, zu einem umfangreichen Bericht, zu einem Kurzvortrag oder auch zu einer Wandzeitung verarbeiten.*
- Ihr wisst, dass in einer Zeitung unterschiedliche Textarten, z. B. Berichte, Meldungen, Kommentare, vereinigt sind. Versucht eine Zuordnung der verschiedenen Mondlandungstexte zu einer dieser Arten und charakterisiert die verschiedenen Textarten dabei.
- Ordnet die Informationen, die ihr allen Texten entnehmen könnt, unter verschiedenen Überschriften, etwa: technische Daten, zeitlicher Ablauf, Atmosphärisches, „human interest stories", Kommentierung.
- *Ihr findet in der Textsammlung eine Blitzmeldung über die Landung. Versucht eine ähnliche Blitzmeldung über den Ausstieg von Armstrong und Aldrin aus der Mondkapsel zu formulieren.*

Frankfurter Allgemeine Zeitung: Mit angehaltenem Atem vor den Bildschirmen (S. 118)
Marlene Manthey: Im Fernsehsessel sah man den Start bequemer (S. 119)

- Macht eine Gliederung beider Berichte und nennt dabei die wichtigsten inhaltlichen Punkte.
- Was möchten die Journalisten ihren Lesern vor allem vermitteln?
- Untersucht den grammatischen Zeitgebrauch in beiden Texten und erläutert den unterschiedlichen Gebrauch im Blick auf die Absichten der Verfasser.

- Vergleicht die Texte mit Jules Vernes „Start zum Mond" (S. 112–116).
- *Formuliert eine Fünfzeilenmeldung über den gelungenen Start.*

Dokumentation: Ein Riesensprung für die Menschheit. Aus dem Funksprechverkehr mit Apollo 11 (S. 121)

- Vergleicht die Einstellung zu ihrer Aufgabe, die Armstrong und Aldrin hier zu erkennen geben, mit der des Astronauten Roger Chaffee in dem Interview mit Oriana Fallaci auf S. 117. Welche Einstellung gefällt euch besser? Warum?
- *Verfasst mit Hilfe der Dokumentation des Funksprechverkehrs einen zusammenhängenden erzählenden Text, den man in einen Zukunftsroman einfügen könnte.*
- *Sprecht einen ähnlichen Funksprechverkehr über den Start der Mondgranate aus Jules Vernes Roman auf Tonband.*

Herbert W. Franke: Der Calciumfresser (S. 124)

- Die Erzählung enthält eine ganze Reihe von Überraschungen. Entwerft eine Spannungskurve, indem ihr jeweils überraschende Geschehnisse in der Geschichte als Eckpunkte in eine Grafik einzeichnet. An welchen Stellen kann der Leser die Lösung vorausahnen?
- Aus welcher zeitlichen Perspektive ist die Geschichte erzählt? Bezeichnet genau die Stelle, wo sie eigentlich beginnt.
- Beschreibt mit euren eigenen Worten das naturwissenschaftliche Geschehen, das der Erzähler seiner Sciencefiction-Geschichte zugrunde legt.
- *Formuliert einen SOS-Funkspruch aus etwa zwanzig Wörtern, der von der Mannschaft abgesetzt worden wäre, wenn keine Rettung aus eigener Kraft möglich gewesen wäre.*

Marie Luise Kaschnitz: Zu Hause (S. 130)

- Sucht euch die Wörter heraus, die ihr für bezeichnend für jeweils eine der beiden Welten in der Geschichte haltet. Bewertet nun die beiden Welten von eurem Standpunkt aus.
- Diskutiert die Bedeutung der Überschrift der Geschichte.

Christine Busta: Wovon träumt der Astronaut auf der Erde? (S. 130)

- Wie ist das Gedicht aufgebaut? Bezieht die Überschrift in eure Überlegungen ein. Achtet auf wichtige Wörter.
- Lässt sich die Haltung dieses Astronauten irgendeiner der Positionen zuordnen, die ihr in den anderen Texten des Kapitels kennen gelernt habt? Zieht in euren Vergleich besonders den Text von Marie Luise Kaschnitz ein.

Abschließende Aufgabe zum Kapitel

- Die Autoren der Geschichten und anderer Texte bewerten die technischen Errungenschaften unterschiedlich. Stellt die verschiedenen Haltungen zusammen und bereitet eine Diskussion über diese Frage vor. Dabei solltet ihr auch überprüfen, ob es eine Rolle spielt, dass einige Texte von Frauen und einige von Männern geschrieben sind.

Unverhofft kommt oft – Pointierte Texte (S. 131–144)

- Warum lacht man über einen Witz?
- Beschreibt anhand eurer Erfahrungen mit Witzen, was „Pointe" bedeutet.
- Was für Texte erwartet ihr in einem Kapitel „Pointierte Texte"? Überprüft bei der Bearbeitung einzelner Texte, ob eure Erwartungen erfüllt werden.

Erich Rauschenbach: „Ganz schön peinlich" (S. 131)
Claire Bretécher: Babysitter-Blues (S. 132)

- Die beiden Cartoonisten wollen uns mit ihren Bildgeschichten zum Lachen bringen. Welche Absichten verbinden die beiden mit ihren Cartoons wohl darüber hinaus? Worauf wollen sie uns aufmerksam machen?
- *Denkt euch ähnliche alltägliche Situationen aus, die überraschend enden. Entwerft eigene Cartoons und veröffentlicht sie als Wandzeitung in eurer Klasse oder in der Schülerzeitung.*

Kurljandskij & Chait: Ich bin ein Elefant, Monsieur (S. 134)

- *Führt das Telefongespräch als Rollenspiel vor der Klasse.*
- Beobachtet, wie sich im Laufe des Gesprächs das Verhalten des Anrufers ändert. Wie kommt es dazu?
- Ist der Hausherr wirklich ein „verrückter Kerl", wie der Anrufer behauptet?
- Wie seht ihr die Rolle der Gesprächspartner am Anfang, wie am Ende?
- Wie passen Frage und Antwort zusammen? Was für ein Dialog entsteht?
- Hättet ihr erwartet, dass am Schluss der Hausherr im Zoo anruft? Wie wirkt dieser Schluss auf euch?
- *Führt ein Telefongespräch und zeigt dabei, wie ihr auf einen solchen Anruf reagiert hättet.*
- *Wodurch ist der Cartoon mit dem Elefanten und dem Dompteur (S. 135) komisch? Wo liegt seine Pointe?*

Karl Valentin: Der Zufall (S. 135)

- Auch in dem Text „Der Zufall" wird uns ein komischer Dialog vorgeführt. Könnt ihr Ähnlichkeiten mit dem Text „Der Elefant" feststellen?
  Achtet dabei auf die beiden Gesprächspartner, auf die Rolle, welche die beiden in dem Gespräch spielen, und darauf, wie das Gespräch verläuft.
- Warum müssen wir über die auftretenden Personen, ihr Handeln und ihre Sprechweise lachen? Wodurch erhält das Gespräch seine Pointe?
- Erfindet einen pointierten Text für das Foto auf S. 136 unten.

Katharina Seidel: Die Arche (S. 137)
Peter Bichsel: Wenn wir Löwen wären . . . (S. 137)
Wolfdietrich Schnurre: Politik (S. 137)
Erwin Strittmatter: Das Storchentreiben (S. 138)

- Katharina Seidel bezeichnet ihren Text „Die Arche" als modernes Gleichnis. Ein Gleichnis will uns eine Einsicht bildhaft verdeutlichen.
  Welche Einsicht soll uns dieser Text vermitteln?

- Sind die Texte von Bichsel, Schnurre und Strittmatter auch moderne Gleichnisse, oder würdet ihr lieber von Fabeln sprechen?
- Worauf wollen uns die Autoren mit ihren Texten aufmerksam machen? Beachtet bei euren Untersuchungen auch das Verhältnis von Überschrift und Text.
- Untersucht bei jedem Text die Pointe und ihre Bedeutung.

Erich Kästner: Der Handstand auf der Loreley (S. 139)
Kästners Erzählgedicht nimmt auf die Sage von der schönen Loreley Bezug, die auf dem Loreley-Felsen gegenüber von St. Goar gesessen und die Schiffer auf dem Rhein durch ihr Singen und ihr blondes Haar verwirrt haben soll, so dass diese nicht mehr auf den Fluss achteten und mit ihren Schiffen und Booten an dem Felsen zerschellten.
Vielleicht kennt ihr die Ballade „Loreley", die Heinrich Heine darüber verfasst hat; wenn nicht, solltet ihr sie euch besorgen und lesen.

- Kästners Erzählgedicht ist eine Satire. Eine Satire verspottet und entlarvt Missstände, Unsitten, bestimmte Anschauungen, aber auch Personen. Ihr kennt Satiren z. B. aus kabarettistischen Sendungen im Fernsehen. Was will Kästner mit seiner Satire entlarven? Welche Einstellung gibt er dem Spott preis? Welches Ziel verfolgt er?
- Warum müssen wir an einzelnen Stellen lachen oder schmunzeln?
- *Übt den Vortrag des Gedichtes – am besten lernt ihr es auswendig – und tragt es dann so vor, dass die Pointen des Gedichts besonders wirkungsvoll zum Ausdruck kommen.*

Friedrich Schiller: Der Handschuh (S. 140)
- Warum verlässt der Ritter Fräulein Kunigunde „zur selben Stunde"?
- Ist für Schiller der Ritter Delorges ein Held? Haltet ihr ihn für einen Helden?
- Eine bedeutende Dame aus Weimar, Frau von Stein, hat Schiller vorgeschlagen den Satz seiner Ballade „Und wirft ihr den Handschuh ins Gesicht" folgendermaßen zu ändern: „Und der Ritter sich tief verbeugend spricht..."
  Warum sprach sich Frau von Stein wohl für diese Änderung aus?
  Warum ist Schiller wohl auf diesen Änderungsvorschlag nicht eingegangen?

Johann Peter Hebel: Ist der Mensch ein wunderliches Geschöpf (S. 141)
Hebel hat seine Geschichte nach folgender Vorlage gestaltet:
„Ein Fürst hörte auf einer Reise durch sein Land, ein armer Mann von 70 Jahren wäre nie aus den Toren seiner Geburtsstadt gegangen; er gab ihm ein ziemlich beträchtliches Gehalt auf seine Lebenszeit, unter der Bedingung, auch ferner immer in der Stadt zu bleiben. Nun sah der Alte zum ersten Mal die Stadttore mit Sehnsucht an, und nach sechs Monaten kroch er zu einem Spaziergang heraus und verlor das Gehalt."

- Was hat Hebel von der Vorlage beibehalten, was hat er verändert? Was hat er als Pointe hinzugefügt?
- Durch die Pointe wird die Lehre, welche die Geschichte vermitteln will, besonders deutlich.
  Wie könnte man diese Lehre sprichwortartig zusammenfassen?

Heinrich von Kleist: Der verlegene Magistrat (S. 143)

- Warum gelingt es dem Stadtsoldaten der Bestrafung zu entgehen?
- Mit wem sympathisiert der Erzähler? Wie wird seine Sympathie im Text deutlich?
- Einen Text wie „Der verlegene Magistrat" nennt man eine Anekdote. Versucht anhand des Textes den Begriff Anekdote zu definieren. Dabei müsst ihr darauf eingehen, wovon eine Anekdote erzählt, wie sie ihre Begebenheit erzählt, wie die Erzählung aufgebaut ist, wer im Mittelpunkt der Anekdote steht und wie sie endet.
- Findet ihr in diesem Lesebuchkapitel noch weitere Texte, auf die der Begriff Anekdote passt?
- *Gibt es unter euch auch Schelme, die z. B. einen Lehrer oder die Eltern überlistet haben und so in einer kritischen Situation ihren Kopf „aus der Schlinge ziehen" konnten? Erzählt ein solches Ereignis in Form einer Anekdote.*

Friedrich Schiller: Katharina von Schwarzburg (S. 143)

- Teilt den Text in Sinnabschnitte ein. Achtet dabei auch auf den Gebrauch der Tempora.
- Wie werden die beiden „gegnerischen" Parteien charakterisiert? Stellt dazu sprachliche Wendungen einander gegenüber und wertet sie aus, z. B.:

eine teutsche Dame	der fürchterliche Herzog von Alba
durch ihr entschlossenes Betragen	beinahe zum Zittern gebracht hätte
...	...

- In einem Buch mit dem Titel „Aus deutschen Lesebüchern – Dichtungen in Poesie und Prosa erläutert für Schule und Haus" aus dem Jahre, 1912 steht zu diesem Text folgender Hinweis: „Grundgedanke ist, dass Klugheit und Entschlossenheit auch ein Weib zur sieghaften Heldin machen können."
  Was sagt ihr zu dieser Aussage und zu der Art der Formulierung?
- *Katharina von Schwarzburg erzählt ihrer Freundin in einem Brief von diesem denkwürdigen Frühstück. Versetzt euch in Katharinas Lage und schreibt den Brief.*

Adam und Lisa – Ein Jugendbuch (S. 145–166)

- Seht euch den Buchumschlag auf S. 145, den Klappentext auf S. 146 oben und die Informationen über den Autor Myron Levoy an. Machen euch diese Vorinformationen zum Buch neugierig auf die Lektüre?

Lisas merkwürdiger neuer Nebensitzer (S. 147)

- Was unterscheidet Adam und Lisa von den übrigen Jugendlichen ihrer Klasse?
- Als Hobbyfotografin besitzt die Ich-Erzählerin Lisa die Fähigkeit genau zu beobachten. Wie beschreibt sie ihren neuen Banknachbarn Adam und wie nimmt sie Kontakt zu ihm auf?
- Schließlich erklärt Lisa: Adam „hatte trotz allem etwas, was mich anzog". Was gefällt ihr eigentlich an Adam, was irritiert sie?

- *Eine der folgenden Situationen könnt ihr selbst ausgestalten:*
  Auf dem Heimweg von der Schule teilt Russ seiner Freundin Kim seine Eindrücke von dem neuen Klassenkameraden Adam Bates mit.
  Zu Hause angekommen erzählt Kim ihrer Mutter von dem „Neuen".

Adam und der Planet Wega X (S. 150)

- Ausgerechnet bei ihrem ersten Zusammentreffen in der Bibliothek erzählt Adam die Geschichte von Wega X. Welche Rolle spielt er in ihr? Wie versucht er seine Geschichte der kritischen Lisa glaubhaft zu machen?
- Zu welchen Urteilen über Adam gelangt Lisa? Und wie denkt ihr über Adam? Warum erzählt Adam wohl die fantastische Geschichte von Wega X (die ein ständig wiederkehrendes Leitmotiv der Erzählung ist)?
- *In einem Gespräch mit den Eltern gibt Lisa ihre Erlebnisse und Gedanken preis. Wie werden die Eltern wohl reagieren?*

Lisa besucht Adam (S. 154)
Die Raumkapsel auf dem Hügel (S. 156)

- Seit über 200 Jahren haben Adams Vorfahren im Haus auf dem Hügel abseits von der Stadt gelebt. Zeigt die Lebensumstände Adams und seiner Familie in Einzelheiten auf.
- Lisa sagt über Adams Mutter: „Sie benahm sich, als wär' ich ihre Schwiegertochter." Ist Lisas Urteil berechtigt? Wie beurteilt *ihr* das Verhalten der Mutter?
- Adam führt Lisa auf den höchsten Punkt des Hügels und zeigt ihr die angebliche Raumkapsel. Wie versucht Adam Lisa von der Existenz der Raumkapsel zu überzeugen? Und wie reagiert Lisa, die sich selbst als nüchternen Menschen bezeichnet?

„Ich mag dich doch, Adam" (S. 159)

- Auch in dieser Konfliktsituation ergreift Lisa die Initiative: Wie versucht sie Adam aus seiner Zurückgezogenheit und von seinen Wega X-Erfindungen zu befreien? Beurteilt anschließend Adams Verhalten anhand aller Informationen, die ihr in diesem Kapitel erhaltet.
- *Auf der Heimfahrt mit dem Fahrrad spricht die erregte Lisa leise vor sich hin: Wie soll ich Adam helfen? Warum zieht er bloß diese Planetennummer ständig ab?... Schreibt Lisas „inneren Monolog" zu Ende.*

Ein verhängnisvoller Zwischenfall (S. 162)

- Wie konnte es zu dem Zwischenfall kommen? Beurteilt das Verhalten der Jungen und die Reaktionen Adams.
- Selbst Lisa äußert sich verärgert über Adam: „Jedes Mal, wenn es Schwierigkeiten gibt, gilt für Adam nur eine Devise: Wega X oder ein Kinnhaken."
  Was meint ihr: Hat Lisa Recht mit diesem Urteil?
- *Selbst nach Adams Flucht gibt Lisa nicht auf: „Irgendetwas musste ich tun." Erzählt die Geschichte zu Ende und diskutiert eure unterschiedlichen Lösungen.*

Rückblick auf die Lektüre

- Haben die Ausschnitte aus dem Buch die Erwartungen erfüllt, die ihr nach dem Lesen der Inhaltsangabe auf S. 146 oben gehabt habt?

- Habt ihr eventuell Lust bekommen das ganze Buch zu lesen?
- Blickt nach der Lektüre der Buchausschnitte (oder noch besser: nach der Lektüre des ganzen Buches) noch einmal zurück auf den Aufbau:
  - Wie werden die Hauptfiguren eingeführt und vorgestellt?
  - Wie erzeugt der Autor dabei Spannung und Leseanreize?
  - Wie entwickelt sich die Handlung?
  - Wo liegen die Höhepunkte der Handlung?
  - Wenn ihr das ganze Buch gelesen habt: Welche Lösung gibt der Autor der Geschichte? Überzeugt euch dieser Schluss?

Buchbesprechungen zu „Adam und Lisa" (S. 165/166)
In den folgenden Buchbesprechungen *(Rezensionen)* wird Myron Levoys Jugendbuch *Adam und Lisa* unmittelbar nach dessen Erscheinen (1987) besprochen.

- Prüft die Aussagen in den verschiedenen Buchbesprechungen über die Freundschaft zwischen Adam und Lisa, die Bedeutung von Adams Traumplaneten Wega X, die selbstbewusste vierzehnjährige Lisa und das gesamte Buch.
  Stimmt ihr den Bewertungen der Rezensenten zu?
- Mit welcher der beiden Hauptfiguren könntet ihr euch am ehesten identifizieren?

Einblicke – Reporter berichten (S. 167–188)

Bruno Schrep: „Ich hau' schon gern mal drauf" (S. 168)
- Eine Reportage über eine Reporterin: Tragt zusammen, was hier über die tägliche Arbeit der Journalistin „RT.", über ihre Reportagen, ihren Beruf und ihre Ausbildung berichtet wird.
- Vielleicht könnt ihr einen Lokalredakteur oder eine Lokalredakteurin einer Zeitung, die *ihr* kennt, über die Arbeit in einer Lokalredaktion befragen. Vergleicht die Antworten mit dem, was Bruno Schrep notiert hat.
- Was meint die Journalistin mit der Wendung „Ich hau' schon gern mal drauf"? Schaut euch die neueste Ausgabe „eurer" Tageszeitung genau an: Könnt ihr Berichte finden, auf die diese Wendung zutrifft? An welchen Stellen der Zeitung findet ihr Reportagen?

Gabriela Herpel: Wenn Natascha in den Sattel steigt, hebt sie ab (S. 171)
Bettina Musall: Einmal Frieden und zurück (S. 174)
Rainer Schmidt: Der Kampf um die Kinder von Sankt Petersburg (S. 178)
- Was ihr in den Reportagen gelesen und erfahren habt – was hat es mit euch und mit der Welt, in der ihr lebt, zu tun?
- Was in den drei Reportagen hat euer *Leseinteresse* geweckt?
  Wie beurteilt ihr den *Informationsgehalt* der Reportagen?
  Was regt euch zur *Diskussion* an?
- Ihr könnt die drei Reportagen noch genauer untersuchen, indem ihr euch an den folgenden Merkmalen einer modernen Zeitungsreportage orientiert:

„Die moderne Zeitungsreportage ist *Augenzeugenbericht* und schildernder *Erlebnisbericht* in einem: Sie bezieht sich auf *Ereignisse* und vermittelt sie als *Erlebnisse*. Sie lädt ihre Leser ein, über die Lektüre so an den Geschehnissen teilzuhaben, wie wenn die *Augenzeugenreise jetzt gerade* beginnen würde. Sie will ihren Leserinnen und Lesern *Einblicke*, einen *Blick hinter die Fassaden* ermöglichen, versammelt zu diesem Zweck Zeugenberichte, Beobachtungen und Erlebnisse des Reporters und bringt sie den Lesern in einer teils *beschreibenden*, teils *erzählenden*, teils *schildernden* Sprache nahe. Ihre Darstellungsform ist nicht „objektiv" im Sinne des nachrichtlichen Berichts, sondern durch die Findigkeit und die *subjektive Sicht des Reporters* bestimmt: *Sein* Zugang zum Thema, der von ihm gefundene besondere Aspekt und seine authentischen Erlebnisse sind ausschlaggebend."

(nach Michael Haller, in: Die Reportage. Ein Handbuch für Journalisten, München 1987, S. 95 f.)

- Schreibt eine Reportage – vielleicht für eure Schülerzeitung – zu einem Thema/einem Problem, das euch und andere in eurem Alter angeht. Geht von eigenen Beobachtungen und Erfahrungen aus.

Andreas Wolfers: Die Augenzeugen (S. 183)
Hanns-Bruno Kammertöns: Der Nachrichtenjäger (S. 186)

- Welches Verständnis haben die Brüder Turnley von ihrem Beruf und seiner Aufgabe? Was darf nach ihrer Auffassung der Reporter und wo sind Grenzen, die nicht überschritten werden sollten?
- Wie unterscheidet sich der Nachrichtenjäger Wiebold von ihnen?
- *Nehmt an: Der Bildreporter David Turnley und der Polizeireporter Wolfgang Wiebold begegnen sich und unterhalten sich über ihre Arbeit. Sie berichten einander von ihren Erfahrungen und diskutieren darüber, worin die Aufgaben eines (Bild-)Reporters in der heutigen Zeit zu sehen sind. Wie beurteilen sie ihre eigene Arbeit und die ihrer Kollegen? Wie geht das Gespräch aus?*
  Lest dazu beide Texte genau, wertet sie aus und verwendet die Ergebnisse als Material für das Gespräch.

- Welche Reportage in diesem Kapitel habt ihr am liebsten gelesen? Welche ist am spannendsten, welche am besten geschrieben?

Die unwürdige Greisin – Literaturverfilmung (S. 189–208)

„Das ist ja ganz anders als im Buch!“, sagen wir häufig, wenn wir die Verfilmung eines Buchs anschauen, das wir gelesen haben. Andererseits glauben viele sich die Lektüre des Buchs ersparen zu können, wenn sie die Verfilmung gesehen haben: „Die Geschichte ist ja die gleiche.“
Möglicherweise *muss* aber die Geschichte, um die es geht, im Film „ganz anders“ erzählt werden als im Buch; und möglicherweise liegt der Reiz gerade darin, die gleiche Geschichte zweimal kennen zu lernen, „gleich“ *und* „ganz anders“.
Am Beispiel der Verfilmung von Bertolt Brechts Kalendergeschichte „Die unwürdige Greisin“ könnt ihre solche Überlegungen anstellen.

Bertolt Brecht: Die unwürdige Greisin (S. 190)

- Der Ich-Erzähler sagt von seiner Großmutter: „Genau betrachtet lebte sie hintereinander zwei Leben." Erläutert dies.
  Auf welches der beiden Leben bezieht sich eurer Meinung nach der Titel „Die unwürdige Greisin"? Wie ist dieser Titel zu verstehen?
  Könnt ihr euch dem Urteil „unwürdig" anschließen?
- *Schreibt zunächst einen der Briefe des Buchdruckers an eine seiner Schwestern in Amerika, in denen dieser sich über die „unwürdige Aufführung unserer lieben Mutter" beklagt. In diesem Brief kommt es dem Buchdrucker vor allem auf die Gründe an, warum seiner Meinung nach das Verhalten der Mutter zu verurteilen ist. Schreibt dann einen Antwortbrief der Schwester.*
- Wie urteilt der Ich-Erzähler selber über seine Großmutter? Wie ist er zu seinem Wissen über das Leben der Großmutter gekommen? Für wie zuverlässig hält er die verschiedenen Quellen? Wie verändert sich sein „Bild" vom Leben der Großmutter im Lauf der Geschichte? Was für ein Gesamtbild ergibt sich für ihn am Schluss?
- Der Autor Bertolt Brecht hat „in einem badischen Städtchen", in Achern, wirklich eine Großmutter gehabt, die dort zwei Jahre nach dem Tod ihres Mannes als 80-jährige „Greisin" gestorben ist. Auf S. 191 findet ihr ein Foto, das Karoline Brecht, geb. Wurzler, mit ihrem Mann, dem Lithographen Stefan Berthold Brecht, zeigt. Ob sich Brechts Großmutter in ihren letzten zwei Lebensjahren ähnlich wie die „unwürdige Greisin" verhalten hat, ist nicht genau bekannt; der Brecht-Forscher K. D. Müller schreibt hierzu: „Die ‚unwürdige' Greisin muss nicht Brechts Großmutter gewesen sein, um eine Großmutter für Brecht sein zu können."
  Wäre die „unwürdige Greisin" auch eine solche „Großmutter für euch"?

René Allio: Verfilmung von „Die unwürdige Greisin" (S. 194–208)

Was hat sich bei der „Übersetzung" von Brechts Geschichte in Allios Spielfilm alles verändert? Versucht eine vorläufige Antwort auf die Frage zu finden, wieweit das „Original" wiedererkennbar ist.
Die Antwort wird genauer, wenn ihr in Gruppenarbeit die Veränderungen in vier Bereichen untersucht (ausführliche Arbeitsanleitungen für die einzelnen Arbeitsgruppen [AG] sind auf den folgenden Seiten gegeben):

AG 1: Veränderungen in der Eigenart und im Verhalten der Personen („erzählte Handlung") und Veränderungen durch den Wechsel vom Ich-Erzähler der Kalendergeschichte zum „Erzähler des Films" (Erzählerperspektive).
AG 2: Veränderungen im Aufbau der Handlung
AG 3 und **4:** Veränderungen in der Erzählweise (Erzählzeit)

Schaut euch, bevor ihr euch der Bearbeitung dieser Aufgaben zuwendet, im Lesebuch die grafische Darstellung auf S. 202 an und beschreibt die einzelnen Momente im Vorgang der Literaturverfilmung.
Es wäre gut, wenn ihr bei der Beschäftigung mit den Aufgaben immer wieder zu einzelnen Fragen bestimmte Stellen des Films erneut anschauen könntet. Jedenfalls solltet ihr immer wieder die Nacherzählung der Filmhandlung und die Fotos am Rande auf S. 194–201 im Lesebuch zu Hilfe nehmen, um so das beim Filmzuschauen Gesehene aus der Erinnerung hervorzuholen und „in Sprache zu übersetzen".

Macht euch bei der Arbeit in der Gruppe genaue Notizen, damit ihr anschließend die anderen Gruppen gut über eure Arbeitsergebnisse informieren könnt.

Arbeitsanleitung für Arbeitsgruppe 1
(Veränderungen in der Eigenart und im Verhalten der Personen)

- Nennt mögliche Gründe, warum Allio die Handlung im Spielfilm räumlich und zeitlich verlegt hat. Leuchtet euch das ein?
- Was ändert sich im Film gegenüber der Kalendergeschichte dadurch, dass ihr die Großmutter als lebendigen Menschen seht, und zwar in Gestalt der französischen Schauspielerin Sylvie (Thérèse Sylvie, 1883–1970)? Erkennt ihr in der Berthe des Films die Großmutter der Kalendergeschichte wieder?
- Welche Verhaltensweisen kennzeichnen im Film das „alte", welche das „neue" Leben der Greisin? Was hat sich im Film verändert, was ist gleich oder ähnlich geblieben?
- Vergleicht die Personen der Kalendergeschichte und des Films. Fertigt eine Tabelle an, in die ihr alle Personen aus der Kalendergeschichte und die entsprechenden (und zusätzlichen) Personen aus dem Film eintragt:
- Was hat sich dadurch verändert, dass neue Personen hinzukommen? Welche Rolle im Rahmen der Handlung spielt die in der Verfilmung hinzuerfundene Person des Enkels Pierre? Berücksichtigt, dass er zu mehreren Personen in engerer Beziehung steht.
- Wie hat sich die Wichtigkeit der einzelnen Personen für die Handlung verschoben?
- Wie haben sich die Beziehungen der Personen untereinander verändert?
- Vor allem: Welche Rolle spielen die einzelnen Personen für die Großmutter und für ihren Weg in das „neue Leben": welche Rolle in der Kalendergeschichte, welche im Film?
- Fasst den Vergleich der im Film gezeigten Handlung mit der in der Kalendergeschichte erzählten Handlung zusammen: Stehen Veränderungen und Wiedererkennbarkeit in einem „ausgewogenen" Verhältnis?

(Veränderungen in der Erzählperspektive)

- Ein Ich-Erzähler steht entweder als „allwissender" Erzähler außerhalb des erzählten Geschehens, er sagt „ich", um den Leser direkt anreden zu können. Oder er gehört zu den Personen der Handlung, hat aber einen zeitlichen Abstand zum erzählten Geschehen. Im zweiten Fall kann er die im Mittelpunkt der Handlung stehende Person sein oder eine Person am Rande. Was für ein Ich-Erzähler ist der Ich-Erzähler in der Kalendergeschichte „Die unwürdige Greisin"?
  Auch in Filmen können alle drei Ausprägungen des Ich-Erzählers vorkommen. Allio hat in seiner Verfilmung der Brechtschen Geschichte auf einen Ich-Erzähler verzichtet. Warum wohl?
- Beschreibt anhand der folgenden Grafik den Abstand, den der Leser der Kalendergeschichte zu der Person der Großmutter hat:

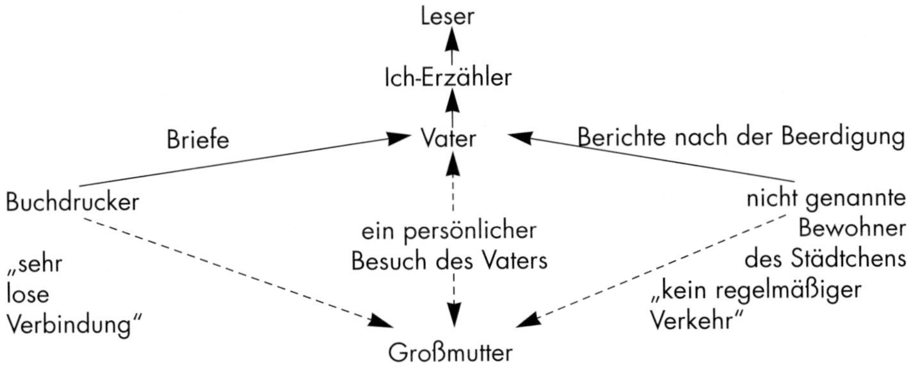

Versucht mit Hilfe einer entsprechenden Grafik den Abstand des Filmzuschauers zur Person der Berthe darzustellen und zu klären. Durch den unterschiedlichen Abstand hat der Zuschauer eine andere innere Einstellung gegenüber der Großmutter als der Leser. Beschreibt diesen Wechsel.

- Filme können nur die sichtbare und hörbare Außenwelt darstellen. Was verraten Berthes Gestik, Mimik und Sprechweise über ihre Gedanken und Gefühle (ihre „Innenwelt")? Wie viel von der „Innenwelt" der Großmutter erfahren wir in der Kalendergeschichte dadurch, dass der Erzähler direkt ihre Gedanken und Empfindungen übermittelt, wie viel dadurch, dass von ihrer Mimik, Gestik und Sprechweise die Rede ist?
- Was „sagt" die Musik des Chansons (siehe S. 203) zur Handlung oder zu den Gedanken und Empfindungen der Personen? Welche Rolle spielt Musik im gesamten Film?
  Beschreibt die Funktion von Pierre im Vergleich zu der des Ich-Erzählers der Kalendergeschichte. Bezieht in eure Überlegungen auch das Urteil Pierres über die Großmutter im Gespräch mit seinem Onkel Gaston ein (siehe Film-Nacherzählung S. 200).

Arbeitsanleitung für Arbeitsgruppe 2
(Veränderungen im Aufbau der Handlung)

- Sucht für die 25 Sequenzen des Films (Seite 194–201) Überschriften, die den Inhalt wiedergeben. Achtet bei der Formulierung darauf, dass an der Abfolge der einzelnen Überschriften der Aufbau der Filmhandlung ablesbar wird.
- Die 25 Sequenzen des Films lassen sich in 5 Abschnitte gliedern. Gebt auch ihnen Überschriften. Was tragen die einzelnen Abschnitte zur Darstellung des „alten" und des „neuen" Lebens der Großmutter bei?
- *Stellt eure Ergebnisse in einer Tabelle übersichtlich zusammen.*
- Auch die Kalendergeschichte kann in 5 Abschnitte gegliedert werden. Wie ihr bereits bei der Bearbeitung der Arbeitsaufgaben zur Kalendergeschichte herausgefunden habt, sind es 5 Schritte des Ich-Erzählers auf seinem Weg, ein Bild von den beiden letzten Lebensjahren seiner Großmutter zu gewinnen:

Abschnitt I: Zeile 1–30; II: Zeile 35–86; III: Zeile 87–118; IV: Zeile 119–140;
V: Zeile 146–181.

Vergleicht die Reihenfolge der Schritte des Ich-Erzählers mit der Reihenfolge der Schritte der Großmutter auf ihrem Weg vom „alten" zum „neuen" Leben.

- Versucht das Anordnungsprinzip zu erkennen, nach dem die 5 Abschnitte des Films aufeinanderfolgen. In welchem Verhältnis stehen sie zum Weg Berthes in ein „neues" Leben? Warum verfährt der Film anders als die Kalendergeschichte?
- Untersucht die besondere Bedeutung der folgenden Sequenzen (bzw. einzelnen Szenen) für die gesamte Filmhandlung:
  - Sequenz 4 (Die Familie am Küchentisch)
  - Sequenz 8, darin die erste Szene: Berthe allein, und Sequenz 20 (Berthe am Hafen)
  - Sequenzen 11, 13, 15, 23 (Alberts Standpunkt: Vergleicht mit der Kalendergeschichte!)
  - Sequenz 19, darin vor allem das Gespräch Gaston – Pierre (Vergleicht mit dem mittleren, dem III. Abschnitt der Kalendergeschichte Zeile 87–118!) Welche Handlungselemente der Kalendergeschichte werden hier in Filmhandlung übersetzt?

Arbeitsanleitung für Arbeitsgruppe 3
(Veränderungen in der Erzählweise)

Hinweis: Benutzt zur Beantwortung der Arbeitsaufgaben die Darstellungen, die im Lesebuch auf den Seiten 202, 203 und 204 gegeben sind.

- Die Kalendergeschichte und der Film benutzen zu Beginn das Erzählverfahren der Zeitraffung (Verkürzung der Erzählzeit gegenüber der erzählten Zeit). Es gibt zwei Möglichkeiten der Zeitraffung: die in Richtung der erzählten Zeit fortschreitende Aneinanderreihung einzelner Begebenheiten und die Zusammenfassung von Begebenheiten, die sich über einen längeren Zeitraum hinweg mehrmals, z. B. täglich, wiederholen oder die ständig andauern. Zeigt, wie zu Beginn der Kalendergeschichte beide Verfahren angewandt werden.
- Wo wendet der Filmbeginn das eine, wo das andere Verfahren an? (Schaut euch die 5 Filmbilder auf Seite 203 und darüber hinaus, wenn möglich, den Filmbeginn nochmals an.)
- Auch in dem Chanson wird eine Geschichte erzählt. Welchen Umgang mit der Zeitraffung könnt ihr hier feststellen?
- Was leistet insgesamt der Beginn der Kalendergeschichte für den Ablauf der gesamten Handlung, was der Beginn des Films?
  Macht der Beginn der Kalendergeschichte oder der des Films das, worum es geht, deutlicher und verständlicher?
- Zu Seite 204: Der Film zeigt das Geschehen vom Tod des Großvaters an „szenisch". Welches Verhältnis von Erzählzeit und erzählter Zeit ist für eine Szene im Film charakteristisch (z. B. die Szene der Bilder 4–9 auf S. 204)?
- Lest auf S. 194 die Nacherzählung zur 3. Sequenz des Films und schaut euch die Bilder 1–3 (Familienmitglieder am Totenbett) auf S. 204 an. Auf welche Weise kombiniert der Film szenisches und zeitraffendes Erzählen?
- Nach dem Tod des Großvaters müssen die „Kinder" das „Problem" lösen, „was mit ihr (der Großmutter) zu geschehen hätte". Der Erzähler der Kalendergeschichte berichtet, dass sie Briefe schreiben.
  Versucht einen anderen Beginn der Filmhandlung zu entwerfen, der den brief-

lichen Kontakt der Geschwister „wörtlich" nimmt und in eine Filmsequenz „übersetzt".
Welche Probleme ergeben sich für den Filmemacher, wenn er am Anfang eines Filmes solches Briefeschreiben „ins Bild setzen" will?
Wie hat René Allio dieses Problem gelöst?

- Welche Bedeutung haben die Filmsequenzen 3–7 für die Filmhandlung im Ganzen?

Arbeitsanleitung für Arbeitsgruppe 4
(Veränderungen in der Erzählweise)

Hinweis: Benutzt zur Beantwortung der Arbeitsaufgaben die Darstellungen, die im Lesebuch auf den Seiten 205, 206 und 207 gegeben sind.

- In der Kalendergeschichte und im Film kommt das Handlungselement „Die Großmutter geht ins Kino" vor. Was hat der Filmemacher Allio im Film gegenüber der Kalendergeschichte hierbei verändert?
  Warum hat er diese Änderungen wohl vorgenommen?
- Der Film zeigt in einer kurzen Szene, wie Großmutter Berthe zum Kino geht. Welche Erzählweise wendet der Erzähler der Kalendergeschichte für die Darstellung dieses Vorgangs an? Beachtet das Verhältnis der Erzählzeit zur erzählten Zeit.
- Versucht die Handlung im II. Filmabschnitt als Darstellung einer Entwicklung Berthes in einzelnen Schritten zu beschreiben. Orientiert euch dabei an den sieben Bildreihen auf S. 205 bis S. 207 oben. Schreibt das Ergebnis eurer Untersuchung in Form einer Tabelle auf.
- Der Ich-Erzähler der Kalendergeschichte berichtet ausführlich über die Ansichten, die der im Städtchen verbliebene Sohn über seine Mutter und deren Verhalten gebildet hat. Auch der Film beschäftigt sich in seinem II. Abschnitt mit der Perspektive dieses Sohnes. – Worin unterscheidet sich die Art und Weise, wie er das tut, von der des Ich-Erzählers in der Kalendergeschichte?
- Zu Seite 207, Abschnitt „Familie und neue Freunde": Welchen neuen Schritt in der Entwicklung Berthes bringt der hier angedeutete III. Filmabschnitt)?
- Schaut euch den Filmabschnitt III noch einmal an und lest die Nacherzählung des Films auf S. 197/198. Beschreibt den Aufbau dieses Abschnitts: Auf welche Weise werden hier die beiden Handlungsstränge „Berthe/Rosalie/Alphonse" und „Alberts Probleme mit Berthe" miteinander verbunden?
- Vergleicht den Aufbau des III. Filmabschnitts mit dem des II.

Wort- und Sacherklärungen

Abchasienkrieg: Abchasien, zwischen Schwarzem Meer und Kaukasus gelegen, versuchte sich nach dem Zerfall der Sowjetunion unabhängig zu machen, was zu einem blutigen Konflikt mit Georgien führte, das Abchasien als Teil seines Staatsgebietes betrachtet.
Altan: (von lat. altus = hoch) Söller, Balkon
arkebusieren: erschießen
Asketin, Asket: selbstgenügsamer Mensch
Batavia: alter Name für die heutige indonesische Hauptstadt Djakarta
Blockwart: Im Dritten Reich ein Nazifunktionär, der als Aufseher und Spitzel die Bewohner eines Häuserblocks überwachte.
bueno: (spanisch) gut, in Ordnung
Choleriker: leicht reizbarer Mensch
Chowder: Suppe aus Fisch, Speck, Kartoffeln
Columbiade: Riesenkanone
Cribbage, Whist, Vingt-et-un, Rouge et noir, Monte, Faro: Glücksspiele
Damaszener Klingen: scharfe Messerklingen aus einem in Damaskus (Syrien) entwickelten Stahlbearbeitungsverfahren
Dietrich: Dietrich von Bern; wahrscheinlich auf den Ostgotenkönig Theoderich den Großen (453–526), der in Ravena/Oberitalien regierte, zurückgehende Sagengestalt
Doktor Dolittle: Die Geschichte von Doktor Dolittle, der die Sprache der Tiere versteht, wurde von dem amerikanischen Schriftsteller Hugh Lofting (1886–1947) erzählt.
Doyle, Conan: englischer Schriftsteller, Erfinder der Detektivfigur „Sherlock Holmes“
Driften: Meeresströmungen
Elemente, renitente: hier: widerspenstige Personen in einer Gruppe
Eprouvette: Glasröhrchen für chem. Versuche
Erhebung, nationale: gemeint ist die Machtergreifung der Nationalsozialisten unter Hitler
ethnisch gemischt: aus verschiedenen Völkern (Ethnien) stammend
Führer: gemeint ist Adolf Hitler, der mit der der Nationalsozialistischen Deutschen Arbeiterpartei (NSDAP) 1933 die Macht in Deutschland als Reichskanzler und „Führer des deutschen Volkes“übernommen hatte
Galeerensträfling: bis ins 19. Jahrhundert wurden in Frankreich Schwerverbrecher zur Arbeit auf Kriegsschiffe (Galeeren) verbannt
Gelbes Meer: Randmeer des Pazifischen Ozeans, zwischen China und Korea
Glanbrücke: Brücke über den Fluss Glan in Klagenfurt, dem österreichischen Geburtsort von Ingeborg Bachmann
Göller: (Goller) Schulterkragen am Gewand
Grosny: Hauptstadt der Kaukasus-Republik Tschetschenien, die seit dem Zerfall der Sowjetunion nach Unabhängigkeit strebt und deshalb in Konflikt mit Russland liegt.
Gulliver, Brobdignag: Der englische Schriftsteller Jonathan Swift (1667–1745) hat in seinem Roman „Gullivers Reisen“ seine Hauptfigur Gulliver u. a. in ein Land namens Brobdignag kommen lassen, das von Riesen bewohnt wird.
Habsburger-Hut: Die schweizerischen Gebiete standen zu Tells Zeit (14. Jh.) unter der Herrschaft der Könige aus dem Hause Habsburg; Gessler war deren Statthalter in der Schweiz. Tells Tat soll der Sage nach den Aufstand der Schweizer gegen die habsburgische Fremdherrschaft und die Gründung der unabhängigen Schweizer Republik (Eidgenossenschaft) ausgelöst haben.
Halbjüdin: Bezeichnung aus der nationalsozialistischen Rassenideologie für einen Menschen, dessen einer Elternteil jüdischer Abstammung war. Ehen zwischen Deutschen und Juden galten unter Hitler als Rassenschande. Halbjuden waren wie „Volljuden“ von Verschleppung in KZ bedroht
Hannibal: Feldherr und Staatsmann in Karthago (247–183 v. Chr.), führte Krieg gegen Rom, floh 195 v. Chr. vor den Römern nach Kleinasien, wo er sich 183 v. Chr. aus Angst vor Auslieferung vergiftete
Harnisch: Ritterrüstung
Heuer: (Heumacher) Tagelöhner, Kleinbauer
Hugenott: Hugenotten, französische Protestanten; wurden im 16. Jahrhundert im katholischen Frankreich blutig verfolgt
Hunnen: Die aus Ostasien stammenden Hunnen gründeten unter ihrem König Attila (Etzel) im 5. Jh. in der Donauebene ein Reich. Der Sage nach sollen Dietrich von Bern und Hildebrand eine Zeit lang Gefolgsmannen Attilas gewesen sein (vgl. Nibelungensage).
Jaquares, Kaimane: amerikanische Krokodile
Kaleschlein: Kalesche, leichte Kutsche
Kartaun: Kartaune, schweres Vorderladergeschütz (16./17. Jahrhundert)
Kaskaden: Wasserfälle, Sturzfluten
Katakomben: hier: Kanalisationsschächte
Katapult: Schleuder
Kinderlandverschickung: Während des Zweiten Weltkriegs wurden Kinder aus Großstädten zum Schutz vor den Bombenangriffen in ruhige Landgegenden verschickt.

Kontor: Büro eines Geschäftsmannes
Kordon: Postenkette, Reihe
KZ: Konzentrationslager, in denen Hitlers Nationalsozialisten 1933–1945 ihnen missliebige Menschen einsperrten und oft auch umbrachten; ingesamt wurden in den KZ mehrere Millionen Menschen ermordet
leien: hier: einfache Christen (Laien), im Gegensatz zum studierten „pfaffen" (Pfarrer)
lethargisch: (griechisch) träge, schläfrig
Lithographenanstalt: Firma, die sich mit der Herstellung von Druckplatten zur Vervielfältigung von Grafiken beschäftigt
Luna: dichterischer Ausdruck für Mond
Ma foi: (franz.) meiner Treu, wahrhaftig
Mandat: Auftrag, hier: Erlass, Befehl
Meridiane: Linien von Pol zu Pol, mit denen die Erdkugel eingeteilt wird; hier: die Grenzlinien der verschiedenen Zonen der Erde
Metropole: Hauptstadt, Weltstadt
Migrant: Ein- oder Auswanderer
multikulturell: viele Kulturen umfassend
NASA: National Aeronautics and Space Administration, Raumfahrtbehörde der USA
Nîmes: Stadt in Südfrankreich
Ökonomen: kontrollieren die Wirtschaftlichkeit eines Unternehmens
Opposum: Beutelratte
Otacher: Odoaker, germanischer Fürst, der im Jahr 476 durch einen Putsch zum weströmischen König wurde; wurde 489 von dem Ostgotenkönig Theoderich (Dietrich von Bern) besiegt
Patronat: Schirmherrschaft, Fürsorge, Schutz
Peon: südamerikanischer Landarbeiter
Phöbe: griechische Mondgöttin
Platte: Felsplateau, Ebene über dem Steilufer
Popanz: Vogelscheuche, Witzfigur
Projektil: Geschoss
Rabbi: jüdischer Religionslehrer
Rancho: (Südamerika) Landarbeiterhütte
Reverenz erweisen: Ehrerbietung zeigen
Rotwelsch: Geheimsprache des fahrenden Volks im deutschen Sprachraum; Kauderwelsch aus Romani, Jiddisch und Spanisch
Rwanda: kleine Republik in Ostafrika, in der 1994 ein blutiger Bürgerkrieg aufflammte
SA: Sturmabteilung; militärisch organisierte Kampf- und Propagandatruppe unter Hitler
Sauvegarde: Schutzbrief gegen Plünderung
Sechser: Sechspfennigmünze ; Münze in den 30er Jahren, in denen die Geschichte spielt
Seearsenal: Hafenanlage der Marine
Skabiosen: Grindkraut, blühendes 20–50 cm hohes Sommergewächs
Spiere: alle runden Hölzer auf einem Schiff; hier vermutlich: Geländer um die Schiffsbrücke
SS: Schutzstaffel; polizeiähnliche Organisation, von Hitler für besondere Aufgaben gegründet. Terrororganisation der Nazis; organisierte u.a. die Massenermordung von Juden, Sinti, Roma und anderen den Nazis missliebigen Bevölkerungsgruppen in den KZ
Stalin-Staat: die ehemalige Sowjetunion unter der Führung des Diktators Josef Stalin 1927–1953; die Sowjetunion wurde 1941 von Hitler-Deutschland überfallen; die deutschstämmigen Bürger der Sowjetunion wurde daraufhin auf Befehl Stalins in den Osten der Sowjetunion verbannt, da man befürchtete, sie könnten sich mit den deutschen Truppen verbünden
stereotyp: nichtssagend, ständig wiederkehrend
Tadschikistan, Tschetschenien: Gebiete der ehemaligen Sowjetunion, in denen nach deren Zerfall blutige Unabhängigkeitskriege mit Russland aufflammten
Taifun: (von chinesisch tai fung = großer Wind) Wirbelsturm
Tampa Town: Stadt auf der Halbinsel Florida. Jules Verne hat seinen Abschussrampe fast genau dort platziert,wo 80 Jahre später das US-Raumfahrtzentrum Kap Kennedy entstand.
Toulon: franzöische Hafenstadt am Mittelmeer
Triften verkarsten: Wiesen verkümmern, werden unfruchtbar durch Zerstörung des Bodens
Trimester: mancherorts ist das Schuljahr statt in zwei Halbjahre in drei Trimester eingeteilt
Trockendock: schleusenähnliche Vorrichtung zum Bau und zur Reparatur von Schiffen. Durch Herauspumpen des Wassers wird das Schiff trocken auf den Boden des Docks gesetzt. Nach Beendigung der Arbeit wird wird das Dock geflutet, so dass das Schiff aus dem Dock hinausfahren kann.
Uri: Kanton (Bundesland) in der Innerschweiz, Hauptort ist Altdorf
Utopia: griechisch: Nirgendwo; ein Ort oder Zustand, den noch niemand kennt
Voyeurismus: Schaulust
Wallace, Edgar: berühmter englischer Kriminalschriftsteller (1875–1932)
Wallraff: Der deutsche Schriftsteller Günter Wallraff verkleidete sich Anfang der 80er Jahre als türkischer Gastarbeiter, um die Arbeitsbedingungen der Gastarbeiter am eigenen Leib zu erfahren; die Ergebnisse veröffentlichte er in dem Buch „Ganz unten".
Wiedehopf: 30 cm langer Vogel; Stinkvogel
WWF: World Wildlife Fund, internationale Naturschutzorganisation
Yerbabüsche: Mateteestrauch, ca. 5 m hoher Strauch in Südamerika, dessen Blätter als Tee Verwendung finden
Zenit: Scheitelpunkt, höchster Punkt

Autoren- und Quellenverzeichnis

Aichinger, Ilse
(*1921 in Wien, lebt in Großgmain bei Salzburg)
Die Silbermünze 85
Aus: Deutsche Erzähler der Gegenwart. Hrsg. von Willi Fehse. Verlag Reclam jun., Stuttgart 1959, S. 7

Andres, Stefan
(*1906 in Breitwies bei Trier, † 1970 in Rom)
Das Trockendock 75
Aus: Andres: Die Verteidigung der Xanthippe. Piper Verlag, München 1961

Bachmann, Ingeborg
(*1926 in Klagenfurt, † 1973 in Rom)
Unter die Menschen gefallen 11
Aus: Bachmann: Malina. In: Werke, Piper Verlag, München 1982, Band 3, S. 24

Bartos-Höppner, Barbara
(*1923 in Eckersdorf/Schlesien, lebt in Nottensdorf bei Buxtehude)
Meine Schwester 12
Aus: Schriftsteller erzählen von Gewalt. Hrsg. von Hans Peter Richter. Balve Verlag, Engelbert 1976, S. 15

Becker, Jurek
(*1937 in Lodz geboren, † 1997 in Berlin)
Der Kaktus 92
Aus: Becker: Die Mauer. In: Becker: Nach der ersten Zukunft. Erzählungen. Suhrkamp Verlag, Frankfurt/Main 1980

Bichsel, Peter
(*1935 in Luzern/Schweiz, lebt in Bellach bei Solothurn)
Wenn wir Löwen wären ... 137
Aus: Bichsel: Geschichten zur falschen Zeit. Luchterhand Verlag, Darmstadt 1979 (Originalüberschrift: Wege zum Fleiß)

Biermann, Wolf
(*1936 in Hamburg, lebt in Hamburg)
Größe des Menschen 42
Aus: Biermann: Nachlass I. Kiepenheuer & Witsch, Köln 1977, S. 289

Böll, Heinrich
(*1917 in Köln, † 1985 in Bornheim-Merten)
Anekdote zur Senkung der Arbeitsmoral 54
Aus: Böll: Werke. Kiepenheuer & Witsch, Köln o. J., Band 4, S. 267

Borchert, Wolfgang
(*1921 in Hamburg, † 1947 in Basel)
Nachts schlafen die Ratten doch 83
Aus: Borchert: Das Gesamtwerk. Rowohlt Verlag, Hamburg 1949

Bosc
(*1924 in Nîmes, † 1973 in Antibes)
Ein Vorurteil und sein Zusammenbruch 50
Aus: Bosc: Alles, bloß das nicht. Diogenes Verlag, Zürich 1974

Brecht, Bertolt
(*1898 in Augsburg, † 1956 in Berlin(Ost))
Der Pflaumenbaum 39
Rückkehr 46
Die unwürdige Greisin 190
Aus: Brecht Gesammelte Werke, Suhrkamp Verlag, Frankfurt/Main 1967, Band 9, S. 647 bzw. 172 bzw. Band 11, S. 315

Bretécher, Claire
(*1940 in Nantes, lebt in Frankreich)
Babysitter-Blues 132
Aus: Bretécher: Agrippina. Comics. Rowohlt, Reinbek 1994. © 1988 by Claire Bretécher

Bruyn, Günter de
(*1926 in Berlin, lebt in Berlin und Seeskow)
Meine erste Liebe 14
Aus: de Bruyn: Zwischenbilanz. Eine Jugend in Berlin. Fischer Taschenbuchverlag, Frankfurt/Main 1994, S. 81

Busta, Christine
(*1915 in Wien, † 1987 in Wien)
Wovon träumt der Astronaut auf der Erde? 130
Aus: Die Stadt der Kinder. Deutscher Taschenbuch Verlag, München 1978, S. 208

Cesco, Federica de
(*1938 in Pordenone/Italien, lebt in Chexbres/Schweiz)
Spaghetti für zwei 51
Aus: de Cesco: Freundschaft hat viele Gesichter. Erzählungen. Rex Verlag, Stuttgart 1986

Claudius, Matthias
(*1740 in Rheinfelden/Holstein, † 1815 in Hamburg)
Kriegslied 45
Aus: Claudius: Sämtliche Werke. Cotta'sche Verlagsbuchhandlung, Stuttgart 1965, S. 290

Drewitz, Ingeborg
(* 1923 in Berlin, † 1986 in Berlin (West))
Du und ich 25
Aus: Drewitz: Gestern war heute. Claassen Verlag, Düsseldorf 1978. Der Textausschnitt wurde für LESEZEICHEN überarbeitet mit Zustimmung von Ingeborg Drewitz 1983

Droste-Hülshoff, Annette von
(* 1797 auf Gut Hülshoff bei Münster, † 1848 in Meersburg)
Die Vergeltung 99
Aus: Droste-Hülshoff: Sämtliche Werke. Hanser Verlag, München 1952

Eich, Günter
(* 1907 in Lebus/Oder, † 1972 in Salzburg)
Inventur 46
Aus: Eich: Gesammelte Werke. Suhrkamp Verlag, Frankfurt/Main 1973, Band I

Eichendorff, Joseph von
(* 1788 auf Schloß Lubowitz, 1857 in Neisse)
In Danzig 1842 34
Aus: Eichendorff: Werke. Hanser Verlag, München 1966, S. 425

Emundts, Corinna u. a.
Heimat erreicht, Heimat verloren 58
Aus: DIE ZEIT, Nr. 15 vom 5. April 1996, S. 9 ff.

Fallaci, Oriana
(* 1929 in Florenz, lebt in der Toskana und New York)
Interview mit dem Astronauten Roger Chaffee 117
Aus: Die mechanische Ente. Geschichten, Gedichte und Berichte von Menschen und ihren Erfindungen. Hrsg. von Rosemarie Wildermuth. Ellermann Verlag, München 1974, S. 201

Franke, Herbert W.
(* 1927 in Wien geboren)
Der Calciumfresser 124
Aus: Franke: Der grüne Komet. Goldmann Taschenbuch Verlag, München 1984, S. 124

Frisch, Max
(* 1911 in Zürich, † 1991 in Zürich)
Ein leidiger Zwischenfall 109
Auszug aus: Wilhelm Tell für die Schule. In: Frisch: Gesammelte Werke. Suhrkamp Verlag, Frankfurt/Main 1976

Fritz, Walter Helmut
(* 1929 in Karlsruhe, lebt in Karlsruhe)
Bäume 38
Aus: Fritz: Gesammelte Gedichte. Hoffmann und Campe, Hamburg 1979, S. 227

Goethe, Johann Wolfgang (von)
(* 1749 in Frankfurt/Main, † 1832 in Weimar)
Dämmrung 32
Aus: Goethes Werke. Wegener Verlag, Hamburg 1960, Band I, S.389

Grgic, Eva
(* 1982 in Jugoslawien)
Ich suche nach dir 47
Aus: „Wir werden wieder glücklich sein und alles war ein schlimmer Traum". Kindertexte und -zeichnungen aus dem Krieg im ehemaligen Jugoslawien. Hrsg. von Klaus Schäffer. Herder Verlag, Freiburg 1994

Grimm, Brüder
(Jacob: * 1785 in Hanau, † 1863 in Berlin; Wilhelm: * 1786 in Hanau, † 1859 in Berlin)
Die Sage von Wilhelm Tell 102
Aus: Brüder Grimm: Deutsche Sagen. Berlin 1891 (gekürzt und sprachlich überarbeitet)

Gryphius, Andreas
(* 1616 in Glogau, † 1664 in Glogau)
An die Sterne 33
Tränen des Vaterlandes 44
Aus: Epochen der deutschen Lyrik. Hrsg. von Walther Killy, Band 4: Gedichte 1600–1700. Deutscher Taschenbuch Verlag, München 1976, S. 144/145

Hahn, Ulla
(* 1946 in Brachthausen, lebt in Bremen)
Schöne Landschaft 41
Aus: Hahn: Freudenfeuer. Gedichte. Deutsche Verlags-Anstalt, Stuttgart 1985

Hannsmann, Margarete
(* 1921 in Heidenheim, lebt in Stuttgart)
Landschaft 41
Aus: Hannsmann: Landkarten. Gedichte. Claassen Verlag, Düsseldorf 1980, S. 114

Härtling, Peter
(* 1933 in Chemnitz, lebt in Walldorf/Hessen)
Nachgetragene Liebe 20
Aus: Härtling: Nachgetragene Liebe. Luchterhand Verlag, Darmstadt 1980, S. 7

Hartmann, Lukas
(* 1944 in Bern, lebt in Bern)
Kein Kuchen für Bahar 64
Aus: Hartmann: Kein Kuchen für Bahar. Flüchtlingsporträts. Zytglogge Verlag, Bern 1987, S. 12

Häuptling Seattle
(lebte um die Mitte des 19. Jh. in Nordamerika)
Wir sind ein Teil der Erde 36
Aus: Wir sind ein Teil der Erde. Die Botschaft des Häuptlings Seattle an den Präsidenten der USA 1855. Walter Verlag, Olten und Freiburg 1983, Auszüge S. 10/11 und 18–24

Hebel, Johann Peter
(*1760 in Basel, † 1826 in Schwetzingen)
Ist der Mensch ein wunderliches Geschöpf 141
Aus: Hebels Werke. Zweiter Teil. W. Spemann, Berlin und Stuttgart o. J.

Heine, Heinrich
(*1797 in Düsseldorf, † 1856 in Paris)
Abenddämmerung 32
Aus: Heine: Sämtliche Werke. Kindler Verlag, München 1964, Band 1

Herpel, Gabriela
Wenn Natascha in den Sattel steigt, hebt sie ab 171
Aus: jetzt. Das Jugendmagazin der Süddeutschen Zeitung. Nr. 31 vom 31. Juli 1995, S. 7 ff.

Kammertöns, Hanns-Bruno
Der Nachrichtenjäger 186
Aus: DIE ZEIT Nr. 7 vom 9. Februar 1996, S. 69/70 (gekürzt)

Karasholi, Adel
(*1936 in Damaskus/Syrien, lebt in Leipzig)
Wenn Damaskus nicht wäre 68
Aus: Karasholi: Wenn Damaskus nicht wäre. Gedichte. A1 Verlag, München 1993, S. 10
Noch Syrer oder schon Sachse? 68
Aus: Karasholi: Rhapsodie in Grau. In: Börsenblatt des Deutschen Buchhandels, Frankfurt/Main, 19. April 1991

Kaschnitz, Marie Luise
(*1901 in Karlsruhe, † 1974 in Rom)
Juni 31
Und immer war einer 43
Aus: Kaschnitz: Gedichte. Claassen & Goverts, Hamburg 1947
Zu Hause 130
Aus: Kaschnitz: Steht noch dahin. Neue Prosa. Insel Verlag, Frankfurt/Main 1970

Kästner, Erich
(*1899 in Dresden, † 1975 in München)
Der Handstand auf der Loreley 139
Aus: Kästner: Gesang zwischen den Stühlen. Atrium Verlag, Zürich 1932

Kleist, Heinrich von
(*1777 in Frankfurt/Oder, † 1811 bei Potsdam)
Der verlegene Magistrat 143
Aus: Kleist: Sämtliche Werke. Hrsg. von H. Sembdner. Hanser Verlag, München 1961, Band 2

Kunert, Günter
(*1929 in Berlin, lebt in Kaisborstel/Holstein)
Unterwegs nach Utopia 40
Aus: Kunert: Unruhiger Schlaf. Gedichte. Hanser Verlag, München 1977
Die Taucher 72
Aus: Kunert: Tagträume in Berlin und andernorts. Hanser Verlag, München 1972

Kurljandskij & Chait
Ich bin ein Elefant, Monsieur 134
Aus: Süddeutsche Zeitung vom 3./4. Mai 1969, Letzte Seite. Aus dem Russischen von Leonid Olschwang

Langer, Felicia
(*1930 in Tarnow/Polen, lebt in Tübingen)
Erlebnis in Deutschland 56
Aus: Langer: „Brücke der Träume". Eine Israelin geht nach Deutschland. Lamuv Verlag, Köln 1994, S. 18

Levoy, Myron
(*in New York, lebt in New Jersey)
Adam und Lisa 146
Aus: Levoy: Adam und Lisa. Jugendroman. Deutscher Taschenbuch Verlag, München, dtv junior, S. 7–14, 18–23, 45–53, 136–141, 153–157. © Benziger Verlag, Würzburg 1987

Lindgren, Astrid
(*1907 auf Näs bei Vimmerby in Småland/Schweden)
Das entschwundene Land 8
Aus: Lindgren: Das entschwundene Land. Oetinger Verlag, Hamburg 1983

Logau, Friedrich von
(*1604 in Brockuth/Schlesien, † 1655 in Liegnitz)
Des Krieges Buchstaben 45
Aus: Epochen der deutschen Lyrik. Hrsg. von Walter Killy. Deutscher Taschenbuch Verlag, München 1976, Band 4: Gedichte 1600–1700, S. 212

Malecha, Herbert
(*1927 in Ratibor, lebt in Schwäbisch Hall)
Die Probe 77
Aus: Paul Hühnerfeld (Hrsg.): Die Probe. Marion von Schröder Verlag, Hamburg 1955, S. 21

Manthey, Marlene
Im Fernsehsessel sah man den Start bequemer 119
Aus: Stuttgarter Nachrichten vom 17. Juli 1969

Merk, Thomas A.
(*1953 in München, lebt in München)
Abschied vom Lande 38
Aus: Im Gewitter der Geraden. Deutsche Ökolyrik 1950–1980. Hrsg. von Peter Cornelius Meyer-Tasch. C. H. Beck Verlag, München 1981, S. 108

Meyer, Conrad Ferdinand
(*1825 in Zürich, † 1898 in Kilchberg)
Die Füße im Feuer 100
Aus: Meyer: Sämtliche Werke. Band 2. Winkler Verlag, München 1968

Mörike, Eduard
(*1804 in Ludwigsburg, † 1875 in Stuttgart)
Um Mitternacht 34
Aus: Mörike: Sämtliche Werke. Hanser Verlag, München 1964

Musall, Bettina
Einmal Frieden und zurück 174
Aus: DER SPIEGEL, Nr. 21 vom 20. Mai 1996, S. 138–143 (gekürzt)

Özdemir, Cem
(*1966 in Bad Urach, lebt in Tübingen u. Bonn)
Du andere Baustelle? 65
Aus: Wir leben hier. Ausländische Jugendliche berichten. Alibaba Verlag, Frankfurt/Main 1992.

Rauschenbach, Erich
(*1944 in Lichtenstein/Sachsen, lebt in Berlin)
„Ganz schön peinlich" 131
Aus: Rauschenbach: Erziehung ist echt Glückssache! Neue Tochter – Vater – Bildgeschichten. Heyne Taschenbuch, München 1994. © Eichborn Verlag, Frankfurt/Main 1993

Rinser, Luise
(*1911 in Pitzling/Oberbayern, lebt bei Rom)
Anlass zur Klage 23
Aus: Rinser: Den Wolf umarmen. S. Fischer Verlag, Frankfurt/Main 1981, S. 162
Die rote Katze 87
Aus: Rinser: Ein Bündel weißer Narzissen. S. Fischer Verlag, Frankfurt/Main 1956

Schiller, Friedrich (von)
(*1759 in Marbach, † 1805 in Weimar)
Tells Schuss auf den Apfel 104
Aus: Schiller: Wilhelm Tell. Drama. 3. Aufzug, 3. Szene. Wiedergegeben in der eingestrichenen Fassung, die Hansgünther Heyme für seine Stuttgarter Inszenierung 1984 erstellt hat.
Der Handschuh 140
Katharina von Schwarzburg 143
Aus: Schiller: Sämtliche Werke. Hanser Verlag, München 1965, Band 1 bzw. 4

Schmidt, Rainer
Der Kampf um die Kinder von Sankt Petersburg 178
Aus: ZEITmagazin Nr. 19 vom 3. Mai 1996, S. 24–33 (gekürzt)

Schnurre, Wolfdietrich
(*1920 in Frankfurt/Main, † 1989 in Kiel)
Jenö war mein Freund 80
Aus: Schnurre: Als Vaters Bart noch rot war. Ein Roman in Geschichten. Verlag Die Arche, Zürich 1958, S. 149
Politik 137
Aus: Schnurre: Protest im Parterre. Langen-Müller Verlag, München 1957, S. 64

Schrep, Bruno
(*1946)
„Ich hau' schon gern mal drauf" 168
Aus: SPIEGEL special Nr. 1/1995: Die Journalisten. SPIEGEL-Verlag, Hamburg 1995, S. 156–160 (gekürzt)

Seidel, Katharina
Die Arche 137
Aus: Seidel, Moderne Gleichnisse. Rex Verlag, Luzern 1994, S. 38

Senocak, Zafer
(*1961 in Ankara/Türkei, lebt in Berlin)
Zwei Welten in mir 67
Aus: Senocak: Flammentropfen. Gedichte. Dagyeli Verlag, Frankfurt/Main 1985.

Simic, Charles
(*1938 in Belgrad, lebt in den USA)
Krieg 47
Aus: DIE ZEIT, Nr. 50 vom 4. 12. 1992. Übersetzt von Hans Magnus Enzensberger

Storm, Theodor
(*1817 in Husum, † 1888 in Hademarschen)
Die Stadt 35
Aus: Storm: Sämtliche Werke. Wissenschaftliche Buchgesellschaft, Darmstadt 1967

Strittmatter, Erwin
(*1912 in Spremberg, † 1994 in Dollgow)
Das Storchentreiben 138
Aus: Strittmatter: Schulzenhofer Kramkalender. Aufbau Verlag, Berlin und Weimar 1967

Strittmatter, Eva
(*1930 in Neuruppin, lebt in Dollgow)
Werte 43
Aus: Strittmatter: Die eine Rose überwältigt alles. Gedichte. Aufbau Verlag, Berlin und Weimar 1977, S. 105

Tillich, Alfred
(*1912 in Graz/Österreich)
Erde 36
Aus: Im Gewitter der Geraden. Deutsche Ökolyrik 1950–1980. Hrsg. von Peter Cornelius Meyer-Tasch. C.H. Beck Verlag, München 1981, S. 39/40

Uhland, Ludwig
(*1787 in Tübingen, † 1862 in Tübingen)
Frühlingsglaube 30
Aus: Uhland: Werke. Winkler Verlag, München 1981, Band 1, Gedichte

Valentin, Karl
(*1882 in München, † 1948 in Planegg)
Der Zufall 135
Aus: Tingeltangel. In: Das große Valentin-Buch. Piper Verlag, München 1973

Verne, Jules
(*1828 in Nantes/Frankreich, † 1905 in Amiens)
Start zum Mond 112
Aus: Verne: Von der Erde zum Mond. Übersetzt von William Matheson. Diogenes Verlag, Zürich 1976

Walther von der Vogelweide
(*um 1170 in Niederösterreich, † 1230 bei Würzburg)
Mailied 29
Aus: Die Gedichte Walthers von der Vogelweide. Mittelhochdeutscher Text und neuhochdeutsche Übertragung von Peter Wappnewski. S. Fischer Verlag, Frankfurt/Main 1962, S. 58/59

Weisenborn, Günther
(*1902 in Velbert, † 1969 in Berlin)
Zwei Männer 70
Aus: Wolfgang Weyrauch (Hrsg.): Tausend Gramm. Eine Sammlung neuer deutscher Geschichten. Rowohlt Verlag, Reinbek bei Hamburg 1949

Weiss, Peter
(*1916 in Nowawes bei Berlin, † 1982 in Stockholm)
Der Ernst des Lebens 21
Aus: Weiss: Abschied von den Eltern. Suhrkamp Verlag, Frankfurt/Main 1962, S. 63

Welsh, Renate
(*1937 in Wien, lebt in Wien)
Die Ohrfeigen 18
Aus: Damals war ich vierzehn. Hrsg. von Winfried Bruckner u.a., Ravensburger Taschenbuch, 1981, S. 24. © Jugend und Volk, Wien

Wolfers, Andreas
(*1958, lebt in Hamburg)
Die Augenzeugen 182
Aus: GEO, Nr. 12/1995, S.123–132 (gekürzt)

Wyss, Hedi
(*1940 in Bern, lebt in Kilchberg bei Zürich)
Das kleine Mädchen, das ich war 9
Aus: Das kleine Mädchen, das ich war. Schriftstellerinnen erzählen ihre Kindheit. dtv, München 1984, S. 105. © Emma Frauenverlag, Köln 1982

Unbekannte oder ungenannte Verfasser

Machet euch die Erde untertan 28
Aus: Altes Testament, Schöpfungsgeschichte, 1. Mose 1, 26–31. In: Die heilige Schrift in der Übersetzung Martin Luthers. Württembergische Bibelanstalt, Stuttgart 1974, S. 3
Der Lenz 29
Aus: Das große Liederbuch. Hrsg. von Anne Diekmann und Willi Gohl. Diogenes Verlag, Zürich 1975, S. 54
Mein lieber Sohn 48
Brief einer ungarischen Bäuerin. In: Luise Rinser: Mein Lesebuch. Fischer Taschenbuch Verlag, Frankfurt/Main
Wann geht die Nacht zu Ende? 48
Zitiert nach: Ernst Tugendhat: Ethik und Politik. Suhrkamp Verlag, Frankfurt/Main 1992
„Es ist das gleiche Prinzip" 57
Bericht eines 14jährigen israelischen Jungen. In: Jüdische Kinder in Deutschland erzählen. Kiwi 376, Kiepenheuer & Witsch, Köln 1994, S. 28
Griechische Sage: Kassandra 94
Nacherzählt von Herbert Lutz, © 1996
Germanische Sage: Hildebrand und Hadubrand 97
Auf Grundlage älterer Übertragungen 1996 neu übertragen
Ein Riesensprung für die Menschheit 121
Aus: Rudolf Brock (Hrsg.): Menschen und Roboter auf dem Mond. Schwann Verlag, Düsseldorf 1969
Der Film „Die unwürdige Greisin" von René Allio. Nacherzählung 194
Literarisches und filmisches Erzählen im Vergleich 202
Originalbeitrag für LESEZEICHEN. Erarbeitet von Dieter Schrey. © Ernst Klett Verlag

Verzeichnis der Gattungsformen und Textarten

Anekdoten

Autobiographische Texte

Balladen und Erzählgedichte

Bilder zum Betrachten, Beschreiben, Erzählen

Bildgeschichten und Cartoons

Brief, Rede

Erzählungen (siehe auch Kalendergeschichten und Kurzgeschichten)

Fabeln und Beispielgeschichten

Gedichte

Jugendbuchausschnitte

Kalendergeschichten

Kurzgeschichten

Romanausschnitte und Ausschnitte aus längeren Erzählungen

Sachtexte (siehe auch Zeitungstexte)

Sagen

Sciencefiction-Texte

Szenische Texte, Dramenausschnitte

Zeitungstexte

Reportagen:

Nachrichten, Berichte, Kommentare:

Bildnachweis

S. 7: National Museum of American Art, ART Resource, New York – **S. 9:** aus: Das kleine Mädchen, das ich war. Emma Frauenverlag, Köln 1982 – **S. 11:** © VG Bild-Kunst, Bonn 1996. Giraudon – **S. 13:** © The Munch Museum/The Munch Ellingsen Group/VG Bild-Kunst, Bonn 1996. Tate Gallery London – **S. 17:** Horst Janssen, Oldenburg – **S. 23:** © Monika Sievekind/Angelika Weidling, Bremerhaven. © VG Bild-Kunst, Bonn 1996 – **S. 27:** Prof. Rudolf Hausner, Mödling – **S. 30:** Staatsgalerie Stuttgart. © VG Bild-Kunst, Bonn 1996 – **S. 33:** Nationalgalerie Berlin. Bildarchiv Preußischer Kulturbesitz. Foto: Jörg P. Anders – **S. 35:** Rheinisches Landesmuseum Bonn – **S. 37:** aus: Der Wilde Westen. Parkland Verlag Stuttgart – **S. 39:** Detroit Institute of Art, Detroit/USA. © VG Bild-Kunst, Bonn 1996 – **S. 40:** © Max Peintner, Wien – **S. 42:** Kunsthistorisches Museum Wien. Foto: AKG Berlin – **S. 44:** Musee National d'Art Moderne, Paris. Giraudon. © VG Bild-Kunst, Bonn 1996 – **S. 46:** Archiv für Kunst und Geschichte, Berlin. Foto: Walter Hahn – **S. 49:** VISUM: Eva Leitolf, Hamburg – **S. 50:** aus: Bosc: Alles, bloß das nicht. © by Diogenes Verlag AG, Zürich 1974 – **S. 51:** © Österreichisches Museum für Volkskunde – **S. 56:** Felicia Langer, Tübingen – **S. 59:** Visum/Lutz Fischmann – **S. 61:** Grafik: Landkarte Gifhorn-Barnaul, aus: DIE ZEIT Nr. 15/1996, S. 10, Zeit Grafik – **S. 65:** VISUM: Eva Leitolf, Hamburg – **S. 67:** © Hanefi Yeter, Berlin 1989 – **S. 69:** © The Munch Museum, Oslo. The Munch Ellingsen Group/VG Bild-Kunst, Bonn 1996. Foto: © Munch Museum, Oslo (Svein Andersen) – **S. 74:** © David Hockney, Los Angeles/USA – **S. 81:** Foto: Verlag der Kunst, Dresden – **S. 91:** © Giraudon, Paris (Privatbesitz) – **S. 95:** Bildarchiv Preußischer Kulturbesitz, Berlin. Staatliche Antikensammlung, München (Foto: Chr. Koppermann) – **S. 103:** Schweizer Landesbibliothek, Bern – **S. 104–108:** Deutsches Theatermuseum, München – **S. 111–115:** Illustration aus der französischen Erstausgabe von Jules Vernes „Reise zum Mond" (1867). Gestochen von Emil Bayard und A. de Neuville nach Vorlagen von de Montaut. (S. 111: nachträglich koloriert). Archiv für Kunst und Geschichte, Berlin – **S. 117:** Das Fotoarchiv – **S. 121–123:** MAURITIUS – **S. 127:** © ARTSERVICES, Paris. © VG Bild-Kunst, Bonn 1996 – **S. 131:** © 1993 by Vito von Eichborn GmbH, Frankfurt/M. Cartoon-Caricature-Contor, München – **S. 132/133:** © Claire Bretécher. © 1989 by Rowohlt Verlag, Reinbek – **S. 135:** © Elefanten Press Verlag, Berlin – **S. 136:** Herbert Schnierle-Lutz, Bad Teinach – **S. 138:** © Christian Schacht, Tostedt – **S. 145:** dtv, München 1991. Umschlagbild: Christine Skobranek – **S. 167:** © VG Bild-Kunst, Bonn 1996 – **S. 171/172:** © Claudia Kempf, Wuppertal – **S. 174:** © Christoph Keller, Hamburg – **S. 179:** © Christoph Pürschner, Hiddenhausen – **S. 182:** Das Fotoarchiv – **S. 184:** David Turnley – **S. 186:** © Frank Rogner/Netzhaut, Essen – **S. 190:** Archiv für Kunst und Geschichte, Berlin – **S. 191:** INTERFOTO, München – **S. 189, 194–208:** Die Bilder sind dem Film „Die unwürdige Greisin" von René Allio (Produktion: NEF Diffusion S.A., Orsay/Frankreich) in der 1977 für die deutschen Schulen bearbeiteten Fassung des Instituts für Film und Bild in Wissenschaft und Unterricht (FWU), Grünwald, entnommen.